鲁迅诗全考

诗人鲁迅

顾农 /著

人民文学出版社

图书在版编目(CIP)数据

诗人鲁迅:鲁迅诗全考/顾农著.—北京:人民文学出版社,2020
ISBN 978-7-02-016445-5

Ⅰ.①诗… Ⅱ.①顾… Ⅲ.①鲁迅诗歌—诗歌研究 Ⅳ.① I210.97

中国版本图书馆CIP数据核字(2020)第118912号

责任编辑	郭　娟
装帧设计	黄云香
责任印制	王重艺

出版发行	人民文学出版社
社　　址	北京市朝内大街166号
邮政编码	100705
网　　址	http://www.rw-cn.com
印　　刷	三河市鑫金马印务有限公司
经　　销	全国新华书店等
字　　数	299千字
开　　本	880毫米×1230毫米　1/32
印　　张	13.625　插页3
印　　数	1—6000
版　　次	2020年10月北京第1版
印　　次	2020年10月第1次印刷
书　　号	978-7-02-016445-5
定　　价	45.00元

如有印装质量问题,请与本社图书销售中心调换。电话:010-65233595

目　录

引言 ……………………………………………………………………… 1

卷一　旧体诗

《别诸弟》 ……………………………………………………………… 3
《莲蓬人》 ……………………………………………………………… 6
《庚子送灶即事》 ……………………………………………………… 8
《祭书神文》 ………………………………………………………… 10
《和仲弟送别元韵并跋》 …………………………………………… 13
《惜花四律》 ………………………………………………………… 20
《自题小像》 ………………………………………………………… 24
《哀范君三章》 ……………………………………………………… 39
《替豆萁伸冤》 ……………………………………………………… 48
《吊卢骚》 …………………………………………………………… 50
《题赠冯蕙熹》 ……………………………………………………… 53
《送O.E.君携兰归国》 ……………………………………………… 55
《悼柔石》 …………………………………………………………… 57
《赠邬其山》 ………………………………………………………… 62
《赠日本歌人》 ……………………………………………………… 65
《无题》(大野多钩棘) ……………………………………………… 67

1

《湘灵歌》……………………………………………69
《无题二首》(大江日夜)……………………………71
《送增田涉君归国》…………………………………73
《无题》(血沃中原)…………………………………75
《偶成》………………………………………………77
《赠蓬子》……………………………………………79
《一·二八战后作》…………………………………81
《自嘲》………………………………………………82
《教授杂咏》…………………………………………85
《所闻》………………………………………………94
《无题二首》(故乡黯黯)……………………………96
《无题》(洞庭木落)…………………………………98
《答客诮》……………………………………………100
《二十二年元旦》……………………………………102
《赠画师》……………………………………………104
《学生和玉佛》………………………………………105
《剥崔颢〈黄鹤楼〉诗吊大学生》…………………107
《题〈呐喊〉》《题〈彷徨〉》………………………111
《悼杨铨》……………………………………………113
《题三义塔》…………………………………………115
《无题》(禹域多飞将)………………………………117
《悼丁君》……………………………………………124
《赠人二首》…………………………………………126
《无题》(一枝清采)…………………………………128
《阻郁达夫移家杭州》………………………………129

《酉年秋偶成》 ································ 132
《闻谣戏作》 ···································· 134
《戌年初夏偶作》 ······························ 136
《秋夜偶成》 ···································· 138
题《芥子园画谱三集》赠许广平 ········· 142
《亥年残秋偶作》 ······························ 145

卷二 《野草》

《野草》之前：《自言自语》 ············· 153
《野草·题辞》 ································ 160
《秋夜》 ··· 164
《影的告别》 ···································· 172
《求乞者》 ······································· 180
《我的失恋》 ···································· 185
《复仇》 ··· 195
《复仇(其二)》 ································ 200
《希望》 ··· 206
《雪》 ··· 216
《风筝》 ··· 222
《好的故事》 ···································· 227
《过客》 ··· 231
《死火》 ··· 238
《狗的驳诘》 ···································· 243
《失掉的好地狱》 ······························ 247
《墓碣文》 ······································· 252

3

《颓败线的颤动》……257
《立论》……260
《死后》……264
《这样的战士》……268
《聪明人和傻子和奴才》……272
《腊叶》……278
《淡淡的血痕中》……291
《一觉》……295
《野草》英文译本序……305

附　鲁迅《野草》

　　题辞……311
　　秋夜……314
　　影的告别……317
　　求乞者……319
　　我的失恋……321
　　复仇……324
　　复仇(其二)……326
　　希望……329
　　雪……332
　　风筝……334
　　好的故事……337
　　过客……339
　　死火……345
　　狗的驳诘……348
　　失掉的好地狱……349
　　墓碣文……352

颓败线的颤动 ················· 354
　　立论 ······················· 357
　　死后 ······················· 358
　　这样的战士 ··················· 363
　　聪明人和傻子和奴才 ·············· 365
　　腊叶 ······················· 368
　　淡淡的血痕中 ·················· 370
　　一觉 ······················· 372

卷三　其他

鲁迅旧体诗与《集外集》及其拾遗 ··········· 377
鲁迅的十首新诗 ····················· 382
　　附　鲁迅新诗
　　梦 ························ 389
　　爱之神 ····················· 390
　　桃花 ······················ 391
　　他们的花园 ··················· 392
　　人与时 ····················· 393
　　公民科歌 ···················· 394
　　南京民谣 ···················· 395
　　"言词争执"歌 ················· 396
鲁迅译诗述略 ······················ 397
鲁迅手书之古人诗词 ··················· 411

引 言

鲁迅的作品以小说和杂文最为著名,同时他也是一位诗人,其散文诗集《野草》具有极高的价值,也较受重视;此外新旧体诗也都有很高的水平,只是由于数量较少,其光芒不免为小说和杂文所掩。一个作家的最强项往往会让他的其他所长不甚为人所知,至少不容易得到足够的估价。一个典型的先例是近现代的名家林纾林琴南,诗文书画皆佳,而最为世人所知者是他翻译的外国小说,其诗文遂较少被谈起;而他本人最为重视的是自己的古文,曾自诩为归有光之后的第一人云。

鲁迅具有十足的诗人气质;其二弟周作人虽然也写诗,新诗方面且有《小河》等名篇,后来又大写旧体诗,存世的数量很不少,而他其实是一个散文型的人,写诗非其所长。他早年翻译《红星佚史》时,其中的诗篇特别请乃兄操刀,那时他还是有自知之明的。

鲁迅的小说,如一些评论家所说,有着杜甫的诗情。他的旧体诗也是走唐诗的路子,尽管在他的青年时代,诗坛上流行的是宋诗。鲁迅曾经极而言之地说,一切好诗到唐已被写完(详见1934年12月20日致杨霁云的信)。这话虽然当不得真,但确有意味。

鲁迅新诗数量甚少,五四时期写过六首。那时新派人物要向旧文学示威,大写其新诗,同它对着干。这与其说是搞创作,不如说是干革命。后来鲁迅就洗手不干了,只是到三十年代初,才又写过四首歌谣调子的新诗,内容是政治讽刺,形式上则是对白话新诗的一种探索。总起来看鲁迅对五四以后的新诗评价甚低,又曾指出写新诗不能完全丢掉中国诗歌的传统。

当鲁迅应友人以及慕名者之请给他们写字(条幅、扇面、斗方之类)时,就自己新写一点旧体诗。因写字而作诗,现在看去不大容易理解,却是那个新旧交替时期的常态。中国古人赋诗原有社交应酬的功能。孔子讲诗有四大功能:兴观群怨,"可以群"(《论语·阳货》)这一条里正包括社交、应酬。鲁迅为人写字有时也写古人的作品,其取材有时会考虑对方的情况,有时则借以发抒自己的感慨,而也有顺手写下新近在读或想到的作品,没有太多的微言大义,不必求之过深。诗歌的诠释空间非常广阔,所以在文字狱猖獗的时候,诗最容易成为陷诗人于罪的把柄;而出于同样的原因,诗歌作品也最容易被拔高——此即所谓反正一样。

我读鲁迅的作品以及做一点研究,为时甚久,无非是粉丝兼票友的性质。其中只有对《野草》比较集中地下过一点功夫,为其中每一篇都写了释证,大抵发表于二十世纪八十年代初期。到近几年作过很大的改订,有些几乎是重新写过的。关于鲁迅旧体诗的文章,只是在有了想法时才写一点,前后拖了很长时间,颇觉惭愧,但这里不大有人云亦云的套话,或尚可供读者参考,如蒙不弃,则幸甚矣。希望得到读者不客气的指正。

顾农　戊戌惊蛰重订

卷一　旧体诗

大野多钩棘　长天列战云　几
家春袅袅　万籁静愔愔　下土
惟秦醉　中流辍越吟　风波一
浩荡　花树已萧森

松藻世士雅属

鲁迅

《别诸弟》

鲁迅庚子年（1900）二月有《别诸弟》三首，诗云：

谋生无奈日奔驰，有弟偏教各别离。
最是令人凄绝处，孤檠长夜雨来时。

还家未久又离家，日暮新愁分外加。
夹道万株杨柳树，望中都化断肠花。

从来一别又经年，万里长风送客船。
我有一言应记取，文章得失不由天。

1981年版《鲁迅全集》中《集外集拾遗补编》录入这一组诗，题作《别诸弟三首庚子二月》，注释说："本篇录自周作人日记，题下署'豫才未是草'。一九〇〇年一月二十六日，鲁迅由江南陆师学堂附设的矿路学堂回家度岁，二月十九日返校后写了这三首惜别的诗。"（第八卷，第469页）检周作人日记庚子年一月二十日（1900年2月19日）载："下午大哥收拾行李。傍晚送庆公、地叔、大哥下舟往宁，执手言别，中心黯然。"① 又三月十五日(1900年4月14日)日记载:"下午……接金陵十八日函,并洋四元、诗三首。系托同学带归也。作复函。诗列于左……"②由此可知这三首诗作于庚子二月十八日(1900年3月18日)前不久,诗题作《别诸弟》。

2005年版《鲁迅全集》中《集外集拾遗补编》录入这一组诗,即题为《别诸弟》,由此颇能见出校勘的精细。校勘应当包括标题在内。出处既然是《周作人日记》,那么就应当完全忠实于这一出处。1981年版《鲁迅全集》虽说依据周作人日记,其实出于周作人在回忆文章中根据旧时日记提供的文本,与原件不尽相同。

诗中开头的"谋生"二字大可注意。用历史的长镜头来看,鲁迅到南京进洋务学堂读书,是为了赶上历史发展的潮流,追求新的发展道路;而就近言之,却只是解决生计问题,他已经成年,不能呆在日趋衰落的老家坐吃山空,而必须先谋自立,再设法养家。父亲英年早逝,作为家里的长子,他要对母亲和三个弟弟负责,对这个家庭负责。那时的正途是读书应科举,走先辈的道路,鲁迅为此作过若干准备,操练过八股文和试帖诗,后来也进过一次考场——被拉去参加童生的县考;但他知道这条老路已经不行了,于是到南京去进水师学堂——这里不收学费,而且免费供应食宿,发零用钱,尽管被人看不起,但"谋生"问题总算有了着落,以后的事情再走着看。这在他总是有些"无奈",同几位弟弟的离别也是造成他痛苦的具体原因之一。

伟人日后的标准形象同他早年的经历之间往往有令人惊异的差距。

鲁迅极其重视家庭、伦理,他是典型的中国人。后来鲁迅的思想有很大的发展变化,但重视家庭、笃于亲情、很负责任,这些基本点始终没有变化。这也正是中国传统文化的精华所在。

---

①② 影印本《周作人日记》上册,大象出版社1996年版,第111页、第124页。

《莲蓬人》

芰裳荇带处仙乡,风定犹闻碧玉香。
鹭影不来秋瑟瑟,苇花伴宿露瀼瀼。
扫除腻粉呈风骨,褪却红衣学淡妆。
好向濂溪称净植,莫随残叶堕寒塘!

这首《莲蓬人》是鲁迅早期的一首诗,由二弟周作人记录在他辛丑年(1901)日记之后所附的《柑酒听鹂笔记》中,并注明为"庚子旧作"[①],可知此诗应作于庚子年(1900),更具体的写作时间则无从查明了。

这是一首咏物诗。咏物诗可以纯粹咏物,以讲究形似为工;更多的则是借咏物以抒怀,所咏之物仅为一个象征的符号,其写作手法主要是"赋比兴"中的"比",有时也有"兴"的成分。朱自清说:"《楚辞》的'引类譬喻'实际上形成了后世'比'的意念。后世的比体诗可以说有四大类。咏史,游仙,艳情,咏物……咏物之作以物比人,起于六朝……这四类诗,无寓意的固然只能算是别体,有寓意而作得太工了就免不了小气,尤其是后两类。"[②]诗里的物象和所寓之意的联系要自然而然,甚至不妨若即若离才好。

当时鲁迅年纪虽轻,写起咏物诗来却相当老到。莲蓬是南方水乡常见的东西,因为它在荷花落尽、荷叶凋残之时高高耸立,容易联想到人;孩子们将莲子剥出来吃掉以后,喜欢把莲房翻转并用线缚起来当作玩具,有点像一个穿外套的老翁,所以往往被称为莲蓬人。鲁迅由此联想到周敦颐的《爱莲说》,而"扫除腻粉呈风骨,褪却红衣学淡妆"一联以及"莫随残叶堕寒塘"之句,则既合于荷花荷叶发展变化的历程,又寓有高远的立意。莲蓬人的"风骨",的确是值得歌颂赞美的。

周敦颐是北宋理学的大宗师之一,但他的理论专著《太极图说》和《通书》,读者很少,倒是那篇就他本人而言并不重要的《爱莲说》传诵甚广,"出淤泥而不染""香远益清,亭亭净植"等句,尤为脍炙人口,几乎已是成语。周敦颐乃道州(今湖南道县)人;鲁迅所属之绍兴新台门周家,也源出于道州。但鲁迅提到这位同乡先贤,似乎也就这么一次。

---

① 影印本《周作人日记》上册,第287页。
② 《诗言志辨》,《朱自清全集》第6卷,江苏教育出版社1996年版,第214—216页。

《庚子送灶即事》

只鸡胶牙糖,典衣供瓣香。
家中无长物,岂独少黄羊!

鲁迅早年的《庚子送灶即事》一诗,他本人未留稿,载于周作人辛丑年(1901)日记之后所附的《柑酒听鹂笔记》①。庚子年大抵相当于1900年,但送灶日在旧历年底的十二月二十三,这一天已是1901年的2月11日了。

此时鲁迅的故家已经相当破落,送灶的供品很简单,还是靠典当衣物来凑办的,连最关紧要的黄羊也没有(按照传说,以黄羊祭灶神可以引来财运)。"长(读如"丈")物"指生活最必需品以外多余的东西,"家无长物"表明相当之窘——周家已经败落到这个地步了!

但是灶还是要送的,祭品包括一只鸡,还有必不可少的"胶牙糖"——灶王爷上天也许会说他所在之人家的坏话,所以让他吃这种糖把牙粘住,这样他就不能乱说八道了。这是很古老的民俗,一直流行到1949年前后。我小时候参与过送灶,很吃过一些祭祀结束后撤下来的麦芽糖,牙并没有粘住;但在民俗学的意义上,它是可以粘住神牙的。灶王爷牙口不佳。

鲁迅后来写过一篇《送灶日漫笔》,也曾特别谈到这种"胶牙糖":

坐听着远远近近的爆竹声,知道灶君先生们都在陆续上天,向玉皇大帝讲他的东家的坏话去了,但是他大概终于没有讲,否则,中国人一定比现在更要倒楣。

灶君升天的那日,街上还卖着一种糖,有柑子那么大小,在我们那里也有这东西,然而扁的,像一个厚厚的小烙饼。那就是所谓"胶牙饧"了。本意是在请灶君吃了,粘住他的牙,使他不能调嘴学舌,对玉帝说坏话。我们中国人意中的鬼神,似乎比活人要老实些,所以对鬼神要用这样的强硬手段,而对于活人却只好请吃饭。②

中国老百姓一向尊重敬畏神灵,但对于能够糊弄的,并不排除采用些别的手段。这也是一种生活智慧。灶王爷级别本来就比较低,不过是玉皇大帝派驻在各家各户的协理;又在灶间被烟熏火燎了一年,想必比较好糊弄。而最值得注意的是,老百姓并不指望灶王爷"上天言好事"从而"下界保平安",只希望他不要说坏话,或干脆不要说话,让自家平平安安地继续过下去——于是就请他吃麦芽糖粘住他的牙。这样深刻的不信任感,很值得深长思之。

---

① 影印本《周作人日记》上册,第285页。《柑酒听鹂笔记》内有诗文手稿及抄件多份,实为辑录鲁迅与周作人早期作品的一大富矿。

② 《华盖集续编·送灶日漫笔》,《鲁迅全集》第3卷,人民文学出版社1981年版,第247页。本书鲁迅文字部分引自《鲁迅全集》,人民文学出版社1981年版,以下同书简注。

《祭书神文》

《鲁迅全集》中《集外集拾遗补编》附录二有《祭书神文》一篇。十六卷本全集注云:"本篇录自周作人日记,写于一九〇一年二月十八日(夏历庚子除夕),署名戛剑生。"(第8卷,人民文学出版社1981年版,第472页)而新十八卷本全集之注则谓:"本篇录自周作人日记所附《柑酒听鹂笔记》,署名戛剑生。原为句读。据周作人庚子除夕(1901年2月18日)日记载:'(夜)饭后,同豫才兄祭书神长恩,作文侑之。'"(第8卷,人民文学出版社2005年版,第534页)新版的注有明显进步,这与《周作人日记》已经影印出版可以充分利用有关。

十八卷本录入的正文也比旧版好,全文如下——

上章困敦之岁,贾子祭诗之夕,会稽戛剑生等谨以寒泉冷华,祀书神长恩,而缀之以俚词曰:

今之夕兮除夕,香焰氤氲兮烛焰赤。钱神醉兮钱奴忙,君独何为兮守残籍?华筵开兮腊酒香,更点点兮夜长。人喧呼兮入醉乡,谁荐君兮一觞。绝交阿堵兮尚剩残书,把酒大呼兮君临我居。缃旗兮芸舆,掔脉望兮驾蠹鱼。寒泉兮菊菹,狂诵《离骚》兮为君娱,君之来兮毋除除。君友漆妃兮管城侯,向笔海而啸傲兮,倚文冢以淹留。不妨导脉望而登仙兮,引蠧鱼之来游。俗丁伧父兮为君仇,勿使履阈兮增君忧。若勿听兮止以吴钩,示之《丘》《索》兮棘其喉。令管城脱颖以出兮,使彼惙惙以心愁。宁召书癖兮来诗囚,君为我守兮乐未休。他年芹茂而樨香兮,购异籍以相酬。

"氤氲"十六卷《全集》本作"纲缊","除除"作"徐徐","增君忧"之"忧"字作"羞","使彼惙惙以心愁"之"愁"字作"忧"——凡此种种,都是十八卷本更合于周作人当年著录的鲁迅原文。

十六卷《全集》本的那些文字大抵往往依据周作人的修改本(详见《鲁迅的故家·百草园·祭书神》),例如"俗丁伧父兮为君仇,勿使履阈兮增君羞。"《周作人日记》眉批云:"羞,原本作忧。"可知"羞"字乃周作人所改,而用这个"羞"字分量显得比较轻,不佳,应回改作"……勿使履阈兮增君忧"。"令管城脱颖以出兮,使彼惙惙以心忧。"《周作人日记》眉批云:"忧,原本作愁。"鲁迅前文已用"忧"字,这里不可再用,当回改为"愁"字。

出现上列问题的原因,大约在于先前周作人依据旧日记陆续公布鲁迅早年文稿时,态度不尽认真,工作不够过细;但他所拿出来的乃是独家材料,人们只好以此为依据,无从校勘,于是就那么收到《全集》里去了。等到《周作人日记》的原貌公布于世以后,这才有条件把校勘工作做得更深入一些。

如果说十八卷《全集》本还有什么遗憾的话,那就是在"他年芹茂而樨香兮"句中误脱一"时"字,应予补出。这一句《柑酒听鹂笔记》本作"他年芹茂而樨香岂(时)兮"[①],这才是文本的原貌。又,"君之来兮毋除除"句中的"除除"二字大约是周作人的笔误,这里可以出一校勘记,说明"除除"应作"徐徐",或疑当作"徐徐"。

"芹茂檞香",在旧时代往往指科举考试之童生进学,即考上秀才。这样的遣词也许表明鲁迅此时还未能同旧传统完全决裂。鲁迅曾经参加过一次童生的县考,虽说是被拉去参加的。旧的传统很不容易决然抛弃。

《祭书神文》的文体,属于骚体辞赋,按说应题作"祭书神辞"才合适;但《祭书神文》这个题目行之已久,近乎约定俗成,恐怕已经不容易改过来了。

---

① 影印本《周作人日记》上册,第300页。

《和仲弟送别元韵 并跋》

对鲁迅1900年那三首《别诸弟》诗,周作人到一年后才在文字作出了反应。《周作人日记》辛丑年一月二十五日(1901年3月15日)载:"上午大哥收拾行李,傍晚同十八公公、子恒叔启行往秣①,余送大哥至舟。执手言别,中心黯然。作一词以送其行,稿存后。夜作七绝三首,拟二月中寄宁。稿亦列如左"②,他的诗题作《送戛剑生往白步〈别诸弟〉三首原韵》,诗云——

一片征帆逐雁驰,江干烟树已离离。
苍茫独立增惆怅,却忆联床话雨时。

小桥杨柳野人家,酒入愁肠恨转加。
芍药不知离别苦,当阶犹自发春花。

家食于今又一年,羡人破浪泛楼船。
自惭鱼鹿终无就,欲拟灵均问昊天。

这三首步韵诗实际上晚于原唱一年有余,所以诗中有"家食于今又一年"之句。和诗于一月二十八日(1901年3月18日)寄往南京,并索和诗。

1900至1901年是周作人最痛苦的一年,在杭州服刑的祖父不断地催促他去参加科举考试——于是他也曾到三味书屋读书,磨练他的八股文和试帖诗,但他并不大甘心走这条老路;祖父也曾经考虑过让他进新式的学校——这位老官僚思想倒也并不顽固。孙子的出路总是老人家的一大心事,形势不同,只能实际一点。当时杭州有新办的求是书院,周作人曾在己亥年十二月十八日(1900年1月18日)日记中详细记载祖父来信中所介绍的消息:"午接杭信云,杭省将有求是书院,兼习中西学,各延教席。在院诸童日一粥两饭,菜亦丰。得列上等,每月三四元之奖,且可兼考各书院。明正月二十日开考,招儒童六十人,如有志上进,尽可来考云云。"③祖父赞成他来考;可惜这个学校费用较高,周家已经破落,祖传田产已经变卖殆尽,经常向亲友借钱,根本交不起这一笔费用。鲁迅在《朝花夕拾·琐记》一文中曾经提起这个书院,说是"功课较为别致的,还有杭州的求是书院,然而学费贵。"没有足够的经济条件,老大鲁迅尚且进不去,老二周作人当然也不可能去。这时周作人的生活内容,除了准备考试以外,日记中给人印象最深的是到郊外去上坟而实为游览,访亲会友,打牌,抽烟,跟着一个名叫姜渭河(阿九)的无业人员到处游荡,"从他的种种言行之中,着实学得了些流氓的手法"④,而日记中又时时流露出相当的苦闷。时代潮流在变化之中,而他始终找不到出路,找不准自己的坐标。

周作人晚年回忆这一段生活,直言不讳地自称几乎成了小流氓,从鲁迅劝他的一句诗"文章得失不由天"看去,周作人当时将自己的无所作为归之于天命。

大哥的劝诫大约已经触动了周作人敏感的神经。他的这三首诗除了表达与大哥离别的感伤之外,也流露了自己内心的痛苦。"鱼鹿无就"指生计没有着落,一无所成,深感惭愧。但老是呆在家吃闲饭显然不是办法,只是出路一时还没有找到。他说要像屈原(灵均)一样写一首《天问》,来问一问苍天。这其实是无可奈何的意思。

对于走出故家另寻新路,周作人不免还缺乏足够的勇气;好在他不久就步其大哥的后尘也到南京进了洋务学堂,开始了新的生活。

鲁迅收到二弟周作人的《送夏剑生往白》三首以后,很快于辛丑二月写出了和诗,并有跋云:"仲弟次予去春留别元韵三章,即以送别,并索和。予每把笔,辄黯然而止。越十余日,客窗偶暇,潦草成句,即邮寄之。嗟乎,登楼陨涕,英雄未必忘家;执手销魂,兄弟竟居异地!深秋明月,照游子而更明;寒夜怨笛,遇羁人而增怨。此情此景,盖未有不悄然以悲者矣。"后署"辛丑仲春夏剑生拟删草"。

鲁迅将这三首诗和跋文寄回绍兴,周作人于辛丑二月二十四日(1901年4月22日)收到,录入日记,道是"上午接大哥十四函并诗三首,稿列左"⑤。这里没有明确的标题。1981年版《鲁迅全集》中《集外集拾遗补编》附录二录入这三首诗,题作《别诸弟三首 辛丑二月并跋》(第八卷,第474页);而2005年版《全集》则题作《和仲弟送别元韵 并跋》(第八卷,第536页)。这两份新拟的诗题可谓言各有当,比较起来,2005年版《全集》所拟者要更贴切一些,可以著为定本。

这又一组七绝《和仲弟送别元韵 并跋》诗云——

梦魂常向故乡驰,始信人间苦别离。
夜半倚床忆诸弟,残灯如豆月明时。

日暮舟停老圃家,棘篱绕屋树交加。

怅然回忆家乡乐,抱瓮何时共养花?

春风容易送韶年,一棹烟波夜驶船。
何事鹡鸰偏傲我,时随帆顶过长天!

不久以后,在鲁迅的努力下,周作人到南京去进水师学堂充当"额外生"。周作人辛丑七月十二日(1901年8月25日)日记载:"下午接大哥函,初六日发,说已禀叔祖,使予往宁,充水师额外生"⑥。在20世纪初,周作人终于走出空气沉闷的故家,到比较广阔的天地里去。从鲁迅的《别诸弟》与周作人的和诗中,我们不仅可以看到他们兄弟间深厚的手足之情,更能看到大哥在不遗余力地拉着二弟走向新的生活。

诗里回忆在故园的愉快生活,特别提到"共养花",很容易让人想起他对百草园的深厚感情,想起他的诗《莲蓬人》《惜花四律》(这一组诗由周作人写出初稿,鲁迅改定之),想起他前前后后抄录过许多花木类的古书以及亲手制作植物标本。

周作人对于大哥《和仲弟送别元韵并跋》的呼应之诗作于两年以后的1903年春。这时鲁迅已经到日本去留学,周作人仍在南京水师学堂读书。《周作人日记》癸卯年二月二十八日(1903年3月26日)载:"礼拜四,大雨彻日……作诗一章,合三首,步预(豫)兄留别诸弟均(韵)。古人和诗唯限韵,不步字也。予仿之作此。录其稿于此。"⑦这一组和诗题作《春日坐雨有怀予季,并柬豫才大兄》:

杜鹃声里雨如丝,春意阑三薄暮时。
客里怀人倍惆怅,一枝棠棣寄相思。

锦城虽乐未为家,楚尾吴头莫漫夸。
烟柳白门寒食近,故园冷落雀梅花。

通天枫树春田社,满地樱花小石川。
胜迹何时容欣赏,举杯同醉晚风前。

"春田社"三字上有眉批,改为"秋津岛";又其后有自注云:"第二章雀梅即棠棣,俗名郁李,见陆玑《草木疏》。"按陆玑所著书全名为《毛诗草木鸟兽虫鱼疏》,凡二卷,上卷专释草木,下卷则讲鸟兽虫鱼,是博物学方面的重要著作;唐人孔颖达作《毛诗正义》时曾大量征引此书为据。

"有怀予季"是说怀念先前夭折的四弟椿寿。周家这个最小的男孩是全家爱的焦点,可惜早年夭折。周作人曾用"秋田梦平(或作枰)"的化名为他写过一篇小传:"蕙川荫仙,名椿寿,字宙亭,秋田梦平之幼弟也。生于二千五百五十三年(癸巳)之夏(按当1893年7月25日),至五十八年冬日(按当1898年12月20日)而卒,年六岁,与梦平为兄弟仅二千有余日。荫仙生而神异,目烔烔有芒,如岩下电,虎头燕颔,有食肉相。性任侠,又聪颖喜读书,四岁作擘窠字有劲气,为韵语清绝。至六岁而学益进,《暮春》有句云'尘缘方栗六,花事已兰三(按即"阑珊")。'《寒食》云'小屋春生新插柳,破甑尘积亦无烟。'皆可诵也。中冬忽患喘,久而益剧。卒之日,自知不起,索纸书'流水今日明月前身'八字,掷笔而逝。葬于圭岛之麓,长兄廿人⑧为之树碑焉。嗟呼,兄弟无故,人生一乐。鸰原起难,庭荆忽摧,悲愤之怀,莫可告语,予复何心哉。免俗未能,聊为之传。六月十四日,浪华旧游子秋田梦枰谍言,即支那壬寅五月九日也。"⑨这里的叙事也许略有夸大之处,但四弟椿寿确实绝顶聪明,他的夭折使全家伤心之至。后来周作人在《鲁迅的故家·园的内外·一幅画》中回忆说:"我的四弟……他很聪明,相貌身体也很好。可是生了一种什么肺炎,现在或者可以医治的,那时只请中医看了一回,就无救了。母亲的悲伤是可以想见的",请人画了一幅他的画像,"她把这画像挂在房间里前后足足有四十五年"。

《诗经·小雅·棠棣》有云:"脊令在原,兄弟急难。"后人常用这个典故来指称兄弟之间亲密友好的关系,所以鲁迅诗中有"何事脊令偏傲我,时随帆顶过长天"之句;周作人则以"一枝棠棣寄相思"表达情意,而为四弟所作传中则以"鸰原起难"喻指椿寿之死。

周作人和诗中最引人注目的信息是他希望尽快能到日本去。他青年时代完全唯大哥之马首是瞻:鲁迅到南京进水师、陆师学堂,周作人跟着进了水师。稍后鲁迅去日本留学,给周作人写过很多信,又经常给他寄书报杂志,指导他读最新的书如严复翻译的西方名著,使周作人的思想迅速倾向于现代化,与过去在老家做八股文的时候大不相同。这时周作人也很想追随长兄去日本留学,学习新的知识和思想。《日记》壬寅年十二月十三日(1903年1月11日)载:"新总办黎道锦彝⑩来,予等去接。年止三十许,似非迂腐之辈。张制军令其先至日本调查水师章程,回后再行接手……闻黎去东洋拟择学生四人随往,予与胡(鼎)、张(鹏)二君均有去志,但恐未能如愿,后当相机设法也。"⑪此事后来确实未能如愿;思想顽固的学监直接对思想比较激进的周作人明确表示,"日后黎总办若派人东游,必阻我之行"。周作人虽然走出沉闷的绍兴不久,但政治上已明确反清的立场,思想上也绝望于传统的一套,准备追随大哥鲁迅走全新的道路。他和诗中其三的"胜迹",不仅指通天枫树、满地樱花,恐怕也用以指代先进的思想文化。周作人和当时先进的中国人一样,要学外国,学日本,并指望从这里寻求救国救民之道。1906年9月,周作人跟着鲁迅到了日本,这在他是一个意义重大的新开始。

一个不幸而早年丧父的人,在青年时代能有一位长兄作为自己的领路人,真所谓不幸之后的大幸。"长兄如父"。当然,真能如父亲那样尽责的长兄也不甚多见。

作为长子,鲁迅始终自觉地承担很重的家庭责任。这一点对于鲁迅人格的形成和人生的历程都有重大的影响。如果不是家中的长子,鲁迅也许就不会接受母亲包办的婚姻(1906年),他也很可能从日本到德国去留学,而不必为养家而匆匆回国就业(1909年)——他此后的道路可能就会很不同了。而如果周氏兄弟后来没有决裂(1923年),如果鲁迅能活得更长一些,周作人也许不至于沦为汉奸吧。

---

① 秣陵的简称,即南京;下引诗,题中的"白",是白门或白下的简称,亦指南京。

②③ 影印本《周作人日记》上册,第197—198页、第100页。

④ 《二四·几乎成为小流氓》,《知堂回想录》,香港三育图书文具公司1980年版,第64页。

⑤⑥⑦ 影印本《周作人日记》上册,第212页、第246页、第380页。

⑧ 按"廿"乃古"礦"字,"廿人"指鲁迅。

⑨⑪ 影印本《周作人日记》上册,第342页、第366页。

⑩ 按黎锦彝为候补道,所以这样称呼。

《惜花四律》

鲁迅早年与二弟周作人合作写成的《惜花四律》，先前曾被收入十卷本和十六卷本《鲁迅全集》；后来要出十八卷本的新全集了，这四首诗是否收入，专家们曾经有过不同的意见，有人主张不必再收，因为这一组诗原作者是周作人，有人主张继续收录，因为这些诗是鲁迅大改过的[①]——最后还是收入了，列入《集外集拾遗补编》附录之二（《鲁迅全集》第8卷，人民文学出版社2005年版，第538页）。收进来当然是对的，这一组诗鲁迅加工的痕迹很浓，由此能得到很多信息，颇具研究的价值。

这四首诗的出处在《周作人日记》辛丑年后所附《柑酒听鹂笔记》中，题作《惜花四律步藏春园主人元（原）韵》，作者署"汉真将军后裔"；眉批则说："都六先生（周作人）原本，戛剑生（鲁迅）删改"，又说"圈点悉遵戛剑生改本"[②]。所谓"汉真将军"，指西汉的著名将领周亚夫。《史记·绛侯周勃世家》云，周亚夫驻扎在细柳，天子前来劳军，前驱先到，进不了营门；稍后文帝本人驾到，还是进不去，于是——

> 上（文帝）乃使使持节诏将军："吾欲入劳军。"亚夫乃传言开壁门。壁上士吏谓从属车骑曰："将军约，军中不得驱驰。"于是天子乃按辔徐行。至营，将军亚夫持兵揖曰："介胄之士不拜，请

以军礼见。"天子为动,改容式车。使人称谢:"皇帝敬劳将军。"成礼而去。既出军门,群臣皆惊。文帝曰:"嗟乎,此真将军矣!"

可知"汉真将军后裔"表明姓周,指鲁迅、周作人皆可。日记中这样署名,恰好表明这四首诗是他们兄弟亲密合作的成果。

在周作人的初稿上鲁迅改得很多,已近于重写,所以周作人后来提到这四首诗时,直接将它们称为鲁迅的作品③。现照定本抄录如下:

> 鸟啼铃语梦常萦,闲立花阴盼嫩晴。
> 怵目飞红随蝶舞,关心茸碧绕阶生。
> 天于绝代偏多妒,时至将离倍有情。
> 最是令人愁不解,四檐疏雨送秋声。
>
> 剧怜常逐柳绵飘,金屋何时贮阿娇?
> 微雨欲来勤插棘,薰风有意不鸣条。
> 莫教夕照催长笛,且踏春阳过板桥。
> 祇恐新秋归塞雁,兰艎载酒桨轻摇。
>
> 细雨轻寒二月时,不缘红豆始相思。
> 堕裀印屐增惆怅,插竹编篱好护持。
> 慰我素心香袭袖,撩人蓝尾酒盈卮。
> 奈何无赖春风至,深院荼䕷已满枝。
>
> 繁英绕甸竞呈妍,叶底闲看蛱蝶眠。

室外独留滋卉地,年来幸得养花天。
文禽共惜春将去,秀野欣逢红欲然。
戏仿唐宫护佳种,金铃轻绾赤阑边。

　　据周作人眉批,第一首只有第一句和第二联是"原本",而其中"茸碧"原作"新绿";第七句的"不解",原作"绝处"。第三首也是只有第一句和第二联出于原稿,其余都是鲁迅改写的。关于二、四两首无眉批,不知道是并无改动还是全部由鲁迅重新写过,估计是后一种可能性比较大,这里周作人完全未提"原本"如何。

　　就周作人眉批所说明的情况来看,鲁迅的改订占了很大的比重,而且用词更为讲究,例如"新绿"二字比较一般,而"茸碧"则更为形象直观,与上句中的"飞红"对仗关系也更佳。可惜我们现在看不到周作人的原稿,否则可以对鲁迅这一系列修改的用心有更多的了解。

　　《惜花四律》写爱花护花的心情颇为细致动人,这与他早年喜欢种花关系很大。三弟周建人先生回忆说,鲁迅早年"空闲时也种花,有若干种月季,及石竹,文竹,郁李,映山红等等,因此又看或抄讲种花的书,如《花镜》,便是他常看的。他不单是知道种法,大部分还要知道花的名称,因为他得到一种花时,喜欢盆上插一条短竹签,写上植物的名字。"[④]鲁迅对花草的兴趣维持了很长时间,在南京读书期间曾写过若干关于花木方面的札记,至今还可以看到两则《莳花杂志》(现亦已编入《集外集拾遗补编》附录二)。他从日本回国以后,又恢复了对于植物学的爱好,抄录和校勘了不少有关的古书,如《南方草木状》《园林草木疏》《洛阳花木记》《何首乌录》《金漳兰谱》等等;这些可以说都是《惜花四律》的延伸和发展。

　　从鲁迅早年与周作人合作的这四首七律还可以看出鲁迅青年时

代的旧体诗功夫,对偶的句子安排得很是工整到位。鲁迅后来在《南腔北调集》的《题记》里提到这个书名的由来,又说用这名目也有"准备和还未成书的将来的《五讲三嘘集》配对"的意思,接下去又道:

  我在私塾里读书时,对过对,这积习至今没有洗干净,题目上有时就玩些什么《偶成》,《漫与》,《作文秘诀》,《捣鬼心传》,这回却闹到书名上来了。这是不足为训的。

  这样的积习,现在绝大部分知识分子乃至作家、诗人已经不再有了。能对对子或写几首旧体诗的人往往很自豪,尽管对得如何写得如何又是另一个问题。这正如现在的高考作文,偶有学生用文言文来写,往往能拿到高分;至于他那文言文是否真的上路,又是另一个问题一样。鲁迅说的"不足为训",颇堪深长思之,这不能单纯地看成只是他的谦辞,对对子能学会固然很好,普遍提倡似已无必要。

---

① 参见陈福康《〈惜花四律〉不能从〈鲁迅全集〉中删去》,《中华读书报》2002年7月31日。
② 影印本《周作人日记》上册,第294—295页。
③ 详见《旧日记里的鲁迅·辛丑二》,《鲁迅小说里的人物》,止庵校订,河北教育出版社2002年版,第293页。
④ 《鲁迅先生小的时候》,《回忆大哥鲁迅》,上海教育出版社2001年版,第2页。

《自题小像》

鲁迅最著名的诗篇之一,是1903年他为自己剪去辫子后的第一张照片而作的这首七绝:

灵台无计逃神矢,风雨如磐暗故园。
寄意寒星荃不察,我以我血荐轩辕!

这首诗言简意深,反映了鲁迅青年时代的思想风貌,历来引起人们极大的关注。

诗的结句"我以我血荐轩辕"乃是本诗抒情的高潮,意思是说要把一腔热血贡献给民族革命的伟大事业。轩辕就是传说中汉族的始祖黄帝(其详见于《史记·五帝本纪》);荐,《说文》释为"荐席也",就是垫在身子底下的草席。血荐轩辕,就是为民族解放事业作出牺牲。这样的措辞同当时的革命者往往将推翻腐朽的清王朝与"排满"联系在一起有着密切的关系,清末的革命者为了鼓吹革命,往往强调汉、满之分,复古主义情绪十分严重的光复会不必说,就是同盟会,纲领中也还是有"驱除鞑虏"这样的提法。当时的革命者并非反对整个满族,而是要推翻一小撮最反动最腐朽的清王朝当权派。

这样的立言同鲁迅刚刚把辫子剪去直接相关。鲁迅在留学日本之前虽然思想不断有所进步,业已了解"排满的学说和辫子的罪状和文字狱的大略",但离下决心为反清革命贡献力量甚至不惜作出牺牲尚有一定距离;到日本留学以后情形不同了,东京乃是当时中国民主革命斗士聚集的地方,鲁迅到这里后,除了认真学习之外,尤其热心于"赴会馆,跑书店,往集会,听讲演"①,努力吸取新潮思想,积极参加革命活动,觉悟有了明显的提高。1903年春天他毅然剪去作为清朝臣民象征的辫子,是弘文学院"江南班的第一个"②。断发后他拍了一张照片,《自题小像》一诗就是题此照片并赠给同学好友许寿裳的。后来许先生率先公布了这首诗,《自题小像》这个题目估计也是许先生拟加的。

辫子在当时是一个很敏感的东西,在最严重的情况下联系着脑袋的安危。鲁迅后来说过"假如有人要我颂革命功德,以'抒愤懑',那么,我首先要说的就是剪辫子"③。鲁迅剪辫子一事发生在1903年春天,据周作人回忆,"癸卯(1903年)三月四日,谢西园回国,鲁迅托他带回一只衣箱,内有不用的中国衣服和书籍,和一张'断发照相'"④。而据其日记,鲁迅的断发照是他稍晚些时候收到的⑤。许寿裳与鲁迅同在东京,他获赠的照片或应出于鲁迅新近拍摄之断发照片的同一底片。

许寿裳又说,鲁迅的剪辫在"1902年初秋"的"半年以后",同学邹容等人捉了留学生监督姚文甫的奸之前⑥。据此以推,其时应是1903年初春。捉奸并将姚监督的辫子挂在留学生会馆屋梁上示众一事在当年3月。

在清朝末年甚至民国初年,剪去辫子乃是一件非同小可的大事,极可能引起风波⑦。1900年当章太炎先生剪去辫子时,曾郑重其事地写过一篇《解辫发》,声明自己从此与"满洲政府"(清王朝)彻底决裂。鲁迅的断发与此意义相同⑧,此时赋诗言志,同样显示了"异族轭下的不平之气"⑨和高昂的革命精神。

许寿裳剪辫略早于鲁迅,他俩志同道合,鲁迅将此诗赠给他是很合适的。

这里不免涉及一个有争议的问题:此诗的写作年代。这个问题本来并不存在,接受赠诗的许寿裳说得很清楚:"一九〇三年他二十三岁,在东京有一首《自题小像》赠我"⑩;他在另外一些谈鲁迅的文章中也有同样的说法⑪。所以许广平在编《集外集拾遗》及二十卷本《鲁迅全集》时录入此诗,即系于1903年。但是后来人们看到一张鲁迅手书此诗的条幅,其末署"二十一岁时作,五十一岁时写之,时辛未二月十六日也。鲁迅。"(原件无标点)按辛未二月十六乃是1931年4月3日,依此推算,此诗当作于三十年前的辛丑即1901年,或者算得细致些,当作于1901年2月19日至1902年2月7日之间。其时鲁迅还在南京。所以过去十卷本《鲁迅全集》就曾将此诗系于1901年,虽违背编辑体例亦在所不顾⑫。

采用1901年说的还有不少论著、选本和教材。持此说者认为,此诗作于1901年,而于1903年赠给许寿裳,这样一处理,似乎与许寿裳的回忆也就没有矛盾了。

坚持1901年说的人们提出过种种理由,例如第一,鲁迅的记忆力很强,他自称"二十一岁时作",不会记错。第二,此诗并非为题照片而作,诗中没有任何题照的痕迹。可见作诗与赠照题诗之间有一段时间差距,应当是先作诗后题赠,而许寿裳将二者混为一谈了。第三,1903年春天鲁迅托老同学谢西园带回的东西中有断发照片,而上面并无题诗,可见此时未作此诗。第四,鲁迅赴日本留学前夕,前江南水师学堂的老同学胡鼎(韵仙)有诗三首为赠,从这些诗来看,他已经读到过《自题小像》了。如此等等。此外还有种种推测,离题更远。

这些理由恐怕都是很难成立的。按胡鼎赠鲁迅的三首诗如下——

英雄大志总难偿,夸向东瀛作远游。
极目中原深暮色,回天责任在君流!

总角相逢忆昔年,羡君先着祖生鞭。
敢云附骥云泥判,临别江干独怆然。

乘风破浪气豪哉,上国文光异地开。
旧域江山几破碎,劝君更展济时才。

几首诗忧时伤世,感慨深沉,但其中并看不出有革命的意思。"济时""回天"与"血荐轩辕"之间有着明显的差距。根据这三首诗就说其作者胡鼎一定已经看到过《自题小像》,并进而证明鲁迅这首诗作于1902年去日本之前,难以令人信服。

《自题小像》一诗确实没有明显的题相片的痕迹,这是正常的,正如优秀的题画诗并不黏着于画面而可以单独成立一样。但是这样一首诗同"断发照相"的密切联系读者还是能够体会得出来的,例如"血荐轩辕"与剪掉辫子的关系,又如"故园"的提法与身在异国的关系等等,其实诗中那个"神矢"的说法也表明他此时身在海外——这一点下文将详细谈到。

至于鲁迅的记忆力,总起来看非常之好,但也有不大好的时候。谈到他自己的各首旧体诗写于何时时,记忆力就不算很好。

这是因为鲁迅对自己的旧体诗很不重视,往往随作随弃。他早年的诗作往往由周作人记录下来,而他本人向不存稿。他曾自称"不喜欢做古诗"⑬;又说"我以为一切好诗,到唐已被做完,此后倘非能翻出如来掌心之'齐天太圣',大可不必动手,然而言行不能一致,有时也诌几句,自省殊亦可笑"⑭,从这样风趣的谦辞中亦颇可考见他对作旧体诗确实不大热心,更无意于保存。许广平在致许寿裳的一封信中也曾提到"迅师于古诗文,虽工而不喜作。偶有所作,系应友朋要请,或抒一时性情,随书随弃,不自爱惜,生尝以珍藏请,辄遭哂笑。"⑮

事实也正是如此,1934年杨霁云动手编《集外集》的时候,希望尽量多地收入旧体诗,鲁迅复信说:"我平常并不做诗,只在有人要我写字时,胡诌几句塞责,并不存稿。自己记得的也不过那一点,再没有什么了。"⑯ 面对一再索稿,鲁迅说:"旧诗本非所长,不得已而作,后辄忘却,今写出能记忆者数章……"⑰又说:"诗虽无年月,但自己还约略记得一点先后,现在略加改动,希照此次序排列为荷"⑱;"作诗的年代,大约还约略记得,所以添上年份,并号数,寄还。其中也许有些错误,但也无关紧要"⑲。其实他为诸诗系年错得相当厉害。初版《集外集》凡收诗十四首,系年有误的凡八首:《哭范爱农》题1913年,应为1912年;《无题》("大野多钩棘")题1932年,应为1931年;《题彷徨》题1932年,应为1933年;《赠日本歌人》题1932年,应为1931年;《湘灵歌》题1932年,应为1931年;《自嘲》题1933年,应为1932年;《赠人二首》题1934年,应为1933年——所以排列顺序也就大有问题,而这些鲁迅都认为"无关紧要"。《自题小像》一诗,初版《集外集》未收,鲁迅已经整个儿把它给忘了。其实他在三年前的辛未二月十六日还手写过一次此诗。

所以,当鲁迅重新手写这首诗的时候把写作时间弄错一点,是没有什么奇怪的,何况也可以说他并没有完全弄错。

中国旧时记年岁有两种办法,一种记虚岁,一生下来就算一岁,然后累加;另一种记足岁,生日在上半年者用虚岁减一,生日在下半年者用虚岁减二。鲁迅在很多情况下依照老传统记虚岁;但他学生时代则一贯记实足年龄,例如:光绪二十七年辛丑年(1901)底,鲁迅毕业于江南陆师学堂附设的矿务学堂,毕业证书上写"现年十九岁",如记虚岁,他应当算二十一岁。1903年鲁迅的年龄,见于《清国留学生会馆报告书》与《清末民初洋学学生题名初辑》者,都是二十一岁。日本明治三十七年(1904)夏,鲁迅进仙台医专时填写的入学申请书和学业履历表上都自称"二十二岁",也是记足岁。正因为学生时代鲁迅不记虚岁,所以后来回忆此时之事时也往往记实足年龄。例如鲁迅1934年12月6日致萧军、萧红的信中说:"其实,我的体子并不算坏,十六七岁就单身在外面混,混了三十年,这费力可就不小;但没有生过大病或卧床数十天……"[20],鲁迅离开故家在1898年,这里说的"十六七岁"显然是记实岁即虚岁减去一二岁。所以,所谓"二十一岁时作",应理解为1903年;只是到鲁迅晚年,他又按中国老传统用虚岁说话,"五十一岁时写之",乃在1931年。在同一文本中混用两种记年岁的方法,而未用统一的标准予以换算,不免杂乱无章,容易引起误会,这正是记忆力出了问题;这在鲁迅也不止一次了,1930年秋海婴周岁时鲁迅抱着他有一张合影,鲁迅题诗两句道:"海婴与鲁迅,一岁与五十"——这里海婴记实足年龄,而他本人则记虚岁。

总之,鲁迅自称《自题小像》为他"二十一岁时作",与许寿裳先生的说法其实是一致的,这首诗写于1903年春天他已经剪去辫子之后。留着辫子而说"我以我血荐轩辕",那将是无法理解的事情。

写作年代既定,进而来看此诗的旨意。

一般来说,绝句的第三句往往带有转折的意味,是诗中最为吃紧的所在。"寄意寒星荃不察"一句也正是如此。

通过月亮、云彩或星星表情达意、传递信息,是中国古典诗歌中用得很多的手法。通过"寒星"寄意于"荃"而"荃不察",这一意象显然是化用了《离骚》中的诗句:"忽奔走以先后兮,及前王之踵武。荃不察余之衷情兮,反信谗以齌怒。"王逸《楚辞章句》注释云:"荃,香草,以喻君也。人君被服芳香,故以香草为喻。"屈原之所谓"荃",自然是指楚王;而鲁迅诗中的"荃"则指祖国的人民。鲁迅这句诗的意思是说,他一心寄希望于人民的觉醒,但一时还看不到这种觉醒,于是只有牺牲自己,作很可能无效的反抗了。许寿裳解释《自题小像》全诗的大意说:"全首写留学异邦所受刺激之深,遥望故国风雨飘摇之感,以及同胞如醉,不胜寂寞之感,末句则直抒怀抱,是其毕生实践之誓言"[21]。"荃不察"的潜台词正是这个"同胞如醉"的感慨。鲁迅对于中国民众的不觉悟始终感慨很深,后来在杂文和小说中常常流露出"怒其不争"的意思。

至于"寒星"一词,似乃"直寻",没有用什么典故。早春的星自然是"寒星","寒"字与当时的时代气氛亦颇合拍。或以为用宋玉《九辩》:"今修饰而窥镜兮,后尚可以窜藏。愿寄言夫流星兮,羌倏忽而难当。卒壅蔽此浮云兮,下暗淡而无光。"这样来追寻典故似乎并不恰当,因为在《九辩》里并没有什么"寒星"。如果只是谈通过天上的星云以寄意,则屈原在《九章·思美人》中早已有之——

> 愿寄言于浮云兮,遇丰隆而不将。
> 因归鸟而致辞兮,羌宿高而难当。

关于"寄意寒星荃不察"这一句诗,分歧的说法很多,其中有一种是大有意味而不能同意的。这一意见多年前由杨天石先生首先提出[22],大意说,1903年是中国人民掀起轰轰烈烈的拒俄运动之时,东京的中国留学生组织了拒俄义勇队(稍后改名为军国民教育会),起先他们曾经寄希望于清政府改变政策,积极抵御沙俄的侵略,推派特派员归国请见清王朝权贵面陈一切,但清王朝却丧心病狂地镇压拒俄运动,1903年6月5日上海《苏报》揭载了以光绪皇帝口气发布的《严拿留学生密谕》,引起海内外爱国有识之士的巨大愤怒。7月初,特派员在不得要领后返回东京,汇报情况,于是群情激愤,反清运动随之迅速高涨,关于汉族始祖黄帝(轩辕)的宣传文字大量出现。杨先生认为《自题小像》应作于这一时期,"寄意寒星荃不察"一句的深层含义乃是"隐喻清王朝不理睬拒俄义勇队和爱国人士的抗敌愿望,密谕镇压"。

诗史互证本极可喜,但由此得出的结论必然是《自题小像》一诗作于1903年7月之后,这与人们已经确切知道的此诗写于1903年春天这一基本情况是矛盾的,夏天写这首诗而用"寒星",也于理不甚相合。

杨先生在文章中也引证了宋玉《九辩》,并强调指出,王逸《楚辞章句》解释"寄言夫流星"为"托忠策于贤良",贤良就是两名特派员。至于"荃不察",杨先生认为"完全是埋怨和责备君主之词",在屈原是如此,在鲁迅也是如此。似此,则"寄意寒星荃不察"一句诗就有了十分具体的历史内容:鲁迅本来寄希望于清朝皇帝,希望清廷改变国策,抵御沙俄,然而朝廷却不听忠告,反而镇压拒俄运动,忠而见疑,大失所望,于是发出埋怨和责备之词,并一转而下定决心,要"推翻帝国主义走狗清王朝,为民族解放而奋斗"了。

这样解诗,似乎头头是道,而且当年确实有先寄希望于清廷改变国策,在遭到镇压后一变而为主张革命的人。军国民教育会在听取特派员汇报后,将宗旨由"实行爱国主义"改为"实行民族主义",下决心"排满",就是典型的一例。问题在于鲁迅是否也是如此,如取杨说,将如何解释鲁迅早在1903年春天就剪去了辫子?他的剪辫,不仅在朝廷密谕严拿留学生之前,也在特派员归国之前,而且还在拒俄义勇队成立(1903年4月)之前。

先将作为清朝臣民标志的辫子剪去,而此后仍然以清朝的忠臣顺民自居,寄意于君王,可惜君王不仅不予理睬,反而密谕镇压,得到这样的教训后鲁迅才改变立场,下决心反对清朝,为民族解放事业而奋斗。这样的过程鲁迅经历过吗?

鲁迅在旧体诗中运用楚辞典故的地方很多,但都是灵活运用,很少有完全按照原意一成不变的。诗无非是抒发感情,不可能每一句都有其"本事",用索隐的办法解释诗歌,只能在非常有限的范围之内进行,不宜扩大化,否则我们将遇到很大的麻烦。

笔者不赞成杨先生对《自题小像》特别是对"寄意寒星荃不察"一句的解说,但很欣赏他在诗史互证方面所做的努力,赞成将沙俄的疯狂侵略作为背景之一来研读鲁迅这首诗。沙俄侵华由来已久,1900年以后尤其嚣张,这正是造成"风雨如磐暗故园"的原因之一。鲁迅是拒俄运动的积极参加者——他后来的文章《斯巴达之魂》《中国地质略论》都与此有关,杨天石先生曾用文学、历史互证的方法加以阐发[23],给予读者深刻的印象——稍后他又曾在文章中写道:"俄罗斯什赫诸邦,夙有一切斯拉夫主义",近代以来疯狂侵略中国,对于这样的侵略者唯一的办法是用实力来"自卫","所当有利兵坚盾,环卫其身,毋俾封豕长蛇,荐食上国"[24]。但是后面的事情不能简单地直接拿来解释前面的作品。用历史资料来解释文学作品也是有限度的,而且一定要采取极其严格的历史主义态度,在这一方面只要稍有逾越,例如在时间范围上的逾越,就很可能不符合原作的本来意义。

比"寒星"更麻烦的是"神矢"。

在诗的首句"灵台无计逃神矢"中,"灵台"指心,或曰精神;"神矢"一词则比较新颖难解。据许寿裳先生的解释,此句"说留学外邦所受刺激之深"[25]。而具体讲到"神矢",又说是用了一个洋典故,"盖借用罗马神话爱神之故事"[26];又说"想系借用罗马神话库必特(Cupid)爱矢之故事,亦犹骈体文中'思士陵天,骄阳毁其羽翮'(《集外集·〈淑姿的信〉序》)乃用希腊神话伊凯鲁斯(Icarus)冒险失败之故事也"[27]。而这个爱神库必特爱矢之故事同鲁迅留学日本时的"受刺激"是什么关系,与诗的下几句是什么关系,许先生则未加解说。

许先生是接受鲁迅赠诗的人,他的意见自然大有权威,所以许多学者根据他的说法加以发挥,大抵从爱神这里来考虑问题。爱神管的是爱情和婚姻,于是有人说"灵台无计逃神矢"就是"说结婚的无奈"[28];可是鲁迅的结婚在1906年,这时尚无"无奈"。又有人退一步说,这是对家庭代为订婚的不满,此说好像最为流行,例如新近出版的一本专著写道——

> 在罗马神话中,有一个长着翅膀的少年,就是爱神丘比特。他的箭同时暗暗射中某男某女的心,这男女双方就会结合。但他的射箭有点乱来,有时双方并不合适,他也射去,弄得人家虽不合适也非相爱不可。鲁迅在五四时期有一首白话诗《爱之神》,就写到这位"爱神"在射箭之后,被"一箭射着前胸"的人问他:"我应该爱谁?"他回答说:"你要是爱谁,就没命的去爱他;你要是谁也不爱,也可以没命的去自己死掉。"这就是说,他颇有点

"为射箭而射箭",至于他胡乱射中的男女是否合适、是否美满,他是不管的了。这很有点像中国神话中的"月下老人"。在不合理的婚姻制度下,人们在提到他的时候,与其说是在爱情美满的当儿,倒不如说常常是在婚姻不美满的时刻,亦即是在无可奈何非相爱不可的情况下。鲁迅写《爱之神》,就是用来揭露封建婚姻的不合理的。本诗首句"灵台无计逃神矢"不正是"被一箭射着前胸"的意思吗?1903年夏,鲁迅归国度暑假,母亲要他答应早在他南京求学时就已提过的与朱家的婚事。鲁迅不愿拂逆年轻守寡、生活艰苦的母亲的心意,在无可奈何中答应了。估计就在鲁迅假满回日本后,母亲就办订婚手续。在封建社会,订婚几乎同结婚同样重要,事情定了就不能改了。所以1903年暑假是鲁迅不幸婚姻的关键时刻,1906年不过是去"完婚"罢了。鲁迅对这婚事内心是很不满的,因而才有"灵台无计逃神矢"的诗句㉙。

这里阐述相当充分,而同时也就暴露了此说的种种问题。爱神在西方是很得人心的神,与中国古代封建家长式的"月下老人"大不相同。鲁迅的母亲要给他包办一门他内心很不赞成的婚事,能否用"灵台无计逃神矢"来形容,是一个很大的麻烦。最大的问题还在于,《自题小像》一诗作于1903年春天,尚在他不得已而订婚之前。

正因为此说绝不可通,所以早就有人虽以神话中的"爱矢"来解释诗中的"神矢",但强调这里的意思已经有变化,认为"鲁迅在这里是把它原来所指的狭义的男女爱情,赋予新的广义的解释,用以代替自己热爱祖国,因而就无法摆脱为担心祖国命运而带来的精神刺激"㉚。类似的说法后来反复出现,基本大同小异。

这样的解释看似通达有理,而其实仍然绝不可通。爱国主义乃是鲁迅深刻的本心,为什么要说什么"无计逃"呢?这样来讲解诗句,给人的印象是鲁迅本来不爱国,也不想爱国,中了一箭之后总算是爱国了,但十分勉强——这岂不奇怪绝伦?

还有一种意见与上一种意见相近而同样绝不可通,该说认为"神矢"就是革命思潮,当时主要指进化论思想,那时革命思潮正盛,像飞矢一样打中了鲁迅和别的爱国留日学生的心。"灵台无计逃神矢"说明革命思潮对鲁迅的震动之大,影响之深。此说同样不可通,因为这样一来,就好像鲁迅本来不知道什么新思潮,也不愿意接受新思潮,中了一箭之后总算是接受了,但十分勉强,为"无计逃"而感慨不已,这岂不同样奇怪绝伦?

其实,"灵台无计逃神矢"这一句,还是许寿裳先生讲得好,说的是"留学外邦所受刺激之深",应当补充的是,种种刺激主要来自国内,鲁迅1904年10月8日在仙台写给友人蒋抑卮的信中说过:"树人到仙台后,离中国主人翁颇遥,所恨尚有怪事奇闻由新闻纸以触我目。曼思故国,来日方长,载悲黑奴前车如是,弥益感喟。"[31]他先前在东京的时候,"怪事奇闻由新闻纸以触我目"者那就更多,青年鲁迅忧心如焚,这就是他的诗句"灵台无计逃神矢"的内涵。"神"即"神州"的简称,"矢"指刺激,鲁迅新创的"神矢"这一词组即指神州所来之矢——全句说他没有办法逃避由国内传来的刺激;所以下文又接着说,自己无论如何不能忘怀形势极其糟糕的故国,那里风雨如磐,一片黑暗,人民群众尚未觉醒;而他本人是下决心为民族解放事业奋斗到底的,虽作牺牲也在所不惜。

许先生把"神矢"同罗马神话联系起来看只是他的一种推测,所以一则说"盖借用……",再则说"想系借用……",都没有下什么断然的结论;而后人不察,就此疑似之说大加发挥,难免失之甚远了。此诗同鲁迅自己的私事如婚姻之类绝无联系。

《自题小像》一诗给人印象最深并早已成为警句的是最后一句"我以我血荐轩辕","血荐轩辕",与鲁迅临终时人们献给他的"民族魂"三个大字一脉贯通,遥相呼应。

诗句中连用了两个"我"字流露出一种无奈的独立苍茫之感,这种无奈也颇有笼罩鲁迅一生之意。除了五四高潮期的一小段时间以外,鲁迅始终有一种独战的悲哀而难以摆脱。试举两段后来的作品看——

倘使我还得偷生在不明不暗的这"虚妄"中,我就还要寻求那逝去的悲凉飘渺的青春,但不妨在我的身外。因为身外的青春倘一消灭,我身中的迟暮也即凋零了。

然而现在没有星和月光,没有僵坠的胡蝶以至笑的渺茫,爱的翔舞。然而青年们很平安。

我只得由我来肉薄这空虚中的暗夜了,纵使寻不到身外的青春,也总得自己来一掷我身中的迟暮。(《野草·希望》)

烟水寻常事,荒村一钓徒。
深宵沉醉起,无处觅菰蒲。(《无题》)

在这种地方,人们很容易想起《自题小像》一诗,以及他青年时代欣赏过的尼采和后来翻译过的阿尔志跋绥夫。

---

① 《且介亭杂文末编·因太炎先生而想起的二三事》,《鲁迅全集》第6卷。

② ⑥　详见许寿裳《剪辫》，《亡友鲁迅印象记》，人民文学出版社1953年版，第1—2页。

③　《且介亭杂文·病后杂谈之余》，《鲁迅全集》第6卷。

④　《鲁迅在东京·补遗》，《鲁迅的故家》，河北教育出版社2002年版，第330页。参见《鲁迅小说里的人物·呐喊衍义·剪发》《鲁迅的青年时代·东京和仙台》。癸卯三月初四当公元1903年4月1日。

⑤　周作人癸卯三月廿九日（1903年4月26日）日记："接大哥廿一日函，并断发小照一张。"（影印本《周作人日记》上册，大象出版社1996年版，第389页）

⑦　参见鲁迅的小说《头发的故事》《风波》《阿Q正传》。

⑧　尽管鲁迅后来说，他的剪辫"毫不含有革命性"，"只是为了不便"（《且介亭杂文末编·因太炎先生而想起的二三事》）。这是鲁迅的谦辞，不可呆看。

⑨　《坟·杂忆》，《鲁迅全集》第1卷。

⑩　《怀旧》，《我所认识的鲁迅》，人民文学出版社1978年版，第39页。

⑪　详见《我所认识的鲁迅》《〈鲁迅旧体诗集〉序》等文；只有一次许先生说"鲁迅往仙台学医……别后，他寄给我一张照片，后面题着一首七绝诗，有'我以我血荐轩辕'之句"（《亡友鲁迅印象记·仙台学医》），当出于记忆之误，也可能是鲁迅此时再一次题赠此诗。

⑫　十卷本《鲁迅全集》中的《集外集拾遗》有"附录"二种，"一为作者早年的诗文，共十七篇，是1898年至1902年的作品"，依照这一体例，《自题小像》应列入，但并没有收在这里，却编入《集外集》中去了，同时署1901年。这种自违失照的情形，大约是因为《自题小像》同鲁迅更早的作品如1901年的《庚子送灶即事》《祭书神文》《别诸弟》等等相比明显高出一头，却又错误地相信此诗作于1901年，结果便出现了一个明显的矛盾。

⑬　《集外集·序言》，《鲁迅全集》第7卷，第4页。

⑭　1934年12月20日致杨霁云的信，《鲁迅全集》第12卷。

⑮　转引自许寿裳《〈鲁迅旧体诗集〉序》，《我所认识的鲁迅》，人民文学出版社1978年版，第55页。

⑯　1934年10月13日致杨霁云的信，《鲁迅全集》第12卷。

⑰ 1934年12月9日致杨霁云的信,前引书。

⑱ 1934年12月19日致杨霁云的信,前引书。

⑲ 1934年12月23日致杨霁云的信,前引书。

⑳ 1934年12月6日致萧军、萧红的信,《鲁迅全集》第12卷。

㉑ 《〈鲁迅旧体诗集〉跋》,《我所认识的鲁迅》,人民文学出版社1978年版,第57页。

㉒ 《"荃不察"与"荐轩辕"——〈自题小像〉新探》,《南开大学学报》1977年第4期。

㉓ 详见《〈斯巴达之魂〉和中国近代拒俄运动》(《光明日报》1976年10月23日)、《〈中国地质略论〉的写作与中国近代史上的护矿斗争》(《鲁迅研究资料》第1辑,文物出版社1976年10月版)二文。

㉔ 《集外集拾遗补编·破恶声论》,《鲁迅全集》第8卷。

㉕ 《怀旧》,《我所认识的鲁迅》,人民文学出版社1978年版,第39页。

㉖ 《〈鲁迅旧体诗集〉跋》,《我所认识的鲁迅》,人民文学出版社1978年版,第57页。

㉗ 《〈鲁迅旧体诗集〉序》,前引书,第56页。

㉘ 锡金《鲁迅诗本事》,《文学月刊》1956年11月号。

㉙ 倪墨炎《鲁迅旧诗探解》,上海书店出版社2002年版,第30—31页。

㉚ 于植元《鲁迅诗本事质疑》,《处女地》1957年1月号。

㉛ 鲁迅1904年10月8日致蒋抑卮,《鲁迅全集》第11卷。

《哀范君三章》

1912年7月10日,鲁迅的老同学老朋友范爱农(1883—1912)忽然落水而死;在北京的鲁迅得知这一消息后,疑心他是自杀,十分悲痛,一口气写了三首五律,稍后发表于绍兴《民兴日报》(1912年8月21日),署名黄棘。诗云(括号中的字是见于《鲁迅日记》所录之初稿):

风雨飘摇日,余怀范爱农。华颠萎寥落,白眼看鸡虫。
世味秋茶苦,人间直道穷。奈何三月别,遽(竟)尔失畸躬!

海草国门碧,多年老异乡。狐狸方去穴,桃偶尽(已)登场。
故里彤(寒)云恶,炎天凛夜长。独沉清洌(泠)水,能否洗(涤)愁肠?

把酒论天下,先生小酒人。大圜犹酩酊(茗艼),微醉自沉沦。
此别成终古,从兹绝绪言。故人云散尽,我亦等轻尘!

范爱农是著名革命家徐锡麟(1873—1907)的学生,也是光复会的成员;他早年父母双亡,由祖母抚养成人,靠叔父的资助读书,1905年冬毕业于绍兴府中学堂后即随徐老师东渡日本,进了一家私立的物理学校读书。当时同行的还有王金发(1883—1915)、陈伯平(1885—1907)、马宗汉(1884—1907)等人,鲁迅作为已先期在日本留学的同乡,专程去横滨码头迎接他们。

范爱农就读的物理学校是一间完全自费的私立学校,也"是一个不容易升级和毕业的学校,然而回到中国,资格却不及别的有的学校,因为是私立的,又没有大学、专门等字样。就这一端,可以知道他的行为和中国的势利的社会习惯不合。"①

王金发,名逸,字季高,绍兴府嵊县人。金发是他的小名,而最为人所知。王金发出身于一个具有反清传统的世家,从小不喜读书而精于骑射,二十岁中秀才以后就在家乡组织"乌带党",与竺绍康为首的平阳(洋)党互相呼应,从事反清反帝的革命活动。1904年他参与创立"大同学社",团结各会党的力量,图谋举事;1905年加入光复会,同年冬随徐锡麟赴日本留学,入大森体育学校,一年后以第一名毕业,回国任绍兴大通师范学堂体操教员,秘密从事革命活动。大通师范学堂是徐锡麟等革命党人创办的,目的在于培养革命人才,为起义作准备;其学员多为会党中人,其中嵊县籍的居多,许多人是王金发、竺绍康的旧部。

1907年初著名女革命家秋瑾(1875—1907)回到绍兴主持大通学堂,成为绍兴一带的革命领袖,王金发则是她的主要助手,他们密切配合积极开展秘密的革命活动,同时与业已取得安徽候补道、巡警学堂堂长地位的徐锡麟互通声气,策划东南大起义,时间定在阴历五月二十六,后推迟到六月初十,在安庆、绍兴两地同时动手。

1907年7月6日(阴历五月二十六),徐锡麟在安庆仓促起事,在巡警学堂毕业典礼上刺杀了安徽巡抚恩铭,与清官兵激战数小时,失败后就义,被恩铭的亲兵杀害,剜心炒食净尽。他的学生和追随者陈伯平、马宗汉也都为革命事业壮烈牺牲。正在嵊县集结部队的绍兴光复军分统王金发闻讯后赶到绍兴,与秋瑾共商对策,他主张立刻动手,而秋瑾则坚持按计划等到六月初十。清官方在安庆事件后已严密监视大通学堂,正在调兵遣将准备收捕聚集在这里的革命党人。王金发又苦劝秋瑾暂避风头,而秋瑾却反劝王金发速回嵊县以图后计。7月13日,秋瑾在大通学堂被捕,15日就义于绍兴轩亭口。

与此同时清官方四处搜捕王金发、竺绍康等会党领袖,王金发的妻子沈氏被逮(后以装疯获释),他本人化名"夏子黎"遁入浙东山区,当了多年的"强盗"。鲁迅后来说王金发是"绿林大学出身",就是指他这一段经历而言。

徐锡麟、秋瑾死难以后,范爱农上了清官方的黑名单,罪名是"通敌谋乱"。如果他留在日本是不要紧的,而他偏于此时因祖母病故、叔父停止资助、学费无着而回到了绍兴,很快被捕,好不容易才由他在绍兴府中学堂读书时的老师胡钟生(字道南)保释出来,此后一度在绍兴府中学堂教书,然后又回到乡下去教几个小学生糊口。大约因为心情郁闷吧,他喝酒喝得很厉害。

那时许多人相信一种传言,说秋瑾的被捕与胡钟生的告密有关,王金发更是痛恨胡钟生,在1910年中秋节那天以奇计暗杀了他。曾经得到过胡钟生救助的范爱农与王金发不免产生了某种隔阂。鲁迅回国后同他们都有些联系,他晚年对增田涉说过,"在反清革命运动鼎盛的时候,我跟革命的强盗颇有些往来"[②],"强盗"即指王金发;他同范爱农的交往就更多些,范爱农每次进城,都到鲁迅这里来喝酒聊天,"常谈些愚不可及的疯话"[③]。

1911年绍兴光复后,一派新的气象:王金发为绍兴府都督,鲁迅出任绍兴师范监督(校长),他请范爱农来当监学(教务主任),大家关系都很好。鲁迅说,这时范爱农"不大喝酒了,也很少有功夫谈闲天。他办事,兼教书,实在勤快得可以"④。周建人回忆其时的范爱农道:"他的装饰是穿着布底布面的鞋子,头上戴毡帽,而且戴作卖鱼人所戴的样子的。身上穿着学生时代穿的洋服。他跑到王金发那里去时,他常常要用手摸摸王金发的光头,用钝滞的声音叫声'啊,金发大哥!'有时候,王有点窘,因为这时候已是军政分府的都督了,不是像从前的随便可以开玩笑的时候了。"⑤范爱农的质朴坦率不通世故可见一斑,他和学生时代还差不多;而王金发已经很不同了,现已身居高位,被许多闲汉和新进的革命党所包围,渐有官气,甚至产生了腐败的苗头。

为了发扬民主,加强舆论监督,绍兴一批知识分子办起了《越铎日报》,鲁迅参与其事,还为报纸写了发刊词。开始时王金发还能"顾大局,听舆论"⑥,支持办这份报,而该报对军政府的批评也是善意的;可是情况很快发生了变化,以孙德卿、徐叔荪为首的曾参加反清斗争的乡绅公开恶意地批评以王金发为首的军政府,并为杀害秋瑾的谋主章介眉辩护,不久他们夺取了《越铎日报》的领导权,竟公然攻击辛亥革命,大骂孙中山,性质发生了根本的变化。

孙德卿、徐叔荪一派还散布谣言说,王金发要派人来打死鲁迅,意在挑拨离间,既破坏军政府的形象,也打压鲁迅。鲁迅不为所动,他对王金发虽然很有些失望,但尚未失去基本的信任。范爱农的态度也大抵是如此。

鲁迅离开绍兴到南京临时政府教育部任职后,傅励臣(1866—1918)接任绍兴师范学堂校长;范爱农仍为监学,同时为新办的《民兴日报》帮忙看稿并撰写社论——这家报纸是不赞成孙德卿、徐叔荪一派的青年知识分子所办,与变质后的《越铎日报》壁垒分明。

不久范爱农被挤出了绍兴师范学堂。其详细内幕不甚清楚,据范爱农本人1912年5月9日致鲁迅信中的介绍,起因似乎是一件小小的纠纷,而终于闹得不可收拾。前绍兴师范学堂职员、现"中华自由党"绍兴分部骨干何几仲(？—1937)依附孙德卿、徐叔荪,一味投机弄权,肆意打击范爱农,借机操纵师范学堂一部分二年级学生将他逐出了校门,同时在《越铎日报》公布其事。

范爱农失业后仍然与《民兴日报》保持密切联系。1912年7月10日他应《民兴日报》负责人马可兴的邀请,一道坐船去小皋埠看戏,途中落水而死。

范爱农的死颇有些蹊跷。范爱农的舅舅汪梅峰归咎于马可兴,他在《吊范爱农诔文》中写道:"……马君买舟既就,另有别友六人,专候爱农,以致情不可却,遂登舟偕往,晚后竟遭此厄。冤耶？否耶？所最难堪者,谓其尸骸捞上彼岸,有遍身黑色之象,若非服毒身亡,安有如此情形？……当其时,无人为爱农伸雪此冤,遂成千古疑案矣。然其遍身黑色之情,未经报验,暗昧入棺,为马可星(兴)及同舟诸君幸逃法网,此真可惜而可恨也！"⑦但是从马可兴与范爱农一向的友谊以及船上的实际情形来看,他并没有投毒害死范爱农的可能,同舟的《民兴日报》同人也没有这样的可能,所以鲁迅估计他是自杀。照常情来推测,大约是范爱农自知是游泳的好手,所以不取单纯的投河自杀法,而是先喝毒酒(他上船时带了一坛老酒),然后投河,这样可减少痛苦、达成必死而不会牵连别人。

马可兴后来回忆说:"船开到瓦窑头附近。锣鼓声就听到了。大家叫撑船的撑得快些,撑到可以吃点心。范爱农吃得醉醺醺的,从官舱里伸出头来,说'撑船的,我给你来摇橹。'不知怎么一来,就落水了。"⑧了解,范爱农本不会摇橹⑨,他走出船舱当是寻找自杀的借口,而"不知怎么一来"应是毒药发生作用之际他决绝地跳下了河。

范爱农1912年3月27日致鲁迅的信中有云:"听说南京一切措施与绍、杭鲁卫,故此世界,实何生为,盖吾辈生成傲骨,未能随逐波流,惟死而已,端无生理。"他悲观厌世的倾向太严重了。到1912年7月,以王金发为首的军政分府已濒于瓦解,绍兴局势进一步恶化,他大约觉得再活下去已经没有任何意义了。书生气十足的范爱农是辛亥革命失败后第一批殉难者之一。

当时王金发受到来自大总统袁世凯方面的巨大压力,准备解散绍兴军政分府。在范爱农死后的二十天——1912年8月1日,他悄然离开绍兴,到上海去当寓公。后来他支持孙中山发动的"二次革命",任浙江驻沪讨袁军总司令,失败后亡命日本,回国后于1915年6月2日被袁世凯的走狗、督理浙江军务的朱瑞枪决。

1912年7月19日,在北京的鲁迅收到周作人发自绍兴的信,得知范爱农的死讯,十分悲痛,在日记中写道:"悲夫悲夫,君子无终,越之不幸也,于是何几仲辈为群大蠹。"7月22日,他写了《哀范君三章》,次日又加一附记曰:"我于爱农之死,为之不怡累日,至今未能释然。昨忽成诗三章,随手写之,而忽将鸡虫做入,真是奇绝妙绝,辟历(霹雳)一声,速死豸之大狼狈矣。今录上,希大鉴定家鉴定,如不恶,乃可登诸《民兴》也。天下虽未必仰望已久,然我亦岂能已于言乎。"鲁迅认为,范爱农虽然很可能是自杀,而其实是死于当时的形势,死于何几仲之流的压迫,所以他的诗中有"白眼看鸡虫"之句,"鸡虫"指小人,又与"几仲"谐音。

鲁迅哭范爱农诗的重点自然是痛惜这位老朋友的不幸离世。自杀需要很大的勇气,也一定自有其理由,别人无权批评;但鲁迅很不赞成自杀。诗中尤其引人注目的是鲁迅对当前形势的估计和概括,"狐狸"一联将辛亥革命迅速取得胜利又迅速走向失败说得极为简明透辟。中国历史常有这样的事情,令人想起他后来的警句"城头变幻大王旗"。"世味秋荼苦,人间直道穷"一联道出了鲁迅对世事的体悟;不久之后鲁迅忙于抄古碑、读佛经,无非是要借此打破沉寂和痛苦,对抗极苦的"世味"。明知极苦而偏要同它对垒,这样的心态几乎贯串了鲁迅的一生。

三首诗沉郁顿挫,令人想起杜甫。后来有评论家说鲁迅的小说具有杜甫的诗情,颇具灼见,而这首先是因为他就是一位杜甫型的诗人。

1934年杨霁云为鲁迅编《集外集》,要收录旧体诗,鲁迅为他抄录了若干旧作,杨霁云从《朝花夕拾·范爱农》中辑出鲁迅哭范爱农的诗,可惜很不全,只有一首中的六句。《范爱农》文中说,在得知范君的噩耗后,"一点法子都没有,只做了四首诗,后来曾在一种日报上发表,现在是将要忘记完了,只记得一首里的六句,起首四句是'把酒论天下,先生小酒人。大圜犹酩酊,微醉合沉沦。'中间忘掉两句,末了是'旧朋云散尽,余亦等轻尘。'"

回忆文章中的用字与当年的发表本略有异同,这倒关系不大,大问题是少了两句,构不成一首完整的诗了,于是鲁迅补写了两句:

幽谷无穷夜,新官自在春。

又加上一个《哭范爱农》的题目,印入《集外集》。群众图书公司初版本将"幽谷"误作"出谷",后来改正了过来。

"此别成终古,从兹绝绪言"是朋友新死时激动的语气,脱口而出,无限哀伤。"绪言"指先导之言、富有启发性的言论(《庄子·渔父》:"曩者先生有绪言而去";陆德明《释文》:"绪言,先言也。");范爱农生前喜欢高谈阔论,常常说些"愚不可及的疯话",冷峭幽默,多有牢骚,给鲁迅等友人留下深刻的印象;此后是再也听不到这样的"绪言"了。

　　"幽谷无穷夜,新宫自在春"则是事后冷静的总结。《诗经·小雅·伐木》里有两句著名的诗:"出于幽谷,迁于乔木",意谓地位升迁或搬到更好的地方去,"幽谷"自是指恶劣的处境。范爱农长期郁郁不得志,受人排挤,生活无着,寄食于熟人家中也不能长久——据他的女儿范莲珠说,父亲失业以后挈妇将雏,到处流浪,"岳父沈尧成是个穷教师,帮不了他的忙,于是,范爱农多次赴杭州找老同学沈钧业觅事做,其时沈任浙江军政府教育司司长,也没有帮他的忙"⑩。范爱农曾在沈钧业家寄食过若干时日,稍后只得潦倒回乡,在《民兴日报》帮忙看稿——如今落水而死,更是葬身于黑暗的深处,所以说是"无穷夜"。"新宫"则指窃取了辛亥革命胜利果实的袁世凯以及各地的一批投机分子,现在他们都很得意,满面春风。范爱农正是死于这样的时代。

　　"把酒论天下"这一首用"真"字韵,而"从兹绝绪言"的"言"属于"元"字韵,鲁迅当时情绪激动,不管这些了。改本的韵脚("春")回到"真"字韵,合于规范。"幽谷无穷夜,新宫自在春"一联历来不大受人注意,其实也是难得的警句。

---

　　① 周建人《鲁迅任绍兴师范校长的一年》,《略讲关于鲁迅的事情》,人民文学出版社1954年版,第21页。

② 增田涉《鲁迅传》,《鲁迅研究资料》第二辑,文物出版社1979年版,第368页。

③④ 《朝花夕拾·范爱农》,《鲁迅全集》第2卷。

⑤ 《鲁迅任绍兴师范校长的一年》,《略讲关于鲁迅的事情》,人民文学出版社1954年版,第20页。

⑥ 《华盖集·这个与那个》,《鲁迅全集》第3卷。

⑦ 转引自《绍兴师专学报》1982年第1期。

⑧ 转引自《绍兴鲁迅纪念馆馆刊》第1期,1962年12月。

⑨ 参见张能耿《鲁迅的青少年时代》,陕西人民出版社1981年版,第320页。

⑩ 转引自《鲁迅生平史料汇编》第一辑,天津人民出版社1981年版,第304页。

《替豆萁伸冤》

介入女师大学潮是鲁迅一生中的大事件,原来鲁迅基本上生活在书斋、衙门和讲堂,此后却卷进群众斗争中来了,他的许多文章以及被罢官、谈恋爱、受通缉、离北京等等,皆与此有关。关系甚大,非同小可。

这次学潮情形复杂,其中波澜起伏,无不同当时政局变化气候冷暖有关;想利用这学潮来达成自己目的者也大有人在。如何看待学潮,颇有些不同的见解。好在这次学潮乃九十年前的旧事,早是已陈之刍狗,可慢慢研讨无妨。

鲁迅有一首活剥曹植《七步诗》的打油诗,是学潮中的产物。该诗见于《咬文嚼字(三)》,原载1925年6月7日《京报副刊》,后收入《华盖集》。文章先引用《国立北京女子师范大学校长杨荫榆对于暴烈学生之感言》,指出杨校长是把她与学生的关系看成婆媳;而该校哲学系教员兼代理系主任汪懋祖在他的致全国教育界意见书里则看成是弟兄,他支持校长,批评学生的闹事愈演愈烈,乃是"相煎益急"——这是用曹植《七步诗》的典故了。于是鲁迅针锋相对地写道:

据考据家说,这曹子建的《七步诗》是假的。但也没有什么大相干,姑且利用它来活剥一首,替豆萁伸冤:

> 煮豆燃豆萁,萁在釜下泣——
> 我烬你熟了,正好办教席!

这真是绝妙好辞。

曹植的《七步诗》其实是真的,过去有些考据家说假,理由一共只有一条,那就是在几种版本古老的曹植集中皆无此诗;他们忘了曹植的集子原来是曹魏官方给编的,凡不利于开国皇帝曹丕的作品,当然坚决删去不收,这无非是寓禁于编。考证古代文史最忌迂腐算死账。

按曹植此诗之原本有六句:"煮豆持作羹,漉豉以为汁。萁在釜下燃,豆在釜中泣。本自同根生,相煎何太急。"后来衍变凝缩为四句,大为流行:

> 煮豆燃豆萁,豆在釜中泣。
> 本是同根生,相煎何太急。

曹植自比豆子,正在锅子("釜")里受煎熬,而来煎他的竟然就是同根生的哥哥曹丕。鲁迅在他的杂文里用"活剥"手法模拟《七步诗》,讽刺对象则是杨荫榆校长的帮手汪懋祖主任等辈。诗中暗示现在的受害者其实是豆萁即学生,她们正在被焚烧,而校长却忙于请主任等客人吃饭,策划如何镇压学生运动呢。接过对立面的话头,巧妙地予以讽刺打击,让他们中枪后无从还手,而形式又非常生动活泼,一向是鲁迅的拿手好戏。

用"活剥"法写成的打油诗,又见于鲁迅后来的杂文《三闲集·头》和《伪自由书·崇实》,全都嬉笑怒骂皆成文章,大可一并读之。

《吊卢骚》

1928年4月10日,鲁迅作杂文《头》,文末活剥清人王士禛《咏史小乐府·杀田丰》:"长揖横刀出,将军盖(原诗作"一")代雄。头颅行万里,失计杀田丰",作五绝一首以吊法国大思想家卢骚(按现在通译为卢梭)云:

> 脱帽怀铅出,先生盖代穷。头颅行万里,失计造儿童。

文章指出,梁实秋新近在报纸上发表的《关于卢骚——答郁达夫先生》一文之大力攻击卢骚,多有影射之意,可谓"借头示众",其本意在于打击中国进步的新文学家——梁先生称之为"浪漫派",详见其《浪漫的与古典的》一书——其手法颇近于国民党反动派在"清党"之际把共产党人郭亮的头割下来示众,"遍历长(沙)岳(阳)",以恐吓群众云云。

在论争中将文学问题文化问题勉强与政治事件挂钩,现在看去并不一定可取;但鲁迅在这里也只是涉笔成趣的一个比喻,其诗亦复婉而多讽。诗的前两句是说,卢骚之倒霉不仅在于生前遭到法国反动当局的迫害,更在于死后又遭到梁实秋如此的攻击,弄得无路可走。这里的"穷"就是"日暮途穷"之"穷"——所以要写一首诗来凭吊他。

"头颅行万里"一句径用《咏史小乐府》的原句,这是有出典的。汉末军阀袁绍不听谋士田丰的劝告,反而把他关押起来,结果在官渡一战中大败。"绍军既败,或谓丰曰:'君必见重。'丰曰:'若军有利,吾必全;今军败,吾其死矣。'绍还,谓左右曰:'吾不用田丰言,果为所笑。'遂杀之。"(《三国志·魏书·袁绍传》)袁绍死后,其长子袁谭和少子袁尚内讧,分别被曹操打败,建安十二年(207)袁尚、袁熙(袁绍之中子)败走至辽东,辽东太守公孙康诱杀之。《三国志·魏书·袁绍传》注引《典略》云:"(公孙康)乃先置其精勇于厩中,然后请熙、尚,熙、尚入,康伏兵出,皆缚之,坐于冻地。尚寒,求席,熙曰:'头颅方行万里,何席之为!'"《三国演义》里也写到这些故事,但将最后这两句话安在公孙康名下。据《典略》,袁熙是个明白人,他知道他们弟兄两个的头颅将被公孙康砍下来送给曹操,此时此刻,屁股冷一点何足挂齿。清人《杀田丰》诗认为,袁熙袁尚兄弟之死,根子还在袁绍不听田丰之计反把他杀了。鲁迅诗中借用这一句仅仅是用其字面上的意思,指出卢骚的头被不远万里地挂到中国来,也是有其现实的原因的。

接下来的"失计造儿童"一句,是指卢骚之"失计"在于他影响了后来的大批作家,这就是文章中所说的"他现在所受的罚,是因为影响罪,不是本罪了"。诗中之"造"乃"造就"之"造",即指影响而言。正如鲁迅在文章中所说,"假使他(卢骚)没有成为'一般浪漫文人行为之标类的代表',就不至于路远迢迢,将他的头挂给中国人看。一般浪漫文人,总算害了遥拜的祖师,给了他一个死后也不安静。"[1]鲁迅诗中的"儿童"借指被认为是受到卢骚影响的作家。这当然是一个隐喻,用"童"字收尾也有押韵方面的考虑。2005年版《鲁迅全集》沿着过去注释的老路,以"卢梭于1762年出版教育小说《爱弥儿》,提倡儿童身心的自由发展,批评封建贵族和教会的教育制度"因此遭到迫害,来解释"失计造儿童"(第4卷,第94页),似失之粘着,离开了鲁迅《头》一文的思路,颇近于古人之所谓"释事而忘义",恐怕是不大中肯的。

---

① 《三闲集·头》,《鲁迅全集》第4卷。

《题赠冯蕙熹》

杀人有将,救人为医。
杀了大半,救其孑遗。
小补之哉,乌乎噫嘻!

此诗题在许广平的表妹冯蕙熹的纪念册上。当时她是北京协和医学院三年级的学生,后来毕业后就在协和医院当医生。

原件只有最后一个惊叹号,无其他标点,四字一句,一句一行,由左而右竖写;其后有签名盖章,又有"一九三十年九月一日,上海"一行字。鲁迅这首四言诗一直到很晚的时候才被发现并发表出来①。

鲁迅曾在1934年10月13日致杨霁云的信中对《集外集》的编者杨霁云说:"我平常并不做诗,只在有人要我写字时,胡诌几句塞责,并不存稿。"这首《题赠冯蕙熹》正是一个典型的例证。

医生治病救人,是很崇高的职业,但鲁迅早在日本留学时就认识到这个崇高的职业解决不了社会问题。他后来更明确地说过,自然科学非常重要,而"更进一步来加以解决的,则有社会科学在"②。"杀了大半"则是诗意的夸张,而其现实的依据则是其时反动派杀人之多。"杀人者在毁坏世界,救人者在修补它"③,这种修补非常费劲,而意义重大。古人说得好,不为良相,则为良医。

就现在所知的材料而言,鲁迅的四言诗仅此一首。

当然,如果条件放宽一点,还可以举出一首,这就是鲁迅在杂文《中国的奇想》一文之末写的:

狂赌救国,纵欲成仙,袖手杀敌,造谣买田,倘有人要编续《龙文鞭影》的,我以为不妨添上这四句。④

《龙文鞭影》并非诗集,而是押韵的启蒙读物,比《百家姓》略高一等。如果承认"狂赌"等四句也可以看作是诗,那么鲁迅的四言诗就有两首了。

---

① 手迹影印件载《文物·革命文物特刊》第5号(1976年1月),稍后收入1981年版《鲁迅全集》第8卷之《集外集拾遗补编》,并加上所拟的标题《题赠冯蕙熹》。
② 《二心集·〈进化和退化〉小引》,《鲁迅全集》第4卷。
③ 《且介亭杂文·拿破仑与隋那》,《鲁迅全集》第6卷。
④ 《准风月谈·中国的奇想》,《鲁迅全集》第5卷。

《送O.E.君携兰归国》

鲁迅的旧体诗,除写入文章的几首之外,生前发表的不多,只有左联领导下的上海《文艺新闻》周刊在第22号(1931年8月10日)上曾一举发表过三首,诗前且有一段说明道:

> 闻寓沪日人,时有向鲁迅求讨墨迹以作纪念者,氏因情难推却,多写现成诗句酬之以了事。兹从日人方面,寻得氏所作三首如下。并闻此系作于长沙事件后及闻柔石等死耗时,故语多悲愤云。(《鲁迅氏的悲愤——以旧诗寄怀》)

这三首诗是:《送S.M.君》(后或改题为《湘灵歌》)、《送M.K.女士》(后作《无题》)、《E.O.君携兰归国》(后由鲁迅本人更正为《送O.E.君携兰归国》[①])。

O.E.(Obara Eijiro)君就是日本商人小原荣次郎。鲁迅手迹在诗的正文之后题有"京华堂主人小原荣次郎先生携兰东归以此送之",据此,诗题如果记为《送小原荣次郎先生携兰东归》也许更为合适[②]。在旧体诗的标题里不出现外文字母,这样比较合于传统。

京华堂是小原荣次郎开的一家杂货店,专营中国产品,后以贩卖中国兰草著称;鲁迅写给他的条幅,他一直挂在店堂里[③]。

鲁迅此诗写于1931年2月12日,当时他为防止被捕正暂避于日本人开设的花园庄旅馆。处境特殊,送行之诗遂成为一种当下感很强的借题发挥:

> 椒焚桂折佳人老,独托幽岩展素心。
> 岂惜芳馨遗远者,故乡如醉有荆榛。

"椒焚桂折""故乡如醉"都是指当时严峻残酷的形势,柔石等二十四人案让鲁迅痛感美好的人物正在受到摧残,自己也正在苦难的历程中迅速老去。诗中采用《楚辞》美人香草的传统比喻,而这又与小原先生所经营的兰草生意可以勾连起来,虚实相生,诗情摇曳。

鲁迅的旧体诗非常明显地继承了《楚辞》的传统,而又带有现代的色彩,这里没有任何忠而见疑的牢骚,没有沉痛的绝望,而洋溢着不屈服的斗争精神,却又并不大声疾呼,只见沉郁顿挫,感慨遥深。这首《送O.E.君携兰归国》也正是一个适例。

---

① 杨霁云根据《文艺新闻》等处抄录了这几首诗,拟编入《集外集》,请鲁迅审定,鲁迅1934年12月29日复信说:"诗(是一九三一年作)可以收入,但题目应作《送O.E.君携兰归国》。"

② 鲁迅手写的此诗的另一份手迹,正文后题"送日本小原君携兰东归之作",见《鲁迅诗稿》,文物出版社1976年版,第9页。

③ 详见郭沫若《O.E.索隐》,重庆《新华日报》1941年10月19日。

《悼柔石》

1931年1月17日,同鲁迅关系很密切的青年左翼作家柔石等一起三十多人被捕,他身上有一份鲁迅的手抄件,据说因此将株连到鲁迅;鲁迅在得到魏金枝的通知后立即离家,避于黄陆路花园庄公寓①。后来他在纪念柔石等人的文章中写道:

> 这一夜,我烧掉了朋友们的旧信札,就和女人抱着孩子走在一个客栈里。不几天,即听得外面纷纷传我被捕,或是被杀了,柔石的消息却很少。有的说,他曾经被巡捕带到明日书店去,问是否是编辑;有的说,他曾经被巡捕带往北新书局去,问是否是柔石,手上上了铐,可见案情是重的。但怎样的案情,却谁也不明白。
> ……
> 但忽然得到一个可靠的消息,说柔石和其他二十三人,已于二月七日夜或八日晨,在龙华警备司令部被枪毙了,他的身上中了十弹。②

这就是著名的二十四人案③。稍后鲁迅为其中他最熟悉的青年朋友柔石写了一首沉痛的七律④,《为了忘却的记念》继续写道:

在一个深夜里,我站在客栈的院子中,周围是堆着的破烂的什物;人们都睡觉了,连我的女人和孩子。我沉重的感到我失掉了很好的朋友,中国失掉了很好的青年,我在悲愤中沉静下去了,然而积习却从沉静中抬起头来,凑成了这样的几句:

惯于长夜过春时,挈妇将雏鬓有丝。
梦里依稀慈母泪,城头变幻大王旗。
忍看朋辈成新鬼,怒向刀丛觅小诗。
吟罢低眉无写处,月光如水照缁衣。

但末二句,后来不确了,我终于将这写给了一个日本的歌人。⑤

这首诗正所谓"释愤抒情"。中国富于诗人气质的知识分子一向习惯于在感情激动之时吟一首诗,来释放自己的激动,稍稍恢复到平静。这种诗不一定发表,更不一定当时就发表,它本是为自己和死者而写的。

1932年7月11日,鲁迅曾手写此诗,赠给日本歌人山本初枝。其颈联为:"眼看朋辈成新鬼,怒向刀边觅小诗"。后来鲁迅在1933年6月25日致这位歌人的信中说:"只要我还活着,就要拿起笔,去回敬他们的手枪。"⑥这句话借用来解说"怒向刀边觅小诗"也颇切当。1933年初,鲁迅又曾手写此诗成一条幅赠给老同学老朋友许寿裳⑦,此件今存上海鲁迅纪念馆。诗的第六句已改为"忍看朋辈成新鬼",而第七句仍作"怒向刀边觅小诗",要到稍后写进《为了忘却的记念》时,才改"边"为"丛"——这样一改,与"朋辈"对仗更为工稳,也可见其时屠刀之多。鲁迅写诗很讲究,反复推敲,以求止于至善。

本诗虚实相生,警句迭出。"长夜"句固然指鲁迅在花园庄公寓夜不能寐的实际情形,也是形容那时漫长而黑暗的政局。毛泽东后来有一句词道"长夜难明赤县天",其意相通。"梦里依稀慈母泪"一句也有写实的成分,《为了忘却的记念》一文提到:

> 我记得柔石在年底曾回故乡,住了好些时,到上海后很受朋友的责备。他悲愤的对我说:他母亲双眼已经失明了,要他多住几天,他怎么能够就走呢?我知道这失明的母亲的眷眷的心,柔石拳拳的心。当《北斗》创刊时,我就想写一点关于柔石的文章,然而不能够,只得选了一幅珂勒惠支(Käthe Kollwitz)夫人的木刻,名曰《牺牲》,是一个母亲悲哀地献出她的儿子去的,算是只有我一个心里知道的柔石的记念。⑧

而鲁迅的慈母,也曾因担心儿子安危而流泪。1932年2月4日鲁迅在致李秉中的信中写道:"上月中旬,此间捕青年数十人,其中之一,是我之学生(或云有一人自言姓鲁)。飞短流长之徒,因盛言我已被捕……老母饮泣,挚友惊心。十日以来,几于日以发缄更正为事,亦可悲矣。"⑨凡天下很不太平之日,一向是慈母多饮泣之时,而斗士终于不能始终守在老母的身边,他们为了崇高的理想,仍然要继续奋斗。

柔石等人牺牲以后,世界进步文艺家联名向国民党当局提出抗议,凯绥·珂勒惠支也是签名者之一。鲁迅曾写信给她,请她创作以左联五烈士为题材的版画,珂勒惠支来信说不能,因为她没有看到过真实的情形,而且对于中国的文物又生疏,没有答应。鲁迅晚年自费印行《凯绥·珂勒惠支版画选集》,仍多有纪念柔石的意思。

① 详见魏金枝《和柔石相处的一段时光》,《文艺月报》1957年第3期;《冯雪峰致包子衍的信》,《新文学史料》第四辑,1979年8月。按《为了忘却的记念》第四部分一开始写道:"明日书店要出一种期刊,请柔石去做编辑,他答应了;书店还想印我的译著,托他来问版税的办法,我便将我和北新书局所订的合同,抄了一份交给他,他向衣袋里一塞,匆匆的走了。其时是一九三一年一月十六日的夜间,而不料这一去,竟就是我和他相见的末一次,竟就是我们的永诀。"按明日书店开办于1928年,负责人有许人一、戴邦定、许杰等,先后出版过列宁《唯物论与经验批判论》的中译本、《秋瑾遗集》(王绍基编)、《王以仁的幻灭》(王以仁著)、《马戏团》(许杰著)等近二十种书。由于经营管理不善,一直亏本。1931年该店管理人林郁青(浙江宁海人,柔石的同乡)拟通过办刊物、出版鲁迅的译著来打开局面,但由于柔石很快就被捕,他计划未能实现。此事的详情可参见许杰的回忆录《坎坷道路上的足迹》,《新文学史料》1985年第1期。

②⑤⑧ 《南腔北调集·为了忘却的记念》,《鲁迅全集》第4卷。

③ 当年的有关文件,如中国左翼作家联盟的《为国民党屠杀同志致各国革命文学和文化团体以及一切为人类进步而工作的著作家思想家书》、《中国左翼作家联盟为国民党屠杀大批革命作家给高尔基的呼吁书》、文英(冯雪峰)《我们同志的死和走狗的卑劣》(《前哨》第1卷第1期)等,都说牺牲的烈士共二十四人。过去一度流行的说法是二十三人,所以或简称为"二十三人案"。那是因为解放初期有人写文章说是二十三人,烈士迁葬时又曾一度立过一个二十三烈士的墓碑,因此流传较广。后已查明为二十四人,现在上海龙华烈士陵园内有二十四烈士的墓碑。这二十四烈士除属于左联的五位即李伟森、胡也频、冯铿、殷夫、柔石以外,还有林育南、何孟雄、龙大道、李文、王青士、欧阳立安、伍仲文、恽雨棠、阿刚、蔡博真、费达夫、汤士伦、彭砚耕等十四人,另有五人不详。与柔石等人同时在东方旅社被捕的共三十六人,其中有十二人未被叛徒认出,因此未被杀,分别判了五至十年徒刑,这十二人中知道八人的姓名:黄理

文、李初梨、何仲平、张少秋、王民先、陈方谷、任红珠、黄瘦梅;另有四人尚待进一步查明。他们当时在东方旅社集会反对王明路线,因叛徒告密而被捕。

④ 鲁迅在1934年12月20日致《集外集》编者杨霁云的信中说,"悼柔石诗,我以为不必收入了,因为这篇文章已在《南腔北调集》中,不能再算'集外'。"现在称引此诗,《悼柔石》应是最恰当的题目。

⑥ 鲁迅1933年6月25日致山本初枝的信,《鲁迅全集》第13卷。

⑦ 《鲁迅日记》1933年1月26日:"夜为季市书一笺,录午年春旧作。"

⑨ 鲁迅1931年2月4日致李秉中的信,《鲁迅全集》第12卷。

《赠邬其山》

邬其山是内山书店的老板内山完造(1885—1959)的中文名,他是鲁迅后期在上海十年中最重要的友人之一。鲁迅不仅是在内山书店买书的大主顾,参加这里的漫谈会,而且往往通过这家书店接受外界的来信来访;如果遇到什么麻烦的事情,例如避难、看病等等,内山书店的老板和员工也总是给予种种切实帮助。

鲁迅新近的日本友人,也大抵是经过内山老板的介绍而结识的,鲁迅向这些友人赠送书籍和手书条幅,一般通过内山老板转交。内山书店在某种意义上简直可以说是一间"鲁办"或交际处。

内山完造二十几岁(1913年)就到中国,做了多年的生意,先卖眼药,后开书店,经营相当成功。他曾经到处旅行,又结识了许多中国高层精英,他本人遂成为一位中国通,后来写过一本专书《活中国的姿态》,其日文原本于1935年11月由上海学艺书院出版,其中文译本改题《一个日本人的中国观》(尤炳圻译),次年8月由开明书店出版。鲁迅应请为此书作序,序中说:

> 倘使长久的生活于一地方,接触着这地方的人民,尤其是接触,感得了那精神,认真的想一想,那么,对于那国度,恐怕也未必不能了解罢。

著者是二十年以上,生活于中国,到各处去旅行,接触了各阶级的人们的,所以来写这样的漫文,我以为实在是适当的人物。事实胜于雄辩,这些漫文,不是的确放着一种异彩吗?

但鲁迅也指出此书的一个弱点,就是此书"有多说中国的优点的倾向,这是和我的意见相反的。不过著者那一面也自有他的意见,所以没有法子想。"①内山完造充满了对中国人民、中国文化的热爱,而鲁迅为革新中国、改造国民性起见,宁可多听到对于中国的批评②。

明白了内山完造和鲁迅有所差异的意见,就能理解鲁迅写给内山完造之条幅上的那首诗(通行本题作《赠邬其山》)了:

廿年居上海,每日见中华:有病不求药,无聊才读书。
一阔脸就变,所砍头渐多。忽而又下野,南无阿弥陀!

全诗八句,可分为三段:开始两句表明邬其山仁兄是一位老资格的观察家;三四两句批评中国国民性的问题,而又关切内山完造前后的两种生意。后四句明显地讽刺中国新军阀,很容易令人想起蒋介石等人。这六句可以说其实乃是鲁迅所见之中华,写出来很可以作为对于邬其山的呼应和补充。

鲁迅手写条幅,按传统一向不加标点,而这里在"见中华"后忽然用了一个冒号;条幅上的字一般都讲究匀称,而这里最后的"南无阿弥陀"忽然写得特别大,字体亦有变化,令人联想起政客高官下野后的改头换面③,正足以加强其讽刺的意味。在署名之后一般应当加盖印章以示郑重,而这里没有,当内山完造接受条幅后笑着提醒鲁迅时,他顺手就揿了一个手印。处处反传统,便成惊艳绝妙之文本。

指纹具有重要意义,代表一个人的身份信息。鲁迅传世的指纹似乎仅此一枚,非常珍贵。

① 《且介亭杂文二集·内山完造作〈活中国的姿态〉序》,《鲁迅全集》第6卷。
② 这是鲁迅的一贯态度。早年传教士写的关于中国的书,多有批评性的记载和言论,鲁迅大抵不以为忤,以至曾经有人误以为鲁迅上了传教士汉学家的当。
③ 鲁迅后来在杂文中说:"民国以来,有过许多总统和阔官了,下野以后,都是面团团的,或赋诗,或看戏,或念佛,吃着不尽。"(《准风月谈·外国也有》)"要人下野而念佛……正是一种缺少不得的过渡仪式。"(《且介亭杂文末编·女吊》)凡此种种,皆可与此诗互为释证。

《赠日本歌人》

《鲁迅日记》1931年3月5日条下载:"午后为升屋、松藻、松元各书自作一幅。"为这三位日本友人写的条幅,内容都是他自己新作之诗,后来又都收进了《集外集》。

这时鲁迅从花园庄旅馆回到自己的家才五天①,升屋和松元大约都是他在花园庄认识的朋友。松藻则是内山完造老板的家人。

为升屋治三郎写的一首诗云:

> 春江好景依然在,海国征人此际行。
> 莫向遥天忆歌舞,《西游》演了是《封神》。

诗末题"送升屋治三郎兄东归",按说以此为诗题就很合适,但是后来《人间世》半月刊第8期(1934年7月20日)所载高疆《今人诗话》披露此诗时,题作《赠日本歌人》,杨霁云据此抄录,编入《集外集》,也就沿用此题,以至于今。②鲁迅对自己的旧体诗不大重视,审阅《集外集》书稿时只题了很少的一点意见,将"海国"改为"远国","忆歌舞"改作"望歌舞"。鲁迅旧体诗的文本包括标题存在不少异文和问题,还有许多校勘工作尚待认真去做。

这首诗带有比较浓厚的应酬意味。升屋要回日本去了,所以有前两句，考虑到对方的身份，所以又有后两句。升屋治三郎是一位诗人（和歌作者）、京剧评论家，鲁迅认为当时中国的戏剧舞台上都还是一些陈旧的剧目，糟粕甚多③，而没有什么可看的新东西，他很不以为然，于是就在这里顺便提出，在应酬之中稍露其批评的锋芒。

---

① 《鲁迅日记》1931年2月28日："午后三人仍回旧寓。"详见《鲁迅全集》第14卷。

② 高疆《今人诗话》披露了鲁迅诗六首：除《赠日本歌人》外，还有《湘灵歌》《阻郁达夫移家杭州》《无题（大野多钩棘）》《题〈彷徨〉》《悼丁君》。这些诗题大约都是该文作者拟加的，有些并不怎么恰当，但随着《集外集》长期流传，似已约定俗成。后来虽然陆续有学者提出订正意见，收效甚微。要想真正解决问题，必须在未来新版的《鲁迅全集》中狠下通盘的校勘功夫。参见乔丽华《抗世者的书写——鲁迅旧体诗异文整理与研究》，载《上海鲁迅研究·鲁迅与美术暨纪念李桦诞辰110周年》，上海社会科学院出版社2017年版。

③ 例如鲁迅1929年3月22日致韦素园的信中提到"上海的市民是在看《开天辟地》（现在已到"尧皇出世"了）和《封神榜》这些旧戏，新戏有《黄慧如产后血崩》（你看怪不怪？）"。

《无题》

大野多钩棘,长天列战云。几家春袅袅,万籁静愔愔。
下土惟秦醉,中流辍越吟。风波一浩荡,花树已萧森。

上面这首五律见于1935年3月5日《鲁迅日记》,是写给日本友人内山松藻的。松藻是内山书店老板内山完造的养女,常住上海;因为替老板跑腿办事的关系,多次到鲁迅家来过,彼此比较熟悉;稍后遂应老板之请,写了这个条幅赠她,内容完全是鲁迅对时局的感慨。

诗中的所谓"战云"应指20年代末、30年代初各派系新军阀之间的混战,如1929年的蒋(介石)桂(李宗仁、白崇禧)战争、蒋(介石)冯(玉祥)战争,1930年的蒋(介石)冯(玉祥)阎(锡山)中原大战,打得天下大乱,"洒向人间都是怨"[①],到处民不聊生。"几家春袅袅,万籁静愔愔"一联形容春风得意的只是极少数权贵,广大的社会阶层毫无生气。天老爷喝醉了,竟然让"下土"即赤县神州乱成这样;而原先打着革命旗号的新军阀们全都背叛了革命。这里用了两个比较常见的典故,来喻指大革命失败后的全国形势[②]。尾联两句形容毫无生气的现状,流露了诗人的失望和叹息。

这些意思,恐怕皆非日本姑娘松藻所能理解,鲁迅大约也并不指望她理解,只是自己借以释愤抒情。

将近半年以后松藻嫁给由日本来上海迎亲的内山完造的弟弟内山嘉吉(1900—1984),鲁迅参加了他们的婚礼③。其间鲁迅还抓住机会,请美术行家的内山嘉吉为上海艺术青年讲授木刻的基本知识。到内山松藻随新婚丈夫回日本去的前夕,鲁迅又手书了一首五代词人欧阳炯(896—971)的《南乡子》赠给她④,表达良好的祝愿。

鲁迅手书的自作五律与欧阳炯词这两份手迹,在1961年由内山嘉吉夫妇捐赠给了上海鲁迅纪念馆。

---

① 毛泽东《清平乐·蒋桂战争》中的词句,详见《毛泽东诗词集》,中央文献出版社1996年版,第18页。

② 张衡《西京赋》:"昔者大帝说(悦)秦穆公而觐之,饷以钧天广乐,帝有醉焉。乃为金策,锡用此土,而剪诸鹑首。"庾信《哀江南赋》:"以鹑首而赐秦,天何为而此醉。"《史记·张仪列传》:"楚王曰:'(庄)舄故越之鄙细人也,今仕楚执圭,富贵矣,亦思越否?'中谢对曰:'凡人之思故,在其病也。彼思越则越声,不思越则楚声。'使人往听之,犹尚越声也。""辍越吟",表明不思故,亦即忘其初心矣。

③ 详见《鲁迅日记》1931年8月22日。

④ 《鲁迅日记》1931年9月7日载:"松藻小姐将于明日归国,午后为书欧阳炯《南乡子》词一幅。下午来别。"

《湘灵歌》

　　昔闻湘水碧如染,今闻湘水胭脂痕。
　　湘灵妆成照湘水,皎如皓月窥彤云。
　　高丘寂寞竦中夜,芳荃零落无余春。
　　鼓完瑶瑟人不闻,太平成象盈秋门。

上面这首七律最初曾在上海《文艺新闻》周刊第22号(1931年8月10日)之《鲁迅氏的悲愤——以旧诗寄怀》中刊出,题作《送S.M.君》,后来高疆在《今人诗话》(《人间世》半月刊第8期,1934年7月20日)一文称引此诗,则改题为《湘灵歌》,其实皆不甚恰当;据1931年3月5日《鲁迅日记》,诗是写给日本友人松元三郎的,条幅手迹在诗后有这样两行字——

　　辛未仲春偶作奉应
　松元先生雅属

然则此诗的标题应作"辛未仲春偶作"。可惜《湘灵歌》这样的题目流行已久,不容易订正了。

此诗的主题是叹息湖南湘水两岸在国民党反革命的战争中死亡

枕藉，惨不忍睹。传说中的湘灵（湘水之神）不胜今昔之感，痛惜芳草凋零，人间寂寞。当时国民党当局为镇压农民革命运动，在湖南大开杀戒，弄得血流成河；湖南省主席何键，就是一个杀人如麻的刽子手；而在国民党的首都南京，却一味鼓吹天下已经非常太平[①]，形势一派大好！

诗中用了许多《楚辞》里的词汇，如湘灵、瑶瑟（《远游》）、高丘、芳荃（《离骚》），一派古色古香，但内容却是很现实很血腥的。当时的日本友人大约读不懂这样的诗，它本来也只是鲁迅写来自己释愤抒情的。

30年代初鲁迅有一批这样的政治抒情诗，大抵非常含蓄以至晦涩，盖文网森严，许多话都不能明白直说也。

[①] 唐人曾用"太平无象"这句话形容天下升平无事（详见《资治通鉴》卷二四四太和六年条下引宰相牛僧孺对文宗语），"太平成象"则是鲁迅由此进一步生发而来的讽刺语。

《无题二首》

    大江日夜向东流,聚义群雄又远游。
    六代绮罗成旧梦,石头城上月如钩。

    雨花台边埋断戟,莫愁湖里余微波。
    所思美人不可见,归忆江天发浩歌。

  据《鲁迅日记》载,上面这两首诗是1931年6月14日分别写给日本友人宫琦龙介与其夫人白莲(原名柳原烨子)女士的。龙介的父亲宫琦弥藏、叔叔宫琦寅藏都是孙中山先生的挚友,很早就支持中国旧民主主义革命,产生过很大的影响,宫琦寅藏用"白浪庵滔天"笔名发表的《三十三年落花梦》尤为记载中国革命历史的重要文献。1931年宫琦龙介夫妇应中国当局之邀访问南京,后到上海,希望见到鲁迅,得到同意;鲁迅早年留学日本时曾拜访过宫琦寅藏,与他们家族早已有过交集。

  但这时的国民党同当年的同盟会已经很不相同了,政权到手,腐败滋生,派系林立,乌烟瘴气。鲁迅在书赠宫琦龙介的诗中把南京当局诸公称为"聚义群雄",意指他们现在都是些山大王了,其中更多有分分合合明争暗斗;南京要恢复其历史上曾经有过的光辉("六代绮罗")已不可能了。

雨花台在南京城南,原来是一处名胜,而此时却为国民党当局集中杀害革命者的地方。鲁迅诗中的"美人"即指牺牲于此的殉难者——再也看不到他们了,只有长歌当哭。

这两首诗爱憎分明,多用比兴,措辞含蓄,而到他写新诗的时候,就相当明白晓畅了,例如他有一首《好东西歌》唱道:

> 南边整天开大会,北边忽地起风烟。
> 北人逃难北人嚷,请愿打电闹连天。
> 还有你骂我来我骂你,说得自己蜜样甜。
> 文的笑道岳飞假,武的却云秦桧奸。
> 相骂声中失土地,相骂声中捐铜钱。
> 失了土地捐过钱,喊声骂声也寂然。
> 文的牙齿痛,武的上温泉。
> 后来知道谁也不是岳飞或秦桧,
> 声明误解释前嫌,
> 大家都是好东西,终于聚首一堂来吸雪茄烟。

讽刺国民党"聚义群雄"的内讧和勾结,令人想起党国要人的表演,写法与他的旧体诗完全不同。比较起来,似乎还是他的旧体诗诗味更多。

《送增田涉君归国》

日本汉学家增田涉(1903—1977)毕业于东京帝国大学文学部中国文学科,1931年3月通过日本作家佐藤春夫及内山完造的介绍,在上海拜访鲁迅,打算翻译鲁迅的《中国小说史略》。为了帮助他准确理解此书,从3月中旬到7月中旬,鲁迅每天下午拿三小时用日文为他讲解此书,后来又为他讲解《呐喊》和《彷徨》。亲炙鲁迅如此之久之深的学生,世界上大约唯有增田涉一人而已。

增田涉撰写的《鲁迅传》发表于1932年3月出版的日本《改造》杂志,他翻译的《中国小说史略》出版于1935年;此后他又与佐藤春夫合作翻译《鲁迅选集》,日文本的《大鲁迅全集》亦由他负总责。增田涉可以说是唯一的由鲁迅培养出来的汉学家。

1933年12月增田涉由上海启程回日本,鲁迅作七绝一首为赠——

> 扶桑正是秋光好,枫叶如丹照嫩寒。
> 却折垂杨送归客,心随东棹忆华年。

这时其实已经入冬了,但上海的气温仍然比较高,所以鲁迅说成是秋天,红叶如丹,鲁迅按古代的习俗,说自己折柳为之送行,而同时又深情地回忆起自己早年在日本留学时的往事。这样措辞,色彩也比较好。

学术是没有国界的,人类应当结成命运的共同体。鲁迅的诗高瞻远瞩,充满了正能量,自能传世而不朽。

《无题》

鲁迅在旧体诗中一再写到国民党当局高层的人事摩擦、派系纠纷。该党似乎始终没有"精诚团结"过,其执政时间甚短,与此应当大有关系。鲁迅在1932年1月23日书赠日本友人、东京女子大学教授高良富子的条幅中写道——

血沃中原肥劲草,寒凝大地发春华。
英雄多故谋夫病,泪洒崇陵噪暮鸦。

本诗前两句写国民党对革命力量实行军事"围剿"和文化"围剿"均告失败;后两句揭露他们内部矛盾重重:孙科当上行政院院长以后,蒋介石固然不支持("英雄多故"),原先同他站在一边的汪精卫、胡汉民之流也纷纷称病("谋夫病"),弄得他混不下去,只好跑到中山陵去痛哭了一番("泪洒崇陵"),迅即狼狈下台。

高良富子相信基督教,崇拜以忍辱负重著称的印度圣雄甘地,打算到印度去拜访他,请他来帮助解决中国的问题。后来因为突然生病,印度之旅未能成行,匆匆返回日本。当时甘地主义在中国也有一定的影响[①],鲁迅诗中并未正面涉及此事,在一个"血沃中原""寒凝大地"的国度,甘地的"不合作主义"又能有什么用处呢?

高良富子后来写过一篇《会见鲁迅的前前后后》（有陆小燕中译文，载《鲁迅研究资料》第17辑，天津人民出版社1986年版），读此诗时最宜参看。

---

① 参见羊夏《二十世纪三十年代流行于中国的"主义"》一文之"甘地主义"部分，《粤海风》2017年第5期。

《偶成》

1932年3月31日鲁迅为沈松泉写字,题写的是一首七绝:

文章如土欲何之,翘首东云惹梦思。
所恨芳林寥落甚,春兰秋菊不同时。

手迹上没有题目,后来收入《集外集拾遗》时,题作《偶成》。

沈松泉是光华书局的编辑,因为出版译著和刊物的关系,认识鲁迅,他早就请鲁迅为他写字留念,因为他匆匆到日本去,此事一直要到他由日本回国以后才得以落实。

那时也正有人劝鲁迅到日本去休息一些时日,以避当局对他的压迫,但鲁迅不愿在内忧外患深重之时去国。这首诗里有"翘首东云惹梦思"之句,意思说自己也未尝没有想过此事,但最后的决定是不走,其原因就是后两句所说的,国内文坛一派荒凉("芳林寥落"),自己要留在这里继续奋斗;现在同青年时代不同,那时可以去,现在不能去,春兰秋菊,各有其时也。

鲁迅多次谢绝友人劝他去日本的好意,均见于书信中,略举在撰写《偶成》前后的几封来看:1931年2月18日致李秉中信中有云:"时亦有意,去此危邦,而眷念旧乡,仍不能绝裾径去……"[①]1932年4月

13日致内山完造信中有云:"早先我虽很想去日本小住,但现在感到不妥,决定还是作罢为好……"②1933年7月11日致山本初枝信中有云:"日本风景幽美,常常怀念,但看来很难成行……我现在也不能离开中国。倘用暗杀就可以把人吓倒,暗杀者就会更跋扈起来。他们造谣,说我已逃到青岛,我更非住在上海不可,并且写文章骂他们,还要出版,试看最后到底是谁灭亡。"③

鲁迅的骨头是最硬的。即使文章如土,经济窘迫,甚至生命都有危险,也决不躲避,非坚持在上海奋斗不可!

---

① 《鲁迅全集》第12卷。
②③ 《鲁迅全集》第13卷。

《赠蓬子》

鲁迅说过:"我平常并不做诗,只在有人要我写字时,胡诌几句塞责,并不存稿。"因为是为人写字而作诗,所以这些诗也就五花八门,同请他写字的人可能直接相关,也可能无关,还有些时候则是抄写古人之诗的。

不少这样的"有人要我写字时,胡诌几句"的诗,后来在收入集子时,往往题作《无题》,也题作赠某某的,为姚蓬子写的一幅在收入《集外集拾遗》时题作《赠蓬子》,后来一直沿用未改。

1932年上海"一·二八"战事发生前夕,风声渐紧,北四川路一带的居民多有迁离避乱的,作家穆木天的家也在这里,有一天他的妻子麦广德找不到丈夫了,情急之下带着两个孩子雇了两辆黄包车直奔朋友姚蓬子家去查询,穆木天并不在这里,姚也不知道穆的下落;麦要求在这里住几天,于是姚只好暂时逃到外面去,好让麦和两个孩子先住下。

鲁迅为姚蓬子作诗写字,就写这件事——

蓦地飞仙降碧空,云车双辆挈灵童。
可怜蓬子非天子,逃去逃来吸北风。

诗中的"飞仙"指麦广德。中国古代有一位著名的半仙似的穆天子,以到处旅游、见过西王母著称(详见古小说《穆天子传》),所以这里称突然降临到姚家的穆夫人为"飞仙降碧空"。原指仙人交通工具的"云车"则指那两辆黄包车,"灵童"即小仙人指穆家的两个孩子。后两句写姚蓬子离家,好让"飞仙"和"灵童"暂时安顿下来,慢慢来找丈夫。

这首诗无非是开个玩笑,并无深意。

姚蓬子后来变化很大,他的儿子姚文元更是名噪一时,乃显赫一时的"四人帮"之一。在姚文元最得意的时候,听说新的诠释行情是要把这诗里的"灵童"坐实为姚文元,以表明最有知人之明的鲁迅早就看好他。

殊不知这样一来就把这诗里的人际关系完全弄乱了,形成一个很怪诞的格局。当年听到这种时下行情时,明白人无不莫名惊诧,哭笑不得。

《一·二八战后作》

鲁迅一生经历过不少战争,但仗打到自己家门口的只有一次,这就是1932年初的上海"一·二八"战争。

当年1月28日驻上海日军突然发起进攻,鲁迅的驻地北四川路拉摩斯公寓陷于火线中。屋子中了四弹,窗子玻璃震碎甚多。数日后的2月6日他在友人内山完造帮助下,避入福州路内山书店支店楼上,到情况缓和后的3月19日才复回原寓。

鲁迅的日本友人山本初枝女士也住在这一带,战乱中曾写信给鲁迅问安,鲁迅回旧寓后又登门慰问。中日两国的人民一向是友好的。

到当年7月,山本初枝离开住了十多年的上海,要跟着她的丈夫回日本去,鲁迅手书一条幅为之送行,上面写的是一首七绝——

> 战云暂敛残春在,重炮轻歌两寂然。
> 我亦无诗送归棹,但从心底祝平安。

诗颇平易,近于一般的应酬,而其中所表达的对普通日本民众的友好情谊仍然是动人的。

"战云暂敛"表明鲁迅对时局的观察和估计仍然是严峻的,更大的战事大约还在后头,而普通人关注的乃是平安。

《自嘲》

运交华盖欲何求,未敢翻身已碰头。
破帽遮颜过闹市,漏船载酒泛中流。
横眉冷对千夫指,俯首甘为孺子牛。
躲进小楼成一统,管他冬夏与春秋。

鲁迅这首《自嘲》在他旧体诗中的地位,大约相当于《阿Q正传》在他小说中——都具有重要的代表性,并且被反复阐述,形成比原来丰富得多的意义。

根据鲁迅本人谦虚的说法,这只不过是一首打油诗,是为自己当下的处境解嘲的。《鲁迅日记》1932年10月12日载:"午后为柳亚子书一条幅,云:'运交华盖欲何求……,达夫赏饭,闲人打油,偷得半联,凑成一律以请'云云。"所谓"达夫赏饭"是一个星期前的事情,《鲁迅日记》1932年10月5日载:"晚达夫、映霞招饮于聚丰园,同席为柳亚子夫妇、达夫之兄嫂、林微音。"而这首诗的本事,参与此次聚会的青年作家林微音[①]后来有过很具体的回忆,他写道:

……鲁迅到时,达夫向他开了一句玩笑,说:"你这些天来辛苦了吧。"

"嗯。"鲁迅微笑着应答,"我可以把昨天想到的两句联语回答你,这是:'横眉冷对千夫指,俯首甘为孺子牛。'"

"看来你的'华盖运'还是没有脱?"达夫继续这样打趣。

"嗳,给你这样一说,我又得了半联,可以凑成一首小诗了。"鲁迅说。

到席散,达夫取出一幅素色的绢,要在席的各人题词留念。鲁迅所题的就是上面所说起的两句。但是,随后,他又添上两句,续成了一首律诗。②

王映霞后来的回忆也大体是如此。可知诗中最精彩的一联"横眉冷对千夫指,俯首甘为孺子牛",是这次聚会前鲁迅已得之句,而这时又因郁达夫的一句话想出了"运交华盖欲何求"这样一句,就用作开头,然后又加了几句,形成一首七律。写旧体诗往往会有先有那么一两句,然后才写出全诗的情形,古今都是如此。所谓"偷得半联"说的是得到郁达夫一句玩笑话的启发,而并非同古人的诗有什么瓜葛。后来猜测甚多,大抵不足为凭。

郁达夫同鲁迅非常熟,知道近来刚一岁的海婴正在生病,鲁迅夫妇经常要带他上医院,弄得很辛苦;而鲁迅是极端关心下一代的,心甘情愿地为之做牛。"孺子牛"典出《左传》,说齐景公爱他的幼子,自己装作牛让孩子骑着玩儿,嘴里还咬着绳子,不料孩子一不小心跌倒,扯掉了他的牙齿③。

鲁迅一向遭到许多攻击,大有千夫所指之势("千人所指,无病而死",语出《汉书·王嘉传》),但他毫不畏惧,横眉冷对,同敌人斗争,战而胜之。他的爱憎,一向非常分明。

关于这两句诗,后来有许多发挥和阐释。毛泽东《在延安文艺座谈会上的讲话》说:"鲁迅的两句诗,'横眉冷对千夫指,俯首甘为孺子牛',应该成为我们的座右铭。'千夫'在这里就是说敌人,对于无论什么凶恶的敌人,我们决不屈服。'孺子'在这里就是说无产阶级和人民大众。一切共产党员,一切革命家,一切革命的文艺工作者,都应该学鲁迅的榜样,做无产阶级和人民大众的'牛',鞠躬尽瘁,死而后已。"这是极好的发挥。郭沫若在《鲁迅诗稿序》里也高度赞美这一联,说:"虽寥寥十四字,对方生与垂死之力量,爱憎分明;将团结与斗争之精神,表现具足。此真可谓前无古人,后启来者。"阐释得也非常之好。

读诗可以只体认其原意,也可以引申发挥,只要有根据有意思就好。在一般的情况下,读诗似以理解其原意为主;但经过名人发挥过的意思往往影响很大,有时甚至就会被认为是诗的原意。

---

① 林微音(1899—1982),苏州人,当时的一位青年作家,曾通过郁达夫认识鲁迅,并约稿,被婉拒。

② 魏殷即林微音《"孺子牛"的初笔》,《新民报晚刊》1956年12月6日。

③ 详见《左传》哀公六年。鲁迅在1931年4月15日致李秉中的信中写道:"我本以绝后顾之忧为目的,而偶失注意,遂有婴儿……然而事已如此,亦无奈何,长吉诗云,己生须己养,荷担出门去,只得加倍服劳,为孺子牛耳,尚何言哉。"鲁迅曾取"孺牛"为笔名,在1933年顷用过六年。

《教授杂咏》

鲁迅有一组《教授杂咏》，凡四首，前三首作于1932年，第四首作于1933年。鲁迅曾写给老朋友许寿裳看过，许先生称为"游戏文章"[①]，很得要领；这四首诗当然都很有些讽刺的意味，但过去曾经有人将这几首同所谓反文化"围剿"联系起来，那恐怕是言之过重了；这里的态度是和善的，据曾经接受鲁迅手书第一首诗的梦禅先生说，"当时鲁迅诗兴书兴兼浓，挥毫为乐，了无拘束，两首（按指其一、其二）随手而出，看情况没有其他意图"[②]，其三其四两首应当也是如此。上纲上线，求之过深，似不足取。

《教授杂咏》四首其一云：

> 作法不自毙，悠然过四十。
> 何妨赌肥头，抵当辩证法。

这首诗是鲁迅为邹梦禅题字时写下的（详见《鲁迅日记》1932年12月29日），内容则针对老同学钱玄同而来。五四时代，钱氏以言论激烈、富有穿透力著称，例如废除汉字的主张就是他提出来的，打倒"桐城谬种""选学妖孽"的激烈口号也是他提出来的；后来他又有不少危言耸听的高论。例如他相信进化论,以为青年必胜于老年,竟然说"四十岁以上的人都应该枪毙";又说什么"头可断,辩证法不可开课!"。

先前鲁、钱二人来往很多,民元以前在日本留学时,一起听过章太炎先生的课;五四前夕,首先劝鲁迅写小说的就是这位钱先生;但后来他们之间关系相当疏远,1929年鲁迅回北京省亲,遇到这位老同学,竟至无话可说,并曾在给许广平的信中说:"遇金立因(指钱玄同),胖滑有加,唠叨如故,时光可惜,默不与谈"③,这话就讲得很严重了。

反对开辩证法的课,应当是钱玄同的真实思想,而把话说得那么杀气腾腾的,则表现了他的风格。他喜欢极而言之。过四十岁就该枪毙,也是这一路的高论。

鲁迅很反对他的这种谈话风,曾经在1930年2月22日致章廷谦的信中评论说:"疑古和半农,还在北平逢人便即宣传,说我在上海发了疯";"疑古玄同,据我看来,和他的令兄一样性质,好空谈而不做实事,是一个极能取巧的人,他的骂詈,也是空谈,恐怕连他自己也不相信他自己的话"。④鲁迅的讽刺诗也是这个意思,鲁迅不去同他辩论人过了四十岁该不该枪毙,或者辩证法课可不可以开,而是指出他的一个大矛盾:大谈头可断云云的时候,阁下已经过了四十岁了,早该枪毙,哪里还有什么头可断!他说的话虽然极有力度,而其实是只顾一时痛快,事后完全不负责任。此诗的幽默在此。

五四新文化运动的统一战线散掉之后,钱玄同接近周作人,同鲁迅越来越远。尽管如此,先前老同学的交情仍在。鲁迅去世后,钱玄同写过纪念文章,回忆往昔的友谊,同时也不无遗憾地说:"偶然见过他几本著作(但没有完全看到),所以我近年对于他实在隔膜得很。"

钱先生大约没有机会看到"作法不自毙"这首同他开了一个大玩笑的诗。

钱先生去世以后,周作人在纪念文章中说:"玄同的文章与言论,平常看去似乎颇是偏激,其实他是平正通达不过的人。"这虽是褒扬的话,同时也就表明此公的言论往往是只顾一时痛快的了。

《教授杂咏》四首其二云:

> 可怜织女星,化为马郎妇。
> 乌鹊疑不来,迢迢牛奶路。

十六卷本《全集》注云:"这首诗系影射赵景深的。赵景深曾将契诃夫的小说《万卡》中的'天河'(Milky Way)误译为'牛奶路',又将德国作家塞意斯的小说《半人半马怪》误译为《半人半牛怪》。"这当然是对的,但似乎没有完全到位。

"可怜织女星,化作马郎妇"二句讽刺赵景深先生的指马为牛。鲁迅巧妙地在中国古代神话传说中找到一组对应的形象来表达这一层讽刺,且又与下文的"牛奶路"连成一片。织女是牛郎的爱人,可称为牛郎妇,既然牛马不分,那就要变成"马郎妇"了。织女既已面目全非,先前一向来帮忙搭桥的乌鹊必然莫名惊诧,迟疑而不再来,织女为迢迢天河所隔,连"金风玉露一相逢,便胜却人间无数"(秦观《鹊桥仙》)的机会也没有了,岂非可怜之至。四句诗推衍而下,构成完整的画面,化胡越为肝胆,实在妙不可言。

而尤妙者乃在"马郎妇"也是有典故的。宋人叶廷圭《海录碎事》卷十三云:"释氏书:昔有贤女马郎妇,于金沙滩上施一切人淫,凡与交者,永绝其淫,死葬后,一梵僧来云'求我侣',掘开乃锁子骨。梵僧以杖挑起,升云而去。"后来又有说金沙滩上马郎妇乃是观世音化身,用这种特殊的办法来普度世人的。要之,马郎妇的特色在于以欲止欲,"先以欲钩牵,后令入佛智"(《维摩诘所说经·佛道品》),其作风与忠于爱情、一年一度与牛郎相会的织女大差其远。鲁迅以"可怜织女星,化为马郎妇"来讽刺赵教授的混牛马于一谈,谑而不虐,风趣之至。

《教授杂咏》其三诗云:

> 世界有文学,少女多丰臀。
> 鸡汤代猪肉,北新遂掩门。

十六卷本《鲁迅全集》为此诗作注,说是:

> 这首诗系影射章衣萍的。章衣萍曾在《枕上随笔》(1929年6月北新书局出版)中写有:"懒人的春天哪!我连女人的屁股都懒得去摸了!"又据说他向北新书局预支了一大笔版税,曾说过"钱多了可以不吃猪肉,大喝鸡汤"的话。

此说颇为权威,当然是对的,根据这里的说法,诗的第二、三两句有了着落,可惜第一、四两句仍然不大好懂:"少女多丰臀"与世界文学有什么关系?北新书局的关门大吉与章衣萍的不吃猪肉、大喝鸡汤有什么关系?诗的各句之间似乎缺少逻辑上的联系。

按北新之一度掩门在1932年10月,先是该书局出版了一本民间故事《小猪八戒》,为林兰女士(北新老板李小峰夫人)主编的"民间故事丛书"之一,其中有得罪伊斯兰教的地方,引起严重的抗议,北新对此处置不当,结果事态扩大(回教徒在上海、南京请愿),终于被封门,停止营业。鲁迅1932年11月3日在致许寿裳的信中曾经谈及此事,略云"北新所出小册子,弟尚未见,要之此种无实之言,本不当宣传。既启回民之愤怒,又导汉人之轻薄,彼局有编辑四五人,而悠悠忽忽,漫不经心,视一切事如儿戏,其误一也。及被回人代表诘责,弟以为惟有直捷爽快,自认失察,焚弃存书,登报道歉耳。而彼局又延宕数日(有事置之不理,是北新老手段,弟前年之几与涉讼,即为此),迨遭重创,始于报上登载启事,其误二也。此后如何,盖不可知。北新为绍介文学书最早之店,与弟关系亦深,倘遇大创,弟亦受影响,但彼局内溃已久,无可救药,只能听之而已。"⑤幸而后来还好,没有垮到底,北新换了一个牌子继续从事出版事业,鲁迅与之仍有交道。

在新文化运动中做过贡献的北新书局之一度"掩门"与章衣萍其实并没有什么关系。如果一定要说有关系,那恐怕就是章衣萍这样的作家能够在北新书局大笔地预支版税,声称只喝鸡汤,正表明了北新的"内溃"。把北新掩门的缘起栽在他的身上,有点开玩笑的意思:像这样的作者如此张狂,书局能不关门吗?这里有一种似乎无理的深刻和幽默。

章衣萍早年同鲁迅颇有来往,成名以后到上海当教授,继续写小说和随笔,而格调日趋低下,却常常高谈阔论,言必称世界文学,还要求大家少说废话,多写作品,似乎是什么领军人物似的。他的作品趣味不算高,当时相当畅销。说话无顾忌能够吸引读者的眼球,"丰臀"之类历来容易成为卖点。这种说话不怕丑的作家,书店往往视为财神,特别客气;而严肃的作者就不行了,所以北新一再拖欠鲁迅的版税,鲁迅在忍无可忍时找了律师要同他们打官司,他们慌了神,要求私了——此即前引信之所谓"几与涉讼"——从北新的"掩门"想起诸如此类的往事,鲁迅感到非常痛心,而又无可奈何,于是打油一首。沉痛而以幽默出之,作轻妙的调侃和讽刺,正是鲁迅的拿手好戏。

《教授杂咏》措辞轻松,都没有恶意,"世界有文学"这一首尤其如此。

鲁迅《教授杂咏》其四云:

> 名人选小说,入线云有限。
> 虽有望远镜,无奈近视眼。

这里的名人指当时复旦大学中文系主任谢六逸教授(1896—1945),他所选的小说称为《模范小说选》(上海黎明书店1933年3月版)。谢先生在该书序言中说,中国现代作家虽多,快要凑成五百罗汉之数了,但只有鲁迅、茅盾、叶绍钧、冰心、郁达夫五位可以入选;他又说,选这么少一定会挨骂:"你是近视眼啊!""其实我的眼睛何尝近视,我也曾用过千里镜在沙漠地带,向各方面眺望了一下",而结论是只有这五位的作品"可以上我的'墨线'"。

"入线云有限"等等,典出于此。

过去我曾经有过一种想当然的误解,总以为这部《模范小说选》恐怕选得并不高明,所以鲁迅有诗讽刺。后来看到该书,才知道大谬不然,选得很好;唯一的缺点是没有选新近出台的青年作家的作品。鲁迅此诗完全是善意的玩笑。

这部书共选短篇小说二十二篇,其中鲁迅十二篇、茅盾二篇、叶

绍钧三篇、冰心二篇、郁达夫三篇,鲁迅一人占了一半以上。书前列出编选凡例四条:

一、本书的目的:(一)供欣赏作品之用或作研究小说理论之参考。(二)作学生的教本或课外读物。

二、每篇作品后面,附有"解说",此为编者鉴赏原作的所得;希望阅者从"解说"里得到鉴赏其他作品的暗示。

三、我们能够从各种观点去欣赏一篇作品,或是指摘它的缺点。教师如采用本书作为教本,我想不致因为我的"解说"就没有发挥的余地。其次,本书不是"文章病院",缺点恕不指摘。

四、每个作者的来历,都有简约的介绍。每篇作品的后面,附有参考资料,必须注释或需要习题的地方也附上注释和习题。正文后面有附录数篇,此为研究近代小说的重要论著,读者互相印证,自多趣味。

这个体例应当说是非常之好的,后来中外选家往往采用类似的办法(例如美国布鲁克斯、华伦合编的《小说鉴赏》,中译本中国青年出版社1986年版),一般都很受欢迎,特别是年轻读者的欢迎。

所选的鲁迅的十二篇小说是:《故乡》《在酒楼上》《风波》《祝福》《孔乙己》《示众》《鸭的喜剧》《社戏》《端午节》《孤独者》《伤逝》《狂人日记》,这里不按写作时间的先后排列,大约更多的是考虑到这书可能被作为教材,所以要由浅入深循序渐进。

为了便于指称,谢先生给所选文章的每个自然段编上数码;解说的部分先就全文作出简要的提示,然后按自然段的顺序择要地提出若干分析,精彩纷呈,其中颇有发人深省者。例如关于《在酒楼上》的

第四自然段,谢先生分析解说道:

> 描写冬天的景色,阅者看了仿佛展开绘卷,简直是一幅活鲜鲜的"雪园沽饮"。注意"老梅……斗雪……满树繁花","山茶花……显出十几朵红花来"诸句。作者又比较南方的雪和北方的雪不同的地方,"这里积雪的滋润,著物不去,晶莹有光,不比朔雪的粉一般干,大风一吹,便飞得满空如烟雾……"这一段描写,非懂得南画趣味的人写不出。西欧的作品里面,很不容易看到这样的表现。这点足见作者艺术修养的湛深。

要言不烦,深中肯綮。编选者注意各门艺术之间的"横通",分析鲁迅小说中景物描写富于文人画韵味的特色,提醒读者做中外小说的比较。他的意见很富于启发性。

本书中注释很少,大抵只注那些最不容易理解的地方,例如《狂人日记》中有一句道:"易牙蒸了他的儿子,给桀纣吃",显然于史不合,难以理解,于是出一注道:"易牙为春秋时人,此为狂人联想的结合。"读者可能会有的困惑立刻得到化解。本书的练习也不多,设计得很精巧,如《孤独者》后面的一条练习是"将本篇和《在酒楼上》作比较的研究(注意主人公的性格,环境描写,结构诸点)"。这样的题目促进读者作深入思考,是有意思的。

各家作品之后附有参考资料,鲁迅的十二篇后所附的是《呐喊·自序》和方璧(茅盾)的《鲁迅论》。全书之末又有八篇参考文章,它们是:沈雁冰《文学和人的关系》、胡适《建设的文学革命论》、胡适《论短篇小说》、俞平伯《中国小说谈》、沈从文《论中国创作小说》、夏丏尊《评现今小说家的文字》、锦明《论体裁描写与中国新文艺》、陈勺水

《论新写实主义》,虽然稍微杂乱一点,但确有参考价值,足以启发读者作多方面的思考。

① 详见《我所认识的鲁迅·鲁迅的游戏文章》。
② 转引自胡今虚《鲁迅〈教授杂咏〉字幅的受赠者——记梦禅与白频》,《鲁迅研究动态》1985年第3期;按,《鲁迅日记》1932年12月29日载:"午后为梦禅及白频写《教授杂咏》各一首。"
③ 《两地书·一二六》,《鲁迅全集》第11卷。
④ 鲁迅1930年2月22日致章廷谦的信,《鲁迅全集》第12卷。
⑤ 鲁迅1932年11月3日致许寿裳的信,《鲁迅全集》第12卷。

《所闻》

鲁迅说过,他不大喜欢写诗,平常并不作诗,并不存稿。但也不是完全不存稿,有时会记在日记里,只是记得远不齐全。

《鲁迅日记》1932年12月31日载:"为知人写诗五幅,皆自作诗。"正是为了给人写字而作诗的一大例证。这一天鲁迅诗兴大发,一下子写了五首。

其中第一幅是书赠内山完造夫人的,其原件现存,上面的诗是——

> 华灯照宴敞豪门,娇女严装侍玉樽。
> 忽忆情亲焦土下,伴看罗袜掩啼痕。
> 　所闻一首录应
> 内山夫人教附鲁迅(印)

这首《所闻》后来收进了《集外集拾遗》。

"所闻"的意思是说,诗的内容是听来的。此诗写豪门盛宴,盛装的侍女看上去高雅华贵,其实内心非常痛苦,她的亲人正挣扎于战火烧透的焦土之下。为了生存,她不得不用现在这种方式谋生,所以虽多痛苦却不能流露,流泪也必须加以掩盖。

鲁迅同豪门没有什么关系,诗中说起的情形他是听来的。鲁迅后来说:"作者写出创作来,对于其中的事情,虽然不必亲历过,最好是经历过。诘难者问:那么,写杀人是最好自己杀过人,写妓女还得去卖淫么?答曰:不然。我所谓经历,是所遇,所见,所闻,并不一定是所作,但所作自然也可以包含在里面。"①一个从事创作的人,生活经验一定要丰富,见闻也最好能够尽可能地广博。

孤陋寡闻是诗人的死症。

---

① 《且介亭杂文二集·叶紫作〈丰收〉序》,《鲁迅全集》第6卷。

《无题二首》

1932年12月31日,鲁迅一口气写了五份条幅,每幅一首七绝,都是他最新出手的诗,其中有两首是分别赠给两位日本医生的。诗云——

> 故乡黯黯锁玄云,遥夜迢迢隔上春。
> 岁暮何堪再惆怅,且持卮酒食河豚。

> 皓齿吴娃唱柳枝,酒阑人静暮春时。
> 无端旧梦驱残醉,独对灯阴忆子规。

前一首书赠滨之上信隆,后一首书赠坪井芳治,他们二位都是日本人在上海开设的篠琦医院的医生,滨之上在耳鼻喉科,坪井在小儿科。有一段时间,海婴生病都是请坪井医生诊治,于是就相熟了。《鲁迅日记》1932年12月28日载:"上午同广平携海婴往篠琦医院诊……晚坪井先生来邀至日本饭馆食河豚,同去并有滨之上医士。"他们请鲁迅写字大约就是这时提出的。

所以这里的前一首就说起"食河豚"。这时还是年底(岁暮),离明年早春(上春)还有一段时间。故乡黯黯,被黑云笼罩——言外大约是说日本现在被军国主义所控制，但仅以比兴出之。后一首应当也是写实与象征的结合，"皓齿吴娃唱柳枝"估计应当是这家日本饭馆一种助兴的安排，坪井有些醉意，想起故人和先前的日子，颇有归去之意了。在喝酒的时候他大约说起这一层意思。不过这种"今典"只有当事人才能明白，现在已经很难确认了。坪井芳治后来的情形，现在也不知道。

过去有一种解释，说诗中的"旧梦"乃是鲁迅自己的梦，并就此大加发挥。恐怕甚少有这种可能，把自己的旧梦写出来送给比较年轻的日本医生，显然不像那么回事。

《无题》

1932年12月30日,郁达夫拜访鲁迅,请鲁迅为黎烈文编的《申报·自由谈》供稿,其间大约也说到请鲁迅为他写字;于是第二天鲁迅就为他写了两幅,其一是——

洞庭木落楚天高,眉黛猩红涴战袍。
泽畔有人吟不得,秋波渺渺失离骚。

这首七绝稍后收入《集外集》,其编者杨霁云所依据的是鲁迅来信(1934年12月9日)中所抄示的文本。按1932年12月31日这一天鲁迅一口气为"知人"写了五首诗,而抄给杨霁云看的仅此一首,由此颇可推见他对这一首的重视。

就在鲁迅写五首诗之条幅的当天下午,鲁迅还把此诗的初稿写出给来访的老朋友许寿裳看,"木落"作"浩荡","猩红"作"心红","吟不得"作"吟亦险",稍后又改动了一番。几份条幅大约都是晚上写就的,鲁迅习惯每晚工作,一直忙到深夜。

那时郁达夫正同王映霞打得火热,常往杭州跑,而其作品的斗争精神颇有下降之势。"眉黛猩红涴战袍"一句大约有劝告他不要在情海中陷得太深的微意,如果那样,就写不出《离骚》似的杰作了。诗中完全用楚辞的辞藻,而格调实际是高亢的。只有老朋友才这样说话。

"泽畔"本来是指屈原的行吟之处,这里也可以理解为西子湖畔。鲁迅不大赞成郁达夫常住杭州;后来更写诗劝他搬出来。浙江的国民党当局里有几个文人出身的党棍,相当可怕。后来郁达夫果然在那里大栽跟头。

《答客诮》

鲁迅得子甚晚,爱之甚深,儿子海婴一向顽皮会闹,熟悉的来客中有指鲁迅为溺爱者,于是鲁迅作《答客诮》诗云:

无情未必真豪杰,怜子如何不丈夫。
知否兴风狂啸者,回眸时看小於菟。

古代的豪杰为了他的英雄事业颇有无情者,有时感情和事业也的确会发生矛盾;鲁迅则认为豪杰也可以有情或多情;大丈夫也爱怜其子,兽中之王的老虎就爱它的小老虎(於菟),常常深情地注视着它。

"俯首甘为孺子牛"的鲁迅,也就是"回眸时看小於菟"的鲁迅。鲁迅情商很高,此其所以为真豪杰也。

据《鲁迅日记》1932年12月31日的记载,他当天把这首诗写成条幅赠给老朋友郁达夫。这郁达夫应当正是"答客诮"中的所说的"客"之一。

稍后鲁迅又曾把写有《答客诮》的条幅赠给常常给海婴看病的上海篠琦医院的小儿科医生坪井芳治(详见《鲁迅日记》1933年1月22日),这位医生可能也是"答客诮"中的客之一。稍后鲁迅又曾以此诗书赠日本汉学家辛岛骁。

鲁迅最先还曾把《答客诮》的初稿写给老朋友许寿裳看,这里"兴风"作"乘风","狂啸"作"狂吟","看"作"顾"。定稿显得更有力度,音调也更响亮。"顾"是回头看,前面已经说过"回眸"了,不必再用这个"顾",不如径用"看"字。

新诗改罢自长吟。诗不能怕改,有时改动虽小,意义却不小。鲁迅怎样改文章人们比较注意,他是怎样改诗的同样值得揣摩研究。

1932年12月31日,是鲁迅诗歌创作的一个小高潮。让我们记住这年终最后一天。

《二十二年元旦》

在存世的鲁迅手迹中有他写给台静农的一件条幅：

云封高岫护将军，霆击寒村灭下民。
依旧不如租界好，打牌声里又新春。
申年元旦开笔大吉并祝
静农兄无咎

迅顿首

此件写于1933年1月26日，当天的日记有记载云："旧历申年元旦……又戏为邬其山生书一笺云'云封胜境护将军，霆落寒村戮下民。依旧不如租界好，打牌声里又新春。'已而毁之，别录以寄静农。改胜境为高岫，落为击，戮为灭也。"这里很仔细地说到自作旧体诗的修改情况，这种情况并不多见。

可是从1933年1月26日这一天开始的旧历年乃是癸酉（鸡年），其上一年才是壬申（猴年），鲁迅的日记和诗都弄错了一年。稍后他在致台静农的信中订正说："以酉为申，乃是误记，此种推算，久不关心，偶一涉笔，遂即以猢狲为公鸡也。"[①]所以后来鲁迅将此诗抄示杨霁云以便编入《集外集》时，径题"二十三（应为"二"）年元旦"[②]，采用民国纪年,不再去管什么壬申癸酉猢狲公鸡了,但他还是记错了一年。又"依旧"二字此时改为"到底",进一步采用口语,讽刺的色彩更为强烈。

这首七绝最早收入《集外集》,其编者杨霁云依据的正是鲁迅来信中所抄示者,所以即题为《二十二年元旦》,后来亦相沿未动。而如按手迹及其订正本,似亦可题为《酉年元旦开笔》,可能更合于诗人的初心。

用这样一首诗来为新的一年开笔很有意义。1933年是鲁迅杂文的丰收年,所作编成了两本集子:《伪自由书》和《准风月谈》,此外还有不少文章,这在鲁迅是空前的,过去要几年才形成一本,至多也是一年一本。揭露中国的内忧外患(如日本侵略者的飞机在中国疯狂轰炸屠杀人民)和国人文化心理上的问题(如迷恋打牌),也都是鲁迅这两本杂文集中的重要内容。

"祝静农兄无恙"一语的背景是前不久台静农曾遭无妄之灾:1932年12月他突然被北平警方拘捕,罪名是私藏新式炸弹;十天后才保释出来,而所谓"新式炸弹"其实乃是一种制造化妆品的机器。鲁迅特别手书此诗为之压惊。但台静农仍未能"无恙",1934年夏天他以"共党嫌疑"被北平宪兵逮捕,押至南京警备司令部囚禁,半年后才获释。一个正直而进步的知识分子,在当年是不容易"无恙"的。

---

① 鲁迅1933年2月12日致台静农的信,《鲁迅全集》第12卷。
② 鲁迅1934年12月9日致杨霁云的信,前引书。

《赠画师》

1933年1月26日鲁迅书赠日本画家望月玉成一首七绝,后来收入《集外集拾遗》,题目就用《赠画师》。诗云:

风生白下千林暗,雾塞苍天百卉殚。
愿乞画家新意匠,只研朱墨作春山。

第一句中的"白下"是南京古代的地名,后即用作此地的别名。南京至今有白下区。鲁迅说,现在那里非常黑暗;第二句说全国的形势也很糟,雾霾重重,百草凋零。后两句请求画家别出心裁,用大红的色调去画美好的春山。

望月玉成是到中国来写生的,鲁迅此诗似乎是借题发挥,说不必拘泥于写生,而可放手创新,画出自然的美景。

曾经有一种意见,说"春山"指共产党领导下的革命根据地,亦即中央苏区。其意甚佳,但不够现实,鲁迅恐怕不可能劝一位日本画家到那里去写生——他是从不给人出难题的,他自己也不写任何不熟悉的题材,尽管那可能是很有意义的。

《学生和玉佛》

鲁迅的旧体诗大部分是为了给人写字而作,另外也有少数是作为文章的一部分而写的,例如早一点的有戏仿曹植《七步诗》的那一首,见于1925年的杂文《咬文嚼字(三)》,晚一点的则有列于1933年的杂文《学生和玉佛》(《论语》半月刊第11期,后收入《南腔北调集》)之末的一首五律:

> 寂寞空城在,仓皇古董迁。
> 头儿夸大口,面子靠中坚。
> 惊扰讵云妄?奔逃只自怜:
> 所嗟非玉佛,不值一文钱。

此诗的背景是那时的当局鉴于华北形势紧张而将北平的珍贵文物装箱南运,据说其中包括著名的团城玉佛;而又同时严令各大学不得提前放假,学生不准逃考。令文中有"查大学生为国民中坚分子,讵容妄自惊扰"云云。上述两点单独来看也未尝没有它的根据和道理,但联系起来一看,却有老大的矛盾,似乎表明当局只重视值钱的古物。

"头儿夸大口"一句直指蒋介石。1931年11月他接见请愿的学生时说过，三年之内一定收复东北失地，如果做不到就杀我以谢天下。一年多过去了，未见有任何收复失地的举措，而日军已进逼华北。国家的面子现在要靠"国民中坚分子"的大学生来维持了。

这首诗中多用口语词汇，而又确为地道的五律，讽刺的意味因为有这种背反而愈加强烈了。这真是绝妙好辞。他又有一首活剥唐人崔颢《黄鹤楼》的七律（详见《伪自由书·崇实》），也写这一题材，大可一道来欣赏。

《剥崔颢〈黄鹤楼〉诗吊大学生》

1933年1月日军占领山海关(榆关),华北吃紧。为"减少日军目标"起见,南京国民政府当局下令将故宫博物院等处的珍贵文物分批南运。而同时教育部又电令北平(北京)各大学必须杜绝逃考及提前放假等情,"查大学生为国民中坚分子,讵容妄自惊扰,败坏校规;学校当局迄无呈报,迹近宽纵,亦属非是"。这些举措和议论,分别来看,也可以说都有些道理;但联系起来,再根据国民党当局一贯的不抵抗政策来看,问题就很大。

于是鲁迅作杂文《崇实》分析评论此事,文末更有"剥崔颢《黄鹤楼》诗"的一首讽刺诗云:

> 阔人已骑文化去,此地空余文化城。
> 文化一去不复返,古城千载冷清清。
> 专车队队前门站,晦气重重大学生。
> 日薄榆关何处抗,烟花场上没人惊。

所谓"剥"就是戏仿的意思,这种幽默的拟古很有点打油诗的意味。崔颢的《黄鹤楼》诗乃是唐诗中知名度最高的篇章之一:

昔人已乘黄鹤去,此地空余黄鹤楼。
黄鹤一去不复返,白云千载空悠悠。
晴川历历汉阳树,芳草萋萋鹦鹉洲。
日暮乡关何处是?烟波江上使人愁。

古今都有专家认为此诗是唐诗中第一位的好诗①,而鲁迅以幽默的态度戏仿之。

拟古可以有两种路径,常见的一种是亦步亦趋式,例如西晋大诗人陆机拟《古诗十九首》(这个名目是后起的,当时汉末古诗约有四五十首),南朝大诗人江淹模仿先前三十位诗人的作品,都拟得形神俱似、几乎可以乱真②。

有些仿制品找不出做假古董的人来,干脆就视为真品,例如所谓"苏李诗"——汉朝名人苏武、李陵的几首赠答诗——现在大家都认为是后人的仿制品,但在中古时代很有权威的钟嵘《诗品》、萧统《文选》里,都不以为伪。中国人擅长仿制,留心艺术史的人都知道,仿制业务在各种文艺运作中广泛存在,其中态度认真水平又高的,出手的东西可以乱真,据说张大千仿石涛的画就使许多人包括相当内行的收藏家相信确属于真品。

朱自清先生学习写旧体诗,亦从拟古入手,曾自称"努力桑榆,课诗昕夕,学士衡之拟古,亦步亦趋……"③。这种办法,同学习书法和绘画而临摹前代名作,意思是一样的。

另一种路子就是只讲形似,而神气完全不同,此即所谓"活剥"。这里的工作路径是:作者绝不想做假古董,不要逼真或乱真,恰恰相反,他仅仅要一点形似,其他方面与原件相去越远越好。鲁迅这首《吊大学生》乃是针对国民党当局忙于从北平(北京)搬出值钱的文物而明令不准大学生逃难而作,诗的格局和句法完全模仿唐人崔颢的《黄鹤楼》,而其中多用口语和现代色彩浓厚的词语,与典雅古老的框架形成强烈而刺眼的对照——诗的讽刺意味就从这种背反的张力当中来。

内容和框架的极度不和谐,足以使得读者大感意外,别有收获,于是产生出审美的兴味来。和谐是一种美,极度的不和谐也是一种美。鲁迅拟古惯用后一种手法,先前他那篇著名的《我的失恋》(后收入《野草》)乃是活剥张衡《四愁诗》的,而全用白话,结尾尤为新奇,形神全不似古而确为拟古,鲁迅自称是"拟古的新打油诗",当年一发表就惊动了文坛。后来他在《故事新编》里也故意大量运用不和谐手法,古今杂糅、妙趣横生。这种办法,鲁迅先生谦称为"油滑"。嬉笑怒骂,皆成文章。同样获得了非凡的艺术效果。

鲁迅也曾严肃而不"油滑"地拟过古,但他也只是摹拟古人的思路和章法,而不在细微琐屑处着眼。典型的例子如《野草》中的《狗的驳诘》,作品的主题通过反诘来表达,这一文路当是从模仿刘基著名的寓言《卖柑者言》而来。

《卖柑者言》一文的着力处全在中段,为了回答买柑者的责难,卖柑者用愤激的言辞指出,世界上"金玉其外,败絮其中"的东西多得很,自己卖一点这样的柑子,简直就不算一回事。作者的本意是想指出,当时那些居于庙堂之上者都是些徒有其表的家伙,但这一层意思没有也不便直接道出,而是通过一个卖柑者为自己辩护、反诘顾客时带出来的,显得曲折有致,给读者留下深刻的印象。《狗的驳诘》也采用这种正意而以反诘出之的办法,那自称"愧不如人"的狗侃侃而谈道——

> 我惭愧:我终于还不知道分别铜和银;还不知道分别布和绸;还不知道分别官和民;还不知道分别主和奴;还不知道……

这狗在文章中的作用相当于刘基笔下的卖柑者。鲁迅的拟古真可谓去粗取精,遗貌用神,臻于化境了。

鲁迅学养深厚,古代文化烂熟于胸,而又思维活跃,意趣幽默,往往能出奇制胜,给予读者一个又一个意外的惊喜。

---

① 严羽《沧浪诗话》云:"唐人七言律诗,当以崔颢《黄鹤楼》为第一。"今人撰《唐诗排行榜》(中华书局2011年版)亦复高列为第一。

② 江淹《杂体诗三十首》中模仿陶渊明的那一首十分逼真,曾经被收入陶渊明的集子里去,很久以后才被发现。江诗云:"种苗在东皋,苗生满阡陌。虽有荷锄倦,浊酒聊自适。日暮巾柴车,路暗光已夕。归人望烟火,稚子候檐隙。问君亦何为,百年会有役。但愿桑麻成,蚕月得纺绩。素心正如此,开径望三益。"真所谓形神俱似。这里的许多语言符号如"东皋""荷锄""浊酒""巾车""稚子""桑麻""素心"等等都是陶渊明喜欢用的,全诗的题材、句法、语气、风格、思想也很像出于陶渊明本人。

③ 《犹贤博弈斋诗抄·自序》,《朱自清全集》第5卷,江苏教育出版社1996年版,第241页。

《题〈呐喊〉》《题〈彷徨〉》

《鲁迅日记》1933年3月2日载：

> 山县氏索小说并题诗，于夜写二册赠之。《呐喊》云："弄文罹文网，抗世违世情。积毁可销骨，空留纸上声。"《彷徨》云："寂寞新文苑，平安旧战场。两间余一卒，荷戟尚彷徨。"

这两首诗，后来分别被称为《题〈呐喊〉》《题〈彷徨〉》。后者被收入《集外集》，前者则入《集外集拾遗》。当年杨霁云编《集外集》时，只从《人间世》上看到披露的《题〈彷徨〉》这一首。鲁迅看过他编的这部书稿，却也没有把《题〈呐喊〉》补进去。鲁迅不大重视自己的旧体诗。当时他身体不佳，审稿也不算很严。《集外集》所收旧诗只有十三题十四首；未入集的尚多，后来大抵编进了《集外集拾遗》。

鲁迅自题其旧作小说集的这两首诗多少带些应酬的性质，其中不无表示谦虚的客套，例如自称"空留纸上声"就是的。收入《集外集》时，"荷戟尚彷徨"一句作"荷戟独彷徨"，含义略有差别，而亦未尝不可相通。这里比较值得注意的是"弄文罹文网，抗世违世情"这两句。凡有自己独立见解，希望推动社会进步的作家，大抵都会有这样的遭遇和命运。鲁迅早年大力表彰的"摩罗诗人"，即为"立意在反

抗,指归在动作,而为世所不甚愉悦者"①。1927年12月他在上海暨南大学发表讲演,其中有两段话说:

> 政治想维系现状使它统一,文艺催促社会进化使它渐渐分离;文艺虽使社会分裂,但是社会这样才进步起来。文艺既然是政治家的眼中钉,那就不免被挤出去。
> ……文艺家的话其实还是社会的话,他不过感觉灵敏,早感到早说出来(有时,他说得太早,连社会也反对他,也排轧他)②。

这样就容易弄到积毁销骨的局面了。鲁迅先曾被北洋军阀政府列入黑名单,后又被国民党政府列入黑名单,多次离家避难。文艺界内部反对他的人也不少。鲁迅一向也很注意保护自己,否则虽志在"弄文",也将弄不成了。

"两间余一卒"的"两间"可以有不同的理解,一指"新文苑"与"旧战场"之间,一指天地之间,这两层意思似可叠加起来一道消化。鲁迅在"旧战场"即五四新文学运动时期的北京(现在那里已显得"平安"了)和"新文苑"即当下左翼文学运动的中心上海,都是非常活跃的领军人物,他与时俱进,一直"荷戟"战斗,并未因功成名就而停顿,也不因环境"寂寞"而气馁;由于他思想一向领先,感觉特别灵敏,有些话说得太早,不免不大为人们理解,有时竟弄得腹背受敌。背景转换了,鲁迅仍然在作并无明朗前景的绝战。他的深刻和伟大正在于此。

---

① 《坟·摩罗诗力说》,《鲁迅全集》第1卷。
② 《集外集·文艺与政治的歧途》,《鲁迅全集》第7卷。

《悼杨铨》

花开花落虽然是世间常态,但敏感的诗人们总是感慨系之,有道是——

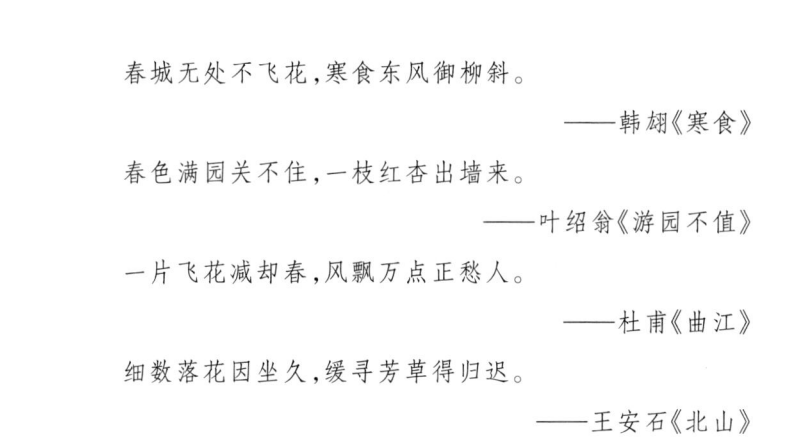

> 春城无处不飞花,寒食东风御柳斜。
> ——韩翃《寒食》
> 春色满园关不住,一枝红杏出墙来。
> ——叶绍翁《游园不值》
> 一片飞花减却春,风飘万点正愁人。
> ——杜甫《曲江》
> 细数落花因坐久,缓寻芳草得归迟。
> ——王安石《北山》

如此等等,极其多见。可是鲁迅在他的一首七绝里却说——

> 岂有豪情似旧时,花开花落两由之。

这就同前代的诗人们很不同了。但他也并非完全不动感情,其后二句道:

何期泪洒江南雨,又为斯民哭健儿!

  此诗原来无题,后来编入《集外集拾遗》时加了一个标题:《悼杨铨》。杨铨(字杏佛,1893—1933)是著名的爱国人士、社会活动家,他因为担任了中国民权保障同盟副会长兼总干事,即为当局所忌恨,竟于1933年6月18日遭国民党特务暗杀。鲁迅不顾生命危险,赴殡仪馆参加了他的告别仪式,归来后心绪仍不平静,又作此诗。

  诗的前两句说,现在自己的感觉已经相当迟钝,经过的事情太多了。这也就是他在文章里说过的"初看见血,心里是不舒服的,不过久住在杀人的名胜之区,则即使见了挂着的头颅,也不怎么诧异。这就是因为能够习惯的缘故。"①于是就会"花开花落两由之",遇事不那么激动了。

  但是诗的后两句忽然一转,大为激动。这是因为国民党特务在大街上公然暗杀了他的朋友杨杏佛先生(他是国民党员,时任中央研究院总干事),完全不准保障民权,做得也未免太出格了。鲁迅为此伤心,为此流泪,中国又失去了一位健儿!鲁迅知道,自己也上了国民党特务的暗杀名单,但他说:"只要我还活着,就要拿起笔,去回敬他们的手枪。"②《悼杨铨》诗即为其回敬之一。

  绝句仅有四句,前后作一百八十度的重大转折,自然会有震撼动人的力量。

---

① 《集外集拾遗·上海所感》,《鲁迅全集》第7卷。
② 1933年6月25日致山本初枝的信,《鲁迅全集》第13卷。

《题三义塔》

1932年上海"一·二八"战争期间,一位日本人道主义者西村琴真博士在上海闸北三义里收养了一只无家可归的鸽子(日本谓之堂鸠),后带回日本;这鸽子死后,埋在自家院子里,为之立了一块石碑;又画了一幅《小鸠三义图》,广征题咏。鲁迅为作一首七律,写成一长卷寄去:

> 奔霆飞焰歼人子,败井颓垣剩饿鸠。
> 偶值大心离火宅,终遗高塔念瀛洲。
> 精禽梦觉仍衔石,斗士诚坚共抗流。
> 度尽劫波兄弟在,相逢一笑泯恩仇。

西村博士于上海战后得丧家之鸠,持归养之,初亦相安,而终化去,建塔以藏,且征题咏,率成一律,聊答遐情云尔。

一九三三年六月二十一日鲁迅并记

后来杨霁云编《集外集》时,请求鲁迅抄示其旧诗,鲁迅在杨霁云已搜集到的之外新提供了六首,其中就有这首《题三义塔》,但删去跋尾,另加了几句小序:

> 三义塔者,中国上海闸北三义里遗鸠埋骨之所也,在日本,农人共建之。

杨霁云即根据上引鲁迅来信(1934年12月29日)中所抄示者编入《集外集》。

1932年上海"一·二八"之战是日本军国主义疯狂侵略中国的一步,但这不能由日本人民负责。鲁迅强烈要求抗日("斗士诚坚共抗流"),同时始终对日本人民抱有友好的感情,并且相信中日两国会有友好相处的一天。

"偶值大心离火宅"是说那只鸽子的得救是一个很偶然的事件,西村博士具有"大心"即广博的同情心,爱护动物;但对战争造成的败井颓垣又能有多少帮助呢。

"度尽劫波兄弟在,相逢一笑泯恩仇"是此诗的警句,代表了中国人民博大的国际主义胸怀,并对建立世界各国人民友好相处、建立命运共同体寄予了重大的期待。

"奔霆飞焰"的"焰"字,后来鲁迅抄给杨霁云时改用"熛"。"熛"也指火焰,但又带有闪动、迅疾的意思,用来形容战争中枪炮发出的火焰尤为切近。

《无题》

禹域多飞将,蜗庐剩逸民。
夜邀潭底影,玄酒颂皇仁。

上面这首五绝出于鲁迅1933年6月28日应郁达夫之请为黄萍荪(1908—1993)写的条幅。手迹影印本载于《越风》半月刊第一卷第二十一期(1936年10月31日);同期还有一份《鲁迅杂文选》,选入的是《谈所谓"大内档案"》一文;又有黄萍荪《鲁迅是怎样一个人》——这些都是为纪念鲁迅逝世而作出的安排。鲁迅手书此诗的原件后来辗转为日本友人安井郁先生收藏。

这首诗里用了两个典故,一是"蜗庐",一是"玄酒"。

"蜗庐"即蜗牛庐。鲁迅先前说过,中国没有摆象牙之塔的处所,"不久可以出现的,恐怕至多只有几个'蜗牛庐'。蜗牛庐者,是三国时所谓'隐逸'的焦先曾经居住的那样的草窠……光光的伏在那里面,少出,少动,无衣,无食,无言。因为那时是军阀混战,任意杀掠的时候,心里不以为然的人,只有这样才可以苟延他的残喘。但蜗牛界里那里会有文艺呢,所以这样下去,中国的没有文艺,是一定的。"① 蜗牛庐的典故原出于《三国志》。《三国志·魏书·管宁传》裴松之注引《魏略》说,有隐者焦先"自作一瓜牛庐,净扫其中,营木为床,布草蓐其上,至天寒时,搆火以自炙,呻吟独语。饥则出为人客作,饱食而已,不取其直(值)。"裴松之加按语指出"瓜牛庐"应作"蜗牛庐","蜗牛,螺虫之有角者也,俗或呼为黄犊。先等作圜舍,形如蜗牛蔽,故谓之蜗牛庐。"裴注又引《高士传》称,焦先"及魏受禅,常(尝)结草为庐于河之湄,独止其中。冬夏恒不着衣,卧不设席,又无草蓐,以身亲土,其体垢污皆如泥漆,五形尽露,不行人间。或数日一食,欲食则为人赁作,人以衣衣之,乃使限功受直,足得一食辄去。人欲多与,故不肯取,亦有数日不食时。"焦先算是中国历史上走了极端的隐逸之士。

"玄酒"就是清水,古人举行隆重的礼仪时置一壶清水于酒樽之旁,用以敬献给神灵和祖先,算是最高级的祭品②。

"夜邀潭底影"一句大约不能算用典,但很容易令读者想起贾岛的名句"独行潭底影,数息树边身"(《送无可上人》),这两句形容他绝对的孤独;而鲁迅晚年正亦多孤独寂寞之感。

鲁迅这首诗的大意是说,在当下混战杀掠、飞机乱扔炸弹的时候,人们的处境十分危险,隐士只好躲进蜗牛庐里去过遗世独立的苦日子,只剩下清水,就拿来作为"玄酒",献给皇帝,歌颂他的大仁大德。这当然是鲁迅的反语。1933年5月7日,鲁迅在一篇原为《申报·自由谈》写的杂文中揭露当时的军阀派飞机向起义的瑶民实施轰炸,痛加斥责,文末道:"呜呼,草野小民,生逢盛世,唯有遂听欢呼,闻风鼓舞而已!"此文因为措辞过于尖锐,未能通过官方的新闻审查;鲁迅很快另行拿到《论语》半月刊(第18期,1933年6月1日)上去发表,并加了一段附记道:"幸而既非瑶民,又居租界,得免国货的飞机来'下蛋',然而'勿要哗啦哗啦'却是一律的,所以连'欢呼'也不许,——然则惟有一声不响,装死救国而已!"(《伪自由书·王化》)这些话正可以同"夜邀潭底影,玄酒颂皇仁"互证。

托郁达夫向鲁迅索字的黄萍荪是一个经历复杂的人,鲁迅对他印象很差。

黄萍荪没有什么正规的学历,而很早就动笔杆,编报刊,先后在杭州的《民声报》《民国日报》《东南日报》当记者、编辑,后来又主编《越风》《子曰》等刊物。他在创办《越风》时,曾几次向鲁迅拉稿③,鲁迅只在1936年2月10日答复过一次,直截了当地予以回绝:"三蒙惠书,敬悉种种。但仆为六七年前以自由大同盟关系,由浙江党部率先呈请通缉之人,'会稽乃报仇雪耻之乡',身为越人,未忘斯义,肯在此辈治下,腾其口说哉。"此后黄萍荪又多次写信去约稿,鲁迅均置之不理④。

先前当鲁迅加入自由运动大同盟时,国民党浙江省党部曾呈请通缉鲁迅⑤,鲁迅听说浙江省党部宣传部部长许绍棣以及叶溯中等人与此事关系很大,而现在杭州人黄萍荪同他们走得很近,鲁迅怎么可能为他主持的刊物供稿呢。

在1936年一份未发表的手稿中,鲁迅写道:

> 当我加入自由大同盟时,浙江台州人许绍棣,温州人叶溯中,首先献媚,呈请南京政府下令通缉。二人果渐腾达,许官至浙江教育厅长,叶为官办之正中书局大员。
>
> 有黄萍荪者,又伏许叶喉使,办一小报,约每月必诋我两次,则得薪金三十。黄竟以此起家,为教育厅小官,遂编《越风》,函约"名人"撰稿,谈忠烈遗闻,名流轶事,自忘其本来面目矣。"会稽乃报仇雪耻之乡",然一遇叭儿,亦复途穷道尽!⑥

许绍棣1924年毕业于复旦大学,是CC系的骨干分子,后兼任《东南日报》(1934年6月创办,陈果夫、陈立夫分任董事长和监事长)社长,并出任浙江省教育厅长;《东南日报》的总编胡健中、副刊编辑陈大慈和许廑父等也都属于许绍棣"复旦系"。鲁迅到上海之初主编《语丝》时,编发过一篇复旦学生冯珧即徐诗荃撰写的《谈谈复旦大学》(《语丝》第4卷第32期,1928年8月6日),揭露了复旦大学的若干内幕;时任国民党浙江省党部指导委员的许绍棣即以"言论乖谬,存心反动"为由下令查禁(详见国民党浙江党务指导委员会宣字第126号令)。鲁迅曾经谈及此事,说:"经我担任了编辑之后,《语丝》的时运就很不济了,受了一回政府的警告,遭了浙江当局的禁止",而"禁止的缘故也莫名其妙,有人说是因为登载了揭发复旦大学内幕的文字,而那时浙江的党务指导委员老爷却有复旦大学出身的人们"⑦。

后来浙江省党部因鲁迅加入自由大同盟而呈请当局通缉鲁迅,据说仍与此有关。许寿裳后来回忆说:"1930年春,鲁迅被浙江省党部呈请通缉,其罪名曰'反动文人',其理由曰'自由大同盟',说来自然滑稽,但也很可痛心。那时,浙江省党部有棣氏主持其事,别有用意,所谓'罪名''理由',都是表面文章,其真因则远在编辑刊物。当鲁迅初到上海,主编《语丝》的时候,有署名某某的青年,投稿揭发他的大学的黑幕,意在促使反省,鲁迅就把它登出来了。这反响可真大,原来某氏是该大学毕业生,挟嫌于心,为时已久,今既有'自由大同盟'可作题目,借故追因,呈请通缉,而且批准。鲁迅曾把这事的经过,详细地对我说过:'自由大同盟并不是由我发起,当初只是请我去演说。按时前往,则来宾签名者已有一人(记得是郁达夫君),演说次序是我第一,郁第二,我待郁讲完,便先告归。后来闻当场有人提议要有甚么组织,凡今天到会者均作为发起人,追次日报上发表,则变成我第一名了。'鲁迅又说:'浙江省党部颇有我的熟人,他们倘来问我一声,我可以告知原委。今竟突然出此手段,那么我用硬功对付,决不声明,就算由我发起好了。'"⑧

尽管黄萍荪同许绍棣等人走得很近,但其人到底年轻,又是经由郁达夫来索字的,所以鲁迅还是给他写了一幅字;至于后来的加以痛斥,则应当与黄萍荪用"冬藏老人"的化名发表一篇《雪夜访鲁迅翁记》(《越风》第1卷第5期,1935年12月16日)有关。

当时黄萍荪急于办好刊物,扩大影响,遂千方百计地拉名人来开路,曾一再向鲁迅约稿,甚至捏造事实,说自己去拜访过鲁迅,这就有点不择手段了。这篇所谓访问记完全是一篇莫须有的奇文。其中写道:

> 本月上旬,海上初雪,北四川路一带,如银洒地。余得某君之介,持函往访……
>
> 他有一个非常宠爱的男孩子,今年较老人要少五十年,名字叫海婴。起居食用,均极华贵。公子海婴乃二夫人许氏所出,许为两广宿将许崇智侄女,年三十五六,态度大方,装饰朴质,善治家,侍老人眠食尤周……

下文又记如何向鲁迅约稿,未得要领等等。"起居食用,均极华贵","食量宏大,不让后生",又没有在一起吃饭,在短暂的拜访中,这些情形何从得知?诸如此类的破绽文中甚多;而"二夫人许氏"这样的提法,更是糟不可言。

黄文中又说什么鲁迅"不喜欢给人占半字便宜","此老于洋场上的人缘,在他自己眼睛里望出来,就变得到处都是特地为渠而设的陷井了"。这些话都毫无根据,而且同访问记也全不相干。黄萍荪晚年承认此文向壁虚构,又辩称自己当年不存攻击鲁迅之意,只是为了招徕读者而已。当编辑向名人拉稿子,原可以理解,但像他这样的拉法也未免太荒谬。此人即使不必如后来许广平那样斥为"下流的人"⑨,也是相当无聊的了。

黄萍荪主编的《越风》杂志1935年10月创刊于杭州,先是半月刊,共出二十四期;第二卷起改为月刊,出至第二卷第四期(1937年4月)停刊,除了一份增刊以外,前前后后一共出了二十八期。黄萍荪为了办好刊物而不择手段地硬拉名人文稿,又乱拉政要(如陈立夫、陈布雷、黄绍竑、许绍棣、叶溯中等等)为"赞助人",这两条都是办刊物的大忌。此人作风不大老实,他后来一路坎坷,与此关系很大。

---

① 《二心集·序言》,《鲁迅全集》第4卷。

② 参见胡新生《玄酒的用途和来历》,《中国社会科学报》2009年10月29日第5版《历史学》。

③ 《鲁迅日记》1936年1月30日,"得黄萍荪信并《越风》一本";2月2日,"得黄苹荪信";2月10日,"得黄苹荪信,即复。"

④ 详见《鲁迅日记》1936年2月13日、28日,3月9日、21日,4月2日、8日、21日。

⑤ 此事传播甚广,大约确有其事,但在有关的档案里没有找到有关的文档。鲁迅确认此事为真。他在浙江省党部颇有熟人,自当有其信息来源。很可能呈请确有其事,而未能得到批复,所以文档亦未保存。

⑥ 这份残稿后收入1981年和2005年两版《鲁迅全集》之第八册《集外集拾遗补编》中。

⑦ 《三闲集·我和〈语丝〉的始终》,《鲁迅全集》第4卷。

⑧ 《亡友鲁迅印象记》,人民文学出版社1953年版,第75—76页。

⑨ 许广平1956年访日时,安井郁拿来他收藏的鲁迅手迹请求鉴定和解说。后

来许广平在《鲁迅与日本》一文中写道:"上款写的是黄萍荪属的。安井郁先生要我解释诗的意思之后,还问起黄某人是何许人。我就告诉他,那小子自称是青年,请求鲁迅给写字。凡有青年的要求,鲁迅是尽可能替他们办的。待到寄出不久,鲁迅的字就被制版做杂志的封面了,而这杂志,是替蒋介石方面卖力的。当时鲁迅看到如此下流的人这样地利用他的字来蒙骗读者,非常之愤恨,这愤恨之情,至今还深深刻印在我的脑海。"(《许广平文集》第二卷,江苏文艺出版社1998年版,第399—400页。按此文原载《文艺月报》1956年第10期)这里许广平的记忆有点出入,黄萍荪在自己主编的杂志封面上刊登鲁迅五绝一首的手迹是《越风》半月刊第一卷第二十一期(1936年10月31日),已在鲁迅病逝以后,带有纪念的意思;而鲁迅对黄萍荪印象恶劣确为事实。

《悼丁君》

丁玲是30年代非常活跃的女作家,又曾担任左联刊物《北斗》的主编,同鲁迅颇有交往。1933年5月14日在家中被国民党特务绑架,稍后社会上盛传她已经牺牲,至少也是凶多吉少。鲁迅因此作《悼丁君》七绝一首,6月28日曾写在书赠周陶轩的条幅上,只是没有题目。此诗稍后正式发表于《涛声》周刊第2卷第38期(1933年9月30日),鲁迅的旧体诗主动拿出去发表的甚少,《悼丁君》算是一首。这时鲁迅已经知道丁玲还活着,但他却出人意料地采用了《悼丁君》这样的标题。《人间世》半月刊第8期(1934年7月20日)所载高疆《今人诗话》一文中再次录入此诗,后收入《集外集》。诗云:

> 如磐夜气压重楼,剪柳春风导九秋。
> 瑶瑟凝尘清怨绝,可怜无女耀高丘。

赠陶轩的条幅上,"夜气"作"遥夜","压重楼"作"拥重楼","瑶瑟"作"湘瑟",这几处后来鲁迅略有修改,遂为定本。

"哀高丘之无女"是《离骚》中的名句,这里即以"可怜无女耀高丘"来指代丁玲,沉痛之至,也寄寓了很高的评价。第三句用湘灵鼓瑟的典故,同样出于楚辞(详见《远游》),而丁玲正是湖南(临澧)人。

鲁迅在1933年9月公开发表其《悼丁君》,当是相信或希望她会宁死不屈。

鲁迅1934年5月1日致娄如瑛信中说:"丁玲被捕,生死尚未可知,为社会计,牺牲生命当然并非终极目的,凡牺牲者,皆系为人所杀,或万一幸存,于社会或有恶影响,故宁愿弃其生命耳。"①后来才确切地知道丁玲还活着,1934年9月4日,鲁迅在致王志之的信中说:"丁君确健在,但此后大约未必再有文章,或再有先前那样的文章,因为这是健在的代价。"②1934年11月12日鲁迅在致萧军、萧红的信中说:"蓬子转向;丁玲还活着,政府在养她。"③更往后,鲁迅知道了更多的情况,在1936年10月曾对人说,在被捕的文人中"只有丁玲的态度还算不错,她始终不屈地保持着沉默"④。

丁玲还活着,而《悼丁君》一诗则至今活在人们的心里。

---

① 鲁迅1934年5月1日致娄如瑛的信,《鲁迅全集》第12卷。
② 鲁迅1934年9月4日致王志之的信,前引书。
③ 鲁迅1934年11月12日致萧军、萧红的信,前引书。
④ 吴山《铁篷车中追悼鲁迅记》,《联合文艺》第1卷第2期1937年2月。

《赠人二首》

明眸越女罢晨装,荇水荷风是旧乡。
唱尽新词欢不见,旱云如火扑晴江。

秦女端容理玉筝,梁尘踊跃夜风轻。
须臾响急冰弦绝,但见奔星劲有声。

  题作《赠人二首》的这两首七绝在鲁迅的旧体诗中颇引人注目,一则它们取材于当时上海滩上的歌女,而这是鲁迅较少涉及的领域;二是其发表的情形比较特别,似乎表明鲁迅对此二诗的重视。

  "赠人"之人指日本友人森本清八——一家日本保险公司上海分公司的主任,他是通过内山完造老板结识鲁迅的;《鲁迅日记》1933年7月21日载,午后为森本清八写诗三幅,分别是"秦女端容""明眸越女",又一幅录晋人顾恺之的诗。这三份手迹未见发表。

  后来另有一些鲁迅本人提供的文本面世,例如写有"明眸越女"一首的手迹曾发表于《小说》半月刊第5期(1934年8月1日),这手迹当是鲁迅自己寄给《小说》编辑梁得所的;"秦女端容"一首见于致《集外集》编者杨霁云的信(1934年12月9日)中,并说明它同"明眸越女"那一首"是一起的"。于是这一组两首的诗一并收入了《集外集》。

鲁迅在上海的生活几乎全是工作，偶有娱乐，无非是看看电影，其他就没有什么了。比较例外一点的是，在应友人之邀到比较高档的饭店酒楼用餐时，也听听歌女的演唱和器乐表演，或听别人谈起这方面的情形，据说侍女和艺人中颇有因战争、灾荒或其他不幸等原因流落到上海来的。鲁迅1932年底的《所闻》一诗云："华灯照宴敞豪门，娇女严装侍玉樽。忽忆情亲焦土下，佯看罗袜掩啼痕。"这里的侍女现在在豪门里服务，即自有其不幸的原因。又《无题二首》其二云："皓齿吴娃唱柳枝，酒阑人静暮春时。无端旧梦驱残醉，独对灯阴忆子规。"这里的"皓齿吴娃"同《赠人二首》其一里的"明眸越女"一样，都是被不幸的狂风吹到上海滩来的苦人，在她们的盛装歌舞背后，总有难以言说的辛酸。

表面的光鲜和内里的痛苦，鲁迅注意到这里的背反，体现了他仁爱慈悲的胸怀。

在《鲁迅日记》中，"理玉筝"作"弄玉筝"，"夜风轻"作"夜风清"，"但见"作"独见"。鲁迅的旧体诗颇多异文，其中多数应当是出于鲁迅本人的修改，但也有情形比较复杂的，例如也会有传抄排版之误等情，很需要认真地汇校一番。

《无题》

一枝清采妥湘灵,九畹贞风慰独醒。
无奈终输萧艾密,却成迁客播芳馨。

据《鲁迅日记》1933年11月27日的记载,上面这首七绝是书赠日本友人土屋文明的;其人是山本初枝的朋友,托她向鲁迅求字,鲁迅为他写了这样一份条幅。

这首诗完全采用楚辞的语汇和意境,说幽兰斗不过萧艾,在生活中这样的人便成为被放逐的"迁客",换一个地方,仍然保持自己的芳馨并且把它扩散出去。

那时颇有人劝鲁迅避免迫害、多做事情而出国去,鲁迅也曾考虑过这个问题,但最终决定不走。鲁迅在这首诗里表示,即使自己不得已而出国,也将继续奋斗,传播革命的思想。

《阻郁达夫移家杭州》

> 钱王登假仍如在,伍相随波不可寻。
> 平楚日和憎健翮,小山香满蔽高岑。
> 坟坛冷落将军岳,梅鹤凄凉处士林。
> 何似举家游旷远,风波浩荡足行吟。

鲁迅这首诗收入《集外集》时题作《阻郁达夫移家杭州》;而据《鲁迅日记》,这首诗是1933年12月30日书赠郁达夫、王映霞夫妇的。

郁、王之移家杭州在当年4月25日,此事鲁迅虽然不大赞成,但也不便直言反对,4月22日还曾在知味观(饭店)邀集友人为他们饯行。到八个多月以后,鲁迅才写这首诗,从内容看,正如王映霞后来在《半生自述·移家杭州》文中所说,"有劝我们离开杭州的意思"。可是高疆在《今人诗话》(《人间世》第8期)中首先披露此诗时,给加上了一个《阻郁达夫移家杭州》的题目,其后相沿未改,而其实不大容易理解——或者干脆地说,这题目并不怎么恰当。

郁达夫对杭州本来也很反感,曾在《还乡记》一文中说过"浙江虽是我的父母之邦,但是浙江知识阶级的腐败,一班教育家政治家对军人的谄媚,对平民的压制,以及小政客的婢妾行为,无厌的贪婪,平时想起来就使我作恶。所以我每次回浙江去,总是抱了一腔嫌恶的恶懔,障扇而过杭州"。现在他移家杭州,无非是因为王映霞的老家在杭州,而他本人此时也有点消沉,有躲进湖光山色中去过隐逸生活的意思。这种思想状况稍后为鲁迅所察觉,大不以为然,于是通过赠王映霞的诗,委婉地予以劝告。

诗的第一句单刀直入,径写杭州的政治黑暗。五代时吴越王钱镠割据浙江,建都杭州,其人的残暴恣肆在历史上颇为有名,鲁迅在杂文书信中多次提到过。"钱王登假仍如在"是说钱镠虽然早已死了但他仍然活着,言外指国民党杭州当局诸人——他们曾经呈请通缉鲁迅、郁达夫等发起中国自由运动大同盟的人们,鲁迅忘不了这件事。诗的第二句说在杭州这样的地方,像伍子胥那样正直的人是无法安身的。这两句显然是从环境之险恶这侧面说明必须把家移出杭州。"平楚日和""小山香满"写杭州风光,这正是郁达夫当时所欣赏所追求的可以"偷安"的境界。但是鲁迅认为,这一境界于郁、王夫妇是不合适的。鲁迅认为郁达夫乃是或者说应当是"健翮",是"高岑",所以不宜呆在这里。曾经有一种意见,将"健翮""高岑"都理解为贬义的东西,那样解释就大不相同了。从鲁迅的审美观来考虑,他一向欣赏健美的鹰隼,直到临终前不久还说:"假使我的血肉该喂动物,我情愿喂狮虎鹰隼……它们在天空,岩角,大漠,丛莽里是伟美的壮观,捕来放在动物园里,打死制成标本,也令人看了神旺,消去鄙吝的心"[①]。以伟美矫健的鹰隼来指反面形象,在鲁迅笔下恐怕很少有可能。"健翮"应指鲁迅对郁达夫的高度评价和殷切期待。这里"憎"字的用法颇近于杜诗之"文章憎命达"(《天末怀李白》)。"高岑"亦用以喻指郁达夫,鲁迅希望他不要为安乐的生活、优美的景色所陶醉而忘却战斗,指出了"高岑"有被"小山香满"所蔽的危险,给朋友敲警钟,语重而心长。山小而高者曰岑,一般的小山本来是不能掩蔽高岑的,正如一个真正的斗士本不会被安乐的生活、优美的景色迷住心窍一样,然而有时却会有相反的不正常的情形,这正是鲁迅要提醒达夫的。

五六两句转入一个新的意境,这里提到两位古人,似乎是信手拈来,而言外均有深意。岳飞将军抗敌有功,但对统治集团却奉命唯谨,身后坟坛冷落;林逋居士洁身自好,梅妻鹤子,虽自得其乐,而于世无补,其实是凄凉的。这里同样隐藏着对郁、王夫妇的规劝和期待,希望他们丢掉幻想,走出茅庐,重新投身到火热的斗争当中来。寓针砭于咏古之中,老辣浑厚,动人心魄。至此已是水到渠成,于是正面提出建议:与其在杭州呆着,"何似举家游旷远,风波浩荡足行吟"!

后来到1938年底,郁达夫挈妇将雏远赴南洋,可以说正大有"举家游旷远"之意。不过这时离他写那组著名的《毁家诗纪》、与映霞夫人分手,已经不远了。

---

① 《且介亭杂文末编·半夏小集》,《鲁迅全集》第6卷。

《酉年秋偶成》

鲁迅有一首五绝是1933年底写在条幅上赠给通过郁达夫向鲁迅求字之黄振球（1911—1980）的，后来被题作《无题》，而在手迹中有"酉年秋偶成"这么一行字，所以此诗其实应当题作《酉年秋偶成》，2005年版《鲁迅全集》已经这样改订过来了。诗云：

烟水寻常事，荒村一钓徒。深宵沉醉起，无处觅菰蒲。

黄振球在1959年将这条幅的原件捐给了上海鲁迅纪念馆。

这首诗抒发了鲁迅内心深处的一种悲观的估计，他设想自己将如同一个孤独的渔翁，隐藏于茫茫烟水的深处，处境很难，连想寻觅一点"菰蒲"即最起码的生活资料（菰米可以充饥，蒲草能够编席）也找不到。鲁迅后来在《亥年残秋偶作》诗中再一次说起"老归大泽菰蒲尽，梦坠空云齿发寒"，不仅菰蒲已尽，而且在梦中也会使牙齿和头发都深感寒冷。

尽管如此，鲁迅仍然坚持其初心不改。

一般来说，对于美好前景的期望总是能够成为一个人艰苦奋斗的精神支柱；鲁迅不同，他的奋斗是为了改变国家和民族的现状，而与自己的前途无关，他预计自己的未来可能很暗淡。

鲁迅的特色在此。周作人说鲁迅有很深的虚无主义思想,就鲁迅对个人前途不抱什么美好希望而言,这话有他一定的道理。"于无所希望中得救"("野草之十五"《墓碣文》),鲁迅早在20年代就这么说过了。

《闻谣戏作》

鲁迅旧体诗中带有戏作意味的有好几篇,而题目中标明的只有《闻谣戏作》(旧题《报载患脑炎戏作》)。那时天津《大公报》造谣说鲁迅大脑有重病,不能写作了,鲁迅回答说:

> 横眉岂夺蛾眉冶,不料仍违众女心。
> 诅咒而今翻异样,无如臣脑故如冰。

这里用了一种经过改造的屈原的语气,幽默地表明自己头脑很清醒,绝未发生谣言里所说的得了脑炎从此不能写作的情形。

在1934年3月15日夜书赠台静农的手迹中,末句中的"臣"字特别写得小了一号,以表示对造谣者的讽刺。

鲁迅曾经生活于清朝末年;辛亥革命推翻了中国最后一个封建专制王朝,稍后的袁世凯称帝算是一次回光返照,此后中国就再没有皇帝了。但是蛮不讲理气焰很高的人物还是有的,他们的作风简直有点靠近皇帝。鲁迅就碰到过这样的情形,为了反击和抗争,他有时便自称为"臣",借以讽刺对立面,揭露他们高高在上,妄自尊大,胡作非为。

在20世纪20年代末的"革命文学"论战中,一批年轻的革命文学家拿鲁迅开刀祭旗,对他大加口诛笔伐,扣了许多帽子:小资产阶级、

资产阶级、三个有闲、封建余孽……有些文章的态度相当蛮横。鲁迅稍一反击,他们又批评鲁迅态度不好,气量狭隘;对此鲁迅在《我的态度气量和年纪》一文中写道:

> ……不过今年偶然做了一篇文章,其中第一次指摘了他们文字里的矛盾和笑话而已。但是"态度"问题来了,"气量"问题也来了,连战士也以为尖酸刻薄。莫非必须我学革命文学家所指为"卑污"的托尔斯泰,毫无抵抗,或者上一呈文:"小资产阶级或有产阶级臣鲁迅诚惶诚恐谨呈革命的'印贴利更追亚'老爷麾下",这才不至于"的确不行"么?①

当时创造社、太阳社的文学家自以为是革命的"印贴利更追亚"(知识分子),别人都不行,鲁迅则尤其不行,唯我独革,态度蛮横;所以鲁迅在文章中用自称为"臣"的文句予以讽刺还击,言外之意说,不知道对方何以有那么大的权力,随便给人定性,像个皇上似的。

《报载患脑炎戏作》中的自称为"臣"也是这种绝妙的修辞;又早一点的一首《无题》道:"禹域多飞将,蜗庐剩逸民。夜邀潭底影,玄酒颂皇仁。"此诗揭露当局的"仁政"其实乃是残酷的暴力镇压,最后也是以称臣的语气来表达讽刺和抗议。这里没有出现"臣"字,但其手迹中在"皇"字之前空了一格——这是封建时代的传统规矩,提到皇帝要另起一行顶格书写,至少也要在前面空一格,以表示尊重;鲁迅即借此表达反讽。现在去古已远,鲁迅这些修辞手段和书写行款的深意,都很容易被忽略过去;而一旦注意及此,便深感都很有意思和趣味。

---

① 《三闲集·我的态度气量和年纪》,《鲁迅全集》第6卷。

《戌年初夏偶作》

万家墨面没蒿莱,敢有歌吟动地哀。
心事浩茫连广宇,于无声处听惊雷。

鲁迅这首诗是1934年5月30日书赠日本友人新居格的,其手迹在正文后有"戌年初夏偶作,以应/新居先生雅属"这样两行字,后来在收入《集外集拾遗》时没有看到手迹,遂作《无题》处理,到2005年版《鲁迅全集》的《集外集拾遗》,改订为《戌年初夏偶作》。

1961年10月7日,毛泽东主席手书此诗"赠日本访华的朋友们",从此此诗成为鲁迅旧体诗中传播最广的篇章之一,"于无声处听惊雷"一句几乎成了成语。

这一句确实精彩绝伦,充满了辩证法,体现了鲁迅看事物看形势时那种具有穿透力的眼光。在他十年前写的散文诗《墓碣文》("野草之十五")中,就曾有过这样的几句:

于浩歌狂热之际中寒;于天上看见深渊。
于一切眼中看见无所有;于无所希望中得救。

特立独行,不同凡响。这里又说于无声处听到了惊雷似的巨响。这不是一般的耳,一般的目,一般的感觉。

在戌年初夏的一年以前,鲁迅作《推背图》一文(后收入《伪自由书》),其中提到有时可以"从反面来推测未来"——读鲁迅的杂文和诗,如果能就此得到启发,我们的水平或有望提高一段。

《秋夜偶成》

> 绮罗幕后送飞光,柏栗丛边作道场。
> 望帝终教芳草变,迷阳聊饰大田荒。
> 何来酪果供千佛,难得莲花似六郎。
> 中夜鸡鸣风雨集,起然烟卷觉新凉。

鲁迅这首七律作于1934年9月,并于29日写成条幅,赠给早年的学生和同事张梓生(1892—1967),手迹在诗后有这样的字样:"秋夜偶成录应　梓生先生教　鲁迅",下面有两方印章。这首诗最合适的标题应是《秋夜偶成》;先前曾被题作《秋夜有感》,几乎已经约定俗成,直到2005年版《鲁迅全集》才订正过来。

张梓生继黎烈文之后主编《申报·自由谈》,其间同鲁迅来往甚多。到1961年7月,他将鲁迅赠他的这一手书条幅捐赠给了上海鲁迅纪念馆[①]。

这首诗有点李商隐的派头,不太好懂,只有诗的最后两句较为明白易晓:秋天的夜里气温下降,风雨如晦,鸡鸣不已,诗人点起一支烟来,继续工作。鲁迅习惯于夜间写文章,又大抽其烟,这两条都大大损害了他的健康,而当时他倒也没有什么不对的感觉。

前面的六句应当是他在这秋夜里联翩的浮想,其关键词是第二句中的"道场",也就是大型的佛事活动,第五句的"何来酪果供千佛"与此直接相关。这"道场"指的是当年早些时候的所谓"时轮金刚法会"。该会由国民政府考试院院长戴季陶、行政院秘书长褚民谊以及下野军阀段祺瑞等要人发起,请第九世班禅在杭州灵隐寺启建时轮金刚法会,为期四十天(4月18日—5月28日),以消灾祈福云。又当时宣传说,将邀请著名表演艺术家梅兰芳和两位女明星徐来(时有"标准美人"之誉)、胡蝶在会期内表演歌剧五天。这是以广招徕的现代手段了。其间的一大活动则是为此盛会发起募捐,寻找"酪果"。

一片乌烟瘴气,完全莫名其妙。鲁迅就此写过好几篇讽刺性杂文,有道是:

盖闻昔者我佛说法,曾有天女散花,现在杭州启会,我佛大概未必亲临,则恭请梅郎权扮天女,自然尚无不可。但与摩登女郎们又有什么关系呢?莫非电影明星与标准美人唱起歌来,也可以"消除此浩劫"的么?②

而且科学不但更加证明了中国文化的高深,还帮助了中国文化的光大。马将桌边,电灯替代了蜡烛,法会坛上,镁光照出了喇嘛……③

既尊孔子,又拜活佛者,也就是恰如将他的钱试买各种股票,分存许多银行一样,其实是那一面都不相信的。④

诗中的"六郎"无非是影射梅郎(不过事实上梅兰芳并没有去为

法会助兴）。望帝就是古蜀帝杜宇，他死后化为杜鹃，悲啼之时，芳草为之零落。迷阳是一种有刺的草，现在也只有这样的野草装饰着荒凉的大地了。

全诗是就当时的精神领域发表感慨。中央政府的高官公开表示失去自信，而本当严肃的宗教活动又完全娱乐化了。完全莫名其妙，于是鲁迅点起一支烟卷儿来，在秋夜里又继续工作了。

1934年9月25日，也就是鲁迅为张梓生写七律诗条幅的前几天，鲁迅作《中国人失掉自信力了吗》，其中一再提到官方正忙于求神拜佛之荒谬：

> 现在是既不夸自己，也不信国联，改为一味求神拜佛，怀古伤今了——却也是事实。
> ……
> 一到求神拜佛，可就玄虚之至了，有益或是有害，一时就找不出分明的结果来，它可以使人更长久的麻醉自己。⑤

此文稍后发表于《太白》，但颇遭官方的"中央宣传部书报检查委员会"删削，后来鲁迅将此文编入《且介亭杂文》时，在附记中指出：

> 《中国人失掉自信力了吗》也是写给《太白》的。凡是对于求神拜佛，略有不敬之处，都被删除，可见这时我们的"上峰"正在主张求神拜佛。现仍补足，并用黑点为记聊以存一时之风尚耳。⑥

凡此种种,皆可以与《秋夜偶成》互为阐释。

---

① 详见乔丽华《上海鲁迅纪念馆藏16幅鲁迅诗稿手迹提要》,《上海鲁迅研究·鲁迅手稿研究专辑》,上海社会科学院出版社2017年版,第86—87页。

② 《花边文学·法会和歌剧》,《鲁迅全集》第5卷。

③ 《花边文学·偶感》,前引书。

④ 《且介亭杂文·难行和不信》,《鲁迅全集》第6卷。

⑤ 《且介亭杂文·中国人失掉自信力了吗》,前引书。

⑥ 《且介亭杂文·附记》,前引书。

题《芥子园画谱三集》赠许广平

鲁迅、许广平夫妇先前曾经通过许多信,大部分收入《两地书》,集外尚有一些,后来也都进入了全集。鲁迅还送给她一部书和一首诗,则到相当晚的时候才编入《集外集拾遗补编》。

《芥子园画谱三集》

  此上海有正书局翻造本。其广告谓研究木刻十余年,始雕是书,实则兼用木版、石版、波黎版及人工著色,乃日本成法,非尽木刻也。广告夸耳!然原刻难得,翻本亦无胜于此者,因致一部,以赠

广平,有诗为证:

  十年携手共艰危,以沫相濡亦可哀;
  聊借画图怡倦眼,此中甘苦两心知。

戌年冬十二月九日之夜,鲁迅记

戌年当是甲戌,即1934年。上海有正书局翻造本《芥子园画谱》凡三集,第一集四册,定价六元;第二集四册,六元;第三集四册,三十

二元,因为据说是木版水印的,所以定价特别贵。鲁迅怀疑它"非尽木刻",但也承认印得非常好,超过一切翻刻本。

从戌年冬十二月九日之夜往前追溯十年,是 1925 年 12 月 9 日。这一天在鲁、许关系史上大约有着某种特别的纪念意义,虽然在《鲁迅日记》里毫无痕迹可寻。凡是特别重要的事情,鲁迅在日记里一向是不记载的。

此诗的意思非常清楚,同他那些多用比兴难以索解者完全不同。20 世纪 60 年代许广平曾为此诗写过一份说明(手稿藏鲁迅博物馆,曾载《诗刊》1976 年 9 月号),堪称权威的解释,现将她追忆的主体部分转录如下:

> 所说"戌年",乃一九三四年购得此书,共同披览之下,因彼此都爱好书画,即蒙鲁迅见赠,并题字纪念。岁月不居,忽然已隔三十年之久了。诗中有云"十年携手",则是指从一九二五年到一九三四年,是指我在女师大读书和他通信(见《两地书》)时算起。但就在这时期中,鲁迅从北京到厦门、广州,最后定居上海,正是大时代动荡的十年,也是鲁迅后半期工作最多的十年。因时常处在"围剿"的景况中,革命者的心情,是体会得到的:世事抑郁,时萦心怀,偶听佳音,辄加振奋,故有"甘苦相知"的话。其实每见他遇有障碍,难免感叹时兴,不能自解,则惧影响前进,无非随时随地,略尽其分忧、慰藉之忱,或共话喜悦,相与一笑,俾滋鼓舞之意。而鲁迅却说"共相知",则大有"相率而授命"(《鲁迅书简》第十七页)的含意,却是深知我的性格者的话,作为一个革命者的胸怀,体会是无微不至的。这虽说明了当时被压迫人民的悲愤心情,但也表白出鲁迅作为革命者在压力和曲折

下,仍然不忘设法借画图怡悦心情的一面。追忆往事,不禁怃然。①

---

① 《鲁迅〈题《芥子园画谱》三集赠广平〉诗的几句说明》,《许广平文集》第一卷,江苏文艺出版社1998年版,第569—570页。

《亥年残秋偶作》

　　　　　曾惊秋肃临天下,敢遣春温上笔端。
　　　　　尘海苍茫沉百感,金风萧瑟走千官。
　　　　　老归大泽菰蒲尽,梦坠空云齿发寒。
　　　　　竦听荒鸡偏阒寂,起看星斗正阑干。

　　这首《亥年残秋偶作》是鲁迅写给他的老同学老朋友许寿裳的。许先生在1936年12月撰写的《怀旧》一文中介绍说:"去年我备了一张宣纸,请他写些旧作,不拘文言或白话,到今年七月一日,我们见面,他说去年的纸,已经写就,时正病卧在床,便命景宋检出给我,是一首《亥年残秋偶作》。"①据《鲁迅日记》,这个条幅是1935年12月5日写出的,诗大约就作于当天或略早一点,按传统的干支纪年,其时正当乙亥年深秋。

　　此诗沉郁顿挫,悲凉慷慨,最典型地流露了鲁迅晚年的情绪。

　　"秋肃临天下"不仅是扣住"残秋"的必有之句,也暗喻其时严峻残酷的政治形势,外有日本帝国主义日甚一日的入侵,内有国民党政府"攘外必先安内"的既定方针,代表中国革命希望所在的工农红军处境极端困难,正在艰难的转移之中。但是不管多么困难,鲁迅仍然坚持他在文化战线上的奋斗,他的心底仍然是春天,对未来充满了希望和信心,并且要通过作品向读者传播——他要用"春温"来同"秋肃"对抗,而这一组反义词是鲁迅习惯使用的②。

在旧体诗里,"敢"往往有"不敢"的意思,而这一层"不敢"的意思又是一种反语,否定之否定,最后表达出来的仍然是积极的态度。

"尘海苍茫"写诗人眼前的黑暗和混乱,不免百感交集,沉郁低回;下一句"金风萧瑟走千官"则指中国的行政官员正在由北而南地撤退,把大好河山让给日本侵略者,华北之大,已放不下一张平静的课桌,形势之恶劣,已经到了空前的地步!

已经渐渐入老境的鲁迅深感前途之严峻与危险,他说近来恐怕连生计都无法维持。"菰蒲"是两种生殖力很强的水生植物,菰的茎(茭白)和实(米仁)可以食用,蒲草可以编席,加起来则往往代表最低生活必需品,而"菰蒲尽"喻指最低生活也得不到保障。早在1933年,鲁迅在写给黄振球的诗中就写过这样的四句:"烟水寻常事,荒村一钓徒。深宵沉醉起,无处觅菰蒲。""菰蒲尽"亦犹"无处觅"也。鲁迅对自己的前景做出了最坏的估计;"梦坠空云齿发寒"就此再加一码,说即使在梦中也毫无好事,甚至连牙齿和头发都深感寒冷。一般来说,冷不冷是皮肤的感觉,齿和发是不会有感觉的,但冷到极致之时,诗人认为情况就不同了。

最后一联说,在这漫漫长夜里,虽然听不到任何好消息("竦听荒鸡偏阒寂"),但天总是要亮的("起看星斗正阑干"),不会老是这么黑暗下去。这种想法,正是前面说起过的所谓"春温"。鲁迅在最恶劣的时局之下,既保持其清醒的估计,而又仍然坚持其韧性的乐观,对国家和民族的前途丝毫没有失去信心。

形势极其严峻,但仍然要坚持战斗,并坚信最后总会取得胜利!

曾经有过一种流行的解释,把这首诗中的终结乐观同中央红军经过二万五千里长征已经胜利到达陕北一事联系起来,同鲁迅因长征到达陕北并胜利东征而发去的贺信联系起来,并就此来表明鲁迅同共产党、毛主席是心心相印的。这样来诗史互证可谓事出有因,而且立意高远,非常之好;但实际上内与鲁迅的诗句不符,外与历史事实不合,所以难以采信。

如果鲁迅已经得知中央红军挺过了最艰难的岁月,打破国民党当局的围剿,胜利地到达了陕北,并且进军山西取得很大胜利,那么他在诗里怎么还会说"竦听荒鸡偏阒寂"呢?

事实上鲁迅此时并不曾听到这样的好消息,关于红军的消息在国民党统治区被封锁得很严密,鲁迅要到1935年12月5日以后更晚些时才得知这一重大消息③。

鲁迅对形势做清醒的估计,以及他深刻的乐观,是一向如此的,并不因发生某一具体事态而发生变化。鲁迅说过:

> 不是正因为黑暗,正因为没有出路,所以要革命的么? 倘必须前面贴着"光明"和"出路"的包票,这才雄赳赳地去革命,那就不但不是革命者,简直连投机家都不如了。虽是投机,成败之数也不能预卜的。④

可知鲁迅对于近期就取得胜利绝不抱多少希望。他对中国革命的长期性和残酷性始终有着清醒的认识,但是从更长的时段来看,革命是终归要成功的,他在纪念左联五烈士的文章之末写道:

> 不是年青的为年老的写记念,而在这三十年中,却使我目睹许多青年的血,层层淤积起来,将我埋得不能呼吸,我只能用这

样的笔墨,写几句文章,算是从泥土中挖一个小孔,自己延口残喘,这是怎样的世界呢。夜正长,路也正长,我不如忘却,不说的好罢。但我知道,即使不是我,将来总会有记起他们,再说他们的时候的……⑤

这样的心态和文字,正是"竦听荒鸡偏阒寂,起看星斗正阑干"的最好注释。

《亥年残秋偶作》的受赠者许寿裳先生说:"此诗哀民生之憔悴,状心事之浩茫,感慨百端,俯视一切,栖身无地,斗志益坚,于悲凉孤寂中,寓熹微之希望焉。"⑥

悲凉孤寂,斗志益坚,这确实是鲁迅暮年心态的两个基本点。如果换一个人,这两点是很不容易并存的。

---

① 《我所认识的鲁迅》,人民文学出版社1978年版,第43页。

② 《坟·摩罗诗力说》一开篇就写道:"人有读古代文化史者,循代而下,至于卷末,必凄以有所觉,如脱春温而入于秋肃,勾萌绝朕,枯槁在前,吾无以名,姑谓之萧条而止。"详见《鲁迅全集》第1卷,第63页。

③ 据现在所知,鲁迅致中国共产党、红军的贺信先后可能有两封:一封的片段见于太行版《新华日报》1947年7月27日第5至6版所载"本报资料室"编写的《从红军到人民解放军英勇斗争二十年——一九二七、八、一,至一九四七、七、——大事年记》,该文第四部分"为实现抗日而奋斗"条下称:"一九三六、二、二十:红军东渡黄河,抗日讨逆。这一行动得到全国广大群众的拥护,鲁迅先生曾写信庆贺红军,说:'在你们身上,寄托着人类和中国的将来。'"一是鲁迅、茅盾1936年3月29日致红军贺信,刊于中国共产党西北中央局机关报《斗争》第95期(1936年4月17日),贺信表示热烈拥护中国共产党中央、中华苏维埃政府的抗日救国大计,祝贺红军渡过黄河东征取得的重大胜利。3月29日的信现已收入2005年版《鲁迅全集》第14卷附录三,注释说,此

信"系为祝贺红军东渡黄河对日军作战而写,起草人未详。"这些言论都在"亥年残秋"和鲁迅此诗之后。

④ 《三闲集·铲共大观》,《鲁迅全集》第4卷。

⑤ 《南腔北调集·为了忘却的记念》,《鲁迅全集》第4卷。

⑥ 《〈鲁迅旧体诗集〉跋》,《我所认识的鲁迅》,人民文学出版社1978年版,第43页。

卷二 《野草》

我的所爱在豪家
欲往从之兮没有汽车
仰头无法泪沾耳麻
爱人赠我玫瑰花
回以什么：赤练蛇
从此翻脸不理我
不知何故兮——由她去罢

鲁迅

《野草》之前:《自言自语》

鲁迅大规模地致力于撰写散文诗在1924年9月至1926年4月间,凡二十三篇;一年后的1927年4月编辑成书,并作《题辞》一篇,同年7月由北新书局印行。

在这以前好几年,鲁迅已经在小说和杂文之外尝试着从事新的写作样式,其成果之一是写于"民国八年八月八日"散文诗小辑《自言自语》,凡七篇:一、序,二、火的冰,三、古城,四、螃蟹,五、波儿,六、我的父亲,七、我的兄弟。这一组别致的作品于1919年夏天陆续发表在北京《国民公报》的副刊《新文艺》上,署名"神飞"[①]。鲁迅没有将这一组文章收到集子里去,只是曾经提到自己用过"神飞"的笔名[②];但是研究者许多年都搞不清他在写什么文章时用这一笔名,一直等到1980年《自言自语》被重新发现[③],才解开了这一谜团。

这一组文章,据序言所说,是假借一个"一世没有进过城,见识有限"的"陶老头子"的几段话而成,所以题作《自言自语》。其六段正文,同后来的《野草》以及鲁迅的其他作品关系很大,可以说是一种初步的操练。读《野草》之前,当然应先读这一组《自言自语》。

《火的冰》一篇中写了两种火:流动的火与冰结了的火,前一种不过是拿来作陪衬的,后一种火就奇特了:"遇到说不出的冷,火便结了冰了","中间有些绿白,像珊瑚的心,浑身通红,外层带些黑,也还是珊瑚焦了";其冷无比,"拿了便火烫一般的冰手"。

外冷内热,这正是辛亥革命失败后鲁迅本人的风格。这"火的冰"很容易使人想起他后来回顾往事时沉痛的自白:"……只是我自己的寂寞是不可以不驱除的,因为这于我太痛苦。我于是用了种种法,来麻醉自己的灵魂,使我沉入于国民中,使我回到古代去,后来也亲历过或旁观过几样更寂寞更悲哀的事,都为我所不愿追怀,甘心使他们和我的脑一同消灭在泥土里的,但我的麻醉法却也似乎已经奏了功,再没有青年时候的慷慨激昂的意思了。"④后来在《野草》的《希望》一文里,他又写道——

>   我的心分外寂寞。
>
>   然而我的心很平安:没有爱憎,没有哀乐,也没有颜色和声音。
>
>   ……
>
>   这以前,我的心也曾充满血腥的歌声:血和铁,火焰和毒,恢复和复仇。而忽然这些都空虚了……

正因为如此,当《新青年》创刊之初,鲁迅的态度比较冷淡,老同学钱玄同来动员他写稿,他仍然不大积极;鲁迅曾经亲眼看到过近代以来许多仁人志士的英勇斗争全都失败了,悲愤至极,遂归于沉默,他甚至说:"假如一间铁屋子,是绝无窗户而万难破毁的,里面有许多熟睡的人们,不久都要闷死了,然而是从昏睡入死灭,并不感到就死的悲哀。现在你大嚷起来,惊起了较为清醒的几个人,使这不幸的少数者来受无可挽救的临终的苦楚,你倒以为对得起他们么?"⑤这话里全是悲愤,而且颇有一种"看破红尘"的味道。

然而鲁迅并未真正"看破",他仍有一副火热的心肠,并且不鸣则已,一鸣惊人,自从发表了《狂人日记》以后,便一发而不可收拾地写了许多小说和杂文,为新文化运动冲锋陷阵,搴旗斩将,立下了不朽功勋。

在一段相当长的时间内,鲁迅只是用笔名发表文章,并不抛头露面,过的是半官半隐的生活,许多人都不清楚大写小说、杂文以及新诗的"鲁迅""唐俟"就是教育部佥事周树人。在思想界他是一位激进的斗士,同时过着单调平静的书斋生活——这种情形要到女师大学潮扩大以后才发生变化;外冷而内热正是五四前后若干年鲁迅生活的一大特色。"火的冰"就是鲁迅本人。

到1925年4月,鲁迅又写了一篇散文诗《死火》,后收入《野草》。这"死火"的特征是:"有炎炎的形,但毫不动摇,全体冰结,像珊瑚枝;尖端还有凝固的黑烟,疑这才从火宅中出,所以枯焦",然而它那冷气却能使人的指头"焦灼"……这无非还是"火的冰"。《死火》的抒写比较复杂,不仅写到"死火"如何形成,还写到它的复燃,以及它复活之后深感与其冻灭不如烧完的心情。《死火》是后来鲁迅内心世界更丰富的写照。从《火的冰》到《死火》,思想倾向一以贯之,而艺术上则有了长足的进展。

《古城》则大抵是寓言。在风沙袭来、古城行将被淹没的严重时刻,一位"少年"(即现在所说的青年)拼了死命举起唯一的闸门叫孩子们赶紧逃生,而"老头子"却麻木不仁,要拖那孩子回来;"以后的事,我可不知道了,你要知道,可以掘开沙山,看看古城,闸门下许有一个死尸,闸门里是两个还是一个?""老头子"的能量不可低估,他要拉孩子们作殉葬品的力量是很大的;"少年"不惜牺牲自己来救孩子,不知道能否成功。这里流露了鲁迅很深的忧虑,也写出了他本人的献身精神。"救救孩子"是鲁迅在《狂人日记》结尾提出的著名口号,此后他在《我们现在怎样做父亲》一文中又说过,父辈应当肩住黑暗的闸门,放青年一代到宽阔光明的新世界去。鲁迅其时相信进化论,真心诚意地提倡并且实行为下一代牺牲自己;他既富有自我牺牲精神,而同时也情不自禁地反思:少数先觉者的这种牺牲究竟有多少效果,所以即使在五四时期鲁迅对进化论也并非笃信无疑,他对自己的思想是否正确也是很多疑的,而这种怀疑正是他前进的动力之一。

《螃蟹》和《波儿》两篇,形象虽然单纯,寓意却非常深远。唐弢先生指出:"前者写世情,写新生的艰难和危险,老螃蟹为了脱壳而慌慌张张地找着窟穴,旁边窥视着的却是用帮忙名义等着吃掉它的同伴。读了使人痛哭,促人从警惕中奋起。后者写生机,写集体和发展的力量:淡的河水不因一滴泪而转成咸,绿的海水不因一滴血而变红,然而,即使手边的种子终不抽芽,世上也不会没有蔷薇花。则又使人大澈大悟,感到出现眼前的生意盎然的人世的永生。"[6]这是很好的诠释。同种相食的事岂但在螃蟹世界有之,想吃掉对方而以帮忙为名,恰恰乃是人间常见的事实;鲁迅后来作《夏三虫》《狗·猫·鼠》等文,大讲动物的某些品行实高于人,悲愤很深,正可以视为《螃蟹》一文思路的引申。五四运动是一场伟大的爱国运动,但在"外争国权"的呼声中又何尝没有将矛头指向"同种"的情形,鲁迅有感于这一类教训,遂借此寓言以宣泄之。后来到五卅运动时期,鲁迅又直接在杂文中指出,有些同胞正在借"一致对外"的口号浑水摸鱼行私利己;到1936年民族危机急剧上升之时,鲁迅又特别提出"民族革命战争的大众文学"口号,提醒人们警惕那种居心叵测的"好伙伴"(详见《且介亭杂文末编·半夏小集》)。从这些地方,人们最容易看出鲁迅思想的一贯性。

《波儿》可以说是鲁迅的人生哲学,多有见道之言。在他看来,世界决不会因个别人的血泪而变化,种瓜未必得瓜,种花未必开花,有时甚至简直不发芽。只有不知世事的天真少年(文中谓之"傻丫头""傻小子")才那样急于事功,希图立竿见影。青年人总是性急的,而且容易过高地估计自己的力量,刚刚流了一滴血,便要大海变色,流了一滴泪,便要河水变咸,出了一点力,便要实现伟大的理想;如若不然,则灰心丧气。世界上哪里有这等简单的事情。

《我的父亲》和《我的兄弟》又是一路写法,都以散文笔致的叙事为主,而言外同样有着深意。

《我的父亲》写父病将死,老乳母叫我大声地叫他,"我的父亲张一张眼,口边一动,仿佛有点伤心——他仍然慢慢地闭了眼睛";许多年以后想起往事,我感到对不起父亲,犯了大过,并因而告诫自己的孩子:"倘我闭了眼睛,万不要在我耳边叫了。"这篇文章实际上讲的是新旧道德观念的差别:按照新的道德,亲长之死如果已经无可挽回,那就要让他走得安静、自然、没有痛苦;而旧的规矩却是作种种无效的努力,结果反而增加垂死者的痛苦。鲁迅后来在回忆散文《父亲的病》对此作了进一步的发挥:

> 中西的思想确乎有一点不同。听说中国的孝子们,一到将要"罪孽深重祸延父母"的时候,就买几斤人参,煎汤灌下去,希望父母多喘几天气,即使半天也好。我的一位教医学的先生却教给我医生的职务道:可医的应该给他医治,不可医的应该给他死得没有痛苦。——但这先生自然是西医。⑦

这里介绍的西医的主张,实际上是一种不同于中国传统观念的科学观念和人道主义思想。鲁迅在最敏感最容易得罪世俗思想的伦理领域,也要推陈出新,开启未来。

《我的父亲》要革传统的父子关系的命;《我的兄弟》则要革传统的兄弟关系的命,可以当作一篇《我们现在怎样做哥哥》来读。按照封建主义的传统,父亲死了,大哥就是家长,弟弟必须绝对服从。《狂人日记》里的大哥就是这种封建长兄的典型。在《我的兄弟》中,鲁迅将自己写成一个曾经是家长作风很浓厚而后来为此忏悔的人物。据周建人后来说,鲁迅早年并不那样蛮横,文章太夸张了;而唯其如此,更可见鲁迅有着深广得多的考虑。他后来说:"中国之谴责小说有通病,即作者虽亦时人之一,而本身决不在谴责之中,倘置身局内,则大抵为善士,犹他书中之英雄;若在书外,则当然为旁观者,更与所叙弊恶不相涉,于是'嬉笑怒骂'之情多,而共同忏悔之心少,文意不真挚,感人之力遂微矣。"⑧鲁迅作品中多自我解剖和自我批评,真是大彻大悟的智者。

《我的兄弟》显然是后来《野草》中那篇《风筝》的雏形。《风筝》的笔墨更为细腻,命意也更加显豁深刻。鲁迅两次写父子、兄弟关系这些题材,可见他对伦理问题何等重视。鲁迅的作品中涉及各种伦理关系者甚多,精义极多,发人深省。《我的父亲》后来则发展为《朝花夕拾》中的一篇,与《我的兄弟》发展为《野草》中一篇处理的办法不同,两篇后作的风采很不同,从这里颇可考察鲁迅的文体意识,也可以就此研究散文诗与一般散文的差异。

《野草》之后,鲁迅还是写了若干散文诗,只不过分散在他的杂文集里,没有专门成集。比如《准风月谈》里的一篇《新秋杂识》,我以为是一篇散文诗。

① 《自言自语》连载于《国民公报》1919年8月19日、20日、21日和9月7日、9日。

② 鲁迅在《〈阿Q正传〉的成因》一文(后收入《华盖集续编》)中说:"我所用的笔名也不止一个:LS,神飞,唐俟,某生者,雪之,风声;更以前还有:自树,索士,令飞,迅行。鲁迅就是承迅行而来的,因为那时的《新青年》编辑者不愿意有别号一般的署名。"《鲁迅全集》第3卷。

③ 重新发表于《人民日报》1980年5月3日第5版,后收入16卷本、18卷本两种《鲁迅全集》。

④⑤ 《呐喊·自序》,《鲁迅全集》第1卷。

⑥ 《花团剑簇》,《人民日报》1980年5月3日。

⑦ 《朝花夕拾·父亲的病》,《鲁迅全集》第2卷。

⑧ 《小说史大略·清之谴责小说》,《鲁迅全集补遗》,天津人民出版社2006年版,第303页。

《野草·题辞》

《野草·题辞》作于1927年4月26日,此时鲁迅已将先前陆续在《语丝》上发表过的那些散文诗编为一集,交北新书局出版。《题辞》先在《语丝》第138期(1927年7月2日)发表,后载于《野草》单行本卷首。

鲁迅的文体感非常强,既然是为一本散文诗集写序,它本身最好也是一篇散文诗。所以这篇《题辞》也可以当作《野草》之二十四来看待。

写罢《一觉》以后不久,鲁迅离开北京,南下厦门、广州,生活环境和思想感情都发生了许多变化。在厦门大学,他受到"敬鬼神而远之"式的待遇,被供在图书馆楼上的一间房子里,生活枯寂之至。他后来回顾道:"海天微茫,黑絮一般的夜色简直似乎要扑到心坎里。我靠了石栏远眺,听得自己的心音,四远还仿佛有无量悲哀,苦恼,零落,死灭,都杂入这寂静中,使它变成药酒,加色,加味,加香。这时,我曾经想要写,但是不能写,无从写。这也就是我所谓'当我沉默着的时候,我觉得充实,我将开口,同时感到空虚'"①。他在这里默默地清理自己的思想,准备新的开始。

当鲁迅从厦门赴广州时,途中有一封致北新老板李小峰的信,其中提到"至于《野草》,此后做不做很难说,大约是不见得再做了……但要付印,也还须细看一遍,改正错字,颇费一点功夫。因此一时也不能寄上"②。到达广州以后,鲁迅忙于种种,整理《野草》旧稿之事一时提不到日程上来。直到"四一五"政变之后,鲁迅脱离了中山大学,感到"我现在无话可说"③,而又不便马上离开广州,于是着手整理旧稿,首先从事的就是《野草》,4月26日写出《题辞》,28日将全稿寄北京李小峰,当年7月,《野草》由北京北新书局出版。

《野草》受到读者热烈的欢迎,到1930年5月印了六版,而到1931年5月印第七版时,《题辞》被国民党书刊检查官抽掉,他们闻出了这里的革命气味;而其时鲁迅正因柔石等人被捕而离寓暂避于外④。此后鲁迅"曾向书店说过几次,终于不补"⑤;到1938年出版20卷本《鲁迅全集》时仍然告缺,直到1941年上海鲁迅全集出版社出版《鲁迅三十年集》时才重新收入。

据鲁迅自己说,写《野草·题辞》是在深夜,从窗口看下去,白云楼⑥下有荷枪实弹的警察在站岗放哨,天地在黑暗统治之下。他想得很深很远,想到过去,看看现在,展望未来,把自己千头万绪的想法总结一下,写成了这篇序言⑦。

《题辞》共十二个自然段,可以分为两大部分。前六段总结过去所写的二十三篇散文诗,说自己自从离开北京以后再也写不出来了,因为这些作品是特定时期特定地域的产物——这大体相当于他后来所说的《野草》"大半是废弛的地狱边沿的惨白色小花"⑧;而且现在自己对于那些作品中所流露的当时的思想情绪也并不满意,愿意让它们成为过去。鲁迅说,自己"过去的生命已经死亡",但他又说"我自爱我的野草,但我憎恶这以野草作装饰的地面"。那地面无非是指北洋军阀统治下的北方。

后六段转入现在。鲁迅眼中新的形势是"地火在地下运行,奔突;熔岩一旦喷出,将烧尽一切野草,以及乔木,于是并且无可朽腐"。他看出了大革命虽然失败,但火种未灭,只是一时尚处于地下状态,中国必将有一番空前激烈的斗争,未来将出现一个崭新的局面,文学也必将发生大的变化。

当时有一个读到鲁迅手稿的青年问鲁迅"地火在地下运行……"这几句是什么意思,鲁迅没有正面回答,只是说:"你注意到这点,就懂得一半了"[9]。可见这几句乃是文章后半的核心,也是全文的点题之笔。

"去罢,野草,连着我的题辞!"鲁迅宣布自己将重新开始,走上新路。《野草·题辞》是大革命失败后鲁迅写的第一篇文章,在鲁迅的全部创作中带有里程碑的意义。

第二部分中还有这样两段绝妙好辞:

> 天地有如此静穆,我不能大笑而且歌唱。天地即不如此静穆,我或者也将不能。我以这一丛野草,在明与暗,生与死,过去与未来之际,献于友与仇,人与兽,爱者与不爱者之前作证。
>
> 为我自己,为友与仇,人与兽,爱者与不爱者,我希望这野草的死亡与朽腐,火速到来。要不然,我先就未曾生存,这实在比死亡与朽腐更其不幸。

这似乎表明面对新的现实鲁迅不免有些幻灭的悲哀。鲁迅有一种预感:不管未来的形势如何变化,自己恐怕将不可能像过去那样从事创作,特别是不能再写这样的散文诗了。于是他就拿过去的这些作品在历史的转折关头来"作证",证明什么呢?我很赞成李何林先生的解说:"证明我对革命或现实的态度"[10]。鲁迅之所以要这样说,大约是因为自从《野草》的各篇陆续问世后遭到过不少不切实际的批评,这里不仅有高长虹的"谬托知己,舐皮论骨"⑪,也有从更激进的立场出发批评鲁迅的不革命。鲁迅不怕批评,究竟如何,自有作品为证。

鲁迅一向是与时俱进的,这里他再次表示希望自己的旧作"死亡与朽腐"。作品的速朽表明时代的进步,是他很高兴的事情。当然这并不能成为简单化地否定这些作品的理由。鲁迅主张扬弃过去而非否定过去,不赞成摇身一变,忽然成为一个什么革命文学家。

鲁迅后来说,《野草》中不少作品"因为那时难于直说,所以有时措辞就很含糊了"⑫。到他写题辞的时候,措辞仍不免含糊,值得反复涵咏,加以体会。

---

① 《三闲集·怎么写》,《鲁迅全集》第4卷。

②⑪ 《华盖集续编·海上通信》,《鲁迅全集》第3卷。

③ 1927年5月15日致章廷谦,《鲁迅全集》第11卷。

④ 参见红耘《〈野草·题辞〉被抽去的时间和背景》,《齐鲁学刊》1980年第1期。

⑤ 1936年2月19日致夏传经,《鲁迅全集》第13卷。

⑥ 鲁迅于1927年3月29日由中山大学"移居白云路白云楼二十六号二楼"(《鲁迅日记》)。

⑦⑨ 详见何春才《回忆鲁迅在广州的一些事迹和谈话》,《鲁迅研究资料》第3辑,文物出版社1979年版,第247页。

⑧⑫ 《二心集·〈野草〉英文译本序》,《鲁迅全集》第4卷。

⑩ 李何林《鲁迅〈野草〉注解》,陕西人民出版社1973年版,第18页。

《秋夜》

在近年来的《野草》研究中，人们十分重视追寻它在外国文学中的渊源，认为这部散文诗集分明受到尼采、屠格涅夫、波特莱尔（现通译波德莱尔）、安德列耶夫等人的影响。这自然是完全必要的。中国现代散文诗这一样式虽然可以从中国古代文学中寻到它的根，但五四以后它的兴起却是外来文学影响的产物，正如短篇小说虽然中国古已有之，而此时的复兴却是"受了西洋文学的影响"[①]一样。作为一位伟大的"拿来主义"者，鲁迅勇于采取外国的良规，并且不惮于摄取"世纪末"的营养[②]。鲁迅与刘半农、郭沫若等人一起，同为现代最早从事散文诗创作的先驱，早在五四时期他就写过《自言自语》那样典型的散文诗，就是他的《梦》《爱之神》《桃花》《他们的花园》《人与时》《他》等新诗，由于有着简直不拘韵律的品格，又大抵采用象征手法表达某种哲理，看作是散文诗也未尝不可，而且是相当欧化的。朱自清先生在《中国新文学大系·诗集》的序言里说过，在新诗的草创时期，"多数作者急切里无法甩掉旧诗词的调子"，"只有周氏兄弟全然摆脱了旧镣铐……他们另走上欧化一路"。研究鲁迅的创作与西方文学的关系原是题中应有之义。

但是正如鲁迅的小说创作到了《彷徨》阶段就逐步摆脱了外国文学的影响一样，他在散文诗的创作方面也经历了类似的过程，到《野草》阶段可以说已经较少洋气而更多地具有中国作风、中国气派。鲁迅赞成现代化而不主张全盘西化。这一基本精神贯穿了各个方面。有人认为《野草》深深地打着波德莱尔印记,这种印记仔细看是确实存在的,但好像并不那么深,也并不涉及《野草》的全局,一个重要的情况是其中有些篇什则简直没有这种印记,例如发表在1924年12月1日《语丝》周刊第三期上的《野草》首篇《秋夜》,就几乎完全是中国气派。

《秋夜》从意境上看很像一首传统的旧体诗,虽然它的精神是很新的。五四以后曾经有人用旧瓶装新酒的办法做旧体诗③,鲁迅的散文诗则是新瓶装新酒,而酿造的手法却多用传统的工艺。

《秋夜》写晚秋萧瑟的寒意,写三种生物如何与天争胜,"他对着这些景物,把自己的感情织进去"④,而这感情却又是崭新的。就其创作路径而言,同古代诗人之咏物抒怀并没有什么两样。

讲究比兴寄托原是中国古典诗歌的一大重要传统。在古代诗坛上,固然也有人为写景而写景,嘲风月,弄花草,仅得其形似,但一向被认为品位比较低;总要把作者对人生对社会对政治的种种感想情绪融合进去,才有意味。从另一个角度说,古人也不赞成直说,强调要把思想感情隐藏在形象的背后,"雅人深致,正在借景言情"(刘熙载《艺概·诗概》)。所以在赋比兴三者之中,比兴更受重视,标举"比兴"往往成为诗坛拨乱反正、排斥颓风的重要手段,唐代的陈子昂、李白、白居易等诗人正是拿风雅比兴来对抗六朝余风,促进唐诗走上了光辉灿烂的复兴之路。

"比"与"兴"的不同在于"索物以托情,谓之比;触物以起情,谓之兴"(胡寅《斐然集》卷十八《致李叔易书》引李仲蒙语),一般地来说,"比"近于寓言,"兴"近于象征,但索物与触物有时比较难分,所以往往统而言之曰"比兴"。总之是通过联想、比喻和想象来打通思想感情与物象之间的壁垒,很有意味地写出诗人的所见所闻所思所感。

现代派的象征主义如波德莱尔的那一路,往往带些神秘的气息,因为他们认为"我们所看到的世界是幻想底世界,不是实在底世界。颜色、音响、香味和一切物质的东西与一切可以感觉到的东西,都不过是实在东西底象征和反影。'实在'被我们的五官与死底门户所遮盖了;而理知——脑筋底物质的勤劳的仆人——诱惑我们去信仰我们由感官做媒介可以知道一切真理底东西。人们只有通过想象方才能够得到灵的启示,因为想象是肉底牢狱底一扇窗,只有通过这扇窗,灵魂方才能够看到永久的骄傲底影响"⑤。中国古人一般来说没有这样形而上的玄想,鲁迅也没有。中国诗人认为自然界确实存在于此,而且是大可以亲近的,其中的种种景色和变化足以给人以刺激和联想,并得以借此来抒发各种感情。

鲁迅的《秋夜》同样毫无神秘色彩,写得很家常,其中的三种生物——野花草、老枣树和小青虫,都是很常见的东西,同时又都打上了鲁迅本人的烙印。

野花草生命力非常旺盛,尽管在繁霜的威压下不免瑟缩,"冻得红惨惨地",但仍然顽强地开着粉红色的小花——这样的野花草人们见得多了;但从这篇散文诗里我们才第一次知道,这些野花草对于未来充满了美好的希望,相信"秋虽然来,冬虽然来,而此后接着还是春",这样的信念乃是它的精神支柱。

老枣树是另一种风格。它被打掉了果实,落尽了叶子,皮上有累累的伤痕——这样的枣树人们也见得多了;这里的新鲜之处在于,老枣树始终没有屈服,"护定他从打枣的竿梢所得的皮伤,而最直最长的几枝,却已默默地铁似的直刺着奇怪而高的天空,使天空闪闪地鬼眨眼;直刺着天空中圆满的月亮,使月亮窘得发白",它一意要致天的死命。

我们本来只看到过这些花草树木的外观,在鲁迅的散文诗里,我们才得知他们的精神和风格,他们深层的思考。

寄托希望于未来,坚持斗争于当下。中国人历来有从外物中看出自己思想之对应物的审美经验,孔夫子从松柏的岁寒而后凋感悟到人生的境界,从不舍昼夜的流水看出了光阴的流逝一去不复返;但是旧时代的诗人们总是伤春悲秋,木叶飘坠,人生易老,叹苦嗟卑,在秋天里总是哀伤的情怀多;唯有鲁迅,才从繁霜之下看到斗争和希望之所在。

手法极其古老,而精神全然是新的。"在我的后园,可以看见墙外有两株树,一株是枣树,还有一株也是枣树。"据了解鲁迅北京西三条旧居当年情况的人们说,那后园里有两株枣树乃是事实;而鲁迅却很别致地说"有两株树,一株是枣树,还有一株也是枣树"。曾经有人批评鲁迅这里行文做作,"堕入恶趣",固然完全隔膜;而只从修辞着眼,以为鲁迅要的是某种韵味,似乎也还未达一间。他这样说大约是要表示一种惊喜,斗士并不完全孤立,同时可能也不无遗憾——这样老而弥坚的斗士,是愈多愈好啊,可惜也只有两株。

老枣树"知道小粉红花的梦,秋后要有春;他也知道落叶的梦,春后还是秋"。他饱经沧桑,知道得很多,但并不消沉,没有暮气。这正是鲁迅本人的风格。鲁迅后来曾经不止一次地引用过"察见渊鱼者不祥"这句古老的格言——知道得太多弄不好就让人遭到不幸,陷于颓唐。虽多历沧桑而仍不改其开拓进取与天争胜的干劲,这才是最可贵的啊。可惜像鲁迅这样的大树为数不甚多,所以他往往有孤独寂寞之感。"风号大树中天立",明清之际大画家项圣谟的那幅大树图及其题诗,给鲁迅留下很深的印象⑥,此事正可以拿来与《秋夜》互相印证。

小青虫一意追求光明,结果往往送了自己的性命;尽管如此,苍翠可爱的小虫仍然坚持他们的追求,有时也"休息在灯的纸罩上喘气。那罩是昨晚新换的罩,雪白的纸,折出波浪纹的叠痕,一角还画出一枝猩红色的栀子",喘过气来,它们将继续奋斗,虽殒身亦在所不惜。鲁迅称他们为"英雄"。

野花草、老枣树和小青虫奋斗之时,正值寒冷的秋夜:天奇怪而高,洒着繁霜,夜游的恶鸟在猖狂地活动;在这样严峻恶劣的时候,弱者的奋斗之能无声无息地进行,作者赋予他笔下的三种生物以渊深朴茂的情感,这显然是他本人精神世界的外化。

人们常常说抒情诗是主观色彩最强烈的作品,这话固然没有说错,但也只对了一半,在中国文学里尤其是如此。这是因为创作抒情诗往往有一个客观化的过程,诗人要寻找有意味的外物来安顿和表达自己的感情;赤条条来去无牵挂的抒情不容易成为文艺,真是那样也就用不着文艺了。诗人需要感情的客观对应物,而且他们的本领就在于"看到别人所不能看到的存在于一切东西之间的相似"⑦。鲁迅就从秋夜里很普通很常见的东西里体悟到强烈的斗志、追求光明的热情和斗士内心深处的寂寞和苦闷。鲁迅继承了中国诗人的传统,对自然景物别有会心,而且兴寄遥深。

《秋夜》作于1924年9月15日,其时尚在初秋,所以这篇散文诗究竟是"索物以托情"还是"触物以起情",现在无从确知;总归是情景交融,言近旨远,"文有尽而意有余"(钟嵘《诗品·序》),给予读者审美的享受并且留下了很宽阔的想象空间。

鲁迅这篇散文诗寄寓的完全是激进的现代意识,而艺术表现的却完全采用传统的手法,而且非常古老,这样就容易为中国读者所喜闻乐见。

用比兴的手法写诗,在中国有两千年以上的传统,用来作为喻体的可以是景物,也可以是爱情、神仙和历史。这是一笔非常丰富的遗产。周作人在为刘半农《扬鞭集》写的序言中曾经强调新诗应当多用比兴特别是"兴",因为这手法"用新名词来讲或者可以说是象征","这是外国的新潮流,也是中国的旧手法,新诗如往这一条路去,融合便可成功,真正的中国新诗也就可以产生出来了"⑧。《扬鞭集》里散文诗不少,刘半农也很注意融合中外,但他用比兴似乎不如鲁迅这样圆熟,这样成功。

物象在诗人笔下经过情感的照射和改造,即成为所谓"意象",读诗无非就是来欣赏这些主客观统一的艺术符号,并且寻求在于言外的所谓"象下之意"(皎然《诗式》)。据象以求意,最须注意知人论世,顾及作者的全人和他的处境,鲁迅曾经指出,倘不如此说诗便容易变成"说梦"⑨;作者本人对其作品的说明也是我们理解这些作品的重要依据。鲁迅曾经在《〈野草〉英文译本序》中讲过其中八篇,但不包括《秋夜》,幸而他在一封公开发表的书信中有所涉及,鲁迅写道——

……小草也有点萎黄。这些现象,我先前总以为是所谓"严霜"之故,于是有时候对于那"凛秋"不免口出怨言,加以攻击。⑩

这虽然不过是借题发挥的几句话,但也颇有助于人们理解《秋夜》意象的底蕴。在这篇散文诗里鲁迅对"凛秋""严霜"的攻击无非就是对社会黑暗的批判,而与之抗争的野花草、老枣树和小青虫等几种生物的象下之意也就不难明白了。我们赞成冯雪峰先生的意见:

作者"对于为了追求亮火而死于灯火的小青虫也表示了尊敬、肯定的态度"⑪，野草花也应当是正面的形象。曾经看到一种意见，认为小青虫代表追求虚幻的光明、不慎遇火焚身的个人主义者，而多有梦想的野花草则象征着软弱的知识分子。这些说法似乎已经离开了原文文本，另存严责知识分子的极"左"情怀，诸如此类的发挥恐怕并无可取。

对于采用比兴手法写成的作品，理解上的多元化是难免会发生的事情，比较可行的办法是按照作者所拟之象的大方向来寻求其象下之意，而力避见喻起意，随意引申。

对《秋夜》最古怪的评论出于高长虹，他说"当我在《语丝》第三期看见《野草》第一篇《秋夜》的时候，我既惊异而又幻想，惊异者，以鲁迅向来没有这样的文字也。幻想者，此入于心的历史，无从证实，置之不谈"⑫。他如此惊异大约是没有看过鲁迅先前写的散文诗《自言自语》；产生一些"幻想"倒是可以理解的，但是说散文诗"无从证实"只能"置之不谈"，未免有点绝对化，用比兴手法写成的作品确实比较富于弹性，给读者的想象和再创造留下了相当宽广的余地，但它既然是出于心的抒情言志，就应当是可以理解，可以研究，可以谈论的。

① 《且介亭杂文·〈草鞋脚〉小引》，《鲁迅全集》第6卷。

② 1935年鲁迅为《中国新文学大系·小说二集》写序，在分析浅草—沉钟社诸人的作品时，特别指出他们"摄取来自异域的营养又是'世纪末'的果汁：王尔德、尼采、波特莱尔、安特莱夫们所安排的"。在同一篇序言中他又提到自己的小说创作曾经受到尼采和安特莱夫（现通译安德列耶夫）的影响。

③ 其中一个杰出的代表是顾随(1897—1960)，他主张，"用新精神做旧体诗。改说一句话，便是——用白话表示新精神，却又把旧诗的体裁当利器。"（顾随1921年

6月20日致卢继韶的信,《顾随全集》第4卷,河北教育出版社2000年版,第7页)

④ 叶圣陶、夏丏尊《文心》,开明书店1934年版,第7页。

⑤ 史笃姆《波特莱尔研究》(张闻天译),《小说月报》第15卷号外(1924年2月)。

⑥ 参见本书《鲁迅手书之古人诗词》中《鲁迅手书项圣谟题画诗》。

⑦ 戈蒂耶评波德莱尔语,转引自史笃姆《波特莱尔研究》(张闻天译),《小说月报》第15卷号外(1924年2月)。

⑧ 原载《语丝》第82期(1926年6月7日),后收入《谈龙集》。

⑨ 详见《且介亭杂文二集·题未定草(六至九)》之七,《鲁迅全集》第6卷。

⑩ 《华盖集续编·厦门通信(二)》,《鲁迅全集》第3卷。

⑪ 《论〈野草〉》,《鲁迅的文学道路》,湖南人民出版社1980年版,第209页。

⑫ 《走到出版界。1925,北京出版界形势指掌图》,《狂飙》第5期(1926年11月)。

《影的告别》

在《语丝》第四期(1924年12月8日)上继续刊登了《野草二—四》:《影的告别》《求乞者》和《我的失恋》。三篇当中,以《影的告别》最为奇崛难解,20世纪20年代末"革命文学"论战中的钱杏邨曾专门点名批评过这一篇,今人对这一篇的解说也极为纷纭。

成语中有如影随形、形影相吊、顾影自怜、形影不离等等,都是说影与形有着不可分离的关系;但是鲁迅在散文诗里却设想影要离开形,还说出一大篇道理和感慨来,拟象奇特,惊世骇俗,令人耳目一新。

中国古代早已有人拿形与影为喻来写诗,最著名的也许是陶渊明那一组表达他人生哲学的玄言诗《形影神》,但玄言诗总是失之于抽象,形象和感情相当薄弱,读者一向比较少。他的《闲情赋》里另有四句,则较为人们所熟知——

> 愿在昼而为影,常依形而西东。
> 悲高树之多荫,慨有时而不同。

《闲情赋》是一篇献给心上人的杰作,一片痴情的抒情主人公一口气提出了许多愿望,中心无非是要同爱人永远厮守,决不分开。所以这里说他要做爱人的影子,形影不离地跟着她;同时又担心在缺少光明的树荫之下,将会"有时而不同"。这种担心是大有道理的。影,总离不开一定的光。在黑暗里是没有影的;当然,在强烈而全方位的光线下(例如在无影灯下),也没有影。影只能存在于明暗之间。

鲁迅极熟悉陶渊明的作品,他大约从这里得到感兴,也以形影为喻来写自己的散文诗,而其中表达的意思,则是前无古人的。又古代小说里有通天之犀自恶其影的说法①,也可能对鲁迅产生过启发。

《影的告别》作于1924年9月24日,同一天他在致学生李秉中的信中写道——

> 我自己总觉得我的灵魂里有毒气和鬼气,我极憎恶他,想除去他,而不能。我虽然竭力遮蔽着,总还恐怕传染给别人,我之所以对于和我往来较多的人有时不免感到悲哀者以此。②

这一段话可以说乃是我们理解《影的告别》的一把钥匙。后来1925年3月18日鲁迅在给许广平的信中又曾说:"我的作品,太黑暗了,因为我只觉得'黑暗与虚无'乃是'实有',却偏要向这些作绝望的抗战,所以很多着偏激的声音。其实这或者是年龄和经历的关系,也许未必一定的确的,因为我终于不能证实:惟黑暗与虚无乃是实有。"③这一番话也可以同《影的告别》以及致李秉中的信互相印证。

鲁迅之所谓灵魂里的"毒气和鬼气"主要是指自己思想中某些一时摆脱不开的阴暗面,具体来说就是对于前途的悲观以及与此相应的自戕倾向。其原因则是他本人在辛亥革命失败后的失望以及五四退潮后再一度更严重的失望。他后来回顾自己的创作历程道:

我做小说,是开手于一九一八年,《新青年》上提倡"文学革命"的时候的……

　　然而我那时对于"文学革命",其实并没有怎样的热情。见过辛亥革命,见过二次革命,见过袁世凯称帝,张勋复辟,看来看去,就看得怀疑起来,于是失望,颓唐得很了……

　　既不是直接对于"文学革命"的热情,又为什么提笔的呢?想起来,大半倒是为了对于热情者们的同感。这些战士,我想,虽在寂寞中,想头是不错的,也来喊几声助助威罢。首先,就是为此。自然,在这中间,也不免夹杂些将旧社会的病根暴露出来,催人留心,设法加以疗治的希望。但为达到这希望计,是必须与前驱者取同一的步调的,我于是删削些黑暗,装点些欢容,使作品比较的显出若干亮色,那就是后来结集起来的《呐喊》,一共有十四篇。

　　……

　　后来《新青年》的团体散掉了,有的高升,有的退隐,有的前进,我又经验了一回同一战阵中的伙伴还是会这么变化,并且落得一个"作家"的头衔,依然在沙漠中走来走去,不过已经逃不出在散漫的刊物上做文字,叫作随便谈谈。有了小感触,就写些短文,夸大点说,就是散文诗,以后印成一本,谓之《野草》。得到较整齐的材料,则还是做短篇小说,只因为成了游勇,布不成阵了,所以技术虽然比先前好一些,思路也似乎较无拘束,而战斗的意气却冷得不少。④

　　鲁迅把《野草》放在他自己创作全过程中来考量,为人们了解这本散文诗集的蕴涵提供了极其重要的启迪。根据鲁迅在这里的叙述以及他书信中的自述,可知鲁迅的思想和情绪曾经有过两高两低的变化:辛亥革命时期,一高;辛亥革命失败后,失望,颓唐,对中国的前途非常怀疑;五四新文化运动时期,二高;五四统一战线分化以后,战斗的意气却冷得不少,再次觉得唯"黑暗与虚无"乃是"实有",但他仍坚持对黑暗作绝望的抗战——《野草》就是此时情绪比较低迷而战斗并未停息之时的产物。

情绪低沉悲愤而战斗不息,体现在《野草》的许多篇章里,《影的告别》则是其中最为突出的一例。

五四新文化运动退潮后,一部分激进的青年南下广东革命策源地,一部分条件比较优越的出国留学,一部分埋头于忽然热起来的"整理国故"之中,于是北京知识界"倒显着寂寞荒凉的古战场的情景"⑤,国家的情形丝毫不见好转,鲁迅再度感到寂寞,甚至再一次产生了严重的失望和悲观,如此空前规模的思想文化运动竟然并没有产生他想象中的效果,鲁迅觉得自己又成了布不成阵的游兵散勇,颇有独战的悲哀。到1924年顷,北方的群众仍然未能发动起来,复古主义思潮甚嚣尘上,北洋军阀统治下北京的政治空气尤其恶浊——用鲁迅在散文诗里的话来说,此时正是凛冽的寒秋,虽然也有野花草、老枣树、小青虫等等在与天争胜,但什么时候形势能够好转,是毫无把握的,他甚至怀疑这黑暗能否被打破。鲁迅说自己思想"太黑暗"便是指此而言。

但他仍不放弃作绝地的反击。正因为鲁迅本人的思想深处仍然很有些"黑暗"的思想,有些消极的情绪,所以他往往说自己的奋斗乃是"绝望的抗战"——这样的抗战就他本人而言固然是非常有力度、非常动人的,但显然缺乏可推广性,难以拿这一陈义过高的思路来宣传群众,鼓舞斗志。对此鲁迅十分自觉,他因为害怕青年受到自己某些消极思想的影响,便"极力遮蔽着",他对青年说话时,总是拣那些光明些的说出,这是为了顾及文章的社会效果,防止可能产生的误人子弟。年轻人总是难以理解什么绝望的抗争,什么置之死地而后生。

这样鲁迅的思想与言行便有些内部的紧张,甚至有些分裂。鲁迅很想克服那些黑暗的思想,争取单纯一点,从而带领青年一道奋勇向前。但要做到这一点,也并不容易。

《影的告别》除开头一小节之外,主体部分全用"影"的口吻说话,"影"的思想正是鲁迅本人"想除去他,而不能"的那些部分。"影"来向鲁迅告别,其实是鲁迅向那些想除去的东西告别。这篇散文诗的构思大体如此,认清这一点是我们领会此文的关键。

让我们来细看一下"影"的思想亦即鲁迅打算抛弃的是些什么。

在全文的第二节(就"影"的"告别"辞而言则是第一段,以下仿此,不复一一)中,"影"自称"有我所不乐意"的在"天堂""地狱"和"你们将来的黄金世界"等处,并且"你就是我所不乐意的",它要离开这些,首先要离开它的主人。至于离开以后到哪里去,一时还没有拿定主意。这里的实际意思是说,鲁迅要抛弃"影"的这些思想,但是不是马上就抛弃,也还没有拿定主意,所以说"不如彷徨于无地"。

"将来的黄金世界"指美好的理想。要不要这个"将来的黄金世界"也就是要不要坚持理想并用它来鼓舞自己,这是鲁迅此时思想上的一大矛盾。

第三节,"影"进一步表述自己的意见,说并不愿意就这样彷徨于明暗之间,又不愿意为黑暗吞没,但最终决定,与其彷徨,不如沉没。为黑暗吞没就是消灭自己,也就是鲁迅彻底抛弃"影"的那些思想。

彷徨的结果,终于决定要抛弃。

第三节,"影"在初步下定决心沉没以后又复动摇,说是"然而终于徘徊于明暗之间";这里的深层含义是鲁迅在初步下定决心抛弃"黑暗"思想以后又复动摇,举棋不定。

第四节,"影"最后下定决心沉没,但欲以"黑暗和虚空"作为临别的赠品,他说——

> 你还想我的赠品。我能献你甚么呢?无已,则仍是黑暗和虚空而已。但是,我愿意只是黑暗,或者会消失于你的白天;我愿意只是虚空,决不占你的心地。

虽然说是"决不占你的心地",但大有恋恋不舍之意,由此颇可考见鲁迅对于抛弃"黑暗"思想终于还不免有些迟疑不决。

最后一节"影"与主人诀别,说是"我独自远行,不但没有你,并且再没有别的影在黑暗里。只有我被黑暗沉没,那世界全属于我自己"。这表明鲁迅这一轮思想斗争终于取得了积极的成果。

鲁迅知道,"影"的那些思想很可能成为自己前进和斗争的负累;对此的肯定与否定两种思想不断地较量,弄得他很是痛苦。他下决心想放下包袱,轻装上阵。

在鲁迅思想中本来就有坚信人类必有美好未来的成分,鲁迅在五四时代说过:"愿中国青年都摆脱冷气,只是向上走,不必听自暴自弃者流的话。能做事的做事,能发声的发声。有一分热,发一分光,就令萤火一般,也可以在黑暗里发一点光,不必等候炬火。"⑥鲁迅在走了一段曲折的思想里程之后,又回到了这样积极的状态。

这样看来,《影的告别》一篇虽然有许多曲折,但主流还是积极向上的。鲁迅终于决定抛弃"影"的思想,走出黑暗的阴影。

对于《影的告别》最常见的一种误读,是将鲁迅打算除去的当成他正面宣传的,也就是将"影"的思想看成是鲁迅正面的思想,而没有看清这恰恰是鲁迅打算加以抛弃的东西。例如冯雪峰认为"影子也就是作者",于是这一篇的倾向便成为"特别明显地反映着作者的空虚和失望"[7]。照我看这未免是把作品的命意看反了。此说产生的影响很大,至今仍然发挥作用。

这种误解之所以容易产生而很难破除,是因为"影"的思想确实是鲁迅曾经有过的一个侧面(否则便不存在"除去"的问题),而且在鲁迅写过《影的告别》之后,那些思想在鲁迅身上仍然有所表现。这就是所谓"想除去他,而不能"。一种思想形成以后一般来说总是不容易一下子根除干净的,但这并不妨碍《影的告别》积极的倾向。再一个原因则是《影的告别》构思曲折,表达晦涩。种种不够明快恰恰反映了鲁迅对那些想除去的思想还有留恋;到1925年6月鲁迅写"野草之十五"《墓碣文》,抛弃思想中那些负面的东西就显得比较干脆了,联系起来看,最能认清他思想的发展和情绪的变迁。到1925年11月,鲁迅写出了小说《孤独者》,对自暴自弃的思想进行了更深入的剖析与批判,也可以联系起来一并予以考察。

对于《影的告别》还有一个更大的误解,就是认为"影"所说的"有我所不愿的在你们将来的黄金世界里,我不愿去"乃是鲁迅反对共产主义理想。论者们没有弄清楚"影"的意见在《影的告别》里处于受批评的地位,并不代表此文的正面观点,而且所谓"黄金世界"也决非共产主义。鲁迅曾对这种误解提出过反批评[8]。只根据"影"来批评鲁迅,真所谓捕风捉影了。

青年人总是有许多理想,鲁迅青年时代也是如此,但他一度认为,与其空谈理想,不如多做实事,致力于变革现实。所以他在1920年的一篇小说中曾通过主人公之口说过:"我要借了阿尔志跋绥夫的话问你们:你们将黄金时代的出现预约给这些人们的子孙了,但有什么给这些人们自己呢?"⑨这对那些空谈理想的人们确是一计当头棒喝。当然,如果走向极端,完全否认理想及其鼓舞作用,那也未免偏至;鲁迅也确实有过这样的倾向,但在《影的告别》中,这种思想已经属于应当"除去"之列了。

① 《太平广记》卷441引《杂说》云:"犀之通天者,必恶影。"(出《酉阳杂俎》)
②③ 《鲁迅全集》第11卷。
④ 《南腔北调集·〈自选集〉自序》,《鲁迅全集》第4卷。
⑤ 《且介亭杂文二集·〈中国新文学大系〉小说二集序》,《鲁迅全集》第6卷。
⑥ 《热风·随感录四十一》,《鲁迅全集》第1卷。
⑦ 《论〈野草〉》,《鲁迅的文学道路》,湖南人民出版社1980年版,第218、217页。
⑧ 这种反批评之在口头上进行,详见冯雪峰《回忆鲁迅》,人民文学出版社1952年版,第15—17页。
⑨ 《呐喊·头发的故事》,《鲁迅全集》第1卷。

《求乞者》

《求乞者》与《影的告别》作于同一天(1924年9月24日),稍后又同时发表(《语丝》第四期,1924年12月8日)。这两篇在内容上也很有点联系,都是写鲁迅打算抛弃掉一些思想。《影的告别》要抛弃的是对未来的悲观,而《求乞者》批评的则是所谓"无布施心",亦即一种非人道主义的思想。

关心和帮助弱势群体,尽到自己作为一个人的责任,这样的思想就是所谓人道主义。人道主义解决不了太大的社会问题,但仍然是有积极意义的。鲁迅是一个伟大的人道主义者,但他的思想中同时也有很强烈的个人主义,强调一切责任都由自己来负,决不寻求同情和帮助。个人主义有它合理的成分,一个人如果不能自立自强,倚赖群体倚赖别人,那就没有什么出息,甚至一事无成。这两种思想有时是有矛盾的。

"求乞者"恰恰处于这一矛盾的交叉点上。帮助求乞者,就得实施人道主义;而求乞者又正是最缺少自立自强意识的人。

鲁迅在这篇散文诗中设想自己遇到了两个求乞的孩子,一个"也穿着夹衣,也不见得悲戚,而拦着磕头,追着哀呼";另一个大约是残疾,"也穿着夹衣,也不见得悲戚,但是哑的,摊开手,装着手势"。"我"怀疑他们并不悲哀,残疾是装出来的,所以"我不布施,我无布施心,我但居布施者之上,给与烦腻,疑心,憎恶"。

然后作者又设想如果自己也沦落到非求乞不可的境地,那么怎么办?当然不能去做那些自己曾经"烦腻,疑心,憎恶"的事情,于是只好"用无所为和沉默求乞",也就是不求乞;结局无非是"得到虚无",穷死拉倒——这是合乎逻辑的,而同时也大有自暴自弃的气味。

一个将个人主义贯彻到底的人既拒绝布施,也拒绝任何求乞。这后一方面固然可以说是骨气,也可以说是骄傲,是愤世嫉俗。自己怎样对待别人,别人也将怎样对待自己。这样他就很可能因自己坚持的主义而灭亡。这就是所谓"作法自毙"了。《求乞者》以"请君入瓮"的手法,巧妙而深刻地否定了那种"无布施心"的倾向。

个人主义有积极的一面,可以用于对己从严,自强自立;而对人,特别是对孩子,对残疾,对弱势群体则应用人道主义,扶贫济困,助人为乐。鲁迅在实际生活中正是这么做的,这种区别对待的态度,从思想路线的高度来说不够彻底,也就是其内部有着紧张和矛盾,于是他用这样一篇很短的文章把这一矛盾写出来,带给读者深长的思考。

曾经看到过一种意见,说是孩子的求乞乃是向旧社会屈服投降,所以鲁迅对他们不同情,无布施;而他自己是绝不求乞的,这表现了他对统治者毫无奴颜媚骨,毫不妥协。

这样的解读似乎并不合于原文的实际。求乞者为了生存,万般无奈才出此下策,这与"奴颜媚骨"有什么关系?

产生这种误解的由来,很可能是因为没有看清《求乞者》的思路同《影的告别》一样,是要暴露一种思想,表明要"除去"它。这是鲁迅严于解剖自己、多有忏悔之意的表现,也是他正在深入思考人生哲学的反映。

"无布施心",对人多疑,鲁迅确有这样一个方面。

鲁迅在1925年5月30日致许广平的信中曾经坦陈道:"其实,我的意见原也不容易了解,因为其中本有着许多矛盾,教我自己说,或者是'人道主义'与'个人的无治主义'的两种思想的消长起伏罢。"①。"无治主义"就是无政府主义。

鲁迅的多疑有一个非常著名的例子,恰巧就发生在《求乞者》写成之后、发表之前——1924年11月13日,有一个自称"杨树达"的青年闯入鲁迅家中胡闹,要求布施;当晚鲁迅为此作《记"杨树达"君的袭来》,稍后发表在《语丝》第二期(1924年11月24日)上,在这篇文章中鲁迅怀疑这青年乃是装疯吓人,来敲竹杠,因此对他完全"无布施心";文章后半的态度尤为严峻。稍后鲁迅从其人的同学李遇安那里知道来人叫杨鄂生,确实是精神错乱发作;于是鲁迅立即作文辨正,承认自己弄错了,批评自己"太易于猜疑,太易于愤怒",又说:"现在我对于我那记事后半篇中精神过敏的推断这几段,应该注销。但以为那记事却还可以存:这是意外地发露了人对人——至少是他对我和我对他——互相猜疑的真面目了。"文章中又说,"当初,我确是不舒服,自己想,倘使他并非假装,我即不至于如此恶心。"②由此颇可推知他对"假装"之深恶痛绝,而有些被疑为"假装"的行为其实乃是真的。《求乞者》里疑心小哑巴是假装的,以为"这不过是一种求乞的法子",正可以与"杨树达"君袭来事件互相参证。可以说,鲁迅在散文诗中的寓言几乎恰恰成了一种预言。

由此也可见,某些弱点的确是鲁迅"想除去他,而不能"的。

以乞丐为寓言中的人物,鲁迅可能是受到了波德莱尔的启发和影响。波德莱尔有一篇著名的散文诗《把穷人打昏吧》,很可以拿来作一比较研究。该文后半写道:

我冲着乞丐暴蹿过去,一拳打在他一只眼上,那眼马上肿得像皮球那么大。我在敲碎他的牙齿时把指甲弄折了。由于我生来瘦弱,又没有好好地练过拳击,为了尽快地把他打昏,我一只手揪住他的领子,另一只手去掐他的脖子。接着,又拼命地向墙上撞他的脑袋。我应当承认,我事先也确实观察了一下四周,确信在这个偏僻的郊外,在很长一段时间内,不会有警察赶来。

　　接着,我用足了劲向他背后踢了一脚,把他的肩胛骨踢断了。于是,这个六十多岁的老头子便倒了下来,我就拾起地上的一根粗树枝,狠命地抽打他。我不停地打,就像厨师要剁烂牛排一样。

　　突然,啊,真是奇迹!真是努力证实自己学说正确的哲学家的乐事!——只见这个老骨头翻过身,以一种对于这老朽不堪的身体的不可思议的毅力站起来,他眼里喷着仇恨的光——这使我觉得是好兆。这糟老头子向我扑来,打肿了我双眼,敲碎了我四颗牙,又用同一根树枝噼噼啪啪地抽打起我来——通过我用力的治疗,终于使他重新获得了生命和骄傲。

　　我向他做了许多手势,表明我认为争论已经结束了。我站起身来,心里充满了斯多噶诡辩派的满足。我对他说:"先生,您和我平等了!很荣幸您和我同享我的钱袋,但请记住,当您的同伙向您乞求施舍时,别忘了使用我痛苦地在您背上所验证了的学说。"

　　他发誓说,他完全明白了我的学说,并听从我的劝告。③

波德莱尔的"学说"看来是人人平等,即使在乞丐和他乞讨的对象之间也应当是如此。他痛恨乞丐那种低三下四的可怜相,不惜用痛打他一顿的办法予以教育,激发他恢复反抗意识和人的尊严。波德莱尔这样写,无非表现了他对社会的抗争和忧愤,而他那种奇特的"治疗"方法颇有些贵族气息——先把穷人打昏,然后他才能觉醒——这确实是高妙的幻想,也带些病态的激进。

鲁迅比较少地鞭打对方,他更致力于解剖自己,亮出灵魂里的毒气和鬼气并设法除去它;但他似乎确实从波德莱尔那里接受了一些"'世纪末'的果汁"[④]。

最后不妨顺便指出,《求乞者》里的"我"的思想同鲁迅在许多文章、书信里所表达流露的有所不同,即如这里提到自己的所谓"无布施心"就是一个好例;而就在同一天他写给学生李秉中的信中却道:"我也常常想到自杀,也常想杀人,然而都不实行,我大约不是一个勇士。现在仍然只好对于愿意我得意的便拉几个钱来给他看,对于愿我灭亡的避开些,以免他再费机谋。我不大愿意使人失望,所以对于爱人和仇人,都愿意有以骗之,亦即所以慰之,然而仍然各处都弄不好"[⑤]。这是很浓厚的人道主义;然而他思想里也有些相反的东西,外人不易看出,他却自我暴露了一回。散文诗集《野草》的可贵正在于此。

---

① 《鲁迅全集》第11卷,人民文学出版社2005年版。
② 《集外集·关于杨君袭来事件的辩正》,《鲁迅全集》第7卷。
③ 《巴黎的忧郁》(亚丁译),漓江出版社1982年版,第166—168页。
④ 《且介亭杂文二集·〈中国新文学大系〉小说二集序》,《鲁迅全集》第6卷。
⑤ 《鲁迅全集》第11卷。

《我的失恋》

《我的失恋》作于1924年10月3日,后来作为"野草之四"与《影的告别》《求乞者》同时发表在《语丝》第4期上,总题曰《野草二—四》。可是这一篇不仅与前两篇很不同,它在全部《野草》中也是很特别的,这是一首"拟古的新打油诗",风格特别轻松,读来令人忍俊不禁,而《野草》中其他作品一般来说都相当严肃甚至沉重。

这首诗本来就不在《野草》的写作计划之内。鲁迅写《野草》大约是有过一个通盘的计划的,陆续写出一些以后并不急于发表,到《语丝》创办后才慢慢拿出来;《我的失恋》则不然,写出后不久寄给孙伏园,准备以"某生者"的笔名在《晨报副刊》发表,不料被新任代总编辑抽去,由此引发了孙伏园在《晨报》辞职,另办《京报副刊》,稍后又集合多人创办《语丝》等一系列事件,《我的失恋》也因此加入"野草"系列,在《语丝》上发表了。

关于这件事,鲁迅后来回忆说,孙伏园在宣布辞职以后到自己的寓所来,问他辞职的原因,"不料竟和我有了关系。他说,那位留学生乘他外出时,到排字房去将我的稿子抽掉,因此争执起来,弄到非辞职不可了。但我并不气忿,因为那稿子不过是三段打油诗,题作《我的失恋》,是看见当时'阿呀阿唷,我要死了'之类的失恋诗盛行,故意做一首用'由她去罢'收场的东西,开开玩笑的。这诗后来又添了一段,登在《语丝》上,再后来就收在《野草》中。而且所用的又是另一个新鲜的假名,在不肯登载第一次看见姓名的作者的稿子的刊物上,也当然很容易被有权者所放逐的。"①

关于《晨报》代总编辑刘勉己(就是那位留学生)到排字房去抽掉署名"某生者"的《我的失恋》一事,一年后孙伏园在《京副一周年》一文中回顾道:"去年十月的某天,就是发出鲁迅先生《我的失恋》一诗的那一天,我照例于八点钟到馆看大样去了。大样上没有别的特别处所,只少了一篇鲁迅先生的诗,和多了一篇什么人的评论……校对报告我:这篇诗稿是被代理总编辑刘勉己先生抽去了……我正想看他补进去的是一篇什么东西,这时候刘勉己先生来了,慌慌张张的,连说鲁迅的那首诗实在要不得,所以由他代为抽去了。但他只是吞吞吐吐的,也说不出何以'要不得'的缘故来。"②孙伏园说当时他很气愤,很想打他一个嘴巴,没有打到,只是追着大骂了代理总编辑一顿;第二天就跑到鲁迅寓所来,告诉他自己已经辞职了。

其实,孙伏园辞职一事也并不专为这一篇稿子,此外还有种种原因,此前他已颇遭排挤,坐不稳副刊编辑的椅子了。

所谓"新鲜的假名"是"某生者",这个笔名鲁迅先前在发表《"以震其艰深"》(《晨报副刊》1922年9月20日,后收入《热风》)时用过一次,其文意在讽刺鸳鸯蝴蝶派的"国学家";现在流行的失恋诗也大有鸳蝴气,于是鲁迅再次署用这一笔名,不料这诗却被有权者放逐了。

鲁迅"拟古的新打油诗"《我的失恋》,摹拟的是汉代张衡的《四愁诗》,其原作如下:

我之所思在太山,欲往从之梁父艰。

侧身东望涕沾翰。
美人赠我金错刀,何以报之英琼瑶;
路远莫致倚逍遥,何为怀忧心烦劳?

我所思兮在桂林,欲往从之湘水深。
侧身南望涕沾襟。
美人赠我金琅玕,何以报之双玉盘;
路远莫致倚惆怅,何为怀忧心烦伤?

我所思兮在汉阳,欲往从之陇阪长。
侧身西望涕沾裳。
美人赠我貂襜褕,何以报之明月珠;
路远莫致倚踟蹰,何为怀忧心烦纡?

我所思兮在雁门,欲往从之雪纷纷。
侧身北望涕沾巾。
美人赠我锦绣段,何以报之青玉案;
路远莫致倚增叹,何为怀忧心烦惋?

这首诗曾收入萧统《文选》(卷29),题作《四愁诗四首》,诗前有小序云:"张衡不乐久处机密,阳嘉中,出为河间相。时国王骄奢,不遵法度,又多豪右并兼之家。衡下车,治威严,能内察属县,奸滑行巧劫,皆密知名,下吏收捕,尽服擒。诸豪侠游客,悉惶惧逃出境,郡中大治,争讼息,狱无系囚。时天下渐弊,郁郁不得志,为《四愁诗》。依屈原以美人为君子,以珍宝为仁义,以水深雪雾为小人,思以道术相报,贻于时君,而惧谗邪不得以通。其辞曰"云云。照这么说,《四愁诗》是张衡阳嘉年间的政治讽喻诗,其中的美人、珍宝、路远莫致等等皆为比兴,另有深意。可是这一段小序很可疑,从语气看它不可能出于张衡本人的手笔,内容与事实也有出入,据《后汉书》本传,张衡出为河间相是永和初年的事情,阳嘉年间他还在首都当太史令。孙文青《张衡年谱》、张震泽《张衡年表》以及陆侃如《中古文学系年》都将《四愁诗》系于永和二年(137)。序文后半段强调此诗意在言外,李善注《文选》即依这种思路进行,例如第一节,李善注云:"言王者有德,功成则东封泰山,故思之。太山以喻时君,梁父以喻小人也。"如果事情是这样的话,那么下文的"桂林""汉阳""雁门"又将如何解释?李善只好回避问题,不复下注了。

曲意求深是中国古代文学研究中的一个并不高明而相当顽固的传统,《诗经》里有许多爱情诗被经师们歪曲为政治讽喻诗,《离骚》本来是一首关于政治和爱情的抒情长诗,但其"求女"部分大遭误解,结果弄得全是政治,不见了爱情;张衡这首《四愁诗》有着类似的遭遇。中国文学诠释的传统是太重政治了,借口"比兴"便是他们曲解原作的一大法门。明朝人张溥已经看出旧说之不可通,另作模棱两可的解说道:"谓之好色,谓之思贤,其曰可矣"(《汉魏六朝百三名家集·张河间集题辞》),承认它可能是一首情诗。当代学者大抵不相信《文选》中的小序,余冠英先生说:"这序文不是张衡自己所作,而是后代编集张衡诗文的人增损史辞写成的,其中关于本篇寓意的解释并不是定说,可以参考而不必拘泥"③。钱锺书先生更干脆说,此序"乃后人依托,断然可识,若依序解诗,反添窒碍,似欲水之澄而捧土投之。故倘序真出于张衡之手,亦大类作诗本赋男女,而惩于'无邪'之戒,遂撰序饰言'君臣',以文过乱真,卖马脯而悬牛骨矣"④。此说极通达深刻,为准确解说此诗指明了方向。

不妨认为此诗的表现手法不是"比兴"而是"赋",内容是抒情主人公一腔热烈之至的爱情因为地理上的阻隔而无法向对方传递,因此心烦意乱,愁思丛生,遂反复咏叹之。诗中列举东南西北来写,是有传统的,远的有《楚辞·招魂》描写四个方向都很可怕,呼唤魂兮归来,近之则汉乐府《江南》有云:"江南可采莲,莲叶何田田。鱼戏莲叶东,鱼戏莲叶西,鱼戏莲叶南,鱼戏莲叶北。"路远莫致的感慨在信息难传、交通不便的古代是常常会有的,稍后《古诗十九首》中有一首道:"庭中有奇树,绿叶发华滋。攀条折其荣,将以遗所思。馨香盈怀袖,路远莫致之。此物何足贵,但感别经时。"立意与《四愁诗》十分相近,只是意态淡远,较少激情罢了。张衡较多地吸收了民歌的营养,手法质朴,热情外露,与衰世文人的低回内向气象大不相同。

张衡的思想在当时算是相当解放的,诗文中多处涉及爱情题材。著名的《定情赋》虽然传世的文本已经残缺,但抒写恋爱相思颇见情致,如"大火流兮草虫鸣,繁霜降兮草木零。秋为期兮时已征,思美人兮愁屏营"(《艺文类聚》卷18)诸句即为其例,又如"思在面而为铅华,患霾尘而无光"(《文选·洛神赋》李善注引),竟想一变而为美人脸上的化妆品,何其一往情深!这些句子为后来陶渊明《闲情赋》中那一大套相思彻骨的奇思异想导夫先路。鲁迅说,陶渊明"有时很摩登,'愿在丝而为履,附素足以周旋,悲行止之有节,空委弃于床前',竟想摇身一变,化为'阿呀呀,我的爱人呀'的鞋子,虽然后来自说因为'止于礼义',未能进攻到底,但那些胡思乱想的自白,究竟是大胆的"[⑤]。这一评价也可以用在张衡身上;不过张衡胆子更大,有时竟"进攻到底",见于其《同声歌》(《玉台新咏》卷1,后收入《乐府诗集》卷76),《乐府解题》解说这首诗道:"言妇人自谓幸得充闺房,愿勉供妇职,不离君子,思为莞簟在下以蔽匡床,衾绸在上以护风霜,缱绻枕席,没齿不忘焉。以喻臣之事君也。"如果删去最后一句,还是符合实际的。可惜封建时代的文学诠释家总是习惯于将"男女"之事拖向"君臣"。这种传统思路的惯性极大,即如《定情赋》,近人仍然有释为"全文以美女喻贤王,欲忠之而患见谗"⑥。多少美好的爱情诗赋统统转化为索然无味的封建伦理说教、忧谗畏讥的沉重哑谜!屈原也好,张衡也好,陶渊明也好,他们那些大胆的自白热烈的抒情先后化为乌有,实在大煞风景,惨不忍睹。

鲁迅研究古代文学坚决抛弃此种莫名其妙的思路,敢于直接面对本文,在《摩罗诗力说》一文中率先指出了屈原作品涉及"眷爱",为科学地揭示《离骚》的内涵扫清了道路;又是他首先指出了陶渊明《闲情赋》等一批作品的真正价值⑦;而他戏仿《四愁诗》作《我的失恋》,其思想学术背景则在于他认为《四愁诗》乃是情诗,而不是让人去猜测什么君臣大义的伦理谜语。

《四愁诗》里那种路远莫致而引起的烦乱忧愁,与现代意义上的失恋亦即自己所爱的人不爱自己完全是两回事,失恋的根子主要在对方,而路远莫致主要只好怪自己。当然,也唯其如此,就更加痛苦。中国古代文人爱情诗中,多的是离别、寄内、悼亡、怀旧、艳遇之类,如《四愁诗》者并不甚多见;而《我的失恋》则是通过对《四愁诗》的戏谑式模仿来写一个全新的主题,变烦躁激动为轻松幽默,这里的抒情主人公面临的困境不是什么路远莫致,而是礼物送过去以后不得人心,对方"从此翻脸不理我",抒情主人公要从这一"失恋"的痛苦中寻求解脱之道。问题十分严重,而解决的办法却极其简单,轻重失衡,反差甚大,出人意料,令人失笑。20世纪中叶,文坛上要死要活的失恋诗颇为流行,鲁迅用这样一首打油诗来反拨,大有讽刺的意味,而态度显得很幽默,真所谓绝妙好辞。因为是"拟古的新打油诗",命意和措辞都不免夸张,充满了谐趣。鲁迅自称写这首诗不过是"开开玩笑"[8],在留学日本时,鲁迅与他的同乡同学对一位倾向革命的前辈诗人蒋观云(1866—1929)本来很尊敬,后来蒋思想倒退,同君主立宪派搞到一起去,鲁迅便失去了对他的敬意,还写打油诗加以讽刺。周作人回忆说,徐锡麟案发生以后,"绍兴属的留学生开了一次会议,本来没有什么善后办法,大概只是愤慨罢了。不料蒋观云已与梁任公组织'政闻社',主张君主立宪了,会中便主张发电报给清廷,要求不再滥杀党人,主张排满的青年人大为反对。蒋辩说猪被杀也要叫几声,又以狗叫为例,鲁迅答说,猪才只好叫叫,人不能只是这样便罢。当初蒋观云有赠陶焕卿诗,中云'敢云吾发短,要使此心存。'鲁迅常传诵之,至此时乃仿作打油诗云'敢云猪叫响,要使狗心存。'原有八句,现在只记得这两句而已。"[9]

此时鲁迅已显露出通过戏谑性模仿来进行讽刺的才华;多年后,戏仿的打油诗《我的失恋》更大放异采,不禁令人拍案叫绝。

伟大的人物也不妨开点小玩笑,而且唯其伟大,更容易富于幽默感。所谓"君子之德,有张有弛,故不常矜庄,而时戏谑"(《诗经·卫风·淇奥》郑笺),此之谓也。有意思的玩笑有时能有干预生活、攻击时弊的积极意义。

《我的失恋》开了一个出格的玩笑。爱人赠我四样东西:百蝶巾、双燕图、金表索、玫瑰花,全都高雅华贵,是传统的爱情信物;按大体对等的惯例或原则,回报的礼物应当是同一量级的物事如鸳鸯镜、并蒂莲、金项链、合欢杯之类,《四愁诗》中双方赠答之物就是旗鼓相当的。但是到了鲁迅创造的情景里,由常规制约着的读者期待突然落了空,回报的东西竟然是猫头鹰、冰糖葫芦、发汗药、赤练蛇四色,用下里巴人去回敬阳春白雪,天差地远,不伦不类。这是一个大玩笑。曾经有人认为《我的失恋》中的"所爱"出身"豪家",反映了同我之间的阶级地位不一致,贫富悬殊,这就突出了诗的主题的战斗意义和社会价值云云,这样读诗解诗,似失之粘着。其实赠人以冰糖葫芦之类者倒也不一定就是穷小子,他的特色不在穷,而在不顾世俗,我行我素。对故意开的玩笑进行严肃的阶级分析,未免过于幽默。

据熟悉鲁迅的人说,猫头鹰等四种东西确实是鲁迅本人喜欢的,他把自己的爱物打入诗中,这就大大增加了诗的诙谐意味。

据说鲁迅有一个绰号就叫"猫头鹰",这是因为他"在大庭广众中,有时会凝然冷坐,不言不笑,衣冠又一向不甚修饰,毛发蓬然"⑩;而鲁迅的言论往往"报告着大不吉利的事",也正如他本人所说,有类乎"枭(即猫头鹰)鸣"⑪。在著名的散文诗《希望》中,鲁迅将"猫头鹰的不祥之言"当作"青春"的表现之一。鲁迅很喜欢猫头鹰,言谈之不足,还多次用画笔描绘过它的形象。赤练蛇颇凶猛,咬住一个什么东西就不放松,即使自己断了身子也是如此;鲁迅很欣赏这种韧性战斗精神,曾说过:"无论爱什么……只有纠缠如毒蛇,执着如怨鬼,二六时中,没有已时者有希望"⑫。鲁迅生于旧历辛巳年即蛇年,他曾经用过一个笔名"它音","它"字即"蛇"字。又曾经有人给他起过一个外号叫"野蛇",他也并不反对⑬。发汗药颇有用,可治感冒和牙痛,为鲁迅所常备。冰糖葫芦价廉物美,是鲁迅欣赏的零食。己之所欲,可施于人,以这四种东西赠爱人,虽然不免有些玩笑,却倒也是一往情深的表现。该爱人不问所以,就来"翻脸",可见对自己并不理解,没有共同语言,而且易怒善变,其人并不高明;这位"我"开始免不了忧愁伤心,不久忽然大彻大悟,认识到吹了也好,"由她去罢"。诗的最后一节意境上有重大突破,这与张衡《四愁诗》之一味反复咏叹是很不同的。鲁迅拟古,从来不肯亦步亦趋。

一对爱人,当然最好是有共同的兴趣和爱好,至少也要尊重对方的兴趣爱好,这样才能和睦相处,相亲相爱,才能有幸福。如果对于对方毫不理解,毫不尊重,动辄翻脸,那就没有什么感情可言,结合了也不会有幸福——鲁迅在著名的小说《伤逝》中也流露了同一意向——还不如及早分手。《我的失恋》给人们的启发之一或在于此。

人与人之间的了解是不容易的,别树一帜的人尤其不易为人了解。鲁迅说过:"普通大抵以和自己不同的人为古怪,这成见,必须跑过许多路,见过许多人,才能够消除"[14]。该爱人就有些少见多怪。不以自己为标准而强人以就我,乃是一种重要的修养。如果既无知人之明,又无容人的雅量,那就难免要翻脸不认人,人家也只好不理他了。这是虽不恋爱或失恋的人也应当注意的。

据当时在《晨报》馆担任校对的孙席珍回忆,鲁迅交给《晨副》的原稿就是四段诗,而非三段,但次序与后来收入集子的不大一样,文字也有些差异,如"河滨"原作"水滨","河水深"原作"水太深","百蝶巾"原作"绸手巾","双燕图"原作"百雀图"等等。由此可以了解鲁迅修改自己作品的一些细节。孙先生猜想"先生所说的初稿只三段,后来增写一段,是在交给《晨副》之前;说是在从《晨报》排字房抽出之后,也许由于先生偶或失记,亦未可知"[15]。按张衡《四愁诗》凡四段,鲁迅的拟作亦当作四段为宜。孙席珍的回忆似属可信。

在《鲁迅诗稿》(文物出版社1976年版)中有鲁迅手书的《我的失恋》第四段的影印件,文字与《野草》本亦有差异:"想去寻她"手书本作"欲往从之","摇头"作"仰头","回她什么"作"何以赠之"。这一页手稿的原件是日本友人内山完造先生提供的。手书件凭记忆写出，用字更近于张衡原作。此稿是珍贵的文物，却未必有多少校勘价值。

① ⑧ 《三闲集·我和〈语丝〉的始终》，《鲁迅全集》第4卷。
② 《孙氏兄弟谈鲁迅》，新星出版社2006年版，第73页。
③ 《汉魏六朝诗选》，人民文学出版社1958年版，第9页。
④ 《管锥编》第1册，中华书局1979年版，第110页。
⑤ 《且介亭杂文二集·题未定草（六至九）》之六，《鲁迅全集》第6卷。
⑥ 《张衡诗文集校注》，上海古籍出版社1986年版，第269页。
⑦ 从张衡的《定情赋》到陶渊明的《闲情赋》，中间包括蔡邕、曹丕、曹植和建安七子中诸人的同一类型作品，构成中古文学的一个系列，其特色在于打着压抑、镇定感情的旗号放手抒写爱情。参见刘文典《三余札记》之《闲情赋》条，又，顾农《繁钦论》，《许昌师专学报》1991年第3期。
⑨ 《鲁迅的故家》，河北教育出版社2002年版，第239—240页。
⑩ 沈尹默《鲁迅生活中的一节》，《文艺月报》1956年10月号。
⑪ 《且介亭杂文二集·序言》，《鲁迅全集》第6卷。参见姜德明《鲁迅与猫头鹰》，《书叶集》，花城出版社1981年版，第5—11页。
⑫ 《华盖集·杂感》，《鲁迅全集》第3卷。
⑬ 参见俞芳《我记忆中的鲁迅先生》，《杭州文艺》1977年第11期。
⑭ 1935年3月13日致萧军、萧红，《鲁迅全集》第13卷。
⑮ 孙席珍《谈余赘言》，《鲁迅诗歌研究》下册，阜阳师范学院编印本，第57页。参见闵抗生《地狱边沿的小花——鲁迅散文诗探索》，陕西人民出版社1981年版，第53—54页。

《复仇》

列为"野草"其五其六的两篇《复仇》都写于1924年12月20日,后来又同时发表(《语丝》周刊第7期,1924年12月29日),主题都是"憎恶社会上旁观者之多"[①],其中第一篇相对明朗,第二篇用了《圣经》故事,比较曲折,也有些新的思想因素。

关于这篇《复仇》,鲁迅晚年在致郑振铎信中曾经论及,有道是:"不动笔诚然最好。我在《野草》中,曾记一男一女,持刀对立旷野中,无聊人竟随而往,以为必有事件,慰其无聊,而二人从此毫无动作,以致无聊人仍然无聊,至于老死,题曰《复仇》,亦是此意。但此亦不过愤激之谈,该二人或相爱,或相杀,还是照所欲而行的为是。因为天下究竟非文氓之天下也。"[②]那时郑振铎颇遭文氓攻击,他主编的《文学》也往往得酷评,有时不免气愤而且丧气,觉得还不如不动笔的好。鲁迅在信中安慰劝勉他,以自己的旧作为喻,态度之委婉真挚,循循善诱,感人至深——而同时也为我们理解《复仇》提供了重要的指示。

"愤激之谈"在《野草》中很不少见,因为自有其片面的深刻,仍然具有很高的思想价值与文学价值。

"看客"是鲁迅最为痛恨的一种类型。《复仇》的前四个自然段写一男一女"裸着全身,捏着利刃,对立于广漠的旷野之上",人是有热血的,那么他们俩将要拥抱,将要杀戮了——生命或"沉酣"(兴奋),或"飞扬"(死亡,亦即所谓"使之人性茫然"),都是正常的情形,没有什么稀罕好看的。然而仍然有许多人来围观看热闹,精神似乎很兴奋,"从四面奔来,而且拼命地伸长颈子,要赏鉴这拥抱或杀戮。他们已经豫觉着事后的自己的舌上的汗或血的鲜味。"

  这种无聊的看客从1906年起就曾引起过鲁迅的反感和反思,他认为这乃是精神麻木的一大表现,正是为了治疗国民性的这种大毛病,他才决定弃医从文,而且在此后的若干作品里直截了当地将矛头指向这些看客,如《药》《阿Q正传》《示众》等篇中都有鉴赏囚犯、围观杀头的场面,一再加以讽刺和批判;鲁迅意犹未尽,现在又写到散文诗里来了。

  鲁迅在杂文和讲演中也曾经多次涉及看客,他说"凡有牺牲在祭坛前沥血之后,所留给大家的,实在只有'散胙'这一件事了"③;又说:"群众,——尤其是中国的,——永远是戏剧的看客。牺牲上场,如果显得慷慨,他们就看了悲壮剧;如果显得觳觫,他们就看了滑稽剧……对于这样的群众没有法,只好使他们无戏可看倒是疗救"④。

  《复仇》正是写让看客们无戏可看,并以此向看客们"复仇"。这样一种复仇的方法就是完全无所作为——

    然而他们俩对立着,在广漠的旷野之上,裸着全身,捏着利刃,然而也不拥抱,也不杀戮,而且也不见有拥抱或杀戮之意。
    他们俩这样地至于永久,圆活的身体,已将干枯,然而毫不见有拥抱或杀戮之意。

  这实在痛快之至,但他们付出的代价也未免过于高昂,结局是看客们"面面相觑,慢慢走散;甚而至于居然觉得干枯到失了生趣";而那一男一女则"以死人似的眼光,赏鉴这路人们的干枯",他们以无声无臭的枯死为自己复了仇。这也正是对于看客们的"疗救"。

安排一男一女裸体持刀,对立于旷野之中而长期无所作为,这样的形象颇近于荒诞,但它却是从清醒严峻的理性中来,从"使他们无戏可看倒是疗救"的先行观念中来,只不过用一种夸张的类比来构成画面罢了。法国学者李博(1839—1916)说得好:"类比——这种不稳定的、波动的、式样繁复的方法——能造成一些最意想不到的、最新颖的组合。凭着几乎无限的弹性,它同样可以产生荒谬的比拟和很独特的创造。"[5]《野草》中许多奇特瑰丽的意象,大抵是这么创造出来的。

李博所说的"创造性想象",在中国的文艺学传统中大抵以"比兴"来概括。"比兴"与直书其事的"赋"完全不同,它们都不直说,由此及彼的联想和譬喻形成"比",这里理性的东西多一点;而由彼及此的艺术联系则是"兴",这里感性的甚至下意识的东西比较多,具有更大的弹性。

古人说,"比"就是"索物以托情"(胡寅《斐然集》卷十八《致李叔易书》引李仲蒙语)。所索之"物"以自然景物、历史典故最为多见,也有用创造一个情节简单的小故事来寄托情志的,典型之作如《易林》,此书"宗旨虽言吉凶,而亦借以刻意为文,流露所谓'造艺意愿'"[6];鲁迅曾经手抄过此书,他在《复仇》创造了这样一对男女"裸着全身,捏着利刃,对立于广漠的旷野之上"的情景,颇令人想起这部异想佳喻俯拾即是的奇书来。

还是那位李博又深刻地指出了在创造性想象的过程中感情具有非常重要的作用,艺术家"有两道感情之流:一道构成激情,这是艺的材料,另一道则激起创造的热情,随着创造而发展"⑦。这就是说,感情因素不仅是推动作家创作的动力,它本身就构成创作的材料。大量的事例表明形象思维的类比本身总是带着充沛的以至过量的感情。

《复仇》的感情基调如何？一般地来说,鲁迅对于看客既有同情,更有批评,哀其不幸,怒其不争,哀其由麻木至于死灭,而怒其无聊与旁观。在鲁迅的责备之中似不乏含泪的温情。即如《孔乙己》中的"我",那个酒店里的小伙计,也是一个旁观者,《示众》里更有大量的旁观者,作者对他们似乎还是"哀"的成分比较多一点;但愈是往后,鲁迅的态度越来越严峻,例如《祝福》里咀嚼祥林嫂痛苦的人们,又如《孤独者》里魏连殳的亲戚本家以及大良、二良的祖母,都显得良心皆有问题,面目可憎,几乎令人难以同情。在第二本小说集《彷徨》中,鲁迅对于庸众愈来愈不能容忍,愤激与憎恶的分量日趋增加,批判更为冷峻。《野草》与《彷徨》大体同时,情况也是如此。鲁迅的现实主义固然在深化,而他思想中固有的弱点也不断积聚,他本人对此颇有觉察,所以也时时做些自我批评,但有时又强烈地表现出来。《野草》的色彩其实是斑驳的。

《复仇》对那些看热闹的庸众相当愤激而且憎恨,鲁迅要以奇特的办法向他们"复仇"。

后期鲁迅改变了自己过于峻急的态度,除了批评自己早年的"愤激之谈"以外,他还正面地指出,正确的态度是,不仅自己一直朝前走,而且"还要招致那站在路旁看看的看客也一同前进"⑧。这样的气度和襟怀又大有进境了。

鲁迅曾说过自己的思想"本含有许多矛盾",其中主要的是"人道主义与个人主义这两种思想的消长起伏"⑨。如果说《野草》中的《求乞者》表现了对个人主义的批判和对人道主义的肯定,那么两篇《复仇》就流露了相反的情绪。《野草》本身就是一个复杂的存在,其中有消长起伏,有互相冲突,不能看成是单纯的作品。

---

① 《二心集·〈野草〉英文译本序》,《鲁迅全集》第4卷。
② 鲁迅1934年5月16日致郑振铎,《鲁迅全集》第12卷。
③ 《热风·即小见大》,《鲁迅全集》第1卷。
④ 《坟·娜拉走后怎样》,前引书。
⑤ 《论创造性想象》,《外国理论家作家论形象思维》,中国社会科学出版社1979年版,第184页。
⑥ 钱锺书《管锥编》第二册,中华书局1979年版,第539页。
⑦ 《外国理论家作家论形象思维》,第186页。
⑧ 《南腔北调集·论"第三种人"》,《鲁迅全集》第4卷。
⑨ 1925年5月31日致许广平,《鲁迅全集》第11卷。

《复仇(其二)》

《圣经》不仅是一部宗教的经典,也是一部文学的经典,其中有许多影响深远的言论、诗歌和故事。鲁迅的《复仇(其二)》即取材于《新约全书》中的故事。鲁迅先前曾经取中国古代的神话传说来写小说,取现成的故事,灌注自己的新意,造成似旧而实新的意象①,这实在是一条很有意味的路子。现在他在散文诗创作中也采用类似的手段,"拿来"的地方更加遥远,而且因为是散文诗,所以那故事无须细写,只须略具轮廓就可以了。

《复仇(其二)》借用《圣经》中耶稣之死的故事。据《新约全书》中的《马太福音》第二十七章、《马可福音》第十五章以及《约翰福音》等多处的记载,上帝的儿子耶稣降临人世,生于犹太,他自称"人之子"到处传道,宣讲福音。耶稣到了耶路撒冷以后被门徒犹大出卖,被捉到犹太教大祭司那里,后又捆交罗马帝国驻犹太巡抚彼拉多,彼拉多本想释放耶稣,但犹太教的祭司以及文士、民间长老们不肯,终于判处死刑,钉死在十字架上。耶稣死后复活,升天。

鲁迅用自己的观点重新处理这个经典故事,着眼点不像信徒们那样放在耶稣的临凡与升天的种种奇迹上,而是要借此说明,有些看客不单是无聊的旁观者,简直就是刽子手的帮凶,是可诅咒的暴君的臣民。早在1919年,鲁迅就曾经在一篇随感录中以"巡抚想放耶稣,众人却要求将他钉上十字架"为例,指出"暴君治下的臣民,大抵比暴君更暴",这些人"只愿暴政暴在他人头上,他却看着高兴,拿'残酷'做娱乐,拿'他人的苦'做玩赏,做慰安。自己的本事是'幸免'"②。这样的提法,存在一个论据与结论不尽相应的问题,事实上要处死耶稣的并非众人,而是耶路撒冷的犹太教当局③,但鲁迅的结论仍然可以存在,因为那时确有一批庸众是拥护这一主张的,更有许多人去围观执行死刑的热闹④。《复仇(其二)》更集中笔力来批评这样的庸众——暴君的臣民。

向这样的旁观者复仇,让他们无戏可看,并且反过来鉴赏他们的无聊,已经是不可能的了——主动权正在庸众手里,惨剧非上演不可;这里需要更其深沉强烈的报复。于是鲁迅将福音书里的记载做了一番加工改造。《马可福音》第十五章本来是这样写的——

> 兵丁把耶稣带进衙门院里,叫齐了全营的兵。他们给他穿上紫袍,又用荆棘编作冠冕给他戴上,就庆贺他说,恭喜犹太人的王啊。又拿一根苇子,打他的头,吐唾沫在他脸上,屈膝拜他。戏弄完了,就给他脱了紫袍,仍穿上他自己的衣服,带他出去,要钉十字架。
>
> 有一个古利奈人西门,就是亚历山大和鲁孚的父亲,从乡下来,经过那地方,他们就勉强他同去,好背那耶稣的十字架。他们带耶稣到了各各他地方(各各他翻出来,就是髑髅地),拿没药调和的酒给耶稣,他却不受。于是将他钉在十字架上,拈阄分了他的衣服,看是谁得什么。钉他在十字架上,是巳初的时候。在上面有他的罪状,写的是犹太人的王。他们又把两个强盗,和他同钉十字架,一个在右边,一个在左边。从那里经过的人辱骂

他,摇着头说,咳,你这拆毁圣殿,三日又建造起来的,可以救自己从十字架上下来罢。祭司长和文士也是这样戏弄他,彼此说,他救了别人,不能救自己。以色列的王基督,现在可以从十字架上下来,叫我们看见,就信了。那和他同钉的人也是讥诮他。从午正到申初遍地都黑暗了。申初的时候,耶稣大声喊着说:"以罗伊,以罗伊,拉马撒巴各大尼?!"翻出来,就是:我的上帝,我的上帝,为什么离弃我?!……气就断了。

抄经未免太长,但这样才便于拿来同《复仇(其二)》比较。鲁迅删去了一些无关宏旨的细节,如西门背十字架、行刑的时间等等;而另一方面则大大加强了对耶稣内心世界的描写——这是《马可福音》中没有的,而正是这些虚构的代言形成这篇散文诗的点题之笔。

鲁迅写道:

> 他不肯喝那用没药调和的酒,要分明地玩味以色列人怎样对付他们的神之子,而且较永久地悲悯他们的前途,然而仇恨他们的现在。

恨其现在,悲其将来,这比让旁观者无戏可看进了一层。耶稣的悲剧就是鲁迅稍后在杂文中所说的"孤独的精神的战士,虽然为民众战斗,却往往反为这'所为'而灭亡"[5]。所以这些为民众战斗的先驱对于他们所深爱的民众,也不免要既有悲悯,也有仇恨和诅咒。《复仇(其二)》说在耶稣断气之际——

> 他腹部波动了,悲悯和咒诅的痛楚的波。

遍地都黑暗了。

一篇之中,三致意焉。作者的感慨是多么沉痛而强烈!鲁迅本人也正有些这样的"仇"要复啊。

按照耶稣教教义,耶稣临凡是上帝派他来救济世人的,犹太人杀了这"神之子",从此成了十恶不赦的异教徒;而鲁迅则强调耶稣乃是"人之子":

> ……上帝离弃了他,他终于还是一个"人之子";然而以色列人连"人之子"都钉杀了。
>
> 钉杀了"人之子"的人们的身上,比钉杀了"神之子"的尤其血污,血腥。

可知鲁迅是把耶稣作为一个为人群谋解放而不被理解,反遭他们侮辱和残害的英雄来描写的,耶稣正是一位孤独的精神的战士。这样写同严格意义上的史料略有出入,但仍然自有其文献上的根据——耶稣一向自称"人之子",见于《马可福音》之第八、九、十、十四诸章,例如第十章记耶稣对门徒的谈话,就预言了"人之子"将遭遇到的一切——,同时也流露了他对原始基督教的深刻见解。恩格斯在《论早期基督教的历史》一文中指出过,以耶稣为代表的基督教反映了当时奴隶和贫民的利益,反映了他们对奴隶制的反抗。鲁迅大约未尝读过此文,他把耶稣看成是一个为民众奋斗的英雄,意思与此相通。

更为值得注意的是,鲁迅借耶稣之死抒写了自己向庸众报复的激愤之情,表达了他对那些不仅旁观,而且参与杀人的庸众的憎恨。鲁迅在这里提出一个双向的悲剧逻辑:无论就"孤独的精神的战士"

而言,还是就迫害他的民众而言,都是深刻的悲剧,正如忠臣死于他所效忠的君王之手一样:这样的死对谁也没有好处。"孤独的精神的战士"死于民众之手,也就使民众的长远利益受损,这样他也就为自己复了仇,因为他本来是为民众的,民众杀害了他,他也就以自己的死让民众的利益受损——这就是一种复仇了。这里确有辩证法,同时也是很残酷的逻辑。

可惜这样的见解总是带有强烈的个人主义色彩,这样的英雄固然是为民众的,但终于还是拿个人做本位,《复仇(其二)》于是就成为一种愤激之谈。

把两篇《复仇》加起来看,向群众复仇有两种办法:一是一无所为,让看热闹的庸众无戏可看,无聊到底;二是以自己的牺牲让他们的根本利益长远利益受损。或无所作为,或一死了之——让你们去做万劫不复的奴才吧!受到伤害的先驱者的痛苦有如此者。

后期鲁迅继续批评专看热闹的旁观者:"试看路上两人打架,他们何尝没有是非曲直之分,但旁观者往往只觉得有趣;就是绑出法场去,也是不问罪状,单看热闹的居多"⑥;同时他也进行自我批评,说自己过去常常说些自己的痛苦,"好像全世界的苦恼,萃于一身,在替大众受罪似的",而这"也正是中产的智识阶级分子的坏脾气"⑦。鲁迅进入了新的境界。

---

① 详见《不周山》(后改题《补天》,收入《故事新编》)。

② 《热风·暴君的臣民》,《鲁迅全集》第1卷。

③ 详见周楠本先生《谈耶稣受难的故事——以鲁迅散文诗《〈复仇(其二)〉为中心》一文的述证,《鲁迅研究月刊》2006年第11期;又载《我注鲁迅》,福建教育出版社2006年版,第236—268页。

④ 参见房龙《圣经的故事》,北京出版社1999年版,第314页。
⑤ 《华盖集·这个与那个》,《鲁迅全集》第3卷。
⑥ 《且介亭杂文二集·七论"文人相轻"》,《鲁迅全集》第6卷。
⑦ 《二心集·序言》,《鲁迅全集》第4卷。

《希望》

《野草》各篇创作感兴的由来各不相同,产生的联想也各不相同。这里要注意的是,作者如何凭借事物之间往往是很偶然的相似来构思自己的散文诗。散文诗创作的基础是比喻性,它所以表达的联想有一种奇特的化异为同的伟大力量。创造性的联想本是所谓"比兴"亦即形象思维的核心,而散文诗之所以是诗,道理也正在于此。鲁迅的名篇《希望》①显然是从裴多菲(1823—1849)的同名诗作中得到启示,但他由此生发开去,表达了一系列深刻而复杂的联想。

鲁迅是一向很热爱匈牙利大诗人裴多菲的,早在留学日本时期就注意搜集和听见他的作品,欣赏他的"叫喊和反抗"②,到1907年他在著名的论文《摩罗诗力说》中用了一千多字的篇幅来介绍这位杰出的民主主义战士的生平和作品,1908年又专门翻译了匈牙利文学史家籁息·艾米尔(Recsi Emil)所著《匈牙利文学史》之第二十七章《裴彖飞诗论》③,发表于《河南》第7期(1908年8月)。周作人在《我的杂学·五》里说过:"《民报》在东京发刊,中国革命运动正在发达,我们也受了民族思想的影响,对于所谓被损害与被侮辱的国民的文学更比强国的表示尊敬与亲近,这些里边,波阑(按即波兰)、芬兰、匈加利(按即匈牙利)、新希腊等国最是重要……摩斐尔的《早期斯拉夫文学小史》,勃阑特思的《波阑印象记》,赖息的《匈加利文学史论》,这些都是四五十年前的旧书,于我却很有情分,回想当日读书时的感激历历如昨日,给予我的好处亦终未亡失。"④由此我们也可以了解当时鲁迅的态度,周作人所说的"我们"正包括他的大哥在内。

鲁迅后来说过,裴多菲是他青年时代最为敬仰的诗人,而"在满洲政府之下的人,共鸣于反抗俄皇的英雄,也是自然的事"⑤。《摩罗诗力说》中介绍裴多菲也以写他1848年以后的革命和战斗的业绩为最详。鲁迅当时就想翻译他的诗和小说,未能实现。辛亥革命失败后,鲁迅先前的"好梦"归于幻灭,他的青年浪漫主义时代宣告结束,翻译裴多菲一事时过境迁,完全不再提起;但到20年代中叶,鲁迅重新记起了这位诗人,翻译出他的一批作品,其中就包括著名的《希望》。

这时的情形与清朝末年已经很不同,鲁迅翻译的也不是裴多菲后期创作的那些战歌,而是他早年的抒情诗。《希望》一诗鲁迅译出比较早,但迟迟没有发表,据说是怕其中的某些消极情绪会对青年读者产生负面的影响⑥;到1925年元旦才在自己的散文诗《希望》中予以引用。当年1月3日,又在《诗歌之敌》一文中引用裴多菲的另一首诗《题B.SZ夫人照象诗》。再过一天,1月4日,鲁迅一举翻译了裴多菲的五诗,稍后陆续在《语丝》上发表⑦,与鲁迅本人的散文诗《希望》互相照应,明显地构成一个系列,生动地表明了翻译与创作之间的互动。

1848年大革命前夜的匈牙利民族压迫空前严重,在暴风雨来临之前充满革命民主主义精神的裴多菲到处碰壁,他在爱情方面也遭到沉重打击,心情十分郁闷,这一时期他的诗作例如1846年的组诗《云》及其前后的一批作品中多半充满了彷徨与愤慨、悲观与追求、矛盾与痛苦;鲁迅在20世纪20年代中期也正处于彷徨求索的阶段,裴多菲的这些作品引起他的共鸣,也是自然的、可以理解的事情。

裴多菲的《希望》一诗作于1845年10—11月,据兴万生先生从匈牙利文直接翻译过来,是这样的——

> 希望是什么?……是可恶的娼妓,
> 不管谁,她都同样地拥抱。
> 当你失去了无价之宝:青春,
> 那时候,她就把你一下子抛掉,抛掉!⑧

裴多菲哀叹自己青春已逝,希望落空,发出如此深沉的叹喟。其实诗人当时才二十二岁,个人生活中经历的失望也不算特别严重;但是他的诗才确实伟大,用一个简明有力的比喻就写尽了失望的痛苦,这里面大约更多地反映了其本国恶劣的政治形势对他的刺激。总之罕譬而喻,惊心动魄。

这首诗引起鲁迅强烈的共鸣。这时鲁迅已经四十多岁了,饱尝过失望的痛苦。据说他在青年时代也曾经有过美好的爱情,写过激动的情诗,但很快就完结了⑨,稍后更陷入了封建包办婚姻的深渊而难以自拔,他内心深处的失望痛苦自不言而喻。就社会政治方面而言,他亲历的失望更多,正如他后来所说:"见过辛亥革命,见过二次革命,见过袁世凯称帝,张勋复辟,看来看去,就看得怀疑起来,于是失望,颓唐得很了。"⑩。在这篇散文诗《希望》中他更概括地提到自己心灵的历程。他说自己的心里"曾充满血腥的歌声:血和铁,火焰和毒,恢复和报仇"。这是他青年时代的情形,那时他朝气蓬勃,信心十足,先是以为运用"西学"可以救中国,稍后则正如他在《文化偏至论》中表达的那样,希望能凭借新的指导行动的理论体系("新宗"),在中国建设一个"人国",以实现中华民族的伟大复兴,光复旧物,屹然自立于世界民族之林。但是辛亥革命失败以后,"而忽而这些都空虚了,但有时故意地填以没奈何的自欺的希望。希望,希望,用这希望的盾,抗拒那空虚中的暗夜的袭来,虽然盾后面也依然是空虚中的暗夜。然而就是如此,陆续地耗尽了我的青春"。辛亥革命失败以后,五四运动退潮以后,鲁迅只能以一种进化论式的比较抽象的希望作为精神支柱,来安慰自己,支持自己,例如小说《故乡》结尾处之寄希望于青年一代就是典型的例子。但是他显然不满于这样比较空洞的乐观,1924年以后尤其是如此。鲁迅说:"中国大约太老了,社会上事无大小,都恶劣不堪,像一只黑色的染缸,无论加进什么新东西去,都变成漆黑。可是除了再想法子来改革之外,也再没有别的路。我看一切理想家,不是怀念'过去',就是希望'将来',而对于'现在'这一个题目,都缴了白卷,因为谁也开不出药方。所有最好的药方,即所谓'希望将来'的就是。"这里面有着也曾经是"理想家"鲁迅的自嘲。于是他继续写道:"'将来'这回事,虽然不能知道情形怎样,但有是一定会有的,就是一定会到来的,所虑者到了那时,就成了那时的'现在'。然而人们也不必这样悲观,只要'那时的现在'比'现在的现在'好一点,就很好了,这就是进步。""这些空想,也无法证明一定是空想,所以也可以算是人生的一种慰安,正如信徒的上帝"⑪。这些话生动地反映了鲁迅对于进化论的怀疑与依赖。

鲁迅一向相信进化论,相信青年必胜于老年,未来总是有希望的;但是五四退潮以后,一批最优秀的青年投身到实际的革命运动中去,又一批最优秀的青年出国留学(例如到法国勤工俭学)探寻革命真理,1924年以后这些青年多半到了南方革命策源地;而仍然留在北京等大城市文化教育界的青年则往往"由兴奋而入于颓丧"⑫,不少青年知识分子相信胡适派关于"整理国故"的主张,这些人当中后来出了若干颇有成就的专家,但同中国革命事业的关系是疏远了。许广平曾经提到她的一些同学"死捧着线装本子,终日作缮写员,愈读愈是弯腰曲臂,老气横秋,而于现在的书报,绝不一顾,她们是并不打算做现社会的一员的"⑬。鲁迅在几所高校任教,自然也看到很多。所以也曾感慨地说,当下的学生"太驯良"⑭,又说"有些人们——甚至于竟是青年——的论调,简直和'戊戌政变'时候的反对改革者的论调一模一样";"前三四年有一派思潮,毁了事情颇不少。学者多劝人踱进研究室,文人说最好是搬入艺术之宫,直到现在都还不大出来"⑮。文艺界的情况同样不能让鲁迅满意,虽然出现了不少文学团体,但能够得到鲁迅高度评价的并不多,因为往往是从事纯文学的多,关注思想革命的少,所以他后来要发起未名社、莽原社,试图打破这糟糕的沉寂。鲁迅试图改变自己单身作战的状态。

特别值得注意的是当时的一个文学社团浅草社,鲁迅很看重他们的才华和勤奋,但不满意他们的悲观消沉和为艺术而艺术的倾向,曾经写长信给他们予以教育。鲁迅自己后来说,他的《希望》一篇是"因为惊异于青年之消沉"⑯而作,这当然决非只就浅草社立言,但分明是包含他们在内的。

鲁迅抱着进化论式的希望已有多年,现在自己人都老了,中国仍然没有光明起来,而青年们又很消沉,他不禁悲从中来;在这样的心理背景下,裴多菲的《希望》自然很容易引起他的共鸣,现在他也要痛斥先前那种空洞的希望乃是娼妓,先来蛊惑人然后又把你抛弃!旧的希望幻灭了,新的坚实的希望一时还没有来得及建立起来,当着这样的时刻,鲁迅的心情是激昂而悲凉的。

过去的希望虽然近于自欺欺人,但鲁迅始终不肯完全绝望,他要继续孤军奋斗,"自己来一掷我身中的迟暮","肉薄这空虚中的暗夜"！鲁迅不怕孤立,不肯服老,他要进行单身的鏖战！所以他又引用裴多菲的警句道:"绝望之为虚妄,正与希望相同。"

鲁迅陷入了深沉的反思,稍后他得出一个新的结论:"一到不再自欺欺人的时候,也就是到了看见希望的萌芽的时候。"⑰鲁迅与时俱进,他不断解剖自己,不断探索前行。

"绝望之为虚妄,正与希望相同"这两句格言的出处,过去不大弄得清楚,后来才查明,是出于裴多菲《旅行书简》之十四,1847年7月17日在萨特马尔发出的致盖雷尼·符利捷什的信,其有关段落如下——

> 我终于到了久已向往的人间乐园——萨特马尔。我来到这里,费去了五天的时间。这个月的十三日,我从拜莱格萨斯启程,乘着那样恶劣的驽马,那是整个旅途中我从未见过的。当我看了一眼那些倒霉的驽马,我吃惊得连头发都竖了起来。但是也没有我选择的余地,因为在大忙季节,整个城市都租不到别的马匹。我内心充满了绝望,坐上了大车;说真的,只是为了我能够在九月间举行婚礼。我相信,乘着那些活着的骨头架子一般的瘦马,我是不能指望如期达到目的地的。但是,我的朋友,绝望是那样的骗人,正如希望一样。这样瘦弱的马驹用这样快的速度,在一天里带我飞驰到萨特马尔来,甚至那些靠燕麦和干草饲养的贵族老爷派头的马,也要为之赞赏啊！我曾经对你说过,不要只从外表来作判断,若是那样,你就不会获得真理。⑱

裴多菲在旅行途中靠那匹不可貌相的瘦马喜出望外地如期抵达

目的地,于是向朋友报告,并且在叙事之中,夹以议论,文章写得很好,"绝望是那样的骗人,正如希望一样",尤为一篇之警策。

裴多菲先前曾经痛斥"希望"乃是骗人的娼妓,现在又说"绝望"同样骗人,可见其思想和行文的连贯性,其间的变化亦有痕迹可寻。写《旅行书简》时他的情绪比较开朗,又正处于婚礼的前夜,所以态度非常积极。研究裴多菲的专家们自能从这一段书信中看出许多潜台词[19],但鲁迅引用这句话只是为了表达自己的意见,此所谓"六经注我"。鲁迅在引用过这一警句之后写道——

> 倘使我还得偷生在不明不暗的这"虚妄"中,我就还要寻求那逝去的悲凉漂渺的青春,但不妨在我的身外。因为身外的青春倘一消灭,我身中的迟暮也即凋零了。

前面鲁迅说自己青春已逝,因此引用裴多菲的《希望》诗;这里要转而寻求身外的青春,于是又否定了自己的绝望——因为这同样是"虚妄"的。

然而身外的青春也大不容易找到,只好自己继续孤军奋斗,"只得由我来肉薄这空虚中的暗夜","自己来一掷我身中的迟暮"!鲁迅的散文诗一波三折,表达了他既寄希望于青年,又失望于青年的消沉,终于决定单身鏖战的顽强斗志,同时他又怀疑于自己的绝望,鲁迅终于不肯就此绝望!

即使找不到"身外的青春"即年轻的战友,单身一人来一掷我身中的迟暮,鲁迅也毫不畏惧,他称敌人为"空虚中的暗夜",甚至是"并且没有真的暗夜"。这意思大约近于鲁迅在别处说过的"并无敌人,只有暗箭"[20],或他散文诗中所说的"无物之阵"[21]。鲁迅对于反动势力在战略上历来给予极大的蔑视,正如他在战术上给予高度的重视一样,这两条并行不悖,同样给人留下很深的印象。

希望,失望,以至于绝望,但又不肯绝望而继续奋起,这样的心灵历程先前他已经经历过。例如五四前夜,他已经近于绝望,但稍后又继续拿起了笔,《呐喊·自序》在记叙过金心异来谈,劝自己为《新青年》撰稿一事之后又写道:"我虽然自有我的确信,然而说到希望,却是不能抹杀的,因为希望是在于将来,决不能以我之必无的证明,来折服了他之所谓可有,于是我终于答应他也做文章了。"[22] 又如他后来回忆往事道,辛亥革命失败后自己极其失望,"不过我却又怀疑于自己的失望,因为我所见过的人们,事件,是有限得很的,这想头,就给了我提笔的力量。'绝望之为虚妄,正与希望相同'"[23]。这两段话意思比较分明,最能与《希望》互相发明。

宁可牺牲自己,也不肯绝望,也要为中国的革新事业献身,不去做伏枥的老骥,而要"一掷我身中的迟暮",这是多么动人的战士情怀啊。

应当承认鲁迅思想中确有些悲观的成分,甚至有绝望的情绪,但他在对青年说话的时候,总是拣比较光明的来说,许广平深刻地感受到这一点,她说"虽则先生所感觉的是黑暗居多,而对于青年,却处处给予一种不退走,不悲观,不绝望的诱导"[24]。另一位当时追随鲁迅的青年作家春台(孙福熙)则写道:"鲁迅先生是随时地尽力鼓励青年的,从他的谈话与文字我得到极大的鞭策,使我不敢颓唐。自从他要将我的第一本书《山野掇拾》付印之后,我之欲不使他对我失望而奋勉,似乎更甚于为我自己了。"[25] 这些也都可以与散文诗《希望》互相发明。

① 本文作于 1925 年 1 月 1 日,这一天乃是裴多菲诞辰 102 周年。稍后《希望》作为《野草》的第七篇发表于《语丝》第 10 期(1925 年 1 月 19 日)。

② 《南腔北调集·我怎么做起小说来》,《鲁迅全集》第 4 卷。

③ 按"裴象飞"是裴多菲的旧译。

④ 《知堂回想录》下册,河北教育出版社 2002 年版,第 756 页。

⑤ 《集外集·〈奔流〉编校后记(十二)》,《鲁迅全集》第 4 卷。

⑥ 此据章廷谦先生的回忆,详见孙玉石《〈野草〉研究》,中国社会科学出版社 1982 年版,第 56 页。

⑦ 其中《我的父亲和我的手艺》《愿我是树,倘使你……》二首发表于《语丝》第 9 期(1925 年 1 月 12 日),《太阳酷热地照临……》《坟墓里休息着……》《我的爱——并不是……》三首发表于《语丝》第 11 期(1925 年 1 月 26 日)。

⑧ 《裴多菲文集》第 2 卷,上海译文出版社 1996 年版,第 306 页。参见兴万生《裴多菲评传》上海文艺出版社 1981 年版,第 90 页。

⑨ 详见李霁野《诗的陶冶与师的教诲》,《鲁迅诞辰百年纪念集》,湖南人民出版社 1981 年版,第 160—161 页。

⑩㉓ 《南腔北调集·〈自选集〉自序》,《鲁迅全集》第 4 卷。

⑪ 1925 年 3 月 18 日致许广平,《鲁迅全集》第 11 卷。

⑫ 雁宾《杂感》,《文学旬刊》第 74 期,1923 年 5 月 22 日。

⑬ 许广平 1925 年 3 月 15 日致鲁迅的信,《鲁迅全集》第 11 卷。

⑭ 《华盖集·后记》,《鲁迅全集》第 3 卷。

⑮ 《华盖集·通讯》,前引书。

⑯ 《二心集·〈野草〉英文译本序》,《鲁迅全集》第 4 卷。

⑰ 《华盖集·补白》,《鲁迅全集》第 3 卷。

⑱ 《裴多菲小说散文选》(兴万生等译),上海译文出版社 1985 年版,第 268 页。参见兴万生《鲁迅著作中引用裴多菲诗文新考》,《鲁迅研究》第 2 辑,中国社会科学出版社 1981 年版,第 310 页。

⑲ 详见兴万生《鲁迅〈野草〉与裴多菲〈希望〉诗》,《人民日报》1983年9月8日,参见他的专著《裴多菲评传》,上海文艺出版社1981年版,第93页。

⑳ 《集外集·通信(复霉江)》,《鲁迅全集》第7卷。按,此信写于1925年9月1日。

㉑ 详见《野草·这样的战士》。

㉒ 《呐喊·自序》,《鲁迅全集》第1卷。

㉔ 许广平1925年3月20日致鲁迅的信,《鲁迅全集》第11卷。

㉕ 《萤火》,《语丝》第5期,1925年11月16日。

《雪》

经常被选入教材的散文诗名篇《雪》写于1925年1月18日,发表于1月26日出版的《语丝》周刊第11期——此时正是北京经常下雪的时候。

本篇写了三种东西:"暖国的雨""江南的雪"和"朔方的雪",重点是两种雪,"暖国的雨"只在开头提到一下。《雪》的写作路径大抵属于"比兴",我们读这一篇散文诗时往往心事浩茫,浮想联翩,把自己的体会和联想添加进去,同时努力寻求景物描写的象下之意。

本篇第一自然段写"江南的雪",形容得淋漓尽致,非常之优美。鲁迅是南方人,对故乡的景色自有深沉的爱。第二、三两个自然段不再直接描写这种雪本身,而去写孩子们塑雪人的情形,鲁迅的童心在这里发露无余。

第四、五两段转而写"朔方的雪";第六段继续写"朔方的雪",壮美之至;同时又与第一段提到过的雨相绾合。

江南的雪"滋润美艳","是还在隐约着的青春的消息";而朔方的雪则是干的,"如粉,如沙","决不粘连",大风一吹,则"蓬勃地奋飞","如包藏火焰的大雾,旋转而且升腾,弥漫太空,使太空旋转而且升腾地闪烁"。这是两种不同的雪,体现了两种不同的美。鲁迅全都能够加以欣赏。在他的小说《在酒楼上》(后收入《彷徨》)里面也有一段关

于这两种雪的描写:

> ……但现在从惯于北方的眼睛看来,却很值得惊异了:几株老梅竟斗雪开着满树的繁花,仿佛毫不以深冬为意;倒塌的亭子边还有一株山茶树,从暗绿的密叶里显出十几朵红花来,赫赫的在雪中明得如火,愤怒而且傲慢,如蔑视游人的甘心于远行。我这时又忽然想到这里积雪的滋润,著物不去,晶莹有光,不比朔雪的粉一般干,大风一吹,便飞得满空如烟雾。

很可以拿来同这里关于"江南的雪"与"朔方的雪"的描写互相对照。比较起来,在《雪》这一篇中作者对朔方的雪似乎更有感情,这大约与鲁迅更欣赏壮美的一面有关,他后来在一篇杂文中写道,他欣赏狮虎鹰隼一类猛兽猛禽,因为"它们在天空,岩角,大漠,丛莽里是伟美的壮观,捕来放在动物园里,打死制成标本,也令人看了神旺,消去鄙吝的心"[①]。

这篇散文诗写作的重心在后面的朔方的雪,鲁迅长住北京,他由亲眼所见的大风吹雪联想到江南的雪,并进而想到雨,想到雨与雪之间的关系,想到南北雪景之不同。江南的雪滋润美艳;朔方的雪如粉如沙,孤独而富于激情,它的形态大约更能与鲁迅的心态契合:猛兽猛禽也都是单独行动,一往无前的。

《雪》是用"比"的手法写成的,我们得考虑作品的深层含义,考虑两种雪的象征意义。

就天气的变化来说,冬天后面总是春天,而鲁迅这里只说江南的雪是"青春的消息",而写朔方的雪则根本不提这一点——这大约与当时的政治形势有关。

那时的南方,革命高潮正在逐步到来。1924年1月,标志着国共合作正式形成的国民党第一次全国代表大会在广州召开,孙中山决定了联俄、联共、扶助农工的三大政策,并根据三大政策重新解释了三民主义。以这次大会为起点,革命高潮迅速起来;1924年6月,黄埔陆军军官学校开学,不久以黄埔军校学生为骨干组成了国民革命军。秋天,广东革命政府成功地镇压了帝国主义的走狗商团的叛乱,巩固了革命根据地。

在中国共产党领导下,要求帝国主义列强废除不平等条约的群众运动正方兴未艾,召集国民会议的运动也正在逐步走向高潮。江浙一带这种反帝反封建的运动开展得最为广泛深入,连普通的村镇上都有所行动。工农运动也开始高涨,1924年7月广州沙面工人大罢工,广东的农民运动也开始有组织地进行;上海、江浙一带工人罢工事件不断发生,如上海南洋烟厂工人七千余人的罢工,苏州机织工人一万余人的罢工,浙江余姚盐民一万多户的罢工等等,打破了二七大罢工以来工人运动消沉的局面。鲁迅在这一带有着广泛的社会联系,消息灵通,江南革命形势的发展一定会引起他的关注。

那时北京的情形则很不同。这里是北洋军阀反动统治的中心,学生运动和工人的斗争总是遭到无情的镇压。1924年10月,倾向进步的冯玉祥发动北京政变,迫使以曹锟、吴佩孚为首的直系政权倒台,形势有了一点转机,但不久以后皖奉系的势力大举进入北京,控制了中央政权,而冯玉祥遭到排挤。当年11月24日正式成立的以段祺瑞为首的中华民国临时执政府依然是一个地地道道的反动政府。对于无论是哪一派军阀的统治,鲁迅都是反对的,他寄希望于正在酝酿中的大革命,十分关注南方形势的发展。

所以,鲁迅在散文诗中写到的"南国""江南""朔方",很可以从这样的背景中得到某种解释或联想。鲁迅透过"江南的雪"看到了"青春的消息",但仍然是"隐约"的。关于孩子们塑雪罗汉的生动描写,令人联想起鲁迅的进化论思想,而雪罗汉之很快几面目全非,则似乎象征着事情还将有变化和反复。

五四新文化运动的统一战线分化以后,鲁迅当时在北京大有孤军奋战之感,用他自己的话来说,就是成了布不成阵的"游勇"[②],但他不惮于单身鏖战。他将"朔方的雪"写成是"凛冽的天宇下"的"孤独的雪",尽管孤独,仍然"奋飞",有着无限蓬勃的生气,内心燃烧着复仇的火焰。这里寄予着否定和反抗现实的战斗豪情。

鲁迅在文章的结尾处写道:"是的,那是孤独的雪,是死掉的雨,是雨的精魂。"朔方的雪永远如粉,如沙,当然是孤独的,这恰如鲁迅在北京的孤军奋战,称为是雨的精魂,正可以照应开头的"暖国的雨,向来没有变过冰冷的坚硬的灿烂的雪花。博识的人们觉得他单调,他自己也以为不幸否耶?"能不变为孤独的雪是幸福的,但孤独的雪也自有其乐趣。将雨和雪联系起来写,固然是反映了自然界的变化,同时也正将自己的斗争同南方革命策源地的形势联系了起来。1924年11月,鲁迅亲笔写信给在广州的中共中央委员、国民党中央执行委员会常委、国民政府组织部长谭平山,介绍自己的学生李秉中进入黄埔军校[③];李到达广州后写来不少书信,报告那边的情形[④]。1925年3月31日鲁迅在致许广平的信中说:"我有几个学生在军中……一个就在攻惠州,虽闻已胜,而终于没有信来,使我常常苦痛。""攻惠州"指1925年2月讨伐陈炯明的东江之役,李秉中参加了这次战役,稍后曾有信来报告情况[⑤]。到1926年夏天,鲁迅终于走出北京,到南方去了。

鲁迅在北京的时候,同中国共产党北方的组织也有某些间接的联系。刘弄潮曾经受李大钊之托去看望鲁迅⑥,后来肖华清也曾代表组织与鲁迅联系过,鲁迅保存了若干中共北方区委的机关刊物《政治生活》。这方面的材料尚待进一步发掘,但鲁迅同共产党有比较多的联系是不容怀疑的。这应当是鲁迅坚持斗争的力量来源之一。

一方面追求光明,向往未来,一方面坚持在黑暗中的斗争,本是《野草》的基调,在《雪》这一篇里,同样可以听到这样的主旋律。

通观整本《野草》,有两个明显的特色:一是其内容,如日本学者增田涉所说,"虽说是散文诗,却不是抒情的,多数寄托着激烈的愤怒(具有政治的意味)"⑦。二是相应的在艺术方面多用象征的手法,比兴寄托,意在言外。唯其如此,研读《野草》必须联系相关材料,探究其象下之意,而不能只看它表面的意象。鲁迅本人在《野草》英文译本的序言中曾摘要地讲过几篇的象下之意,给予读者极大的启发。

文学作品通过形象来反映生活、表达感情,所以很容易产生多义性。例如《红楼梦》的命意,"就因读者的眼光而有种种:经学家看见《易》,道学家看见淫,才子看见缠绵,革命家看见排满,流言家看见宫闱秘事……"⑧鲁迅先生本人的小说,也曾引起不同的分析,最突出的是阿Q这个形象到底如何分析,就出现过许多不同的意见。而运用比兴象征手法写成的散文诗则往往具有更为广阔的阐释空间,读者可以由阅读文本而产生各种联想,这种联想与作者创作时的浮想联翩往往不尽一致,甚至相去甚远。欣赏是一种再创造,原作只是再创造的地基,在这个平台上读者有相当的自由;作者未必然,读者何必不然的情形经常发生。所以读者既不能满足于表面的感受,也不能搞简单化的一一对应,而应当从作品提供的形象出发,通过活泼敏捷的联想去深刻地把握原作。从这一篇散文诗中我们总是可以感受到鲁迅对美好理想的追求,也可以感受到他反抗冷酷现实的斗争精神。

① 《且介亭杂文末编·半夏小集》，《鲁迅全集》第6卷。
② 《南腔北调集·〈自选集〉自序》，《鲁迅全集》第4卷。
③ 详见唐天然《对用"火与剑"进行改革者的支持——刘弄潮谈鲁迅和早期黄埔军校》，《鲁迅研究文丛》第2辑，湖南人民出版社1980年版。
④ 这些信保存在北京鲁迅博物馆，《鲁迅、许广平所藏书信选》一书（湖南文艺出版社1987年版）中录入八封，具有重要的参考价值。
⑤ 详见李秉中4月9日致鲁迅的信，《鲁迅、许广平所藏书信选》，第55—56页。
⑥ 详见刘弄潮《甘为孺子牛　敢对千夫指》，《鲁迅诞辰百年纪念集》，湖南人民出版社1981年版，第122页。
⑦ 《鲁迅的印象》，钟敬文译，湖南人民出版社1980年版，第8页。
⑧ 《集外集拾遗补编·〈绛洞花主〉小引》，《鲁迅全集》第8卷。

《风筝》

《野草》的大部分作品用象征的手法写生活中的感受,有些颇近于寓言;而《风筝》一篇则近于回忆散文,只不过并非一味叙事,倒是抒情议论的成分比较多。散文诗写法很多,其中也有这么一种。

本篇鲁迅写自己早年压制小弟弟,不让他放风筝,粗暴地折断了他暗地里自糊的风筝;后来他认识到自己做错了——

> ……在我们离别得很久之后,我已经是中年。我不幸偶而看了一本外国的讲论儿童的书,才知道游戏是儿童最正当的行为,玩具是儿童的天使。于是二十年来毫不忆及的幼小时候对于精神的虐杀的这一幕,忽地在眼前展开,而我的心也仿佛同时变了铅块,很重很重的堕下去了。

"精神的虐杀"!思想成熟以后的作者就此事向小弟弟表示道歉,而小弟弟却把这件事全盘忘却了。

按照中国的宗法传统,长子具有主要的继承权,同时也就承担主要的家庭责任。长子在家庭中具有很重要的地位,如果父亲去世了,他就是家长,弟弟们须听命于他,"长兄如父"。鲁迅(周树人)、周作人、周建人三兄弟的父亲死得早,于是长兄鲁迅就成了家庭里最重要的人物,负有教育和带领两个弟弟的责任。他后来认识到乃是"精神的虐杀"的举动,当年却以为是为了小弟弟好,防止他贪玩,没出息。

这样的事情在许多家庭里都发生过。现在父母对子女实行"精神的虐杀",仍然每天都在发生,大家都见怪不怪。单是这一点,就说明《风筝》一文至今仍然有现实意义。

《风筝》写于1925年1月24日,稍后作为"野草之九"发表于《语丝》周刊第12期(1926年2月2日);而鲁迅先前在1919年9月9日《国民公报》"新文艺"栏发表的《自言自语》第七部分的《我的兄弟》,就已经写过这件往事了,只是稍微简单一点。

鲁迅把这件事看得很严重,一再作自我批评。《我的兄弟》全文如下:

我是不喜欢放风筝的,我的一个小兄弟是喜欢放风筝的。

我的父亲死去之后,家里没有钱了。我的兄弟无论怎么热心,也得不到一个风筝了。

一天午后,我走到一间从来不用的屋子里,看见我的兄弟,正躲在里面糊风筝,有几支竹丝,是自己削的,几张皮纸,是自己买的,有四个风轮,已经糊好了。

我是不喜欢放风筝的,也最讨厌他放风筝,我便生气,踏碎了风轮,拆了竹丝,将纸也撕了。

我的兄弟哭着出去了,悄然的在廊下坐着,以后怎样,我那时没有理会,都不知道了。

我后来悟到我的错处。我的兄弟却将我这错处全忘了,他总是很要好的叫我"哥哥"。

我很抱歉,将这事说给他听,他却连影子都记不起了。他仍是很要好的叫我"哥哥"。

阿！我的兄弟。你没有记得我的错处,我能请你原谅么？

然而还是请你原谅罢！

这一篇显然就是后来的《风筝》的雏形。这里情节比较简单一点,鲁迅也还没有像后来在《风筝》里那样把摧毁弟弟的风筝一事提高到"精神的虐杀"的高度。

"我的小兄弟"是周建人。他后来在回忆文章中也曾经涉及此事,但他是这么说的:"鲁迅有时候,会把一件事特别强调起来,或者故意说着玩,例如他所写的反对他兄弟糊风筝和放风筝的文章就是这样。实际上,他没有那么反对得厉害,他自己的确不放风筝,可是并不严厉地反对别人放风筝"①。由此可知鲁迅早年确实反对弟弟玩风筝,只是程度可能不如文章里写的那么厉害；也可能是周建人当时年纪太小,事过境迁,早年不愉快的事情全都忘记了。周建人生于1889年,父亲周伯宜逝世于1896年,而鲁迅于1898年去南京读书,准此以推,鲁迅反对周建人糊风筝和放风筝当在1897年或1898年春天,那时周建人才八九岁,正是儿童最好玩好动的时候,游戏是这一年龄段儿童最正当的行为。这时鲁迅已经十六七岁,要负责处理家务、出席家族会议了。虽然他的年纪也还比较小,却不得不过早地挑起重担——迅速破落下去的故家乃是一副沉重的担子,所以也难怪他心情不好,而且对于弟弟是否有出息非常之关注,要求也比较严。鲁迅确实颇有一点小家长的作风,尽管文章里很可能把这一点写得比较夸张了。

周作人曾经回忆过他在日本留学时的一件事,可以与《我的兄弟》《风筝》互证,那是1908年,周作人根据章太炎先生的要求翻译一本印度的宗教哲学著作,但是那本书很难译,因循甚久,没有什么进展。周作人回忆说——

> 大概我那时候很是懒惰,住在伍舍里与鲁迅两个人,白天逼在一间六席的房子里,气闷得很,不想做工作,因此与鲁迅起过冲突,他老催促我译书,我却只是沉默的消极对付,有一天他忽然愤激起来,挥起他的老拳,在我头上打上几下,便由许季茀赶来劝开了。他在《野草》里曾说把小兄弟的风筝折毁,那却是没有的事,这里所说乃是事实,完全没有经过诗化,但这假如是为了不译吠檀多的关系,那么我的确是完全该打的。②

鲁迅的小家长作风再次发作,动机仍然是望弟成龙,只是行动略嫌操之过急。由此以推,他在更早的时候折毁三弟自制的风筝一事,未必完全出于诗化,还是有事实依据的,只不过周作人不清楚罢了。

父亲早死,家道中衰,长子责任很重,有些家长作风是正常的,撕破一个风筝尤为小事一桩;更何况目的完全是为了弟弟好,要他好好念书,长大了有出息。从小兄弟将此事忘却,仍然很要好地叫他"哥哥"来看,他们兄弟关系一向很好,撕风筝乃是一个例外,印象深刻的自然是大哥对他的爱护帮助,所以周建人把这事完全忘了。在周作人头上打几下,亦犹此意,只不过挨打时周作人已经成年了(二十四岁),所以他还记得。

撕破一个风筝这样的区区小事,鲁迅一写再写,不仅表明他严于解剖自己,同时也流露了他崭新的民主主义的教育思想、伦理思想。

"游戏是儿童最正当的行为,玩具是儿童的天使。"这样的尊重儿童特点的主张,是中国封建主义教育思想中所缺乏的。鲁迅要向受害者道歉,请他原谅,《我的兄弟》到此为止;而《风筝》更深入一层,小兄弟忘记此事遂无所谓原谅,于是鲁迅也就无从轻松,"我的心只得沉重着"。这里包含了更为深切的人道主义思想,也包含了深刻的教育思想,这里的言外似乎有这样的意思:对幼小心灵的"虐杀"很可能无迹可求,它不像其他错误那样可以通过道歉来改正,虽欲追悔,而已莫及。

何等深刻的见解,何等沉痛的自我批评!

鲁迅曾经写过一篇《我们现在怎样做父亲》(后收入《坟》),等到鲁迅真的做了父亲的时候,对海婴的爱护无微不至;他还有两句著名的诗句道:"无情未必真豪杰,怜子如何不丈夫?"(《答客诮》);关于撕毁三弟自制风筝的两篇散文诗,可以说回答了"我们现在怎样做哥哥"的问题,而对为人父母者,特别是那些望子成龙过于心切,忘记了儿童特点的家长,同样也有很多的启迪。

---

① 《略讲关于鲁迅的事情》,《回忆大哥鲁迅》,上海教育出版社2001年版,第9页。

② 《第二卷 八三 邬波尼沙陀》,《知堂回想录》上册(止庵校订),河北教育出版社2002年版,第261页。

《好的故事》

《好的故事》以相当多的篇幅写故乡山阴道上朴实无华平淡无奇的乡间小景——

>……两岸边的乌桕,新禾,野花,鸡,狗,丛树和枯树,茅屋,塔,伽蓝,农夫和村妇,村女,晒着的衣裳,和尚,蓑笠,天,云,竹,……都倒影在澄碧的小河中,随着每一打桨,各各夹带了闪烁的日光,并水里的萍藻游鱼,一同荡漾。诸影诸物,无不解散,而且摇动,扩大,互相融和;刚一融和,却又退缩,复近于原形。边缘都参差如夏云头,镶着日光,发出水银色焰。

景物家常到了极点,而作者的观察和描写也细致传神到了极点。坐小船经过山阴道,鲁迅少年时代常常有这样的经历,故乡的美景,总是让人难忘的。鲁迅曾经自称"我对于自然美,自恨并无敏感,所以即使恭逢良辰美景,也不甚感动"[①];但他对于生活中常见而容易被人忽略的美其实是感觉很敏锐的。且看又一段——

>河边枯柳树下的几株瘦削的一丈红,该是村女种的罢。大红花和斑红花,都在水里面浮动,忽而碎散,拉长了,如缕缕的胭

脂水，然而没有晕。茅屋，狗，塔，村女，云，……也都浮动着。大红花一朵朵全被拉长了，这时是泼剌奔进的红锦带。带织入狗中，狗织入白云中，白云织入村女中……。在一瞬间，他们又将退缩了。但斑红花影也已碎散，伸长，就要织进塔，村女，狗，茅屋，云里去。

前一段是写在船上所见的水中倒影的荡漾不定、离合变化，这一段则写岸上所见的波影变幻，二者的共通之处则在于诸景诸物的浮动、变化、奔进、退缩以至终于复近于原形。

倒影的变幻不定本容易引人遐想，作者的创作感兴就从这里来，其余大约全都无关宏旨。细读原作很容易知道，山阴道上所见到的上述种种美景并不是"好的故事"本身，只是一个以比兴手法出之的象征性的画面。"好的故事"本身作者没有直接写到，只是概而言之曰，那是"许多美的人和美的事，错综起来像一天云锦，而且万颗奔星似的飞动着，同时又展开去，以至于无穷"，"青天上面，有无数美的人和美的事，我一一看见，一一知道"，可惜"仿佛有谁掷一块大石下河水中，水波陡然起立，将整篇的影子撕成片片了"。

"好的故事"同山阴道畔水中的倒影一样变幻不定，并且终于幻灭。故事与风景在这一点上彼此相通。由此可知，美之消失所引发的幻灭之感才是鲁迅这篇散文诗立意的中心，用较多笔写出的山阴道上美景不过是一个象征，一种比兴。

唯其如此，我们的目光不能停留在这些美景上不再前进，寻找准确的"象下之意"才是我们必须做的事情。将《好的故事》看成是专写故乡美景的佳作固然是皮相的观察，而若干年前大为流行的"对于农民命运的深切关怀"说，同样离开了作品的实际。

面对运用比兴手法写成的作品,我们在考察其主题的时候固然不能停留在喻体上面,同时又务必注意其本体与喻体二者之间在什么意义上相通,而不宜见喻起意,另加发挥。钱锺书先生说得好,"一物之体,可面面观,立喻者各取所需,每举一而不及余,读者倘见喻起意,横出旁伸,苏轼《日喻》所嘲盲者扣槃得声,扪烛得形,无以异尔";这样一个"喻可分而不可充类至全"②的道理,完全适用于以比兴、象征手法写成的散文诗。这个道理其实也是常识,但弄不好很容易忘记,而走上穿凿求新的路子。

"好的故事"开始确实很好,而最后却只"剩着几点虹霓色的碎影"了。从作品的实际看去,作者强调的乃是理想的幻灭。

据曹聚仁先生回忆,他的朋友曹礼吾对《好的故事》作这样的理解:作品中写那云锦终于皱蹙,凌乱,仿佛掷大石下河,水波陡立,"这便是人生相、社会相,也是我们经历的变乱"。曹聚仁在一次宴会上向鲁迅谈起曹礼吾的解读意见,鲁迅大为赞许③。曹礼吾准确地看清了本文本体与喻体在变乱引起美的幻灭这一点上取得同一,他抓住了构思与主题的"结"。

鲁迅经历过几次改良和革命的运动,维新运动、辛亥革命、五四运动,都曾经让他精神振奋,看到了"好的故事",但不久就有种种变乱发生,如大石下水,把先前一度出现的美好的图像完全破坏了。新的机运夭折了,中国又回到过去的混乱与黑暗之中,于是鲁迅一次又一次地陷入深沉的痛苦——他的那些经历是人们熟悉的,而《好的故事》正是对这种心灵历程高度凝练的艺术概括。

鲁迅曾自称《野草》是他的哲学。哲学总是高度概括高度凝练的;《野草》同一般意义上的哲学著作不同的地方在于,这里对于社会和人生的思考不是上升为抽象的规律,而是升华为一组形象,规律性的结论即隐藏于其中。近现代中国灾难深重,美好的希望往往幻灭,新的机运到来之后总是发生变乱——《好的故事》就是写这样的曾经反复发生过的过程,就其带有某种规律性而言,这篇散文诗确实具有哲学的深度。

① 《华盖集续编·厦门通信》,《鲁迅全集》第 3 卷。
② 《管锥编》第 1 册,中华书局 1979 年版,第 40、153 页。
③ 详见曹聚仁《我和我的世界》,人民文学出版社 1983 年版,第 226—227 页。

《过客》

《野草》中唯一采用戏剧体的《过客》作于1925年3月2日,稍后发表于《语丝》周刊第17期(1925年3月9日),副题"野草之十一"。

这是一篇充满象征意味的小品,其主人公过客简直就是鲁迅本人的精神自传;另外两个人物——老翁和小女孩,也各有其广泛的代表性,同样是重要的类型。三个人代表三派,在不长的对话中讲清了人生道路的大问题,而且余味曲包,发人深省,这是何等的艺术表现力,何等的创造精神!

过客的主要特征和品格是坚持不懈地永远向前走,"要走到一个地方去,这地方就在前面"。曾经前进过而后来中途停顿的老翁劝他回转去,过客坚定而激昂地回答道:"那不行!我只得走。回到那里去,就没一处没有名目,没一处没有地主,没一处没有驱逐和牢笼,没一处没有皮面的笑容,没一处没有眶外的眼泪。我憎恶他们,我不回转去!"他虽然已经那样劳顿,衣裤都破碎了,脚上有许多伤,却仍然不肯走回头路,也不肯中途停顿,他背对着他所熟悉且憎恶的本阶级向前迈进,最后在苍茫的暮色中向着野地里一条"似路非路的痕迹"踉跄地闯进去。

"似路非路"是一个很有意味的提法。鲁迅说过,"什么是路?就是从没路的地方践踏出来的,从只有荆棘的地方开辟出来的"[①]。多少年来,鲁迅也像这过客一样在丛莽中艰难地为自己开辟前进的道路,虽然具体怎么走,前途又如何他并不十分清楚,但有一点是明确的:只能向前,不能后退。"我接着就要走向那边去,前面!"世界上总得有率先开路的人。

"地上本没有路,走的人多了,也便成了路"②;而如果走的人太少,则成不了路。过客的困境正在于同他一起开路前进的人一个也没有,跟在后面走的也没有——这样他所走的痕迹能不能成为路,就是一个老大的问题。过客说:"从我还能记得的时候起,我就只一个人。我不知道我本来叫什么。我一路走,有时人们也随便称呼我,各式各样地,我也记不清楚了,况且相同的称呼也没有听到过第二回。"他曾经有过可以互相呼应的人,但很快就全分开了,他深感内心孤独和前途渺茫。

鲁迅一向是独树一帜的,只是在五四新文化运动高潮期的那几年中感觉到有一条联合的战线,可以摆开阵势同旧思想旧文化决一死战,此后"有的高升,有的退隐,有的前进";他自己经过一场文化运动以后,"落得一个'作家'的头衔,依然在沙漠中走来走去,不过已经逃不出在散漫的刊物上做文字,叫作随便谈谈",这就是杂文,而"有了小感触,就写些短文,夸张点说,就是散文诗,以后印成一本,谓之《野草》"③。《野草》本身就是孤独求索的产物。鲁迅长期具有孤独感;他不愿意孤独,但也不怕孤独,仍然继续前行,因为有一个声音在前面召唤他;使他虽想到休息而不能,他只能继续前进。

几乎与《野草》同时,鲁迅还写出了短篇小说集《彷徨》中的各篇,其题辞引用《离骚》道:"路漫漫其修远兮,吾将上下而求索";后来他又有题《彷徨》的五绝道:"寂寞新文苑,平安旧战场。两间余一卒,荷戟独彷徨。"20年代中叶,鲁迅"荷戟"而"求索",他没有停止战斗和前进,但确有很深的寂寞之感。《野草》各篇几乎都带有这样的情绪,而《过客》尤为典型。

《过客》的基调仍然是义无反顾的前进,是走完坟地还要继续往前走。这里表现出鲁迅为了前进而不惜否定旧我,埋葬旧我的伟大精神。过客时时听到"那前面的声音叫我走"。时代在召唤,革命在召唤,所以过客说:"有声音常在前面催促我,叫唤我,使我息不下。可恨的是我的脚早经走破了,有许多伤,流了许多血。因此,我的血不够了;我要喝些血。但血在那里呢?可是我也不愿意喝无论谁的血。我只得喝些水,来补充我的血。一路上总有水,我倒也并不感到什么不足。只是我的力气太稀薄了,血里面太多了水的缘故罢。今天连一个小水洼也遇不到,也就是少走了路的缘故罢。"他严格地要求自己,不断吸收新的营养,下决心走到底。

然而他只能一个人前进,而且他连小女孩送他的布片也不肯接受。他不能接受"太多的好意"。这实际反映了鲁迅对自己的思想言行是否完全正确尚存怀疑,因此不敢让青年对自己抱太多的希望。鲁迅在书信里说过:"我自己,是什么也不怕的,生命是我自己的东西,所以我不妨大步走去,向着我自以为可以走去的路;即使前面是深渊,荆棘,狭谷,火坑,都由我自己负责。然而向青年说话可就难了……"④他唯恐误人子弟,因此他不仅不愿指导青年,而且不愿接受好意,担心"以我为是"的人"陷入我一类的命运"——落入同自己一样困难的处境,所以他说"对于和我往来较多的人有时不免觉到悲哀"⑤。鲁迅既坚持自己的奋斗又不完全相信自己,再加上强烈的人道主义精神,所以他非常迟疑,以至连青年的好意,哪怕是一小块布片也不肯接受。

过客说:"我怕我会这样:倘使我得到了谁的布施,我就要像兀鹰看见死尸一样,在四近徘徊,祝愿她的灭亡,给我亲自看见;或者咒诅她以外的一切全都灭亡,连我自己,因为我就应该得到咒诅。但是我还没有这样的力量;即使有这力量,我也不愿意她有这样的境遇,因为她们大概总不愿意有这样的境遇。"这意思他也曾有过一个解释:"同我有关的活着,我倒不放心,死了,我就安心,这意思也在《过客》中说过……"⑥鲁迅知道旧社会绝不会很快灭亡,他担心清醒者革命者一定会有许多痛苦,他自己是不怕的,但却不愿意受自己影响的青年也来遭受类似的痛苦,甚至觉得与其活着受罪还不如死了的好。这种激愤的情绪可以说是扭曲了的人道主义或死而后已的人道主义。五四前夜鲁迅也曾经有过类似的想法,他曾对前来劝他写文章的钱玄同说过:"假如一间铁屋子,是绝无窗户而万难破毁的,里面有许多熟睡的人们,不久都要闷死了,然而是从昏睡入死灭,并不感到就死的悲哀。现在你大嚷起来,惊醒了较为清醒的几个人,使这不幸的少数者来受无可挽救的临终的苦楚,你倒以为对得起他们么?"⑦这里有着对前途的悲观和宁愿个人承担的伟大精神。这种情绪在大革命失败后又曾再次浮现⑧,代表了鲁迅思想一个重要的侧面。

《过客》富于象征性和哲理性,另外两个人物也是不朽的类型。老翁是青年时代曾经前进过、后来中途停顿的代表。他害怕坟墓。此老的头脑其实是清醒的,他完全懂得道理,只是不肯牺牲,他也嘲笑自己,但无力改变局面。他劝告过客"回转去",安分守己,听天由命。在近代中国,这样的知识分子多得很。鲁迅小说中的吕纬甫(《在酒楼上》)、魏连殳(《孤独者》)、涓生(《伤逝》)诸人头脑都不糊涂,然而他们都不再往前走了。鲁迅对这样的人知之甚深,并不勉强他们,但也不赞成他们。

小女孩则是天真烂漫真挚热情的理想主义者,他们不大知道世事的艰难,只看到鲜花而看不到坟墓;鲁迅深沉地热爱他们,他本人愿意接受那么多痛苦正是为了他们的未来,所以宁可自己去奋斗牺牲,放他们到宽阔光明的地方去。

在小女孩的眼里,衣服破烂的过客很像"一个乞丐",这颇令人想起《野草》中的《求乞者》。但是过客同求乞者又很不同,他不但不接受布施,而且要去寻求"血",他要自己去争取生命的活力,获得前进的能源。同情和布施不能根本解决问题,前途要靠自己去奋斗,尽管布施者是很值得感谢的——这也是鲁迅思想一个重要的侧面。

从年龄上来看,老翁、过客、小女孩是三代人,年龄不同,态度各异,这样的情形是生活中常见的。中年人无可回避地要承担最重的责任。这也正是鲁迅一贯的思想。

散文诗写人物不同于小说,只能勾画一个大概的轮廓。同《过客》一样,他在《失掉的好地狱》《立论》《这样的战士》《聪明人和傻子和奴才》等篇中也塑造了不少令人难忘的形象,在散文诗的发展史上,这是并不多见的。

据鲁迅自己说,这篇作品在他的脑筋中酝酿了将近十年,但因想不出合适的形式,所以总是迁延着,结果虽然写出了,但对于那样的表现手法,还没有感到十分满意[9]。

《过客》的表现手法乃是象征主义,用小小的剧情指向重大的意义。鲁迅早年十分欣赏俄国作家列昂尼德·尼古拉耶维奇·安德列耶夫(1871—1921,旧译安特列夫)那种"含着严肃的现实性以及深刻和纤细,使象征印象主义与写实主义相调和……虽然很有象征印象气息,而仍然不失其现实性"[10]的路数,早在留学日本时就译过他的两个短篇:《谩》《默》,收入《域外小说集》[11],当时他还译出了他的中篇《红笑》,已经登出广告,可惜没有译完,译稿也未能保存。他后来写小说也非常注意吸收这样的营养,他第一篇白话小说《狂人日记》在融合象征与写实的方面已经取得很大的成功。而到20年代上中叶,鲁迅通过翻译日本文艺理论家厨川白村的《苦闷的象征》,更对象征主义产生了很大的兴趣,其间新作的小说《长明灯》,象征主义的气息十分浓厚,而写实的一面则有所淡化。《过客》采用的完全是象征手法,不再讲究写实。

《过客》以行人在途中作为象征的表层,有可能同匈牙利大作家裴多菲(1823—1849)的小说《绞吏之绳》有关。匈牙利文学专家、翻译家兴万生先生指出:"裴多菲的《绞吏之绳》中的主人公安陀罗奇是一个流浪者,在'沉默蜷伏之顷'的匈牙利的旷野里奔波,孤独一人,前途灰暗,朦胧中看见的却是墓园和绞刑架,听到的是乌鸦绝叫和寒风怒吼。他奔波的路上,似乎有一道光亮在远处闪烁,他朝这光亮走去,却永远也走不近这亮光处,最后终于被仇人捕捉,吊上绞架。我们从这故事情节来看,同鲁迅的《过客》相比较……鲁迅借鉴了裴多菲小说情节生动的一面,而赋予'过客'以坚定的信念,让他冲破'苦闷'的精神牢笼,奔向未来的世界。"⑫按《绞吏之绳》这部小说鲁迅很早就读过,在《摩罗诗力说》中介绍过故事的梗概,篇名他译作《缢吏之缳》⑬。1925年初鲁迅有过一阵裴多菲热,就在撰写《过客》的前不久,鲁迅翻译了裴多菲的五首诗在《语丝》上陆续发表,又在《希望》一篇中直接引用裴多菲的警句;当他撰写《过客》时想起裴多菲小说的情节来并有新的领悟,是很有可能的;当然也可能并没有什么关联,但仍有必要记录在案,以便作进一步的考察。

① 《热风·随感录六十六 生命的路》,《鲁迅全集》第1卷。
② 《呐喊·故乡》,前引书。
③ 《南腔北调集·〈自选集〉自序》,《鲁迅全集》第4卷。
④ 《华盖集·北京通信》,《鲁迅全集》第3卷。
⑤ 1924年9月24日致李秉中,《鲁迅全集》第11卷。
⑥ 1925年5月30日致许广平,前引书。
⑦ 《呐喊·自序》,《鲁迅全集》第1卷。
⑧ 详见《而已集·答有恒先生》,《鲁迅全集》第3卷。
⑨ 详见荆有麟《回忆鲁迅》,上海杂志公司1947年版,第63页。
⑩ 《〈黯淡的烟霭里〉译者附记》,《鲁迅全集》第10卷,第185页。
⑪ 到1921年,鲁迅又译出了他的两个短篇:《黯淡的烟霭里》《书籍》;此后又为青年校订过安德列耶夫剧本的译稿,并赞助出版。
⑫ 兴万生《鲁迅与裴多菲》,《鲁迅研究集刊(一)》,上海文艺出版社1979年版,第275页。
⑬ 《坟·摩罗诗力说》:"……又有小说一卷曰《缢吏之缳》,记以眷爱起争,肇生挚障,提尔尼阿遂终陷安陀罗奇之子于法。安陀罗奇失爱绝欢,庐其子垄上,一日得提尔尼阿,将杀之。而从者止之曰,敢问死与生之忧患孰大?曰,生哉!乃纵之使去;终诱其孙令自经,而其为绳,即昔日缳安陀罗奇之子之颈者也。观其首引耶和华言,意盖云厥祖罪愆,亦可报诸其苗裔,受施必报,且不嫌加甚焉。"详见《鲁迅全集》第1卷。

《死火》

《死火》作于1925年4月23日,发表于《语丝》周刊第25期(1925年5月4日),副题"野草之十二"。

水有死、活之分由来已久,人们也比较熟悉;火则当然是活的,火焰永远在变幻中——火也有死活之分乃是鲁迅的创造。

不过这"死火"也可以在中国古代找到一点渊源。《晋书·纪瞻传》里有"寒火"的提法,陆机问纪瞻"今有温泉而无寒火,其故何也?"纪瞻在回答时只讲何以有温泉,对"寒火"则含糊过去。后来古小说中往往写到鬼火,这种火"焰炽而不暖"(《太平广记》卷328引《御史台记》),发出一种黑色的光。著名的"鬼才"李贺多用奇警恢诡的诗句描写这种怪火,有所谓"鬼灯如漆点松花"(《南山田中行》),"漆炬迎新人,幽圹萤扰扰"(《感讽》其三)。鲁迅青年时代极爱读李贺,后来对他一直怀有浓厚的兴趣①。"死火"的拟象,很可能从李贺这里得到过某种启发。

鲁迅笔下的所谓"死火",据说是冰结的火,枯焦的火,它"有炎炎的形,但毫不摇动,全体冰结,像珊瑚枝;尖端还有凝固的黑烟,疑这才从火宅中出,所以枯焦"。它的特点是特别冷,能使人的指头"焦灼"。

何等神奇的想象啊。

死火是活火遭到冰冻形成的,一旦它得到足够的热量,就将复活。一团被人遗弃而久在冰谷中的死火遇到了"我",因"我"温热而惊醒,而复活,于是"喷出一缕黑烟,上升如铁线蛇",重新燃烧,并迅速与聚集在一起的猛火("大火聚")会合。这同样神奇,但颇合于逻辑。

唯其燃烧,很容易烧完,走向灭亡;而如果它不复活,将被冻灭,同样是死亡。它的选择是与其冻灭,不如烧完,所以它要求我将它带出冰谷。

与其冻灭,不如烧完,这正是鲁迅此时的心声。人总是要死的,因此问题只在于人生的长途怎么走。这就是他在文章里说过的"我只很确切地知道一个终点,就是:坟。然而这是大家都知道的,无须谁指引,问题是在从此到那的道路"②。鲁迅青年时代是充满革命热情的,特别是在日本的那几年,斗志极其旺盛,战绩也很辉煌,真像是一团火;可是到辛亥革命失败以后直到参加五四新文化运动之前,他迫于环境却把高昂的热情埋在心里,"用了种种法,来麻醉自己的灵魂,使我沉入于国民中,使我回到古代去","再没有青年时候的慷慨激昂的意思了"③。鲁迅沉默了好几年,而内心之火未灭——这不正像是一团"死火"吗?如果有人欲写鲁迅的文学传记,叙述鲁迅这一段历史,径用《死火》为章节的标题,似乎很合适。

五四新文化运动起来之际,鲁迅在形势的鼓舞和朋友的推动下奋起呐喊④,大写小说和杂文,从此一发而不可收,情形又正如死火之复活。鲁迅后来说,他此时"拿笔的开始,是在应朋友的要求。不过大约心里原也藏着一点不平,因此动起笔来,每不免露些愤言激语,近于鼓动青年的样子"⑤。这时鲁迅并非才开始燃烧,而是死火复燃。这时他大声疾呼:"愿中国青年都摆脱冷气,只是向上走,不必听自暴自弃者流的话。能做事的做事,能发声的发声。有一分热,发一分光"⑥。这一段话其实正有他自己的切身体会在内。摆脱冷气,发热发光,不正是要做一团活火吗?

鲁迅早在五四高潮期就曾写过一篇《火的冰》(原载《国民公报》1919年8月19日"新文艺"栏),即写一种内热外冷的结了冰的火,其文乃是《野草·死火》的雏形:

> 流动的火,是熔化的珊瑚么?
> 　中间有些绿白,像珊瑚的心,浑身通红,像珊瑚的肉,外层带些黑,是珊瑚焦了。
> 　好是好呵,可惜拿了要烫手。
> 　遇着说不出的冷,火便结了冰了。
> 　中间有些绿白,像珊瑚的心,浑身通红,像珊瑚的肉,外层带些黑,也还是珊瑚焦了。
> 　好是好呵,可惜拿了便要火烫一般的冰手。
> 　火,火的冰,人们没奈何他,他自己也苦么?
> 　唉,火的冰。
> 　唉,唉,火的冰的人!

所谓"火的冰的人",可以说正是呐喊之前鲁迅本人的写照。"他自己也苦么?"正是他反躬自问,那时鲁迅刚刚奋起复燃,反观前几年自己的心境,不禁忽发此问。《火的冰》没有写到复燃,到1925年他写《死火》的时候,已经在新文化运动中奋斗了多年,这才写复燃,于此颇可考见他的谦虚谨慎。鲁迅一向干得多,说得少,干了很多以后才简单地总结回顾一下。他后来写散文诗《这样的战士》,情形也是如此。

《死火》末尾写到复燃的死火不惜将自己烧完,这种近于"与汝偕亡"的激情也是到1925年顷才有的,五四时代尚无此种心情;这应当是《死火》比《火的冰》更复杂更深刻的原因之一,不单是艺术上的踵事增华而已。

① 鲁迅自称"年轻时候较爱读唐朝李贺的诗"(1935年1月17日致山本初枝的信),所谓年轻时不仅指学生时代。1911年1月2日鲁迅在绍兴任教时写信给在北京的老朋友许寿裳说:"吾乡书肆,几于绝无古书,中国文章,其将殒落,闻北京琉璃厂颇有典籍,想当如是,曾一览否? 李长吉诗集除王琦注本外,当有别本,北京可能搜得? 如有而直(值)不昂,希为致一二种。"看来鲁迅其时打算研究李贺。按今有《李贺研究资料》(陈治国编撰,北京师范大学出版社1983年版)一书,取材宏富,采辑甚广,第五部分"书刊文摘"尤为编者致力之处,为研究者提供了很大的方便。其中有鲁迅关于李贺的评论五则,今按尚可补充一则,见于鲁迅1934年12月11日致曹聚仁的信:"记得前信说心情有些改变,这是一个人常有的事情。长吉诗云'心事如波涛',说得很真切。其实有时候虽像改变,却非改变的,起伏而已。"关于这句诗,16卷本《全集》注云"语见《中胡子觱篥歌》。"按"中"字误排,当作"申"字。申胡子,据李贺诗序,乃朔客李氏之苍头。朔客与李贺对舍于长安崇义里,一道喝酒,他喝了一通以后说:"李长吉,尔徒能作长调,不能作五言歌诗!"李贺遂即席赋《申胡子觱篥歌》,诗中形容自己听到觱篥(即筚管)以后"心事如波涛,中坐时时惊"。这两句比喻切当,给鲁迅很深的印象,以至随手加以引用,且有所评论和发挥。"心事如波涛"这句诗,鲁迅在1934年12月17日写的《病后杂谈之余》一文中曾再次引用,借以形容自己早年对"长毛"(太平军)态度的变化。

② 《坟·写在〈坟〉后面》,《鲁迅全集》第1卷。
③ 《呐喊·自序》,《鲁迅全集》第1卷。
④ 《呐喊·自序》特别提到金心异即钱玄同对自己的劝告鼓舞。钱玄同对新文

化运动的贡献似未得到足够的估价。周作人说:"民国以来号称思想革命,而实亦殊少成绩,所知者蔡孑民钱玄同二先生可当其选,但多未著之笔墨,清言既绝,亦复无可征考,所可痛惜也"(《我的杂学》,《苦口甘口》,河北教育出版社2002年版,第64页)。仅就动员鲁迅出来呐喊一端而言,钱氏之功已可不朽。

⑤ 《三闲集·通信》,《鲁迅全集》第4卷。

⑥ 《热风·随感录四十一》,《鲁迅全集》第1卷。

《狗的驳诘》

《狗的驳诘》作于1925年4月23日,稍后作为"野草之十三"发表于《语丝》周刊第25期(1925年5月4日),本篇在全部《野草》中篇幅最短。

《狗的驳诘》写一梦境,而实为寓言,并且是最为常见的动物寓言。

一般地说,寓言是些含义深长甚至富有哲理意味的小故事。在寓言里普遍性通过具体而简捷的比拟得到表达,形成一种全局性的象征,或者用美国学者威尔赖特(1901—1970)的话来说,"从始至终系统地用象征"①。撰写寓言总是会主题先行,作者从某一抽象泛的概念出发去寻求适当的具体形象以至细节。中国历史上寓言的高手是先秦诸子,庄子和韩非尤为杰出。鲁迅是诗人型的思想家,并且特别熟于庄、韩的著作②,因此当他来写散文诗的时候,就容易倾向于寓言,他先前的一组散文诗《自言自语》中就既有《螃蟹》那样的动物寓言,也有《波儿》那样的人物寓言,《火的冰》与《古城》也都富有寓言的意味;到了写《野草》之时,鲁迅的寓言艺术更达到炉火纯青的境界。

在梦中"我"与狗有一段对话,人斥狗势利,而狗反唇相讥,说是"愧不如人",因为人更加势利。这样写显然流露了鲁迅很深的感慨,隐含着鲁迅对"国民性"的批判。人是会根据人的身份——官民、主奴、尊卑、大小、上下——分别给予不同的对待的,"势利眼"非常多见,不是那个处境已经很困难的阿Q也会卑视王胡,欺负小D吗?于是"我"在听到狗的驳诘以后就逃走了。

因为是寓言,只好点到即止;在别的文章里,鲁迅指出过"势利眼"的病根在于中国古代长期实行的等级制,"天有十日,人有十等"(《左传》昭公七年),层层压制,等级森严,"自己被人凌虐,但也可以凌虐别人;自己被人吃,但也可以吃别人。一级一级的制驭着,不能动弹,也不想动弹了"③——这就是鲁迅在《灯下漫笔》中的深刻分析,该文作于1925年4月29日,比《狗的驳诘》晚一个星期,意思完全相通,最能互相印证。

到当年5月下旬鲁迅又写道:"在我自己,总仿佛觉得我们人人之间各有一道高墙,将各个分离,使大家的心无从相印。这就是我们古代的聪明人,即所谓圣贤,将人们分成十等,说是高下各不相同。其名目现在虽然不用了,但那鬼魂却依然存在,并且,变本加厉……"④,他仍在继续思考等级制不散的阴魂及其深远的流毒,也同样足以与《狗的驳诘》互相印证。

总之,1925年春夏之际,鲁迅集中地思考中国国民性的弱点,从等级制这一历史渊源挖掘病态社会心理的根子,寻求治疗的方法。《狗的驳诘》这篇寓言无非是用一种奇警恢诡的方式,写出他思考的重要成果,给人们一个当头棒喝。联系他这一时段的杂文随笔看去,这篇散文诗的象下之意是不难追寻的。

动物寓言作为寓言的古老形态具有高度的朴素性,一般只能表达比较简单(当然可能非常深刻)的意思。《狗的驳诘》也不免是如此,而它同古代动物寓言有所不同的是,这里很有点荒诞的色彩,讽世的意味特别明显,带有某种现代性。后来冯雪峰的作品,如《真实之歌》《雪峰寓言》等颇有类似的情形,看来是继承了鲁迅的衣钵。

黑格尔关于动物寓言有一段著名的结论："人们对于这类寓言都习以为常地首先想到道德教训,所叙事件本身只是一种外衣,只是为了阐明教训而完全虚构出来的。但是这种外衣,特别是在所叙事件不符合动物本性的时候,是最枯燥无味的毫无意义的作品。因为寓言的巧妙在于把寻常现成的东西表现得具有不能立即察觉的普遍意义"[⑤]。狗这东西一般认为是最势利的,拿它来对人进行驳诘,最能产生强烈的效果。普遍意义与具体形象天然凑泊,而又如此简短,其实是很不容易写的。

歌德关于寓言也有一段精彩的论述："诗人或者从普遍概念出发,然后寻找适当的细节;或者从细节里看出它的普遍概念来。二者有极大的区别,前一个方法产生了寓言。寓言里面的细节只能充当例子,只能充当普遍概念的榜样。二者相形之下,是后一个方法表达了诗的真正本质。这个方法在写出细节的同时,并不单独地想到或说到典型,可是它抓住了细节的生动之处,隐隐把典型也一起抓住了。"[⑥]这两种创作的路径在《野草》里同时存在,例如其中的第一篇《秋夜》就是"从细节里看出它的普遍概念来",《雪》《风筝》《腊叶》等篇也是如此,创作的感兴来自生活;而《狗的驳诘》以及《复仇》《聪明人和傻子和奴才》则采用寓言的路径。这两种方法其实也很难定其高下,从普遍概念出发,然后寻找适当的细节,如果找得好,作者平素的积累足以让他找得好,也可以写出很好的作品来。鲁迅的小说创作中,也是两种路径并存的。

《狗的驳诘》讽刺的矛头指向势利的世俗社会,而提出讽刺的却是一般被认为很势利的狗。这样的章法很可能是从明代文学家刘基(1311—1375)那篇著名的寓言《卖柑者言》而来。

《卖柑者言》一文的着力处全在中段,为了回答买柑者的责难,卖柑者用愤激的言辞指出,世界上"金玉其外,败絮其中"的东西多得很,自己卖一点这样的柑子,简直就不算一回事。作者的本意是想指出,当时那些居于庙堂之上者都是些徒有其表的家伙,但这一层意思没有也不便直接道出,而是通过一个卖柑者为自己辩护、反诘顾客时带出来的,显得曲折有致,给读者留下深刻的印象。《狗的驳诘》也采用这种正意而以反诘出之的办法,那自称"愧不如人"的狗侃侃而谈道——

> 我惭愧:我终于还不知道分别铜和银;还不知道分别布和绸;还不知道分别官和民;还不知道分别主和奴;还不知道……

这狗在文章中的作用相当于刘基笔下的卖柑者。鲁迅的拟古真可谓去粗取精,遗貌用神,臻于化境了。

---

① 《燃烧的源泉》,转引自《外国理论家作家论形象思维》,中国社会科学出版社1979年版,第207页。

② 《坟·写在〈坟〉后面》:"自己却正苦于背了这些古老的鬼魂,摆脱不开,时常感到一种使人气闷的沉重。就是思想上,也何尝不中些庄周韩非的毒,时而很随便,时而很峻急。孔孟的书我读得最早,最熟,然而倒似乎和我不相干。"详见《鲁迅全集》第1卷。

③ 《坟·灯下漫笔》,前引书。

④ 《集外集·俄文译本〈阿Q正传〉序及著者自叙传略》,《鲁迅全集》第7卷。

⑤ 《美学》(朱光潜译)第二卷,商务印书馆1979年版,第109页。

⑥ 转引自《外国理论家作家论形象思维》,中国社会科学出版社1979年版,第207页。

《失掉的好地狱》

《失掉的好地狱》作于1925年6月16日,稍后发表于《语丝》周刊第32期(1925年6月22日),副题"野草之十四"。

本篇同《野草》中不少篇什一样写梦境,大部分篇幅记一个"魔鬼"的话,这"魔鬼"说他统治下的地狱是一个"好地狱",如果一旦"人类"战胜了魔鬼,"那威棱且在魔鬼之上",地狱里的鬼魂将更加不幸云云。

曾经有一种流行的意见,认为这里的"魔鬼"喻指北洋军阀,而"人类"则指国民党新军阀。"对于当时已开始和北洋军阀在争夺这地狱的统治权的国民党反动派,作者也预感到将来他们的统治不会比北洋军阀更好。这预感是惊人的!"[①]"通过人战胜了魔鬼,整顿废弛了的地狱,而鬼魂们则更受难的故事,预示国民党新军阀得势之后会对人民施行更为残酷的迫害"[②]。

这样的解说是很难理解的。当时北伐尚未正式开始,国民党的蜕化也并不明显,鲁迅并非能够先知的神灵,他如何能够预料此后国民党新军阀的统治将比北洋军阀更加严酷?不要说此时,就是到了一年多以后鲁迅在厦门时,也还是对北伐的顺利进展表示欢欣鼓舞,在其时致许广平的信中一再提到;只有到达广州以后,鲁迅才对国民党右派有所认识,但他也没有预料到他们会那样快地背叛革命,下那样的毒手屠杀共产党人和革命群众。所以鲁迅说"我漂流了两省,幻梦醒了不少"③;又说自己对于广州,"抱着梦幻而来,一遇实际,便被从梦境放逐了,不过剩下些索漠"④。到1932年鲁迅在《两地书》的序言中又说到自己对北伐的"欢欣鼓舞之词,从现在看起来,大抵成了梦呓了",而其原因则在于"我们当日居漫天幕中,幽明莫辨……一遇到推测天下大事,便不免糊涂得很"⑤。鲁迅何等实事求是,他并不曾说过自己有什么先知之明。

上述流行的看法不仅同鲁迅的传记材料大有冲突,而且不合于《失掉的好地狱》本身的逻辑。当那个魔鬼大谈"人类"一旦统治了地狱以后何等可怕,"人类的成功,是鬼魂的不幸"等等之后,接着又说:"朋友,你在怀疑我了。是的,你是人!我且去寻野兽和恶魔。"可知文章中正在做梦的"我"正是魔鬼并不信任的人类之一。既然如此,"人类"怎么会喻指比魔鬼更坏的东西呢?本篇的中心是揭露魔鬼——魔鬼的话怎么可以照单全收?

《野草》中有十多篇用第一人称来写,这些"我"基本上均可看作是作者本人或其化身。"我"属于人类,站在魔鬼的对立面。

魔鬼把他所统治的地方称为"好地狱"本来就是欺人之谈。鲁迅认为当下的中国乃是真正的地狱,所以他说"我眼前总充塞着重迭的黑云,其中有故鬼,新鬼,游魂,牛首阿旁,畜生,化生,大叫唤,无叫唤,使我不堪闻见"⑥。鲁迅后来又说自己的《野草》"大半是废弛的地狱边沿的惨白色小花",可以说,正是这样惨白小花教育着鬼魂们"记起人世,默想至不知几多年,遂同时向着人间,发一声反狱的绝叫"。鲁迅的散文诗是鼓舞人们奋起革命的,而在魔鬼看来,一旦人类和鬼魂们互相呼应,魔鬼就将失败,出走,面临这样的危险,他们摇身一变,竟然装出一副"可怜的鬼魂们"的同情者的面目,而他们的花言巧语不过是为了维护自己的权利罢了。魔鬼不仅凶恶,而且伪善。

魔鬼把"地狱门上也竖了人类的旌旗"以后形容得十分可怕,此时连先前尚可在废弛的地狱边沿开着惨白色的小花——曼陀罗花也将"立即焦枯了"。这是恐吓文章中正在做梦的"我",让他不要站在鬼魂和人类的一边;然而这是徒劳的,所以魔鬼最后说:"朋友,你在猜疑我了。是的,你是人!我且去寻野兽和恶鬼……。"

这里除了反映魔鬼的伪善以外,可能也流露了鲁迅对于革命的另一种思考。革命前的理想在革命成功之后未必能够完全实现,而且也很可能出现新的严重的局面。魔鬼所说的一旦"人类"战胜了魔鬼,"那威棱且在魔鬼之上",地狱里的鬼魂将更加不幸,旧时代的文艺也将不能存在,这些情形是完全可能产生的,清醒的人们精神上对此应有所准备。

旧的地狱垮台以后情形未必更好,这样一层意思大约代表了鲁迅的某种思考。鲁迅1925年4月发表的一则杂感中说过:"称为神的和称为魔的战斗了,并非争夺天国,而在要得地狱的统治权。所以无论谁胜,地狱至今也还是照样的地狱。"⑦革命成功以后,鬼魂们的日子可能还是不大好过,文艺界的情形尤其如此。鲁迅后来说:

> 文艺和革命原不是相反的,两者之间,倒有不安于现状的同一。唯政治是要维持现状,自然和不安于现状的文艺处在不同的方向……
>
> 文艺催促旧的渐渐消灭的也是革命(旧的消灭,新的才能产生),而文学家的命运并不因自己参加过革命而有一样改变,还是处处碰钉子……苏俄革命以前,有两个文学家,叶遂宁和梭波里,他们都讴歌过革命,直到后来,他们还是碰死在自己所讴歌希望的现实碑上,那时,苏维埃是成立了!⑧

但是这并不能成为取消革命、维持现状的理由。当务之急仍然是必须推翻当下这样的地狱，以后的事情到时候再说。

鲁迅后来解释说，自己的作品"也可以说，大半是废弛的地狱边沿的惨白色小花，当然不会美丽。但这地狱也必须失掉。这是由几个有雄辩和辣手，而那时还未得志的英雄们的脸色和语气所告诉我的。我于是作《失掉的好地狱》"⑨。此意颇近于鲁迅稍后所说的"凡对于时弊的攻击，文字须与时弊同时灭亡，因为这正如白血轮之酿成疮疖一般，倘非自身也被排除，则当它的生命的存留中，也即证明着病菌尚在"⑩。让自己的小花焦枯灭亡，鲁迅并不担心。鲁迅一向希望自己的作品"速朽"而非"不朽"。攻击时弊的文字如果不朽，那才是最糟糕的事情。

鲁迅所说的"几个有雄辩和辣手，而那时还未得志的英雄们"具体究竟何所指，是一个尚待探究的问题。我疑心其中应包括属于"狂飙社"的人们，他们标榜"以虚无为实有，而又反抗这实有的"，认为自己的作品乃是"黑沉沉的暗夜里"的"微弱的呼唤"，相信由此可以"生出伟大的结果"⑪，因而具有永恒的价值。鲁迅不指望什么伟大和不朽，只要能产生一些作用就好。

① 李何林《鲁迅〈野草〉注解》，陕西人民出版社1973年版，第134页。
② 《鲁迅年谱》上册，安徽人民出版社1979年版，第263页。
③ 1927年9月19日致翟永坤，《鲁迅全集》第11卷。
④ 《三闲集·在钟楼上》，《鲁迅全集》第4卷。
⑤ 《两地书·序言》，《鲁迅全集》第11卷。

⑥ 《华盖集·"碰壁"之后》,《鲁迅全集》第3卷。按本文写于1925年5月21日。
⑦ 《集外集·杂语》,《鲁迅全集》第7卷。
⑧ 《集外集·文艺与政治的歧途》,前引书。
⑨ 《二心集·〈野草〉英文译本序》,《鲁迅全集》第4卷。
⑩ 《热风·题记》,《鲁迅全集》第1卷。
⑪ 《狂飙周刊宣言》,《京报副刊》1925年3月1日。

《墓碣文》

"野草之十五"《墓碣文》作于1925年6月17日,发表于《语丝》周刊第32期(1925年6月22日)。作者在文中通过一个梦境,描写了墓中人内心的虚无与灰暗,以及意欲认识和摆脱这种心境而不能的焦灼和痛楚。最后以"我疾走,不敢反顾"来表示对这种思想情绪的否定。它在一定程度上表现了作者当时深刻的思想苦闷和严格进行自我解剖的精神。

此文分为三个部分:第一部分写"我"在梦中所见到的墓碣正面的刻辞;第二部分写绕到碣后,所见之阴面残存的文句;第三部分是看完以后墓中的死尸忽然坐起说话,于是"我"赶紧逃走——

> 我就要离开。而死尸已在坟中坐起,口唇不动,然而说——
> "待我成尘时,你将见我的微笑!"
> 我疾走,不敢反顾,生怕看见他的追随。

文中的"我"固然是作者,而那"胸腹俱破,中无心肝"的死尸也代表作者,是作者的旧我,因此,那墓碣文乃是鲁迅用曲折奇特的手法对自己思想的剖析。这种扑朔迷离的写法,在散文诗中比较多见,在《野草》中也多有其例,如《死火》是用第一人称写的,而其中的"死火"

也代表鲁迅;又如《腊叶》也用第一人称来写,而其中的病叶正是鲁迅的自况。

这篇散文诗的线索一般地来说是一个正—反—合的关系,墓碣正面的刻辞代表鲁迅思想中比较积极的一面,而那阴面的文句则代表比较消极的一面,这两个方面难以完全分割。"我"在看到阴面残存的文句并听到死尸的一句话以后弃而还走,则表明鲁迅急于抛弃那些现在自以为非的思想。

墓碣正面的刻辞有两段,其一:"于浩歌狂热之际中寒;于天上看见深渊。于一切眼中看见无所有;于无所希望中得救。"这大约是说鲁迅自己的一贯风格。

"于浩歌狂热之际中寒,于天上看见深渊。"这是说自有所见,有一种反潮流的精神。鲁迅说过,真的文学大家"会在万籁无声时大呼,也会在金鼓喧阗中沉默"①。跟风起舞,从众表态,是相当无聊的事情。

"于一切眼中看见无所有;于无所希望中得救",是说敢于直面现实,决不作自欺欺人之想。鲁迅针对五卅惨案写道——

> 中国的精神文明,早被枪炮打败了,经过了许多经验,已经要证明所有的还是一无所有。讳言这"一无所有",自然可以聊以自慰;倘更铺排得好听一点,还可以寒天烘火炉一样,使人舒服得要打盹儿。但那报应是永远无药可医,一切牺牲全都白费,因为在大家打着盹儿的时候,狐鬼反将牺牲吃尽,更加肥胖了。

> 大概,人必须从此有记性,观四向而听八方,将先前一切自欺欺人的希望之谈全都扫除,将无论是谁的自欺欺人的假面全都撕掉,将无论是谁的自欺欺人的手段全都排斥,总而言之,就

是将华夏传统的所有小巧的玩意儿全都放掉,倒去屈尊学学枪击我们的洋鬼子,这才可望有新的希望的萌芽。②

鲁迅敢于彻底否定自欺欺人而不抱任何幻想。鲁迅过去常常有一种进化论式的希望,以此来鼓励别人,支持自己,现在由于事实的教训,他日甚一日地看出了这也是空虚的,是一种"没奈何的自欺的希望"(《野草·希望》)。"于无所希望中得救"就是要从这种没有用处的自我安慰中走出来,脚踏实地地来实行战斗和改革。

墓碣正面另外一句刻辞是"有一游魂,化为长蛇,口有毒牙。不以啮人,自啮其身,终以殒颠",说的是必须严格地解剖自己,自己击中自己的要害。鲁迅历来希望有人来分析批判自己,狙击自己,而始终未遇这样的知音,不免有些寂寞和悲哀;于是只好自己动手来作无情的剖析了。

以上这些都是鲁迅本人予以肯定的正面的思想。

墓碣背面的文字意向相反,是说自己解剖自己是行不通的:"抉心自食,欲知本味。创痛酷烈,本味何能知?""痛定之后,徐徐食之。然其心已陈旧,本味又何由知?""抉心自食"是一比喻性的说法,近于他后来所说的"煮自己的肉"③;这一段刻辞说,解剖自己不但很痛苦,而且不可能做到准确,因为抉心时已经非常痛苦,创痛酷烈,无暇来细细品味自己,而痛定之后,事过境迁,也谈不上什么"本味"了。把这两条加起来,则须否定自我解剖一事。这种思想与正面的意见针锋相对,当是鲁迅所不取的。鲁迅深知自己也有骄傲和玩世不恭的毛病,剖析自己不够彻底,想除去灵魂里的毒气和鬼气而不能。

鲁迅既坦白而又不够坦白,既严于解剖自己而又有所遮蔽,既想启群众之蒙而又怕群众中了自己的毒——前期鲁迅在这样纠结痛苦的状态中过了许多年。1924年9月24日他在致李秉中的信中详细说到过这一层意思;到1925年5月30日又在致许广平的信中写道:"我的反抗,却不过是与黑暗捣乱……我是诅咒'人间苦'而不嫌恶'死'的,因为'苦'可以设法减轻而'死'是必然的事,虽曰'尽头',也不足悲哀。""其实,我的意见原也一时不容易了然,因为其中本含有许多矛盾,教我自己说,或者是人道主义与个人主义这两种思想的消长起伏罢。所以我忽而爱人,忽而憎人;做事的时候,有时确为别人,有时却为自己玩玩,有时则竟因为希望生命从速消磨,所以故意拼命的做。"④

"死"是鲁迅1925—1926年间经常考虑的问题,从哲理的角度来看,一个人的死是早晚要发生的事情,问题在于如何走人生的长途。《过客》是鲁迅对这问题的思考和回答;《坟》的序跋也是对这问题的回答,他写道:人生的终点必然是坟,没有什么好多谈的,"问题是在从此到那的道路。那当然不止一条,我可正不知那一条好,虽然至今有时也还在寻求。在寻求中,我就怕我未熟的果实偏偏毒死了偏爱我的果实的人,而憎恶我的东西如所谓正人君子也者偏偏都矍铄,所以我说话常不免含胡,中止,心里想:对于偏爱我的读者的赠献,或者最好倒不如是一个'无所有'"。鲁迅介绍自己的矛盾心情道:因为"怕于读者有害",作文时"顾忌并不少",唯恐毒害了青年。"但也偶尔想,其实倒还是毫无顾忌地说话,对得起这样的青年"。有所顾忌的原因是鲁迅虽严于解剖自己,而仍然不大敢"全露出我血肉来",而他是很想把心里的话全说出来的:"我的确时时解剖别人,然而更多的是更无情面地解剖我自己,发表一点,酷爱温暖的人物已经觉得冷酷了,如果全露出我的血肉来,末路正不知要到怎样。我有时也想就此驱除旁人,到那时还不唾弃我的,即使是枭蛇鬼怪,也是我的朋友,这才真是我的朋友。"⑤

　　了解鲁迅这种心情,便可以进一步体会墓碣正反两面刻辞的意义,从而也就了解那两个"离开"的含义了。义无反顾地向旧社会进行坚决的斗争,彻底砸烂那黑色的染缸,鲁迅虽九死其犹未悔,但他不大敢指导青年,更不愿意青年陷入自己的处境,这应当是墓碣正面"离开"的意思。这是鲁迅唯恐自己不正确而又富于人道主义的表现。墓碣背面要求回答"本味何能知"的问题:"答我。否则,离开!"对于这样十分困难的问题,"我"一时还解决不了——鲁迅当时还不能解决思想上的矛盾,他写《墓碣文》正是要暴露这一问题。

　　最后迫使"我"急忙离开的是死尸口唇不动说出的一句话:"待我成尘时,你将见我的微笑!"成尘而微笑乃是不改初衷坚持到底的意思。"我"显然不大赞成"死尸"这种自以为是、不求进取的态度。"我"大约如同《过客》中的过客那样,要不断地前进,一面解剖自己,一面探索前行。《墓碣文》的主题恰如他早年说过的一句话:"求索而无止期,猛进而不退转"⑥。"我"见了墓碣正面的刻辞并不反感,而见到背面的话却"疾走,不敢反顾,生怕看见他的追随",正是作者的点题之笔。

---

　　①② 《华盖集·忽然想到(十一)》,《鲁迅全集》第3卷。按,此篇作于1925年6月18日,即撰写《墓碣文》之次日,最可与《墓碣文》互证。

　　③ 《二心集·"硬译"与"文学的阶级性"》,《鲁迅全集》第4卷。

　　④ 《两地书·鲁迅1925年5月30日致许广平》,《鲁迅全集》第11卷。

　　⑤ 《坟·写在〈坟〉后面》,《鲁迅全集》第1卷。

　　⑥ 《坟·摩罗诗力说》,前引书。

《颓败线的颤动》

《颓败线的颤动》作于1925年6月29日,发表于《语丝》周刊第35期(1926年7月13日),副题"野草之十六"。

1925年6月13日鲁迅在致许广平的信中发了这样一段牢骚:"我明知道几个人做事,真出于'为天下'是很少的。但人于现状,总该有点不平,反抗,改良的意思。只这一点共同目的,便可以合作。即使含些'利用'的私心也不妨,利用别人,又给别人做点事,说得好看一点,就是'互助'。但是,我总是'罪孽深重,祸延'自己,每每终于发见纯粹的利用,连'互'字也安不上,被用之后,只剩下耗了气力的自己一个。有时候,他还要反而骂你;不骂你,还要你谢他的洪恩。我的时常无聊,就是为此,但我还能将一切忘却,休息一时之后,从新再来,即使明知道后来的运命未必会胜于过去。"[①]半个月以后他写散文诗《颓败线的颤动》,其创作的感兴大约就从这里来,但拟象奇特,并且全然是梦境。

这里的"我"可以看作是鲁迅本人。《野草》中有一大半篇什用了第一人称来写,其中有些明显地就是作者本人,例如《秋夜》《希望》《风筝》《好的故事》《一觉》等篇;另外一些有本人的影子,如《我的失恋》,那里面打算送给爱人的几种东西(猫头鹰、赤练蛇、发汗药、冰糖葫芦)据说都是鲁迅本人喜欢的。几篇寓言式的作品如《求乞者》以及《影的告别》《狗的驳诘》中的"我"也都代表鲁迅的某一方面。还有一些篇章则写我的梦境,如《颓败线的颤动》《立论》和《死后》。

《颓败线的颤动》可以分为前后两部分。前一段写一个小妇人为了解除饥饿、养活女儿不得已而出卖肉体。文章用隐晦曲折的笔墨写她"瘦弱渺小的身躯,为饥饿,苦痛,惊异,羞辱,欢欣而颤动。弛缓,然而尚且丰腴的皮肤光润了;青白的两颊泛出轻红,如铅上涂了胭脂水"。而这只是为了"我们今天有吃的了"——这是何等惨痛的欢愉。从爱出发的自我牺牲就这样被黑暗的社会完全扭曲了。

后一段写几十年后,小妇人衰老了,她的女儿结婚了,生了一群小孩子。可是这时女儿、女婿甚至外孙都用怨恨和鄙夷,用冷骂和毒笑来对待这垂老的老人,使她在家里不能安住。于是她出走到无边的荒野,赤身露体地站在荒野的中心,用无词的言语来诅咒这世间的不平和人心的凉薄,"当她说出无词的言语时,她那伟大如石像,然而已经荒废的,颓败的身躯的全面都颤动了。这颤动点点如鱼鳞,每一鳞都起伏如沸水在烈火上;空中也即刻一同振颤,仿佛暴风雨中的荒海的波涛。"这时的颤动已经不是她当年为了亲子之爱而甘受侮辱和损害时那种屈辱的颤动,而是向着社会发出悲愤的抗议的颤动。一个曾经不得不苟活的老人变得粗暴了,她的力量是巨大的,这样的颤动"辐射若太阳光,使空中的波涛立刻回旋,如遭飓风,汹涌奔腾于无边的荒野"。

这其实乃是鲁迅本人为帮助别人耗尽自己的力气而反遭恶骂的曲折反映,是他因情绪不宁时内心的偶一颤动。

当然,鲁迅的风格同他笔下的人物完全不同,鲁迅会忘却自己的挨骂,"休息一时之后,从新再来";鲁迅帮助青年不遗余力,不图报答;只要对社会有利,他不计个人的得失,他的胸怀要博大得多。他写这颓败线的颤动无非是借此释愤抒情,这也就是他的一种"休息"了。

也正因为如此,鲁迅将这妇人的两段故事写成是自己的一场噩梦,是睡觉时"将手搁在胸脯上了的缘故"。鲁迅说他"用尽平生之力,要将这十分沉重的手移开"。他本人在好心不得好报却遭到恶骂以后,竭力把自己的气愤压下去,是要用尽平生之力的。从这里人们可以看到鲁迅的性格,看出他深厚的修养,也看到他因进化论思想带来的无从言说的悲哀。

后来当鲁迅遭到高长虹的攻击和辱骂时,起先也曾经竭力压住自己的火气,希望息事宁人,而他心中亦未尝不翻腾过"眷念与决绝,爱抚与复仇,养育与歼除,祝福与咒诅";但鲁迅终于爆发了,他觉得应当反击,这才有利于世道人心。因此有新编的故事《奔月》之作。联系这一段后事,人们可以对《颓败线的颤动》有更多的理解。

---

① 《两地书》,《鲁迅全集》第11卷。

《立论》

"野草之十七"《立论》作于1925年7月8日,与《颓败线的颤动》一起发表于《语丝》周刊第35期(1925年7月13日)。

立论就是针对某事建立自己的论点,发表自己的看法。应当怎样立论?鲁迅主张"率性而言,凭心立论"①。可惜世界上这样的人往往会遭到打击,因此并不甚多,特别是碰上与自己的利益直接相关的时候尤其是如此。

《立论》中的老师用一个极端的例子说明世界上往往"说谎的得好报,说必然的遭打";如果既想不说谎,又不想挨打,就只好含含糊糊,打一些干哈哈,人家抱出满月的孩子来,你最好这样说:"啊呀!这孩子呵!您瞧!多么……。阿唷!哈哈!Hehe!he,hehehehe!"

这就是所谓人情世故:遇到切要的事情,不明确表示任何态度,不得罪任何人,所以也不负任何责任,没有任何后遗症。

很多人包括我们自己都干过这样的事情。

这样滑头的作风固然有个人的问题,而更多的还是社会的责任——是非不明,说真话的会倒霉,说假话的反得意,如果不愿意说假话,也不想吃眼前亏,明哲保身,那么就只好"持中",不偏不倚,不左不右,不公开说出是非,这样或者可以比较平安地混下去。

鲁迅对这种社会弊病了解得很深,剖析得很透,曾在杂文中对此痛加针砭,其中也包括自我批评。例如在《说胡须》一文中,鲁迅根据武梁祠等处的古代的画像指出,中国古代人上唇的胡须本来是向上翘的,元代以后受蒙古风俗的影响才改为下垂。这本来是很有道理的②,但一般没有历史知识的人却认为中国人的胡须一向下垂,向上翘乃是洋派。在鲁迅等一行人到西安讲学游历孔庙的时候,参观者就胡须的式样有一段议论,当时看到一位宋代皇帝的肖像画,有人武断地说这样胡子向上翘的画像一定是日本人伪造的。鲁迅不屑与之论理,他写道:

> 我当时就想争辩,但我即刻又不想争辩了。留学德国的爱国者X君,——因为我忘记了他的名字,姑且以X代之,——不是说我的毁谤中国,是因为娶了日本女人,所以替他们宣传本国的坏处么?我先前不过单举几样中国的缺点,尚且要带累"贱内"改了国籍,何况现在是有关日本的问题?好在即使宋太祖或什么宗的胡子蒙些不白之冤,也不至于就有洪水,就有地震,有什么大相干。我于是连连点头,说道:"唵,唵,对啦。"因为我实在比先前似乎油滑得多了,——好了。③

在实际生活中遇到这等不甚相干的问题,鲁迅也颇有世故;而将这些暴露出来,加以分析,则又表现了他求真务实的态度。

鲁迅又曾分析中国人的"持中"道:

> 夫近乎"持中"的态度大概有二:一者"非彼即此",二者"可彼可此"也。前者是无主意……后者则是"骑墙",或是极巧妙的"随风倒"了,然而在中国最得法,所以中国人的"持中"大概是这个。④

"随风倒"与打哈哈同为不负责任的妙法。鲁迅历来提倡实事求是,敢说敢当。到1935年,他更一连写了七篇论"文人相轻"的文章,指出应当有明确的是非,热烈的爱憎。鲁迅说,全然没有是非之心其实是不可能的,庄子说的"彼亦一是非,此亦一是非","记住了来作危急之际的护身符,似乎也不失为漂亮。然而这是只可暂时口说,难以永远实行的……就是庄生自己,不也在《天下篇》里,历举了别人的缺失,以他的'无是非'轻了一切'有所是非'的言行吗?要不然,一部《庄子》,只要'今天天气哈哈哈……'七个字就写完了"⑤。

讲到文艺创作,鲁迅也一向提倡说真话,反对瞒和骗,反对打哈哈。他在1925年7月22日的一篇文章中写道:"中国人的不敢正视各方面,用瞒和骗,造出奇妙的逃路来,而自以为正路,在这路上,就证明着国民性的怯弱,懒惰,而又巧滑……中国人向来因为不敢正视人生,只好瞒和骗,由此也生出瞒和骗的文艺来,由这文艺,更令中国人更深地陷入瞒和骗的大泽中,甚而至于已经自己不觉得。世界日日改变,我们的作家取下假面,真诚地,深入地,大胆地看取人生并且写出他的血和肉来的时候早到了;早就应该有一片崭新的文场,早就应该有几个凶猛的闯将!"⑥此文紧接着《立论》写成,最足以举以互证。

要"率性而言,凭心立论",反对违心立论,反对打哈哈,是鲁迅留给我们最重要的思想遗产之一。

不妨顺便说说,说真话也有技巧,不一定全用最直率的方式。1935年,鲁迅帮助东北青年作家萧红出版她的小说《生死场》,亲为作序,对作品的思想和艺术给予高度评价,其中有云:"……这自然还不过是略图,叙事和写景,胜于人物的描写,然而北方人民的对于生的坚强,对于死的挣扎,却往往已经力透纸背;女性作者的细致的观察和越轨的笔致,又增加了不少明丽和新鲜。"对于这样的评价,作者和她的丈夫萧军都觉得太高了,实在不敢当;鲁迅在给他们的回信中解释说:

> 那序文上,有一句"叙事写景,胜于描写人物",也并不是好话,也可以解作描写人物并不怎么好。因为做序文,也要顾及销路,所以只得说的弯曲一点。⑦

鲁迅在序文中说的还是真话,褒贬分明,并未失去分寸,而奖掖后进的一番美意以及考虑销路的生意经,也全在这里。真话也可以这么说的。

鲁迅一代伟人,也是文章高手,他值得我们学习揣摩的地方实在太多。如果能学到一点他在必要的地方委婉含蓄地说真话的本领,我们的水平或者可望有所提高。

---

① 《集外集拾遗补编·〈莽原〉出版预告》,《鲁迅全集》第8卷。按,这份广告原载《京报》1925年4月21日。

② 沈从文先生根据文物资料指出春秋战国时代的形象材料表明当时胡须的式样是"上边作两撇小小的'仁丹胡子'式,或者说'威廉'式。下巴有的则留一小撮,有的却没有保留什么。同一形象不下百十种……";又说晋人顾恺之《列女仁智图》卷上所绘历史人物"其中好几位都留有同样仁丹式八字胡"。详见其《从文物来谈谈古人的胡子问题》,《野人献曝》,北京出版社2005年版,第265页。

③ 《坟·说胡须》,《鲁迅全集》第1卷。

④ 《集外集·我来说"持中"的真相》,《鲁迅全集》第7卷。

⑤ 《且介亭杂文二集·"文人相轻"》,《鲁迅全集》第6卷。

⑥ 《坟·论睁了眼看》,《鲁迅全集》第1卷。

⑦ 鲁迅1935年11月16日致萧军、萧红,《鲁迅全集》第13卷。

《死后》

《死后》作于1925年7月12日,发表于《语丝》周刊第36期(1925年7月20日),副题"野草之十八"。

《死后》全文写一奇特的梦境,开头第一句就说"我梦见自己死在道路上",结尾又道"只看见眼前仿佛有火花一闪,我于是坐了起来"。梦境的主要特色在于死后已经不能动弹但仍然有知觉,从这样一个新奇的角度颇便于观察社会和生活,痛快地发抒感慨。

这种笔法鲁迅也曾经用过,例如写于1921年10月23日的《智识即罪恶》就是设想一个本来给小酒馆打杂、后来跑到北京来求知识的青年,死后下了地狱,用他在这里的遭遇来讽刺当时鼓吹"知识即罪恶"的虚无主义哲学家。这篇文章后来收进《热风》里,一般当作杂文看待,其实不妨当作散文诗来读。所谓杂文集,按照鲁迅的意见,本来的意思是指编年文集,"只按作成的年月,不管文体,各种都夹在一处"①。如果按文体来分,则其中固然是杂感居多,也有别种文体的文章,包括散文诗。后来的《准风月谈》一书中散文诗尤多。

鲁迅在《死后》中写道:"在我生存时,曾经玩笑地设想:假使一个人的死亡,只是运动神经的废灭,而知觉还在,那就比全死了更可怕。"这种设想似未见于他公开发表的文章中,倒是在《春末闲谈》中提到另一种情形,那就是知觉精神废灭而运动神经健在——鲁迅介绍说:细腰蜂有一种神奇的毒针,在小青虫的运动神经球上一螫,小青虫麻痹为不死不活的状态,可以长期保存,成为细腰蜂幼虫很好的保鲜食料;然后鲁迅笔锋一转,联系到中国封建社会的圣君贤相之流,指出他们早就设想让劳动人民都成为没有头脑而只老老实实贡献血汗的顺民,但"可惜理论虽已卓然,而终于没有发明十全的好方法。要服从作威就须不活,要贡献玉食就须不死;要被治就须不活,要供养治人者又须不死。人类升为万物之灵,自然是可贺的,但没有了细腰蜂的毒针,却很使圣君、贤臣、圣贤、圣贤之徒,以至现在的阔人,学者,教育家觉得棘手"②。反动统治者及其思想家希望人民不死不活,能机械运动而毫无知觉,然而这是办不到的,人民群众不可能彻底被麻痹,统治者到底无法禁止人们思想。《春末闲谈》是一篇战斗性很强的绝妙好辞,如果人真如圣君贤臣所以希望的那样只干不想,那就比全死更为可怕;而《死后》中所以设想的只能想不能动,其可怕是相同的。

《死后》讽刺的范围颇为广泛,不少地方可与鲁迅的杂文互相发明。例如其中写蚂蚁、青蝇等虫豸勇敢地向尸体进攻,还要发什么"惜哉"之类的议论,听到这些"我愤怒得几乎昏厥过去"——这很容易让人想起鲁迅的《战士和苍蝇》《夏三虫》等文章。在战士活着的时候,虫豸们被迫退避,而战士一死,他们就到死尸上来逞英雄,因为这时战士不再来挥去它们了。苍蝇在占了许多便宜之后,往往还"欣欣然反过来嘲笑这东西的不洁"③,最为令人齿冷。又如这里写围观尸体之闲人种种不负责任的感慨,显然包含着鲁迅对"看客"的尖锐讽刺。

鲁迅还进而写道,在这些围观者之中幸而没有什么熟人,"否则,或者害得他们伤心;或则要使他们快意;或则要使他们加添些饭后闲谈的材料,多破费宝贵的工夫;这都会使我很抱歉"。这里涉及三种人:朋友、敌人和相熟的闲人。鲁迅爱憎分明,他从来不愿意让朋友伤心,更不愿意让敌人快意,"不肯赠给他们一点惠而不费的欢欣"。鲁迅说过,宁可自己饿死,也不把尸体让敌人吃,他后来又说,如果自己受了伤,就躲进丛林里去自己养好,不给别人知道。鲁迅对敌人的痛恨始终一贯,溢于言表。

这里也有鲁迅微妙的自嘲。"我"入殓之后发生了一件怪事:勃古斋书铺跑外的小伙计继续跑来,打开暗蓝色的包裹,说,"这是明板《公羊传》,嘉靖黑口本,给您送来了。"一个死人还要看什么明版《公羊传》呢? 16卷本《全集》注释说:"在木刻书中,明版是比较名贵的。"这话殊不尽然。明人喜欢妄改古书,以至"明人好刻古书而古书亡"。讲究版本的藏书家最为看重的是宋元旧椠。当然明版也有种种,明初刻本尚存元人风致,元末与明初的刻本往往难以区别;后来字体渐渐方整,到万历以后多用宋体字,某些翻宋本仍然相当精美,有的简直可以冒充宋版;但总的来看,大部分刻本的品位是低下来了,一般认为明版书嘉靖及其以前的尚整峭有古气,万历到明末的便比较差些。论明版书当以嘉靖(1522—1566)为分界线。《公羊传》一书,较古的刻本有南宋建安余氏刻本(后《四部丛刊》即影印此本),有汪氏问礼堂影宋本,"嘉靖黑口本"不知为何本,看来是鲁迅"信口开河"开玩笑的说法。

所谓"口",即版口或书口的简称,指线装书中间折叠的直缝,有黑口(版心上下端刻有黑线者)、白口(不刻黑线者)之分,黑口之中又有大黑口(黑线粗而长者)、小黑口(黑线细而窄者)、上黑口(黑线刻在版心上端者)、下黑口(刻在版心下端者)、上下黑口(版心上下端都刻黑线者)之别,有种种讲究。《死后》里提到"嘉靖黑口本"《公羊传》

大约并无深意,无非是对自己平素讲究古籍版本的一种自嘲。因为经济方面的原因,鲁迅所购置的古书大抵是通行之本、易得之书,但这绝不表明他不重视版本,恰恰相反,他是很讲究版本的,如张岱的《陶庵梦忆》,先已有粤雅堂丛书本,还要购进王文诰本;为了研究《嵇康集》,他博访众本,最后决定以吴宽丛书堂钞本为底本,校以他本,殷勤从事,前后达十余年之久。鲁迅又颇精于鉴别版本的真伪优劣。但也正如同许多智者一样,鲁迅对自己的所长往往采取自嘲的态度。"勃古斋"这个店名也明显带有开玩笑的意味("勃""悖"二字相通),正与这里揶揄的语气相合。

---

① 《且介亭杂文·序言》,《鲁迅全集》第6卷。
② 《坟·春末闲谈》,《鲁迅全集》第1卷。
③ 《华盖集·夏三虫》,《鲁迅全集》第3卷。

《这样的战士》

《这样的战士》作于1925年12月4日,发表于《语丝》周刊第58期(1925年12月21日),副题"野草之十九"。

鲁迅说,本篇"是有感于文人学士们帮助军阀而作"①。

这些文人学士就是鲁迅在女师大学潮中与之战斗了半年的所谓"正人君子"们。

这次学潮本来是北京女子师范大学的进步学生反对荒谬的校长杨荫榆的斗争,到1925年3月杨校长不准学生参加悼念孙中山的活动以后,学潮便明显地带上了政治斗争的性质:杨荫榆公开站在北洋军阀一边,恶毒攻击伟大的民主革命先行者孙中山,镇压学生运动;而女师大学生也逐步将斗争的矛头指向扬言要"整顿学风"的教育部当局以至整个北洋军阀政府。

鲁迅长期在女师大兼课,他公开就女师大学潮发表意见始于1925年5月,立即遭到《现代评论》派的攻击,陈西滢污蔑他乃是"暗中鼓动"学潮的罪魁②;该派的文人学士们装出一副不偏不倚的架式竭力为杨荫榆校长以及教育部当局效劳,为北洋军阀政府说话。稍后教育部下令停办北京女子师范大学,在原址另建女子大学,并派出军警,雇用流氓、女丐多次开进女师大殴打学生,最后将她们押出学校;鲁迅则同一批进步教授发表宣言支持学生,他本人一再仗义执言,代学生两次草拟呈文进行合法的斗争,又先后写下了《忽然想到(七)》《"碰壁"之后》《并非闲话》《我的"籍"和"系"》等攻战文章,在《语丝》等处发表,为学生运动之声援。1925年8月14日,老羞成怒的教育总长章士钊下令免去教育部佥事鲁迅的行政职务;9月21日宣布脱离教育部的女师大在租赁来的宗帽胡同临时校舍恢复上课,鲁迅为"偏安"于此的女师大做了大量工作,同时又写下了《答KS君》《"碰壁"之余》《并非闲话》之二、之三等等文章,坚持不懈地同章士钊、陈西滢等旧势力的代表进行斗争。

经过长达半年的艰苦斗争,女师大进步师生获得广泛的社会同情;1925年11月北京的政治形势一度出现了不利于北洋军阀当局的转机,女师大抓住这一机会于11月30日胜利复校。至此女师大学潮告一段落,但进步师生面临着更大的威胁、更严重的斗争。

自从1925年7月中旬写了"野草之十八"《死后》以来,大约有五个月时间鲁迅没能再写散文诗了,严重的实际斗争使他失去了用文学形式来解剖自己、释愤抒情的余暇,直到女师大复校以后,他才回到"野草"系列上来,但他的新作已经改变了色彩,带着明显的当下风云了。

《这样的战士》可以说是一份斗争的总结。

自从介入女师大学潮以后,鲁迅的生活方式发生了很大变化,他走出书斋走到群众斗争中来了。在这一场斗争中,他的思想又有了新的发展,更分明地表现出一位斗士的特色。《这样的战士》写道——

> 他走进无物之阵,所遇见的都对他一式点头。他知道这点头就是敌人的武器,是杀人不见血的武器,许多战士都在此灭亡,正如炮弹一般,使猛士无所用其力。

> 那些头上有各种旗帜,绣出各样好名称:慈善家,学者,文士,长者,青年,雅人,君子……。头下有各样外套,绣出各式好花样:学问,道德,国粹,民意,逻辑,公义,东方文明……。
>
> 但他举起了投枪。

这里鲁迅点出了作为反动当局之帮凶的文人学者们的特点,他们虽然心中颇含"杀机"③,而表面上毫不杀气腾腾,恰恰相反,他们用种种好名称、好花样将自己化装起来,就是对于自己的敌手,也并不直截了当地攻击杀伐,却用些"点头"之类的阴险手段,例如陈西滢就曾虚伪地对鲁迅表示"尊敬",甚至还表扬鲁迅的小说创作,而其本意固不在此。鲁迅看得雪亮,指出这些不过是"制驭别人的巧法":"可服的将他压服,否则将他抬高。而抬高也就是一种压服的手段,常常微微示意说,你应该这样,倘不,我就要将你摔下来了。"鲁迅根本不吃这一套,明确地回答说:"我本来也无可尊敬;也不愿受人尊敬,免得不如人意的时候,又被人摔下来。更明白地说罢:我所憎恶的太多了,应该自己也得到憎恶,这才还有点像活在人间……"④鲁迅软硬不吃,他举起了投枪!

鲁迅又指出,所谓"正人君子"的特点在于"丑态而蒙着公正的皮"⑤;他感慨地说:"我一生中,给我大的损害的并非书贾,并非兵匪,更不是旗帜鲜明的小人:乃是所谓'流言'。"⑥躲在公正的旗帜下散布流言正是"正人君子"的拿手好戏。鲁迅称他们为"无物之阵"也是据此而言的。

稍后鲁迅又概括这些"正人君子"的特点为叭儿狗式的帮凶:"它却虽然是狗,又很像猫,折中,公允,调和,平正之状可掬,悠悠然摆出别个无不偏激,惟独自己得了'中庸之道'似的脸来。"⑦"用了公理正义的美名,正人君子的徽号,温良敦厚的假脸,流言高论的武器,吞吐曲折的文字,行私利己,使无刀无笔的弱者不得喘息。"⑧鲁迅揭穿了他们的假面具,他举起了投枪!

正人君子们说自己是公正的,心在胸膛的中央,不像别人那样偏心,而"这样的战士""偏侧一掷,却正中了他们的心窝"。

鲁迅说,即使将来战死了,在"谁也不闻战叫""太平"的时候,"这样的战士"也仍然"举起了投枪"!

"这样的战士"正是鲁迅本人精神面貌的写照。

---

① 《二心集·〈野草〉英文译本序》,《鲁迅全集》第4卷。
② 详见西滢《闲话》,《现代评论》第15期(1925年5月30日)。
③ 《华盖集续编·可惨与可笑》,《鲁迅全集》第3卷。
④ 《华盖集·我的"籍"和"系"》,前引书。
⑤ 《华盖集·答KS君》,前引书。
⑥ 《华盖集·并非闲话(三)》,前引书。
⑦ 《坟·论"费厄泼赖"应该缓行》,《鲁迅全集》第1卷。
⑧ 《华盖集续编·我还不能"带住"》,《鲁迅全集》第3卷。

《聪明人和傻子和奴才》

《聪明人和傻子和奴才》作于1925年12月26日,发表于《语丝》周刊第60期(1926年1月4日),副题"野草之二十"。

这完全是一篇寓言,以极其简单的情节,写出了社会上普遍存在的三种类型。

奴才过的完全是非人的奴隶生活,他吃的住的干的都不是一个人所能容忍的,他诉苦,并且认为"这样是敷衍不下去的";而他同一般奴隶的不同之处则在于,他不仅始终在敷衍下去,而且一旦真的有人来帮他想办法改善居住条件,动手在他住的小黑屋子上开窗时,他却说:"这不行!主人要骂的!"甚至还报警道:"人来呀!强盗在毁咱们的屋子了!快来呀!"好一个"咱们",这里的房产有你的份吗?此其所以为奴才也。

奴才所要的不过是别人一点空洞的同情和安慰,不过是主人的一点惠而不费的夸奖。对于主人,他是忠顺而恭敬的;对于"天理",他是坚信的;对于未来,他抱一种空洞的进化论式的乐观,相信聪明人所说的"总会好起来"。

奴才的思想感情同奴隶很有些不同。鲁迅后来说:"一个活人,当然是总想活下去的,就是真正老牌的奴隶,也还在打熬着要活下去。然而自己明知道是奴隶,打熬着,并且不平着,挣扎着,一面'意图'挣脱以至实行挣脱的,即使暂时失败,还是套上了镣铐罢,他却不过是单单的奴隶。如果从奴隶生活中寻出'美'来,赞叹,抚摩,陶醉,那可简直是万劫不复的奴才了,他使自己和别人永远安住于这生活。就因为奴群中有这一点差别,所以使社会有平安和不安的差别,而在文学上,就分明的显现了麻醉的和战斗的不同。"①所以鲁迅后来在30年代编印青年作家的作品,径称为"奴隶丛书";而奴才,则一向是鲁迅口诛笔伐的。鲁迅这篇散文诗中的奴才倒还不是那样"万劫不复",他还没有堕落到去赞叹自己生活之美,他还有不平,并且诉苦;他的问题在于仅有不平而毫无挣扎反抗,当别人帮他斗争时他竟站到主人一边去了。奴才是未觉悟的奴隶,是不敢斗争的奴隶,是奴隶中的糊涂虫和软骨头。奴才与奴隶之分就在敢不敢抗争这一点上的差别。

很长时间以来,鲁迅对奴隶的态度一如他所钦迟的拜伦:"苟奴隶立其前,必衷悲而疾视,衷悲所以哀其不幸,疾视所以怒其不争"②。"怒其不争"就是反对奴才主义。关心和同情劳动人民的疾苦,希望他们奋起抗争,赢得人的地位,乃是鲁迅前期战斗的人道主义的主要内容。《聪明人和傻子和奴才》是这一方面最集中的反映之一。

在杂文中鲁迅曾经这样写道:"中国人向来就没有争到过'人'的价格,至多不过是奴隶",其间有两种模式:治世是老百姓"暂时做稳了奴隶的时代",而乱世则是老百姓"想做奴隶而不得的时代";鲁迅说:"创造这中国历史上未曾有过的第三样时代,则是现在的青年的使命!"③用革命的方法彻底反掉封建主义的等级制,解放千百万从未争到过"人"的地位的奴隶,是前期鲁迅思想的核心和归宿,也是他战斗的人道主义的必然结论。

散文诗中的聪明人可以说是一种口头人道主义者或曰假人道主

义者,他虽然也同情奴隶的不幸,听到诉苦以后表情"惨然",甚至"眼圈有些发红,似乎要下泪";但是他决不启发和教育奴才去抗争,去赢得人的价格,仅仅说些"你总会好起来"这样的空话,这种廉价的口头上的布施可以说毫无用处。更为虚伪的是,当奴才得到主人的夸奖以后,他又跑来,"高兴似的",可见他其实站在主人一边。

1925年以来鲁迅杂文中的"聪明人"(以及"伶俐人")一词都是贬义的,讽刺的。他那著名的杂文《牺牲谟》(《语丝》周刊第16期,1925年3月16日)是一篇揭露假人道主义的战斗檄文,文中以辛辣的笔墨彻底撕掉了所谓"贫民之友"的画皮,写得锋芒毕露,痛快淋漓;现在他又把这一层意思写到散文诗里来了。

鲁迅的散文诗就其富于"社会批评"和"文明批评"的精神而言,同他的杂文是完全一致的。

鲁迅本人赞同并实施的战斗的人道主义同"聪明人"的那一套完全不同;不过他通过对于"聪明人"的讽刺也作了一点极其重要的自我批评,那就是对于空讲"将来总会好起来"的否定。进化论式的希望,本来也是鲁迅的精神支柱之一,但他现在越来越感到那是相当空洞的,是一种"没奈何的自欺的希望"(《野草·希望》)。在本文中鲁迅进而指出,空洞的希望不仅自欺,而且欺人。所以,鲁迅此时在书信里写道:"记得有一种小说里攻击牧师,说有一个乡下女人,向牧师沥诉困苦的半生,请他救助,牧师听毕答道:'忍着罢,上帝使你在生前受苦,死后定当赐福的。'其实古今的圣贤以及哲人学者之所说,何尝能比这高明些。他们之所谓'将来',不就是牧师之所谓'死后'么。我所知道的话就全是这样,我不相信,但自己也并无更好的解释。"④再则说:"人若一经走出麻木境界,便即增加苦痛,而且无法可想,所谓'希望将来'不过是自慰——或者简直是自欺——之法。"⑤在过去相当长的一段时间内,鲁迅因为没有什么更好的思想武器,而对青年说话又要显得比较积极,多讲光明,所以希望在于将来一类的话也说得不少。到1925年顷,鲁迅思想颇有变迁,觉得空话是无用的,要改造中国"最快的还是火与剑"⑥,他已经从南方革命策源地看出了"还在隐约着的青春的消息"(《野草·雪》),在理论上开始关注马克思主义,思想上有了新的进步。这时再回过头去看"将来总会好起来"一类的话,实在感到特别的空洞,甚至近于骗人。于是他将这话安排给"聪明人"来说,应当视为颇多自我批评之意。他在大革命失败后写的《答有恒先生》的公开信中就过去的创作《狂人日记》等等作自我批评,并不是突如其来的事情。

"傻子"则是一个战斗的人道主义者的类型,他真正同情奴隶的不幸,亲自动手帮他们改善生活条件。他的粗暴态度实际上正是一种可贵的革命精神。鲁迅在此后的杂文中常用"傻子"一词,都是褒义的。鲁迅肯定并提倡"傻子精神"——博施于众、不计成败的实干精神。

这样一种提法大约从日本思想家厨川白村(1880—1923)那里得到过启发。厨川在随笔里说起世界上有一种投机取巧的"聪明人",也有可贵的"呆子","所谓呆子者,其真解,就是踢开利害的打算,专凭不伪不饰的自己的本心而动的人;是决不能姑且妥协,姑且敷衍,就算完事的人。是本质底地,彻底底地,第一义底地来思索事物,而能将这实现于自己的生活的人。是在炎炎的燃烧着的烈火似的内部生命的火焰里,常常加添新柴,而不息于自我的充实的人。从聪明人的眼睛看起来也可以见得愚蠢罢……"鲁迅曾将厨川这一批以《出了象牙之塔》为题的随笔译成中文,发表在1925年2、3月份的《京报副刊》上,而厨川整本的随笔集(就用《出了象牙之塔》这一篇名为书名)

的鲁迅中译本则于当年底由未名社出版,鲁迅为中译本写的后记作于1925年12月3日。再过二十来天,他就写下了《聪明人和傻子和奴才》——他从厨川这里吸收精神营养是十分明显的。《野草》全书吸收了许多外国的思想资料和艺术手法,却又有强烈的中国作风中国气派,这里有许多值得总结的东西。

鲁迅比厨川更深刻,他笔下的"傻子"终于失败了,赶走他的恰恰是他想给予帮助的一群奴才。历史上常有这样的情形:孤独的精神的战士,虽然为民众战斗,而往往为自己的"所为"而灭亡。这里正是那个奴才大声报警,而且出来一批奴才,将傻子赶走。鲁迅这样写,心情应当是很悲愤的。

傻子的操作方式也有点问题,太简单化而且操之过急。鲁迅主张韧性战斗,注意战略战术。鲁迅提倡"韧性战斗精神"本来就同他对群众觉悟程度的估价有关,他说过:"群众,——尤其是中国的,——永远是戏剧的看客……对于这样的群众没法,只好使他们无戏可看倒是疗救,正无需乎震骇一时的牺牲,不如深沉的韧性的战斗。"⑦

鲁迅后期仍然讲韧性战斗,但已经不强调群众的不觉悟,而着重于旧社会是决不妥协的这一原因⑧,这样的差别是很值得注意的。

不觉悟的奴才太多,而"傻子"却采用了"震骇一时"的手段,显然不合适,不能达到目的。那么怎样做才好?鲁迅在书信中有过答案:"要治这麻木状态的国度,只有一法,就是'韧',也就是'锲而不舍'。逐渐的做一点,总不肯休,不至于比'踔厉风发'无效的……这虽然近于劝人耐心做奴隶,而其实很不同,甘心乐意的奴隶是无望的,但若怀着不平,总可以逐渐做些有效的事。"⑨中国改革的任务太艰巨了,欲速则不达,不如逐渐做去为好。

① 《南腔北调集·漫与》,《鲁迅全集》第4卷。
② 《坟·摩罗诗力说》,《鲁迅全集》第1卷。
③ 《坟·灯下漫笔》,前引书。
④ 1925年3月11日致许广平,《鲁迅全集》第11卷。
⑤ 1925年3月23日致许广平,前引书。
⑥ 1925年4月8日致许广平,前引书。
⑦ 《坟·娜拉走后怎样》,《鲁迅全集》第1卷。
⑧ 《二心集·对于左翼作家联盟的意见》,《鲁迅全集》第4卷。
⑨ 1925年4月14日致许广平,《鲁迅全集》第11卷。

《腊叶》

《腊叶》作于1925年12月26日,稍后作为"野草之廿一"发表于《语丝》周刊第60期(1926年1月4日)。本篇是《野草》中最短小的篇章之一,从表面看去并不难懂,无非是写那么一片夹在书中压干了的带病的枫叶,而那来由"大概是愿使这将坠的被蚀而斑斓的颜色,暂得保存,不即与群叶一同飘散罢"。

然而这正如一首古人以比兴手法写成的咏物诗一样,我们除了玩赏作品中的具体描写之外,还须进而追寻它的"象下之意"。"比"是譬喻,"兴"除了放在作品的开头以引起下文之外,还可以扩充到全篇,在这种情况下它便近于今之所谓寓言或象征,唐人皎然说:"取象曰比,取义曰兴。义即象下之意。凡禽鱼草木、人物名数,万象中之义类同者,尽入比兴。"(《诗式》卷一《用事》)今人顾随说:"孔子所谓'兴',近世所谓象征,即此物非此物……看诗应如此看。"[①]"象下之意"亦即隐藏在那些象征性描写背后的深层含义,或者说"此物"背后的"非此物",乃是我们读咏物诗时必须努力追寻体会的。鲁迅为什么对一片将坠的被蚀而斑斓的枫叶之得以保存如此大有感情,多有感慨,竟至于专门写一首散文诗呢?鲁迅一向很少写这样的文章啊。

幸而鲁迅本人做过解释。

鲁迅去世后不久,孙伏园在一篇纪念文章中说,他看到鲁迅写成不久的《腊叶》的手稿,鲁迅还针对他的疑问回答说:"许公很鼓励我,希望我努力工作,不要松懈,不要怠忽;但又很爱护我,希望我多加保养,不要过劳,不要发狠。但这是不能两全的,这里面有着矛盾。《腊叶》的感兴就从这儿得来,《雁门集》等等却是无关宏旨的。"与鲁迅相熟的姓许的友人有好几位,而孙伏园立刻领悟到这"许公"一定是指许广平,"我那时便感觉他们两位的感情已经超出友谊之上了"[2]。到1960年8月26日,孙伏园在接待来访的鲁迅研究者时又一次明确地说过"《腊叶》讲的内容是指许广平"[3]。

许广平也曾在文章里提到,鲁迅后来向她解释说,"那假设被摘下来夹在《雁门集》里班驳的枫叶,就是自况的",而她当年却"一点也没有体会到"[4]。比兴之作的"象下之意",有时难以领会,有如此者——当然许广平也许是故意这么说的。

鲁迅本人在文章中说过,《腊叶》"是为爱我者的想要保存我而作的"[5],但他没有具体指明"爱我者"为谁;这时他与许广平已经结婚好几年,大约觉得可以无须点明了吧。

有了这些说明作为依据,《腊叶》就由十分朦胧难解一变而为比较好懂了,但这里仍然有不少待发之覆。鲁迅为什么自比为一片"将坠的被蚀而斑斓的"枫叶,而将许广平对自己的一片深情比作是要保存这片病叶?

这并非忽发奇想。在1925年的夏秋之际,鲁迅的身体非常不好,脸色尤其难看,确实很像是"被蚀而斑斓"的病叶;而且他当时又有点不想好好活下去,更大有"将坠"之势。是许广平热烈的爱情把鲁迅从危机中挽救了过来——"爱我者的想要保存我"发挥了神奇的作用。思想感情大落大起,人生走到了一个重要的拐点,岂可无诗?

1926年6月17日鲁迅在致旧日学生李秉中的信中写道:"去年夏间,我因为各处碰钉子,也很大喝了一通酒,结果是生病了,现在已愈,也不再喝酒,这是医生禁止的。……酒也想喝的,可是不能。因为我近来忽然还想活下去了。为什么呢?说起来或者有些好笑,一,是世界上还有几个人希望我活下去,二,是自己还要发点议论,印点关于文学的书。"由此可知一年前即1925年夏天,他曾经不想好好活下去,但因为"有几个人"希望他活下去,他才改变了完全不顾惜自己的态度。这里说"几个人"乃是曲笔,其实专指一个人,就是许广平,但鲁迅一时还不便向学生辈说得过于具体。

1925年顷鲁迅既遭到了北洋军阀政府特别是教育部当局严重的迫害,又经受了一帮文人的恶毒攻击,运交华盖,受到了前所未有的刺激;于是他不免愤激起来,一度纵酒,烟更是抽得非常厉害,又不肯好好地休息,于是肺病复发,健康状况迅速恶化。"枫叶"之病态已成。

鲁迅的病态在5月间已有表征,特别关心老师的女师大国文系学生许广平在当年5月27日写信劝鲁迅说:"治本之法,我以为当照医生所说:1,戒多饮酒,2,请少吸烟。"⑥鲁迅置之不理,在5月30日的回信中反而说自己"做事的时候,有时确为别人,有时却为自己玩玩,有时则竟因为希望将生命从速消磨,所以故意拼命的做"⑦。6月1日,许广平在信中恳切地重申反对鲁迅纵酒,同时又提出一个令她深感不安的钢刀问题:"自然先生的见解比我高,所以多'不同',然而即使要'捣乱',也还是设法多住些时好。褥子下明晃晃的钢刀,用以克敌防身是妙的,倘用以……似乎……小鬼不乐闻了!"⑧当时她听说,鲁迅卧室的褥子底下有一把匕首,另外还有一把;鲁迅很孝顺他的母亲,如果他的母亲不在,他有可能轻生。鲁迅在6月2日的信中否认自己正在纵酒和可能自杀的说法,而实际上他的酒是愈喝愈厉害了。

广东姑娘许广平于1923年考入北京女高师(后改名女师大)国文系,从1925年3月11日起与鲁迅通信,4月12日第一次和同学一道去鲁迅家拜访,此后又去过多次,渐渐成了鲁宅的常客。当年6月25日(农历端午节),许广平和周建人早年的学生许羡苏、俞芬、俞芳、王顺卿等几位小姐在鲁迅家吃饭,鲁迅酒喝多了,结果出现了击"房东"(指俞氏姊妹)之拳、按小鬼(许广平)之头的情形。鲁迅渐渐有点脱出了他正常的作风和轨道。

此后许广平在书信中和口头上屡次以养生为劝,不料鲁迅却有些不肯领情,反说些态度生硬的话,在6月29日的回信中他冷冷地说:"酒精中毒是能有的,但我并不中毒。即使中毒,也是自己的行为,与别人无干。"⑨这就不免有些自暴自弃的口吻,相当反常了。鲁迅后来提到过的"回忆在北京的时候,曾因节制吸烟而给人大碰钉子"估计也是这时的事情⑩。6月29日鲁迅作《颓败线的颤动》,写一个可怕的梦境:一个曾经不得已而出卖肉体的女人,老了以后被她的后代所怨恨鄙夷,冷骂毒笑,于是他离家出走,一直走到无边的荒野——

> 她赤身露体地,石像似的站在荒野的中央,于一刹那间照见过往的一切:饥饿,苦痛,惊异,羞辱,欢欣,于是发抖;害苦,委屈,带累,于是痉挛;杀;于是平静。……又于一刹那间将一切合并:眷念与决绝,爱抚与复仇,养育与歼除,祝福与咒诅……。她于是举两手尽量向天,口唇间漏出人与兽的,非人间所有,所以无词的言语。
>
> 当她说出无词的言语时,她那伟大如石像,然而已经荒废的,颓败的身躯的全面都颤动了。这颤动点点如鱼鳞,每一鳞都

起伏如沸水在烈火上;空中也即刻一同振颤,仿佛暴风雨中的荒海的波涛。

这种惊心动魄的颤动及其所引起的波涛,从某种意义上来说,曲折地反映了鲁迅本人内心深处巨大的痛苦、矛盾和无从发泄的能量。这篇散文诗恣肆的笔墨在《野草》以至鲁迅的全部作品中都是显得很特别很出格的。

7月间鲁迅写下了《论"他妈的"》一文,像这样的题目,鲁迅过去是从来不写的,因为这样很容易遭到攻击(后来也确实遭到攻击),甚至可能从文坛上摔下来。鲁迅说自己做文学家做厌了,摔下来也无所谓。《论"他妈的"》是一篇剖析封建主义血统论的绝妙好辞,至今读去仍然虎虎有生气,但问题在于,就在写这篇文章之前不久,鲁迅还一再强调战士要进行"壕堑战",他写文章时一向很注意保持身段,一般认为不甚雅洁、触犯忌讳的字样一向回避不用,这也是一种"世故"。至此忽然一改旧风,鲁迅日甚一日地离开了他的常态。

1925年8月1日,杨荫榆率领武装警察百余人到校,打伤学生十余人,宣布解散四个班级,勒令全体住校学生立即离校,此举未能得逞,便停伙停电,封锁校门。学生们进行了坚决的斗争,砸开大门的铁锁,布置自己的警戒线。鲁迅闻讯后立即到校看望学生,当夜和另外几位教师住在教务处,保护学生,揭破当局的流言和谎话。8月6日,教育总长章士钊提请停办女师大;8月7日,女师大校务维持委员会成立,鲁迅为成员之一,并担任总务主任,多次参加该会会议;8月12日,章士钊呈请罢免鲁迅,14日公布了经总理段祺瑞"照准"的免去鲁迅教育部佥事一职的命令。这时有些过去的熟人开始回避鲁迅,甚至落井下石,引起他很强烈的愤慨[⑪];他甚至对相熟的青年说,北京呆不下去,干脆到老同学陈仪(时为孙传芳部师长)那里去"当兵"⑫。

8月17日,教育部决定在女师大原址重建女子大学;8月19日,教育部专门教育司司长刘百昭率领巡警强行接收女师大,打伤学生多人;第二天又来捣乱;8月22日,刘百昭第三次率流氓女丐百余人攻入女师大,强行殴曳学生出校,禁闭于报子街补习科中令候改编,学生被打伤多人,失踪七人,许广平亦下落不明(后来才知道她在校外奔走活动),鲁迅十分着急,多方托人打听。稍后教育部又放出风声,说要将女师大学生运动领袖刘和珍、许广平等武装押解回原籍。许广平一时无处安身,许多往日亲友怕惹麻烦拒绝招待,鲁迅说:"来我这里不怕!"于是许广平在鲁宅的南屋暂住了若干天,和她住在一起的是先已寄居于此的老同学许羡苏⑬。

这样严重的压迫,这样残酷的斗争,这样巨大的刺激,为鲁迅过去从未经历过;他愤慨之至,眠食俱废,更加纵酒轻生,引起旧病复发。他预料自己是"活不久"了⑭,曾经设想过无所不为以图一快,尽管医生向他发出过严重的警告,但他根本不好好治病,以至于走到了生命的"极期"上来了。

鲁迅后来说过:"我所谓危机,也如医学上的所谓'极期'(Krisis)一般,是生死的分歧,能一直得到死亡,也能由此至于恢复"⑮。

曾经有人说鲁迅的特点是冷静,冷静,第三个还是冷静;冷静确实是鲁迅的特色之一,但他其实大有诗人气质,有时很容易激动,思想感情上的大波小波甚多,太大的精神刺激往往引发一场大病。1936年9月3日,鲁迅写信给母亲谈自己的病情道:"报上虽说是神经衰弱,其实不是,而是肺病,且已经生了二三十年,被八道湾赶出后的一回,和章士钊闹后的一回,躺倒过的,就都是这病……初到上海后,也发过一回,今年是第四回。"前两三次发作都与神经受到太大的刺激有关,大抵是精神一病,肉体随之。鲁迅有时也很情绪化,这一个侧面往往容易被忽略过去。

1925年8月下旬,鲁迅采用法律手段反击教育部当局,向平政院投递诉状,状告教育总长兼司法总长章士钊罢免自己乃是违法行为,气急败坏的章总长忘记了《文官惩戒条例》和《文官保障法草案》的有关条款;又作《答KS君》痛斥章士钊。越是轻生,鲁迅斗争起来越是勇猛,这就是不惜与敌人偕亡的意思了。

8月27日,在鲁迅等人努力下,女师大校务维持会在报子街设立临时办事处;8月30日,在宗帽胡同安排临时校舍,筹划招收新生,恢复正常教学。鲁迅为此付出了极大的精力。9月,鲁迅在重病中还一口答应到黎明中学兼职,并于10日起到校授课;又从18日起到大中公学兼课,23日起到中国大学兼课;而为"偏安"于宗帽胡同的女师大开课,他一开始就主动要求多任课程,稍后又增加一倍。这样繁重的事务显然不是他正在急剧衰竭下去的体力所可支持的,他这样做固然是要多为学生为社会做些贡献,是为了向章士钊为首的教育部当局示威,同时似乎也很有一点希望生命从速消磨之意,否则就很难理解他为什么如此玩命。

从5月份以来鲁迅根本没有认真治病,据《鲁迅日记》,他在9月的1日、5日、6日去过三趟山本医院,但那是为朱安夫人治病[16];他本人却烟酒加量,并日夜兼程连续写下了《通讯(复霉江)》《〈中国小说史略〉再版附识》《"碰壁"之余》《并非闲话(二)》等等,又着手编校前几年的杂文,准备出一个集子(即《热风》)。到9月23日,病情加重,"午后发热,至夜大盛"[17],第二天"身热头痛"[18],身体迅速垮了下来。"病叶"大有将坠之势,情况已经非常严重了。

关于鲁迅与许广平定情的时间,鲁迅生平研究专家们有不同的推测,早的定于6月,晚的定于10月,近年来又有人推测1925年8月间许广平借住于鲁迅宅南屋时与鲁迅发生了最亲密的接触。诸说各有其依据和标准,这里也无从深论,但综合各种资料来看,鲁许的定情一事当在9月24日之后——按传统的节令说,此时已交"秋分",枫叶红了。

鲁迅身体如此之糟,最关心而且着急的是许广平,她曾在另一位"住在他家里的同乡"即许羡苏女士的陪同下,"用了整整一夜的功夫","反复申辩",劝鲁迅注意自己的健康,这位广东姑娘的热情和柔肠融化了鲁迅心头的坚冰,"总算意思转过来了,答应照医生的话,好好的把病治好"⑲。此事《鲁迅日记》未载,估计即应在9月24日之夜,因为在此之前,鲁迅还是9月6日去过一次医院,大约是接朱安夫人出院;而此后则于9月25日、27日、29日,10月1日、3日、5日,很准时地隔日一次去山本医院,这几天的《日记》中特别著一"诊"字,表明是自己看病。而且9月26日《日记》中还记有"夜长虹来,并赠《闪光》五本、汾酒一瓶,还其酒"的记载,可知他已经实行戒酒。这些应当是许广平深情劝说业已产生效果以后的事情。

如果鲁迅与许广平早在6月或8月间已经定情,就很难理解鲁迅何以迟至9月下旬才真正把"意思转过来",认真看病,打算好好活下去;也很难理解当许广平在紧急关头去劝告鲁迅的时候,还须由另外一人陪同。

一个连对于是否继续活下去都没有信心的人是谈不到什么爱情的;而爱情诞生以后,事情就完全不同了。

9月29日鲁迅复许钦文信云:"七日信早到,因忙未复,后来生病了,大约是疲劳与睡眠不足之故,现在吃药,大概就可以好罢。"第二天在给他的另一信中又写道:"我其实无病,自这几天经医生检查了一天星斗,从血液以至小便等等,终于决定是喝酒太多,吸烟太多,睡觉太少之故。所以现在已不喝酒而少吸烟,多睡觉,病也好起来了。""无病"当然是曲说,才过了几天就感觉好起来,乃是他精神恢复常态的表现,同时也表明许广平的殷勤劝慰业已发挥了巨大的作用。此后鲁迅仍多次去山本医院就诊,一直坚持到1926年1月。

1925年9月下旬,鲁迅从持续数月的危机并已达"极期"之处折回,这是鲁迅一生中重大的转折之一,从这个意义上来说,没有许广平的挚爱,就没有鲁迅后半生的辉煌。鲁迅与许广平的恋爱关系进一步得到明确,应当是此后不很久的事情。

在鲁迅和许广平的恋爱关系中,许广平采取了强势的主动。她听过鲁迅的课,1925年3月起与鲁迅通信,经过女师大潮的风风雨雨,她对鲁迅产生了超乎对于老师的尊敬和爱戴之情;鲁迅也很欣赏这个充满正义感、斗争精神而又热情豪爽的广东姑娘,但限于年龄、经历、家庭,他不敢想到爱。1929年5月13日许广平写信给老同学常瑞麟,通报自己已与鲁迅结合,信中有这样一段:

> 老友尚忆在北京当我快毕业前学校之大风潮乎,其时亲戚舍弃,视为匪类,几不齿于人类,其中唯你们善意安慰,门外送饭,思之五中如炙,此属于友之一面;至于师之一面,则周先生(你当想起是谁)激于义愤(的确毫无私心)慷慨挽救,如非他则宗帽胡同之先生不能约来,学校不能开课,不能恢复,我亦不能毕业,但因此而面面受敌,心力交瘁,周先生病矣,病甚沉重,医生有最后警告,但他……置病不顾,旁人忧之,事关于我,我何人

斯。你们同属有血气者,又与我相处久,宁不知人待我厚,我亦欲舍身相报……⑳

"医生有最后警告",印证了鲁迅确实已到"极期"亦即所谓"将坠";她在这里又提到宗帽胡同复课一事,则可见她的决心"舍身相许"当在1925年8月之后。对这种感情,鲁迅是深刻地感受到的,但他总有些迟疑,有些惭愧,他觉得自己年纪大了,有过包办的婚姻,将终身背着一个甩不掉的包袱,深怕对不起许的厚爱。鲁迅觉得自己不配爱,也不敢爱某一个人。但是许广平不管这些,1925年10月她写了一篇题为《同行者》的短文,不指名地歌颂鲁迅以"热烈的爱,伟大的工作,要向人类给予以光、力、血,使将来的世界璀璨而辉煌";文章表示,她本人将不畏"人世间的冷漠,压迫"以及"戴着道德的眼镜,专唱高调的人们"的"猛烈的袭击","一心一意地向着爱的地方奔驰"㉑。这正是9月24日以后不久的事情。该文稍后于12月12日以"平林"的笔名发表在鲁迅主编的《国民新报》副刊乙刊第8号。这篇文章可以视为鲁迅、许广平业已定情的文本标志。

作为对于《同行者》的回应,1925年12月下旬鲁迅写下了自己的散文诗《腊叶》。年纪比较大、顾虑比较多的鲁迅慢了一拍,但到底也迈出了非同小可的一步。

同单纯爽朗、热情如火的《同行者》相比,《腊叶》不免含蓄暗淡了许多,且其中流露了鲁迅深刻的内在矛盾。《腊叶》暗示自己正如病叶那样,不仅"被蚀而斑斓的颜色"无从复原,而且恐怕难以长期保存。鲁迅总觉得自己年纪已大,还要战斗,前景难以预料。当时他仍在山本医院治病,就在写《腊叶》的当天下午还去了一趟医院。身体很不好,鲁迅对自己的病情颇为忧虑。而从"将坠的病叶的斑斓,似乎也只能在极短时中相对,更何况是葱郁的呢"一句看去,他对两情之是否能够长久也还颇有疑虑。一方面自己恐怕不值得别人如此厚爱,另一方面"葱郁的"也许更不容易持久,这里有很大的隐忧。鲁迅与许广平之间还要经过一段时间的交流和磨合,才能真正走到一起。

1925年10月,鲁迅很少写杂文,却接连写了两篇小说:《孤独者》和《伤逝》。鲁迅的情绪平复下来了,这才得以运用充分艺术化的手段,将内心深处的波动和感触细致而曲折地表现出来。《孤独者》中魏连殳那种为了报复而不惜自戕的激情,令人想起鲁迅想到"当兵"的那一闪念,因为赌气而无所不为,鲁迅自己显然是有所体验的[22];小说中还运用了若干直接取之于他本人生活经历中的素材。这些迹象都深可玩味。那个曾经是先进分子的魏连殳急于向社会报复,自暴自弃,倒行逆施,终于沦灭——这篇小说中显然包含了鲁迅的自我剖析,同时也是他本人情绪逐渐平复下来的标志。魏连殳是一个真正的孤独者,他自行其是,同所有的人都格格不入,当然更没有爱人。孤独者容易产生自戕的倾向。鲁迅在私生活上也曾经是一个孤独者,而现在,爱情开始在他生活中占有一定的位置了。

《伤逝》乃是鲁迅小说中唯一一篇爱情题材之作,鲁迅很少涉及这一领域;如果没有他和许广平之间的一段故事,没有新鲜的恋爱体验,那就决不可能写得如此刻骨铭心。

这两篇小说当然都不是直接写自己,而有着深广得多的内涵,但其中有着鲁迅本人的情绪和反思、感慨和哀伤,这应当是不言而喻、可以心领神会的。

1925年10月下旬,鲁迅购买了车毯、帽子、鞋等生活用品,还到朋友家看过一次收藏的古器物,他的生活渐渐恢复到常态。在6、7、8、9

几个月中,他完全无心于此。到11月8日,鲁迅在致许钦文的信中谈起关于印书的事,又说:"我病已渐愈,或者可以说全愈了罢,现在已教书了。但仍在吃药。医生禁喝酒,那倒没有什么;禁劳作,但还只得做一点;禁吸烟,则苦极矣,我觉得如此,倒还不如生病。"意态幽默,乃是病好了情绪也好了以后的语气。到1926年6月,鲁迅更明确地宣称自己"还想活下去",这可以视为正式宣布一年前的危机业已彻底过去。这时他正在与许广平筹划南下,准备开始新的工作和生活。

要之,1925年底的鲁迅已经充分享受到爱情的温暖,他对许广平感情很深,所以他在散文诗中将许的爱说成是"愿使这将坠的被蚀而斑斓的颜色,暂得保存,不即与群叶一同飘散";可是鲁迅总不免觉得这样的被爱自己恐怕是不配的——自己是一片病叶,而且那叶上的蛀孔去年还"明眸似的向人凝视",到得今年便"不复去年一般灼灼"了。"假使再过几年,旧时的颜色在我记忆中消去,怕连我也不知道他何以夹在书里面的原因了。将坠的病叶的斑斓,似乎也只能在极短时中相对,更何况是葱郁的呢。"人生易老,拼命工作的人尤其容易衰老,要予以保存实在不容易。鲁迅对这样的病叶是否值得保存仍然有些把握不定,也就是怀疑自己是否值得被爱。鲁迅此时在爱情生活中的迟疑和被动,由此乃分明可见——而这又正是他渴望爱情的曲折表现。

在鲁迅的一生中,《腊叶》带有某种里程碑的性质,它的重大意义,应该得到更充分的估计。

---

① 《驼庵诗话·三》,《顾随全集》第三卷《讲录卷》,河北教育出版社2000年版,第16页。

② 《〈腊叶〉》,《孙氏兄弟忆鲁迅》,新星出版社2006年版,第255、257页。

③ 《孙伏园谈鲁迅》,前引书。第47页。

④ 《关于鲁迅的生活·因校对〈三十年集〉而引起的话旧》,《许广平文集》第2卷,江苏文艺出版社1998年版,第186页。

⑤ 《二心集·〈野草〉英文译本序》,《鲁迅全集》第4卷。

⑥⑧ 《两地书》(原信),《许广平文集》第3卷,江苏文艺出版社1998年版,第70页、第75页。

⑦⑨⑩⑪⑭ 鲁迅1925年5月30日、6月29日、12月3日,1926年11月15日、28日致许广平的信,《鲁迅全集》第11卷,人民文学出版社2005年版。

⑫ 详见许钦文《〈鲁迅日记〉中的我》,浙江人民出版社1979年版,第77页。

⑬ 有些研究者将许广平暂住于鲁宅一事系于1925年8月上中旬,恐怕与事实不符。许羡苏1924年夏毕业于女师大数理系,经鲁迅介绍在一所中学教书;1925年暑假至年底一度寄居于鲁迅寓所的南屋,她在《回忆鲁迅先生》一文中有比较详细的回忆,文载《鲁迅研究资料》第3辑,文物出版社1979年版,第199—216页。

⑮ 《南腔北调集·小品文的危机》,《鲁迅全集》第4卷。

⑯ 鲁迅1925年9月29日致许钦文信称:"内子进病院约有五六天(现已出来),本是去检查的,因为胃病;现在颇有胃癌嫌疑,而是慢性的,实在无法……"所以鲁迅在《日记》中只说去医院,不说自己看病。

⑰ 《鲁迅日记》1925年9月23日。

⑱ 《热风·望勿"纠正"·附记》,《鲁迅全集》第1卷。

⑲ 《欣慰的纪念·鲁迅和青年们》,《许广平文集》第2卷,江苏文艺出版社1998年版,第14页。

⑳ 转引自陈漱渝《许广平的一生》,天津人民出版社1981年版,第36页。

㉑ 《许广平文集》第1卷,江苏文艺出版社1998年版,第1—6页。

㉒ 鲁迅后来在1926年12月12日致许广平的信中曾分析说:"以中国人一般的脾气而论,失败之后的著作,是没有人看的,他们见可役使则尽量地役使,见可笑骂则尽量地笑骂,虽一向怎样常常往来,也即刻翻脸不识,看和我往来最久的少爷们的举动,便可推知……遇到这样的时候,为省事计,则改业也行,走外国也行;为赌气计,则无所不为也行,倒行逆施也行。"见《鲁迅全集》第11卷。

《淡淡的血痕中》

《淡淡的血痕中》作于1926年4月8日,发表于《语丝》周刊第75期(1926年4月19日),副题"野草之二十二"。鲁迅说:"段祺瑞政府枪击徒手民众后,作《淡淡的血痕中》,其时我已避居别处。"①

段祺瑞政府枪击徒手民众一事即是现代史上著名的"三一八"惨案。1924年冯玉祥向直系军阀倒戈,发动北京政变以后,主动邀请皖系军阀头目段祺瑞出任临时总执政,对于以张作霖为首的奉系军阀也存在很多幻想。可是等到段、张入京后,他本人立刻遭到排挤,所部国民军也被迫退出京津一带。到1925年秋冬,在中国共产党领导下北京群众革命运动迅猛发展,"打倒奉天军阀"的斗争日益高涨,奉军内部有所分化,11月下旬冯玉祥率国民军向奉军开战,取得相当的胜利,段祺瑞执政府失去依托,能够指挥如意的只剩下他的卫队。1926年3月,日本帝国主义为支持奉、皖两系,公然派军舰进攻大沽口,国民军被迫还击;3月16日,日本联合英、美、法、意、荷、比、西等国以最后通牒形式向中国政府提出五项无理要求,限四十八小时答复,否则各国将采取军事行动。各国军舰云集大沽口外,大有重演八国联军侵华之势。中国人民被日本侵略者的气焰大大地激怒了,抗议声浪席卷全国,北京民众多次集会请愿,要求政府驳复八国最后通牒。3月18日,北京各界民众五千人又在天安门前集会,坚决反对八国通牒,要求政府驱逐八国公使;下午部分与会群众约二千人游行至铁狮子胡同执政府国务院请愿,不料卫队公然开枪,打死请愿群众四十七人,伤一百五十余人,造成震惊全国的大惨案。女师大学生刘和珍、杨德群在此次惨案中死难,该校另有十多人受伤。

在惨案发生的当晚,段政府以"啸聚群众""率领暴徒数百人,闯袭国务院"的罪名下令通缉徐谦、李大钊等五人,同时传说还要通缉五十多人,从稍后报纸披露的名单来看,有鲁迅在内。

鲁迅得到朋友的紧急通知后,立即离家去西城什锦坊96号莽原社暂避,3月29日又化装成病人住进了旧刑部街山本医院。

《淡淡的血痕中》一篇就作于山本医院。在此以前,鲁迅已经就"三一八"惨案写下了《无花的蔷薇之二》《死地》《可惨与可笑》《记念刘和珍君》《空谈》《如此"讨赤"》等文,痛斥杀人的军阀和他们的帮凶文人。《淡淡的血痕中》一篇中所痛骂的"造物主"固然指的是所谓天、神,而实则暗指中国的反动统治者。文章中还批评了"造物主的良民",亦即"人类中的怯弱者",呼唤"叛逆的猛士出于人间"——

> 他屹立着,洞见一切已改和现有的废墟和荒坟,记得一切深广和久远的苦痛,正视一切重叠淤积的凝血,深知一切已死,方生,将生和未生。他看透了造化的把戏;他将要起来使人类苏生,或者使人类灭尽,这些造物主的良民们。

严格地区分怯弱的良民与叛逆的勇士是鲁迅在"三一八"惨案以后一再强调的问题。按,当惨案发生之初,在北京和全国各地掀起过一阵哀悼死难者的高潮,报刊上发表了许多有关的诗文,由于段政府在惨案发生的第二天发布了一道《抚恤令》,略云"当时群众复杂,互相攻击之时,或恐累及无辜,情属可悯。著内务部行知地方官厅,分别查明抚恤。"因此这种悼念活动带有很多合法的色彩。不久国民军败局渐明,北京政局日趋黑暗,这种悼念活动也就渐渐消失了。这就是鲁迅所说的"空口的呼号,和被杀的事实一同逐渐冷落"②。鲁迅本不赞成请愿,认为没有用处,他对"三一八"当天的请愿也不以为然,曾经委婉地劝告许广平不必参加③;惨案发生后鲁迅悲愤交加,称这一天为"民国以来最黑暗的一天",高呼"血债必须用同物偿还",鲁迅没有写多少悼念文章,而强调"不醉于墨写的挽歌"④,而应当深刻地总结教训,从此不再请愿,而以别种方法战斗。

鲁迅从历史的教训中深知,每当有人牺牲之后,如果只在哀悼的诗文中讨生活,往往并无效果,事实上总会有些人"每一个题目一定有一篇文章,每一回案件一定有一通狂喊",不仅近于八股,而且往往是为了沽名钓誉,其实是很无聊的。相反,"有若干人要沉默,沉默而苦痛,然而新的生命就会在这苦痛的沉默里萌芽"⑤。鲁迅尤其不赞成一阵风的作风,一哄而起,一哄而散,一时在纸面上悲愤慷慨,事后则很快淡忘,又悠悠然地苟活下去。因此,鲁迅到哀悼的高潮过去之后才于1926年4月1日来写纪念刘和珍的文章,其中有两段道——

> 真的猛士,敢于直面惨淡的人生,敢于正视淋漓的鲜血。这是怎样的哀痛者和幸福者?然而造化又常常为庸人设计,以时间的流驶,来洗涤旧痕,仅使留下淡红的血色和微漠的悲哀。在这淡红的血色和微漠的悲哀中,又给人暂得偷生,维持着这似人非人的世界。我不知道这样的世界何时是一个尽头!

> 苟活者在淡红的血色中,会依稀看见微茫的希望;真的猛

士,将更奋然而前行。⑥

鲁迅提醒人们万勿悲愤于一时而过后就悠悠然,那样实际上就成为现存秩序下的"良民";应当记住血的教训,开始新的有效的战斗。

一周以后鲁迅径以《淡淡的血痕中》为题来写散文诗,再次提醒人们不要像怯弱者那样,因为时间的流驶、血痕的不再鲜红而忘记血的教训,不要徘徊于醉醒生死之间,咀嚼人我的渺茫的悲哀,不要只限于歌哭,而应奋然前行——这才是对死者真正的纪念。

为了加强力度,鲁迅甚至说,如果不能让"造物主的良民"苏醒,不如将他们"灭尽"。这样说显得很情绪化,同时也表明他本人正在进一步走向坚实。

正如鲁迅后来所说,旧时代进步作家的作品中"大抵是叫唤,呻吟,困穷,酸辛,至多,也不过是一点挣扎",而"凡这些,离无产者文学本来还很远"⑦。从《淡淡的血痕中》一文看去,鲁迅在作品中已经表现出新的色彩。他用这样的作品悼念死者,展望未来,比当时所有的作家都高得多了。

---

① 《二心集·〈野草〉英文译本序》,《鲁迅全集》第4卷。
② 《华盖集续编·"死地"》,《鲁迅全集》第3卷。
③ 详见许广平《鲁迅回忆录·女师大风潮与"三一八"惨案》,《许广平文集》第2卷,江苏文艺出版社1998年版,第218—219页。
④ 《华盖集续编·无花的蔷薇之二》,《鲁迅全集》第3卷。
⑤ 《华盖集·忽然想到(十一)》,前引书。
⑥ 《华盖集续编·记念刘和珍君》,前引书。
⑦ 《南腔北调集·〈竖琴〉前记》,《鲁迅全集》第4卷。

《一觉》

《野草》既然是散文诗,研读之际当然不能过于落实,死于句下;但对于其中那些具有实际背景亦即所谓"本事"的篇章,仍应具体地加以追寻,并联系作者的其他文本,进行言之有据的探讨。

《野草》之二十三即最后一篇《一觉》写的是作者在清理青年文稿时的一点惊觉,鲁迅创作感兴的由来,同《沉钟》周刊第10期(1925年12月,实际出版已在1926年2月)上杨晦那篇带有停刊词性质的《无题》一文关系很大,杨先生写道——

> 有人说,我们的社会是一片沙漠。——如果当真是一片沙漠,这虽然荒漠一点也还静穆;虽然寂寞一点也还会使你感觉苍茫。何至于像这样的混沌,这样的阴沉,而且这样离奇变幻!

沉钟社的文学青年们终于对黑暗的社会发出了这样强烈而沉痛的抗议。鲁迅敏锐地感觉到,这些青年们开始摆脱先前思想感情上的某些负累,"已经粗暴了,或者将要粗暴了"。在沉钟社的前身浅草社的时代,其中的文学青年"是绰约的,是纯真的";而现在,"他们苦恼了,呻吟了,愤怒了,而且终于粗暴了"——正是这种在鲁迅看来已算比较显著的变化,引起了他敏感的"一觉"。

关于杨晦《无题》中所流露的"粗暴",浅草社发起人林如稷先生有过如下的解释:"我们这几个只凭友谊和兴趣结合在一起的朋友,全是二十左右的青年人,因为各人私生活上都闹了一些小问题,而对想忠实献身的文艺工作也感到相当的苦闷……便借《沉钟》改出半月刊被上海书商拖期印出的事,在有一期上发了一点书呆子式的流行牢骚,一向抱着'工作到死之一日'的志愿的一群小青年,如今却忍受不住所谓'沙漠'似的社会的'混沌''阴沉'和'变幻离奇',而要'粗暴'起来了。这也真可以说是我们朋友中一种精神上的危机发生了!"林如稷先生本来是可以提供可靠背景材料的人,然而他的上述说明好像并不符合实际。自费印行的《沉钟》周刊从1925年10月到12月出了十期,而《沉钟》改出半月刊原定于1926年5月出版第一期,先拟由上海创造社出版部发行,被拖了几个月,不得要领,遂改由北京北新书局印刷发行,于1926年8月10日问世。似此则林先生所说的《沉钟》改出半月刊被上海书商拖期印出的事及其引发的牢骚,不可能在《沉钟》周刊第10期出版之前发生,由此而引起的所谓"思想危机"也并不存在。

自从《浅草》结束以后,林先生就到法国留学去了,对国内的情形难免比较隔膜,他对几位在北京的老朋友感情上的变化,似亦不免缺乏真切的了解。唯其如此,他对鲁迅的散文诗《一觉》也就难有真切的体认。林先生继续写道:"这时鲁迅先生针对这些苦闷的青年感到社会的冷漠,极为适宜地给他们吹来'热风',给他们以安慰,鼓励,并且教导他们要能如托尔斯泰曾为之感动过的'野蓟'那样,虽然'经了几乎致命的摧折,还要开一朵小花',因为这不仅是为了自己,也可以'使疲劳枯渴的旅人,一见就怡然觉得遇到了暂时息肩之所'。这股热风便正是……《一觉》"[①]。按照这样的理解,鲁迅是不赞成浅草一沉钟社的青年趋于"粗暴",而欣赏他们先前那种"野蓟"精神的。但鲁迅分明不是这个意思。《一觉》的重心在于"青年的魂灵屹立在我眼前,他们已经粗暴了,或者将要粗暴了,然而我爱这些流血和隐痛的魂灵,因为他使我觉得是在人间,是在人间活着"。鲁迅认为人间应当有"粗暴",换言之,如果一点"粗暴"都没有,那就不像人间。

鲁迅这一意见绝不如稍后被批评的那样,是什么流露了"无聊的浅薄的思想"②;恰恰相反,这是鲁迅号召文学青年走向坚实,走向革命化。许多词语在鲁迅的词典里都有着独特的不同于流俗的含义,其褒贬往往相反,例如"聪明人""傻子""好事之徒""土匪"等等,皆有新的内涵,不能用通常的意思去理解。由"绰约""纯真"到"粗暴"实际上说青年们已经由天真、单纯、软弱走向觉醒、坚实和革命。鲁迅对这样的变化大加肯定,《一觉》的主题也正在这里。林如稷先生说,"因为得了鲁迅先生吹来的这一股热情之风,从此便有了灵魂上的鼓励,也不再敢轻于粗暴或消沉散漫了"③。不再消沉散漫很好,"不再敢轻于粗暴"则是对鲁迅的希望有着很大的误解,以至背道而驰。

至于所谓"野蓟"精神则是指先前的《浅草》及《沉钟》的特色。《浅草》季刊创刊号(1923年3月)的《卷首小语》写道,他们要在沙漠和荒土中培植文艺的浅草,"从新芽的嫩绿中,灌溉这枯燥的人生"。他们在作品中真诚地表达青年知识分子的疾苦和哀愁,而情绪比较抑郁沉闷;他们当然向往光明,但找不到改造中国这沙漠的力量,只好逃入文艺寻求寄托。鲁迅非常器重浅草社诸君的才华和他们刻苦认真的工作精神,但是不赞成他们这种为艺术而艺术的倾向。鲁迅先前多次收到过浅草社社员、北大学生陈炜谟送来的刊物④,一直没有公开发表过什么意见,道理大约也正在于此。他还要再看一看。

《一觉》写道:"漂渺的名园中,奇花盛开着,红颜的静女正在超然无事地逍遥,鹤唳一声,白云郁然而起……。这自然使人神往的罢,然而我总记得我活在人间。"名园、奇花、静女、鹤唳之类完全不像当时中国的人间,鲁迅的这几句无非是对浅草社成员脱离现实、在文艺中寻求逃避而作的委婉的批评,其意象乃是从《浅草》中转述提炼出来的,并非无的放矢。例如《浅草》季刊第1卷第2期(1923年7月)壮芸女士的诗《归宿》有云:"仰望天际白云……可爱的那儿啊,是我精魂的故乡,是我幽灵的归宿!"第3期(1923年12月)李开先的诗《孤独的呻吟》写道:"爱人,爱人,请来梦中,梦中听我孤独的呻吟!"如此等等。鲁迅后来评论说:"发祥于上海的浅草社,其实也是'为艺术而艺术'的作家团体,但他们的季刊,每一期都显示着努力:向外,在摄取异域的营养,向内,在挖掘自己的魂灵,要发见心里的眼睛和喉舌,来凝视这世界,将真和美歌唱给寂寞的人们。"⑤这乃是对该社更深刻的观察,而其基本观点同十年前的《一觉》大体一致。

《沉钟》的作风同《浅草》大体一脉相承,仍然不免美丽而消沉,热烈而悲凉;但他们在"唱着饱经忧患的不欲明言的断肠之曲"的同时也有些变化,逐渐接近现实,反抗性也有所加强了,陈炜谟宣称"要学猫头鹰叫"⑥,杨晦更对社会进行了深入一步的剖析。鲁迅对浅草—沉钟社的文学青年非常关心,据未名社的李霁野在回忆鲁迅的文章里说,"沉钟社的杨晦、冯至、陈翔鹤、陈炜谟,他都常常提到,很喜欢他们对文学的切实认真的态度。不过他也觉得他们被压抑沉闷的气氛所笼罩。鲁迅先生对我们的劝告,和这有密切的关系。他曾多方鼓励我们,不使我们陷入消沉悲观之中"⑦。

鲁迅不大赞成所谓"野蓟"精神,他说这沙漠中的野蓟虽然"可以感激",但也"可以悲哀"——一批文学青年从事文艺工作,要让读者得到美的享受,为此做了种种艰苦的努力,固然是值得感激的;但这样并无助于改造旧中国这可怕的沙漠。鲁迅希望他们进一步振作起来,实现某种程度的革命化。鲁迅曾经当面问过沉钟社的人们:"你们为什么总是搞翻译,写诗?为什么不发议论?对些问题不说话?为什么不参加实际斗争?"⑧鲁迅希望他们不要以那种给人安慰休息的"野蓟"自限,而要做向沙漠开战的斗士。鲁迅希望他们"粗暴"起来,走向坚实,走向革命。

对"野蓟"精神的误解也许跟人们误读了冯至那首著名的十四行诗不无关系,他的诗是这样写的⑨——

在许多年前的一个黄昏,
你为几个青年感到"一觉";
你不知道经验过多少幻灭,
但是那一觉却不消沉。

我永久怀着感谢的深情,
望着你,为了我们的时代:
它被些愚蠢的人们毁坏,
可是他的维护人却一生

被摈弃在这个世界之外——
你有几回望出一线光明,
转过头来又有乌云遮盖。

你走完了你艰险的行程,
艰苦中只有路旁的小草,

> 曾经引出你希望的微笑。

这里的所谓"小草"显然是对于沉钟社自己谦虚的说法,但颇有人就把他看成是《一觉》中的"野蓟",似乎冯至也认为鲁迅是全盘肯定"野蓟"的。其实鲁迅本人从来不想做区区的一点绿色;用细小的乐趣试图来打破沙漠上的寂寞,他一向认为并不可取,他在小说《鸭的喜剧》里表达过这样一层意思;后来他更深刻而明快地指出,文艺固然也可以给人以"愉快和休息",但在当今这个时代,它首先"必须是匕首,是投枪,能和读者一同杀出一条生存的血路的东西"⑩。在革命和战斗的时代,粗暴高于风雅。鲁迅从来没有无保留地把文艺看成是抚慰心灵的"息肩之所"。

回顾一下鲁迅同浅草—沉钟社文学青年的交往可以帮助人们准确地理解《一觉》。1923年底,陈翔鹤从上海复旦大学退学到了北京,稍后通过郁达夫的介绍同鲁迅通信,也曾登门拜访。据冯至在《鲁迅与沉钟社》一文中回忆,鲁迅曾经给陈翔鹤"写过一封长达三张信纸的信,信中对自己过去的消沉情绪进行自我批评,希望现在的青年不要像他过去那样"。这种现身说法中表达了多少劝诫的深情!

杨晦同《浅草》没有什么关系,而对《沉钟》他是负责到底的。他比其他人要更成熟更激烈一些。冯至在回忆杨晦的文章中写道:

> 杨晦出身在东北一个贫苦农民的家庭,有一种蔑视艰难困苦而勇于同艰难困苦作斗争的坚强性格,由于看到社会上种种不平和农民经受的各种各样的苦难,他也时常流露出忧郁的心情……我年轻时好读书不求甚解,不像他那样肯下死功夫,靠一点愚蠢的"聪明"写些轻飘飘的诗文;我更不认识中国社会,只从书本上

知道些什么是光明什么是黑暗,在眼前看不到光明和美,只觉得是一片黑暗和丑恶时,便发一些无谓的感慨,此外就是无可奈何和听之任之而已。在和杨晦的交往中,我有时感到自愧。⑪

这里自然有许多谦辞,但杨晦确实比沉钟社的其他人更深刻些,尤其是青年冯至的领路人。他率先"粗暴"起来并引起鲁迅的注意并不是偶然的。杨晦读到《一觉》之后"深受感动,觉得鲁迅在他们身上寄托着殷切的希望"⑫。冯至也及时地读到了《一觉》,同样深受鼓舞,他后来回忆说:"鲁迅的《一觉》里更多地谈到《沉钟》周刊,对我们是很大的鼓舞。《沉钟》周刊从1925年10月创刊,出了十期,在社会上得不到任何反应,我们仅有的几个人为它写稿子,为它跑印刷厂,为它到书店托人代售,遭受到书商的白眼,不料在默默无闻不得不忍痛停刊以后,却从我们最敬爱的鲁迅那里得到了肯定和称赞……作者在《一觉》中引用了《沉钟》最后一期等于是停刊词的《无题》中的一段话后,他写道:'是的,青年的魂灵屹立在我眼前,他们已经粗暴了,或者将要粗暴了,然而我爱这些流血和隐痛的魂灵,因为他使我觉得是在人间,是在人间活着。'这段话是对我们的期望,也是对一切文学青年的期望,但是我们辜负了这个殷切的期望……"⑬所谓"辜负"说的是在此后一段时间里他们对于做"野蓟"还是大有感情,而未能更激进地投身革命实践,也没有写出更有力度的文学作品。一个明显的事实是:直到30年代初,冯至还和冯文炳等人在周作人的关心下创办《骆驼草》,走的仍然是"野蓟"式的道路。生活道路和文风的变化不是一件容易的事情。

所谓"魂灵被风沙打击得粗暴"是指在艰苦的斗争和磨炼中走向坚实,而鲁迅说文学青年"已经粗暴了,或者将要粗暴了",与其看作是肯定已有的现状,不如说是表达某种希望,指明方向。这里有许多诱掖劝奖的美意。鲁迅曾经感慨地说过:"我只见到对于青年作家的迎头痛击,冷笑,抹杀,却很少见诱掖奖劝的意思的批评"⑭。鲁迅对于青年作家一向爱护有加,公开批评他们的缺点时,总是非常委婉,甚至采用曲笔,寓批评于某种肯定之中。

曾经有人说过,《野草》中的《一觉》是《希望》的续篇,《希望》要寻找"身外的青春",《一觉》则表明他终于找到了⑮。其实与其说是已经找到,不如说是他正在继续寻找,并对"身外的青春"提出新的要求和希望,希望他们真正"粗暴"起来,投入新的战斗。

海涅说得好:"天才那枝笔总比执笔的人还来得伟大,笔锋所及总是远在作者意计之外"⑯。《一觉》虽然是就《沉钟》而发的,但它的意义却要巨大得多。在天下太平的时代,多来一点碧绿的林莽,供人休息和欣赏当然是很好的;而在一个革命和战斗的年代,只忙这些就没有多少意义。当务之急全不在于此。

鲁迅写《一觉》的时候,处境非常困难。1926年"三一八"惨案以后,他遭到段祺瑞执政府的通缉,一度离家暂避,到4月9日,形势有所变化,倾向革命的冯玉祥部国民军包围了执政府,段祺瑞仓皇逃至东交民巷旧德国兵营躲避,鲁迅才得以回家;到第二天就写了这篇《一觉》。其时与段祺瑞狼狈为奸的奉系军阀派飞机轰炸北京,国民军退出北京之势已成,北方将进入更加黑暗的时代。在这样的时刻,"粗暴"是完全必要的,"野蓟"则无济于事,难怪鲁迅如此迫切而不能已于言。

鲁迅说他本人由于看到青年趋于"粗暴"而深受感动,"忽而警觉"。这是他的谦辞。事实上鲁迅比他所接触到的文学青年"粗暴"得要早,而且相当彻底。1925年春天鲁迅就写出了主张"放火"的小说《长明灯》,其中的主人公"疯子"同《狂人日记》中的"狂人"不同,他不再寄希望于启蒙,转而神往于诉诸暴力的行动。从1925年夏天以来，鲁迅同北洋军阀政府及其追随者进行了短兵相接的斗争，杂文越来越锋利，干预生活越来越直接。曾经有好心人劝鲁迅还是专心从事文学创作为好，鲁迅回答那些过于看重艺术的人们说，自己并非不知道创作之可贵，但在现在这样的时刻，艺术之宫不如不进去，"还是站在沙漠上，看看飞沙走石，乐则大笑，悲则大叫，愤则大骂，即使被沙砾打得遍身粗糙，头破血流，而时时抚摩自己的凝血，觉得若有花纹，也未必不及跟着中国的文士们去陪莎士比亚吃黄油面包之有趣"。鲁迅的灵魂已经被风沙打击得粗暴了。他又明白地说"我早就很希望中国的青年站出来，对于中国的社会，文明，都毫无忌惮地加以批评"⑰。这些意思同《一觉》都可以互相发明。

鲁迅主张站在沙漠上战斗，大叫大骂，"化为泼皮，相骂相打"⑱；而不是只做野蓟，造成一小块碧绿的林莽，让疲劳枯渴的旅人暂得息肩之所。当然，当鲁迅发表这样一层意思的时候，他并没有意气风发地大声疾呼，而是以非常之委婉的笔墨写下了如此情文并茂的散文诗。鲁迅是革命家，但他用的始终是文学家的笔。

此后鲁迅还曾一再强调青年一定要走向"粗暴"，走向革命。例如在30年代讨论小品文的时候，鲁迅说："在风沙扑面，虎狼成群的时候，谁还有这许多闲工夫，来赏玩琥珀扇坠，翡翠戒指呢。他们即使要悦目，所要的也是耸立于风沙中的大建筑，要坚固而伟大，不必怎样精；即使要满意，所要的也是匕首和投枪，要锋利而切实，用不着什么雅"；与此相反，另有人则"靠着低诉或微吟，将粗犷的人心，磨得渐渐的平滑"，其结果则是诱导青年"由粗暴而变为风雅"⑲。鲁迅不赞成周作人、林语堂等人的小品文运动可以由此得到解释，这与先前的《一觉》正是一脉相承。

"粗暴"在鲁迅笔下始终有着专门的含义。欣赏并提倡青年由风雅而变为粗暴,《一觉》的主题在此。这在风沙扑面、虎狼成群的20年代中叶具有什么意义,那是不言而喻的了。

① ③ 《鲁迅给我的教育》,《仰止集》,四川人民出版社1962年版,第6—7页、8页。

② 钱杏邨《死去了的阿Q时代》,《太阳月刊》1928年3月号。

④ 参见《仰止集》,第5页。据说冯至也去送过刊物,详见周棉《冯至传》,江苏文艺出版社1993年版,第88、398页。

⑤ 《且介亭杂文二集·〈中国新文学大系〉小说二集序》,《鲁迅全集》第6卷。

⑥ 《与友人书》,《沉钟》周刊第4期(1925年10月)。

⑦ 《忆在北京时的鲁迅先生》,《文艺报》1956年第13期。

⑧ 转引自冯至《鲁迅与沉钟社》,载《中国现代文艺资料丛刊》第4辑,上海文艺出版社1979年版。

⑨ 《十四行诗》第一首,文化生活出版社1948年版。

⑩ 《南腔北调集·小品文的危机》,《鲁迅全集》第4卷。

⑪ 《从癸亥年到癸亥年》,《文艺报》1983年第8期。

⑫ 杨晦1977年10月26日致鲍昌、邱文治的信,转引自《鲁迅年谱》上册,天津人民出版社1979年版,第298页。

⑬ 冯至《鲁迅与沉钟社》。

⑭ 《华盖集·并非闲话(三)》,《鲁迅全集》第3卷。

⑮ 详见《〈野草〉学术讨论会简况》,《鲁迅研究动态》1983年第6期。

⑯ 《精印本〈堂·吉诃德〉引言》(钱锺书译),北京大学文学研究所编《文学研究集刊》第2册,人民文学出版社1956年版,第166—167页。

⑰ 《华盖集·题记》,《鲁迅全集》第3卷。

⑱ 《华盖集·通讯》,前引书。

⑲ 《南腔北调集·小品文的危机》,《鲁迅全集》第4卷。

《野草》英文译本序

鲁迅这篇序言是应英文本《野草》的译者冯余声之请而写的①,这个英译本原拟在商务印书馆出版,但稍后毁于1932年"一·二八"上海的战火②,未能印行。鲁迅这篇序言直接收入《二心集》一书(上海合众书店1932年10月版)。

序言的主要部分对《野草》中的八篇散文诗作了若干重要的说明,这八篇是:《我的失恋》《复仇》《希望》《失掉的好地狱》《这样的战士》《腊叶》《淡淡的血痕中》《一觉》,或介绍创作感兴的由来,或记叙写作的有关背景。凡此都为读者理解相关作品提供了重要的参考,也为解释全部《野草》提供了钥匙,这就是必须联系时代和作者的生活经历与思想感情去解读那些"随时的小感想"。对于诗人的语言固然不能看得过于死板,过于狭窄,而可以用自由大胆的精神去观照和欣赏,但我们总不能离开作品的具体文本及其相关背景,如果一味作天马行空式的发挥,很可能与原作无甚关系。

鲁迅对这八篇作品的解说也是对于先前各种谬评的简要回答。曾经有人谬托知己,说什么《野草》是"无从证实"的"入于心的历史"③;或妄加评判,说《野草》表明鲁迅"由壮年到了老年,由写实时代到了神秘时代了","人生已经走近坟墓了",还说什么《过客》与《希望》"很沉痛地表现了人生的虚幻和微小"④;稍后更有人从极"左"的社会观点、文艺观点出发,在《野草》中只看到鲁迅的"彷徨歧路",他们从《希望》中发现鲁迅"没有将来",又狠批《影的告别》完全是"小资产阶级的任性,小资产阶级的不愿认错,小资产阶级的疑忌"⑤;其实《希望》的基本倾向是积极的,而《影的告别》说的正是要抛弃自己思想上的弱点。《野草》英文译本序直接提到了《希望》,指出这乃是与北洋军阀以及帮助他们的文人斗争时的产物。

在《野草》研究中曾经有一派意见,反对在这些散文诗中寻求微言大义;而鲁迅本人恰恰在这篇序言里讲清了有关作品的象下之意。《野草》完全有必要逐篇作出解释,并与作者的生平和他的其他作品互相印证。

鲁迅也并不讳言自己作品的弱点,甚至说,"日在变化的时代,已不许这样的文章,甚而至于这样的感想存在。"这样严峻的自我批评恰恰表明鲁迅已经与时俱进了。在1927年的《野草》题词中鲁迅已经做过自我批评,但那还是用隐晦含蓄的笔法来写的,它本身也是一首散文诗;到这里,他说得更为分明而且严峻了。

---

① 《鲁迅日记》1931年11月2日:"得冯余声信,即复。"11月6日:"与冯余声信,并英文译本《野草》小序一篇,往日照相两枚。"

② 鲁迅1933年11月5日致姚克信的附件《对于〈评传〉之意见》中说:"《野草》英译,译者卖给商务印书馆,恐怕去年已经烧掉了。"所谓《评传》,指斯诺写的《鲁迅评传》,稍后发表于美国《亚洲》杂志1935年1月号,改题《鲁迅——白话大师》,后收入他编的《活的中国》一书时,题目恢复为《鲁迅评传》。估计斯诺原稿中可能提到鲁迅作品的英译本,所以鲁迅告诉他英文译本《野草》已经不存于世。《鲁迅——白话大师》有佩云的中译本,载《鲁迅研究资料》第4辑,天津人民出版社1980年版。

③ 高长虹《走到出版界。1925,北京出版界形势指掌图》,《狂飙》第5期(1926年11月)。

④ 刘大杰《呐喊与彷徨与野草》,《长夜》第4期(1928年5月)。

⑤ 钱杏邨《死去的阿Q时代》,《太阳月刊》1928年3月号。

附　鲁迅《野草》

题　辞①

当我沉默着的时候,我觉得充实;我将开口,同时感到空虚。②

过去的生命已经死亡。我对于这死亡有大欢喜③,因为我借此知道它曾经存活。死亡的生命已经朽腐。我对于这朽腐有大欢喜,因为我借此知道它还非空虚。

生命的泥委弃在地面上,不生乔木,只生野草,这是我的罪过。

野草,根本不深,花叶不美,然而吸取露,吸取水,吸取陈死人④的血和肉,各各夺取它的生存。当生存时,还是将遭践踏,将遭删刈,直至于死亡而朽腐。

但我坦然,欣然。我将大笑,我将歌唱。

我自爱我的野草,但我憎恶这以野草作装饰的地面⑤。

地火在地下运行,奔突;熔岩一旦喷出,将烧尽一切野草,以及乔木,于是并且无可朽腐。

但我坦然,欣然。我将大笑,我将歌唱。

天地有如此静穆,我不能大笑而且歌唱。天地即不如此静穆,我或者也将不能。我以这一丛野草,在明与暗,生与死,过去与未来之际,献于友与仇,人与兽,爱者与不爱者之前作证。

为我自己,为友与仇,人与兽,爱者与不爱者,我希望这野草的死亡与朽腐,火速到来。要不然,我先就未曾生存,这实在比死亡与朽腐更其不幸。

去罢，野草，连着我的题辞！

一九二七年四月二十六日，鲁迅记于广州之白云楼⑥上。

① 本篇最初发表于1927年7月2日北京《语丝》周刊第138期，在本书最初几次印刷时都曾印入；1931年5月上海北新书局印第七版时被国民党书报检查机关抽去，1941年上海鲁迅全集出版社出版《鲁迅三十年集》时才重新收入。

本篇作于广州，当时正值国民党在上海发动"四一二""清党"反共政变和广州发生"四一五"大屠杀后不久，它反映了作者在险恶环境下的悲愤心情。

本书所收的二十三篇散文诗，都作于北洋军阀统治下的北京。作者在1932年回忆说："后来《新青年》的团体散掉了，有的高升，有的退隐，有的前进，我又经验了一回同一战阵中的伙伴还是会这么变化，并且落得一个'作家'的头衔，依然在沙漠中走来走去，不过已经逃不出在散漫的刊物上做文字，叫作随便谈谈。有了小感触，就写些短文，夸大点说，就是散文诗，以后印成一本，谓之《野草》。"(《南腔北调集·〈自选集〉自序》)又在1934年10月9日致萧军信中说："我的那一本《野草》，技术并不算坏，但心情太颓唐了，因为那是我碰了许多钉子之后写出来的。"其中某些篇的文字较隐晦，据作者后来解释："因为那时难于直说，所以有时措辞就很含糊了。"(《二心集·〈野草〉英文译本序》)

② 1927年9月23日，作者在广州作的《怎么写》(后收入《三闲集》)一文中，曾描绘过他的这种心情："我靠了石栏远眺，听得自己的心音，四远还仿佛有无量悲哀，苦恼，零落，死灭，都杂入这寂静中，使它变成药酒，加色，加味，加香。这时，我曾经想要写，但是不能写，无从写。这也就是我所谓'当我沉默着的时候，我觉得充实，我将开口，同时感到空虚'。"

③ 大欢喜　佛家语，指达到目的而感到极度满足的一种境界。

④ 陈死人　指死去很久的人。见《古诗十九首·驱车上东门》："驱车上东门，遥望郭北墓。……下有陈死人，杳杳即长暮。……"

⑤ 地面 比喻黑暗的旧社会。作者曾说,《野草》中的作品"大半是废弛的地狱边沿的惨白色小花"。(《〈野草〉英文译本序》)

⑥ 白云楼 在广州东堤白云路。据鲁迅日记,1927年3月29日,作者由中山大学"移居白云路白云楼二十六号二楼"。

秋　夜[①]

在我的后园,可以看见墙外有两株树,一株是枣树,还有一株也是枣树。

这上面的夜的天空,奇怪而高,我生平没有见过这样的奇怪而高的天空。他仿佛要离开人间而去,使人们仰面不再看见。然而现在却非常之蓝,闪闪地睒着几十个星星的眼,冷眼。他的口角上现出微笑,似乎自以为大有深意,而将繁霜洒在我的园里的野花草上。

我不知道那些花草真叫什么名字,人们叫他们什么名字。我记得有一种开过极细小的粉红花,现在还开着,但是更极细小了,她在冷的夜气中,瑟缩地做梦,梦见春的到来,梦见秋的到来,梦见瘦的诗人将眼泪擦在她最末的花瓣上,告诉她秋虽然来,冬虽然来,而此后接着还是春,胡蝶乱飞,蜜蜂都唱起春词来了。她于是一笑,虽然颜色冻得红惨惨地,仍然瑟缩着。

枣树,他们简直落尽了叶子。先前,还有一两个孩子来打他们别人打剩的枣子,现在是一个也不剩了,连叶子也落尽了。他知道小粉红花的梦,秋后要有春;他也知道落叶的梦,春后还是秋。他简直落尽叶子,单剩干子,然而脱了当初满树是果实和叶子时候的弧形,欠伸得很舒服。但是,有几枝还低亚着,护定他从打枣的竿梢所得的皮伤,而最直最长的几枝,却已默默地铁似的直刺着奇怪而高的天空,使天空闪闪地鬼䀹眼;直刺着天空中圆满的月亮,使月亮窘得发白。

鬼䀹眼的天空越加非常之蓝,不安了,仿佛想离去人间,避开枣树,只将月亮剩下。然而月亮也暗暗地躲到东边去了。而一无所有的干子,却仍然默默地铁似的直刺着奇怪而高的天空,一意要制他的死命,不管他各式各样地䀹着许多蛊惑的眼睛。

哇的一声,夜游的恶鸟飞过了。

我忽而听到夜半的笑声,吃吃地,似乎不愿意惊动睡着的人,然而四围的空气都应和着笑。夜半,没有别的人,我即刻听出这声音就在我嘴里,我也即刻被这笑声所驱逐,回进自己的房。灯火的带子也即刻被我旋高了。

后窗的玻璃上丁丁地响,还有许多小飞虫乱撞。不多久,几个进来了,许是从窗纸的破孔进来的。他们一进来,又在玻璃的灯罩上撞得丁丁地响。一个从上面撞进去了,他于是遇到火,而且我以为这火是真的。两三个却休息在灯的纸罩上喘气。那罩是昨晚新换的罩,雪白的纸,折出波浪纹的叠痕,一角还画出一枝猩红色的栀子②。

猩红的栀子开花时,枣树又要做小粉红花的梦,青葱地弯成弧形了……。我又听到夜半的笑声;我赶紧砍断我的心绪,看那老在白纸罩上的小青虫,头大尾小,向日葵子似的,只有半粒小麦那么大,遍身的颜色苍翠得可爱,可怜。

我打一个呵欠,点起一支纸烟,喷出烟来,对着灯默默地敬奠这些苍翠精致的英雄们。

一九二四年九月十五日。

① 本篇最初发表于1924年12月1日《语丝》周刊第3期。

② 猩红色的栀子　栀子,一种常绿灌木,夏日开花,一般为白色或淡黄色;红栀子花是罕见的品种。据《广群芳谱》卷三十八引《万花谷》载:"蜀孟昶十月宴芳林园,赏红栀子花;其花六出而红,清香如梅。"

影的告别①

人睡到不知道时候的时候,就会有影来告别,说出那些话——

有我所不乐意的在天堂里,我不愿去;有我所不乐意的在地狱里,我不愿去;有我所不乐意的在你们将来的黄金世界里,我不愿去。
然而你就是我所不乐意的。
朋友,我不想跟随你了,我不愿住。
我不愿意!
呜乎呜乎,我不愿意,我不如彷徨于无地。

我不过一个影,要别你而沉没在黑暗里了。然而黑暗又会吞并我,然而光明又会使我消失。
然而我不愿彷徨于明暗之间,我不如在黑暗里沉没。

然而我终于彷徨于明暗之间,我不知道是黄昏还是黎明。我姑且举灰黑的手装作喝干一杯酒,我将在不知道时候的时候独自远行。
呜乎呜乎,倘若黄昏,黑夜自然会来沉没我,否则我要被白天消失,如果现是黎明。

朋友,时候近了。

我将向黑暗里彷徨于无地。

你还想我的赠品。我能献你甚么呢?无已,则仍是黑暗和虚空而已。但是,我愿意只是黑暗,或者会消失于你的白天;我愿意只是虚空,决不占你的心地。

我愿意这样,朋友——

我独自远行,不但没有你,并且再没有别的影在黑暗里。只有我被黑暗沉没,那世界全属于我自己。

一九二四年九月二十四日。

---

① 本篇最初发表于1924年12月8日《语丝》周刊第4期。

1925年3月18日作者在给许广平的信中曾说:"我的作品,太黑暗了,因为我常觉得惟'黑暗与虚无'乃是'实有',却偏要向这些作绝望的抗战,所以很多着偏激的声音。其实这或者是年龄和经历的关系,也许未必一定的确的,因为我终于不能证实:惟黑暗与虚无乃是实有。"(《两地书·四》)

求 乞 者[①]

我顺着剥落的高墙走路,踏着松的灰土。另外有几个人,各自走路。微风起来,露在墙头的高树的枝条带着还未干枯的叶子在我头上摇动。

微风起来,四面都是灰土。

一个孩子向我求乞,也穿着夹衣,也不见得悲戚,而拦着磕头,追着哀呼。

我厌恶他的声调,态度。我憎恶他并不悲哀,近于儿戏;我烦厌他这追着哀呼。

我走路。另外有几个人各自走路。微风起来,四面都是灰土。

一个孩子向我求乞,也穿着夹衣,也不见得悲戚,但是哑的,摊开手,装着手势。

我就憎恶他这手势。而且,他或者并不哑,这不过是一种求乞的法子。

我不布施,我无布施心,我但居布施者之上,给与烦腻,疑心,憎恶。

我顺着倒败的泥墙走路,断砖叠在墙缺口,墙里面没有什么。微风起来,送秋寒穿透我的夹衣;四面都是灰土。

我想着我将用什么方法求乞:发声,用怎样声调?装哑,用怎样手势?……

另外有几个人各自走路。

我将得不到布施,得不到布施心;我将得到自居于布施之上者的烦腻,疑心,憎恶。

我将用无所为和沉默求乞……

我至少将得到虚无。

微风起来,四面都是灰土。另外有几个人各自走路。

灰土,灰土,……

………………

灰土……

一九二四年九月二十四日。

---

① 本篇最初发表于1924年12月8日《语丝》周刊第4期。

我的失恋①

——拟古的新打油诗②

  我的所爱在山腰；
想去寻她山太高，
低头无法泪沾袍。
爱人赠我百蝶巾；
回她什么：猫头鹰。
从此翻脸不理我，
不知何故兮使我心惊。

  我的所爱在闹市；
想去寻她人拥挤，
仰头无法泪沾耳。
爱人赠我双燕图；
回她什么：冰糖壶卢③。
从此翻脸不理我，
不知何故兮使我胡涂。

  我的所爱在河滨；
想去寻她河水深，

歪头无法泪沾襟。

爱人赠我金表索;

回她什么:发汗药。

从此翻脸不理我,

不知何故兮使我神经衰弱。

　　我的所爱在豪家;

想去寻她兮没有汽车,

摇头无法泪如麻。

爱人赠我玫瑰花;

回她什么:赤练蛇④。

从此翻脸不理我,

不知何故兮——由她去罢。

　　　　　　　　　　一九二四年十月三日。

---

① 本篇最初发表于1924年12月8日《语丝》周刊第4期。

作者在《〈野草〉英文译本序》中说:"因为讽刺当时盛行的失恋诗,作《我的失恋》"。在《三闲集·我和〈语丝〉的始终》一文中谈到本篇时说:"不过是三段打油诗,题作《我的失恋》,是看见当时'阿呀阿唷,我要死了'之类的失恋诗盛行,故意做一首用'由她去罢'收场的东西,开开玩笑的。这诗后来又添了一段,登在《语丝》上。"

② 拟古的新打油诗　拟古,这里是模拟东汉文学家、天文学家张衡的《四愁诗》的格式。《四愁诗》共四首,每首都以"我所思兮在××"开始,而以"何为怀忧心××"作结,故称"四愁"。最早见于南朝梁昭明太子萧统所编的《文选》第二十九卷。打油诗,传说唐代人张打油所作的诗常用俚语,且故作诙谐,有时暗含嘲讽,被称为打油诗。

③ 冰糖壶卢　用山楂等果品蘸以糖汁制成的一种食品。据清末富察敦崇编著的《燕京岁时记》载:"冰糖壶卢,乃用竹签贯以葡萄、山药豆、海棠果、山里红等物,蘸以冰糖,甜脆而凉。"

④ 赤练蛇　一作赤链蛇,生活于山林或草泽地区。头黑色,鳞片边缘暗红色;体背黑褐色,有红色窄横纹。无毒。

复　仇①

　　人的皮肤之厚,大概不到半分,鲜红的热血,就循着那后面,在比密密层层地爬在墙壁上的槐蚕②更其密的血管里奔流,散出温热。于是各以这温热互相蛊惑,煽动,牵引,拼命地希求偎倚,接吻,拥抱,以得生命的沉酣的大欢喜。

　　但倘若用一柄尖锐的利刃,只一击,穿透这桃红色的,菲薄的皮肤,将见那鲜红的热血激箭似的以所有温热直接灌溉杀戮者;其次,则给以冰冷的呼吸,示以淡白的嘴唇,使之人性茫然,得到生命的飞扬的极致的大欢喜;而其自身,则永远沉浸于生命的飞扬的极致的大欢喜中。

　　这样,所以,有他们俩裸着全身,捏着利刃,对立于广漠的旷野之上。

　　他们俩将要拥抱,将要杀戮……

　　路人们从四面奔来,密密层层地,如槐蚕爬上墙壁,如马蚁要扛鲞头③。衣服都漂亮,手倒空的。然而从四面奔来,而且拼命地伸长颈子,要赏鉴这拥抱或杀戮。他们已经豫觉着事后的自己的舌上的汗或血的鲜味。

　　然而他们俩对立着,在广漠的旷野之上,裸着全身,捏着利刃,然而也不拥抱,也不杀戮,而且也不见有拥抱或杀戮之意。

他们俩这样地至于永久,圆活的身体,已将干枯,然而毫不见有拥抱或杀戮之意。

路人们于是乎无聊;觉得有无聊钻进他们的毛孔,觉得有无聊从他们自己的心中由毛孔钻出,爬满旷野,又钻进别人的毛孔中。他们于是觉得喉舌干燥,脖子也乏了;终至于面面相觑,慢慢走散;甚而至于居然觉得干枯到失了生趣。

于是只剩下广漠的旷野,而他们俩在其间裸着全身,捏着利刃,干枯地立着;以死人似的眼光,赏鉴这路人们的干枯,无血的大戮,而永远沉浸于生命的飞扬的极致的大欢喜中。

一九二四年十二月二十日。

---

① 本篇最初发表于1924年12月29日《语丝》周刊第7期。

作者在《〈野草〉英文译本序》中说:"因为憎恶社会上旁观者之多,作《复仇》第一篇"。又在1934年5月16日致郑振铎信中说:"不动笔诚然最好。我在《野草》中,曾记一男一女,持刀对立旷野中,无聊人竟随而往,以为必有事件,慰其无聊,而二人从此毫无动作,以致无聊人仍然无聊,至于老死,题曰《复仇》,亦是此意。但此亦不过愤激之谈,该二人或相爱,或相杀,还是照所欲而行的为是。"

② 槐蚕　一种生长在槐树上的蛾类的幼虫。

③ 鲞头　即鱼头;江浙等地俗称干鱼、腊鱼为鲞。

复　仇(其二)①

　　因为他自以为神之子,以色列的王②,所以去钉十字架。

　　兵丁们给他穿上紫袍,戴上荆冠,庆贺他;又拿一根苇子打他的头,吐他,屈膝拜他;戏弄完了,就给他脱了紫袍,仍穿他自己的衣服。③

　　看哪,他们打他的头,吐他,拜他……

　　他不肯喝那用没药④调和的酒,要分明地玩味以色列人怎样对付他们的神之子,而且较永久地悲悯他们的前途,然而仇恨他们的现在。

　　四面都是敌意,可悲悯的,可咒诅的。

　　丁丁地响,钉尖从掌心穿透,他们要钉杀他们的神之子了,可悯的人们呵,使他痛得柔和。丁丁地响,钉尖从脚背穿透,钉碎了一块骨,痛楚也透到心髓中,然而他们自己钉杀着他们的神之子了,可咒诅的人们呵,这使他痛得舒服。

　　十字架竖起来了;他悬在虚空中。

　　他没有喝那用没药调和的酒,要分明地玩味以色列人怎样对付他们的神之子,而且较永久地悲悯他们的前途,然而仇恨他们的现在。

　　路人都辱骂他,祭司长和文士也戏弄他,和他同钉的两个强盗也讥诮他。⑤

看哪,和他同钉的……

四面都是敌意,可悲悯的,可咒诅的。

他在手足的痛楚中,玩味着可悯的人们的钉杀神之子的悲哀和可咒诅的人们要钉杀神之子,而神之子就要被钉杀了的欢喜。突然间,碎骨的大痛楚透到心髓了,他即沉酣于大欢喜和大悲悯中。

他腹部波动了,悲悯和咒诅的痛楚的波。

遍地都黑暗了。

"以罗伊,以罗伊,拉马撒巴各大尼?!"(翻出来,就是:我的上帝,你为甚么离弃我?!)⑥

上帝离弃了他,他终于还是一个"人之子";然而以色列人连"人之子"都钉杀了。

钉杀了"人之子"的人们的身上,比钉杀了"神之子"的尤其血污,血腥。

一九二四年十二月二十日。

---

① 本篇最初发表于1924年12月29日《语丝》周刊第7期。
文中关于耶稣被钉十字架的事,是根据《新约全书》中的记载。

② 以色列的王　即犹太人的王。据《新约全书·马可福音》第十五章载:"他们带耶稣到了各各他地方(各各他翻出来,就是髑髅地),……于是将他钉在十字架上,……在上面有他的罪状,写的是犹太人的王。"

③ 关于耶稣被钉十字架的情况,据《马可福音》第十五章载:"将耶稣鞭打了,交给人钉十字架。……他们给他穿上紫袍,又用荆棘编作冠冕给他戴上,就庆贺他说,恭喜犹太人的王阿。又拿一根苇子,打他的头,吐唾沫在他脸上,屈膝拜他。戏弄完了,就给他脱了紫袍,仍穿上他自己的衣服,带他出去,要钉十字架。"

④　没药(myrrh)　药名,一作末药,梵语音译。由没药树树皮中渗出的脂液凝结而成。有镇静、麻醉等作用。《马可福音》第十五章有兵丁拿没药调和的酒给耶稣,耶稣不受的记载。

⑤　据《马可福音》第十五章载:"他们又把两个强盗,和他同钉十字架,一个在右边,一个在左边。从那里经过的人辱骂他,摇着头说,咳,你这拆毁圣殿,三日又建造起来的,可以救自己从十字架上下来罢。祭司长和文士也是这样戏弄他,彼此说,他救了别人,不能救自己。以色列的王基督,现在可以从十字架上下来,叫我们看见,就信了。那和他同钉的人也是讥诮他。"祭司长,古犹太教管祭祀的人;文士,宣讲古犹太法律,兼记录和保管官方文件的人。他们同属上层统治阶级。

⑥　关于耶稣临死前的情况,据《马可福音》第十五章载:"从午正到申初遍地都黑暗了。申初的时候,耶稣大声喊着说:'以罗伊,以罗伊,拉马撒巴各大尼?!'翻出来,就是:我的上帝,我的上帝,为什么离弃我?!……气就断了。"

希　望①

我的心分外地寂寞。

然而我的心很平安：没有爱憎，没有哀乐，也没有颜色和声音。

我大概老了。我的头发已经苍白，不是很明白的事么？我的手颤抖着，不是很明白的事么？那么，我的魂灵的手一定也颤抖着，头发也一定苍白了。

然而这是许多年前的事了。

这以前，我的心也曾充满过血腥的歌声：血和铁，火焰和毒，恢复和报仇。而忽而这些都空虚了，但有时故意地填以没奈何的自欺的希望。希望，希望，用这希望的盾，抗拒那空虚中的暗夜的袭来，虽然盾后面也依然是空虚中的暗夜。然而就是如此，陆续地耗尽了我的青春。②

我早先岂不知我的青春已经逝去了？但以为身外的青春固在：星，月光，僵坠的胡蝶，暗中的花，猫头鹰的不祥之言，杜鹃③的啼血，笑的渺茫，爱的翔舞……。虽然是悲凉漂渺的青春罢，然而究竟是青春。

然而现在何以如此寂寞？难道连身外的青春也都逝去，世上的青年也多衰老了么？

我只得由我来肉薄这空虚中的暗夜了。我放下了希望之盾，我听到Peto″fi Sándor(1823—49)④的"希望"之歌：

希望是甚么？是娼妓：

她对谁都蛊惑，将一切都献给；

待你牺牲了极多的宝贝——

你的青春——她就弃掉你。

这伟大的抒情诗人，匈牙利的爱国者，为了祖国而死在可萨克⑤兵的矛尖上，已经七十五年了。悲哉死也，然而更可悲的是他的诗至今没有死。

但是，可惨的人生！桀骜英勇如Peto″fi，也终于对了暗夜止步，回顾着茫茫的东方了。他说：

绝望之为虚妄，正与希望相同。⑥

倘使我还得偷生在不明不暗的这"虚妄"中，我就还要寻求那逝去的悲凉漂渺的青春，但不妨在我的身外。因为身外的青春倘一消灭，我身中的迟暮也即凋零了。

然而现在没有星和月光，没有僵坠的胡蝶以至笑的渺茫，爱的翔舞。然而青年们很平安。

我只得由我来肉薄这空虚中的暗夜了，纵使寻不到身外的青春，也总得自己来一掷我身中的迟暮。但暗夜又在那里呢？现在没有星，没有月光以至笑的渺茫和爱的翔舞；青年们很平安，而我的面前又竟至于并且没有真的暗夜。

绝望之为虚妄，正与希望相同！

一九二五年一月一日。

---

① 本篇最初发表于1925年1月19日《语丝》周刊第10期。

作者在《〈野草〉英文译本序》中说:"因为惊异于青年之消沉,作《希望》。"

② 作者在《南腔北调集·〈自选集〉自序》中说:"见过辛亥革命,见过二次革命,见过袁世凯称帝,张勋复辟,看来看去,就看得怀疑起来,于是失望,颓唐得很了。……不过我却又怀疑于自己的失望,因为我所见过的人们,事件,是有限得很的,这想头,就给了我提笔的力量。'绝望之为虚妄,正与希望相同。'"

③ 杜鹃 鸟名,亦名子规、杜宇,初夏时常昼夜啼叫。唐代陈藏器撰的《本草拾遗》说:"杜鹃鸟,小似鹞,鸣呼不已,出血声始止。"

④ Petőfi Sándor裴多菲·山陀尔(1823—1849),匈牙利诗人、革命家。曾参加1848年反抗奥地利统治的民族革命战争,1849年在与协助奥国的沙俄军队作战中牺牲。一说他在瑟什堡战役中随一批匈牙利士兵被俘,押至西伯利亚,约于1856年病卒。主要作品有《勇敢的约翰》《民族之歌》等。这里引的《希望》一诗,作于1845年。

⑤ 可萨克 通译哥萨克,原为突厥语,意思是"自由的人"或"勇敢的人"。他们原是俄罗斯的一部分农奴和城市贫民,15世纪后半叶和16世纪前半叶,因不堪封建压迫,从俄国中部逃出,定居在俄国南部的库班河和顿河一带,自称为"哥萨克人"。他们善骑战,沙皇时代多入伍当兵。1849年沙皇俄国援助奥地利反动派,入侵匈牙利镇压革命,俄军中即有哥萨克部队。

⑥ 绝望之为虚妄,正与希望相同 这句话出自裴多菲1847年7月17日致友人凯雷尼·弗里杰什的信:"……这个月的十三号,我从拜雷格萨斯起程,乘着那样恶劣的驽马,那是我整个旅程中从未碰见过的。当我一看到那些倒霉的驽马,我吃惊得头发都竖了起来……我内心充满了绝望,坐上了大车,……但是,我的朋友,绝望是那样地骗人,正如同希望一样。这些瘦弱的马驹用这样快的速度带我飞驰到萨特马尔来,甚至连那些靠燕麦和干草饲养的贵族老爷派头的马也要为之赞赏。我对你们说过,不要只凭外表作判断,要是那样,你就不会获得真理。"

雪[①]

暖国[②]的雨,向来没有变过冰冷的坚硬的灿烂的雪花。博识的人们觉得他单调,他自己也以为不幸否耶?江南的雪,可是滋润美艳之至了;那是还在隐约着的青春的消息,是极壮健的处子的皮肤。雪野中有血红的宝珠山茶[③],白中隐青的单瓣梅花,深黄的磬口的蜡梅花[④];雪下面还有冷绿的杂草。胡蝶确乎没有;蜜蜂是否来采山茶花和梅花的蜜,我可记不真切了。但我的眼前仿佛看见冬花开在雪野中,有许多蜜蜂们忙碌地飞着,也听得他们嗡嗡地闹着。

孩子们呵着冻得通红,像紫芽姜一般的小手,七八个一齐来塑雪罗汉。因为不成功,谁的父亲也来帮忙了。罗汉就塑得比孩子们高得多,虽然不过是上小下大的一堆,终于分不清是壶卢还是罗汉;然而很洁白,很明艳,以自身的滋润相粘结,整个地闪闪地生光。孩子们用龙眼核给他做眼珠,又从谁的母亲的脂粉奁中偷得胭脂来涂在嘴唇上。这回确是一个大阿罗汉了。他也就目光灼灼地嘴唇通红地坐在雪地里。

第二天还有几个孩子来访问他;对了他拍手,点头,嬉笑。但他终于独自坐着了。晴天又来消释他的皮肤,寒夜又使他结一层冰,化作不透明的水晶模样;连续的晴天又使他成为不知道算什么,而嘴上的胭脂也褪尽了。

但是,朔方的雪花在纷飞之后,却永远如粉,如沙,他们决不粘连,撒在屋上,地上,枯草上,就是这样。屋上的雪是早已就有消化了的,因为屋里居人的火的温热。别的,在晴天之下,旋风忽来,便蓬勃地奋飞,在日光中灿灿地生光,如包藏火焰的大雾,旋转而且升腾,弥漫太空,使太空旋转而且升腾地闪烁。

在无边的旷野上,在凛冽的天宇下,闪闪地旋转升腾着的是雨的精魂……

是的,那是孤独的雪,是死掉的雨,是雨的精魂。

一九二五年一月十八日。

① 本篇最初发表于1925年1月26日《语丝》周刊第11期。

② 暖国 指我国南方气候温暖的地区。

③ 宝珠山茶 据《广群芳谱》卷四十一载:"宝珠山茶,千叶含苞,历几月而放,殷红若丹,最可爱。"

④ 磬口的蜡梅花 据清代陈淏子撰《花镜》卷三载:"圆瓣深黄,形似白梅,虽盛开如半含者,名磬口,最为世珍。"

风　筝[①]

北京的冬季,地上还有积雪,灰黑色的秃树枝丫叉于晴朗的天空中,而远处有一二风筝浮动,在我是一种惊异和悲哀。

故乡的风筝时节,是春二月,倘听到沙沙的风轮[②]声,仰头便能看见一个淡墨色的蟹风筝或嫩蓝色的蜈蚣风筝。还有寂寞的瓦片风筝,没有风轮,又放得很低,伶仃地显出憔悴可怜模样。但此时地上的杨柳已经发芽,早的山桃也多吐蕾,和孩子们的天上的点缀相照应,打成一片春日的温和。我现在在那里呢?四面都还是严冬的肃杀,而久经诀别的故乡的久经逝去的春天,却就在这天空中荡漾了。

但我是向来不爱放风筝的,不但不爱,并且嫌恶他,因为我以为这是没出息孩子所做的玩艺。和我相反的是我的小兄弟,他那时大概十岁内外罢,多病,瘦得不堪,然而最喜欢风筝,自己买不起,我又不许放,他只得张着小嘴,呆看着空中出神,有时至于小半日。远处的蟹风筝突然落下来了,他惊呼;两个瓦片风筝的缠绕解开了,他高兴得跳跃。他的这些,在我看来都是笑柄,可鄙的。

有一天,我忽然想起,似乎多日不很看见他了,但记得曾见他在后园拾枯竹。我恍然大悟似的,便跑向少有人去的一间堆积杂物的小屋去,推开门,果然就在尘封的什物堆中发现了他。他向着大方凳,坐在小凳上;便很惊惶地站了起来,失了色瑟缩着。大方凳旁靠着一个胡蝶风筝的竹骨,还没有糊上纸,凳上是一对做眼睛用的小风轮,正用红纸条装饰着,将要完工了。我在破获秘密的满足中,又很愤怒他的瞒了我的眼睛,这样苦心孤诣地来偷做没出息孩子的玩艺。我即刻伸手折断了胡蝶的一支翅骨,又将风轮掷在地下,踏扁了。论长幼,论力气,他是都敌不过我的,我当然得到完全的胜利,于是傲然走出,留他绝望地站在小屋里。后来他怎样,我不知道,也没有留心。

然而我的惩罚终于轮到了,在我们离别得很久之后,我已经是中年。我不幸偶而看了一本外国的讲论儿童的书,才知道游戏是儿童最正当的行为,玩具是儿童的天使。于是二十年来毫不忆及的幼小时候对于精神的虐杀的这一幕,忽地在眼前展开,而我的心也仿佛同时变了铅块,很重很重的堕下去了。

但心又不竟堕下去而至于断绝,他只是很重很重地堕着,堕着。

我也知道补过的方法的:送他风筝,赞成他放,劝他放,我和他一同放。我们嚷着,跑着,笑着。——然而他其时已经和我一样,早已有了胡子了。

我也知道还有一个补过的方法的:去讨他的宽恕,等他说,"我可是毫不怪你呵。"那么,我的心一定就轻松了,这确是一个可行的方法。有一回,我们会面的时候,是脸上都已添刻了许多"生"的辛苦的条纹,而我的心很沉重。我们渐渐谈起儿时的旧事来,我便叙述到这一节,自说少年时代的胡涂。"我可是毫不怪你呵。"我想,他要说了,我即刻便受了宽恕,我的心从此也宽松了罢。

"有过这样的事么?"他惊异地笑着说,就像旁听着别人的故事一样。他什么也不记得了。

全然忘却,毫无怨恨,又有什么宽恕之可言呢?无怨的恕,说谎罢了。

我还能希求什么呢？我的心只得沉重着。

现在，故乡的春天又在这异地的空中了，既给我久经逝去的儿时的回忆，而一并也带着无可把握的悲哀。我倒不如躲到肃杀的严冬中去罢，——但是，四面又明明是严冬，正给我非常的寒威和冷气。

一九二五年一月二十四日。

---

① 本篇最初发表于1925年2月2日《语丝》周刊第12期。
② 风轮　风筝上能迎风转动发声的小轮。

好的故事①

灯火渐渐地缩小了,在预告石油的已经不多;石油又不是老牌,早熏得灯罩很昏暗。鞭爆的繁响在四近,烟草的烟雾在身边:是昏沉的夜。

我闭了眼睛,向后一仰,靠在椅背上;捏着《初学记》②的手搁在膝髁上。

我在蒙胧中,看见一个好的故事。

这故事很美丽,幽雅,有趣。许多美的人和美的事,错综起来像一天云锦,而且万颗奔星似的飞动着,同时又展开去,以至于无穷。

我仿佛记得曾坐小船经过山阴道③,两岸边的乌桕,新禾,野花,鸡,狗,丛树和枯树,茅屋,塔,伽蓝④,农夫和村妇,村女,晒着的衣裳,和尚,蓑笠,天,云,竹,……都倒影在澄碧的小河中,随着每一打桨,各各夹带了闪烁的日光,并水里的萍藻游鱼,一同荡漾。诸影诸物,无不解散,而且摇动,扩大,互相融和;刚一融和,却又退缩,复近于原形。边缘都参差如夏云头,镶着日光,发出水银色焰。凡是我所经过的河,都是如此。

现在我所见的故事也如此。水中的青天的底子,一切事物统在上面交错,织成一篇,永是生动,永是展开,我看不见这一篇的结束。

河边枯柳树下的几株瘦削的一丈红⑤,该是村女种的罢。大红花和斑红花,都在水里面浮动,忽而碎散,拉长了,如缕缕的胭脂水,然而没有晕。茅屋,狗,塔,村女,云,……也都浮着。大红花一朵朵全被拉长了,这时是泼剌奔进的红锦带。带织入狗中,狗织入白云中,白云织入村女中……。在一瞬间,他们又将退缩了。但斑红花影也已碎散,伸长,就要织进塔,村女,狗,茅屋,云里去。

现在我所见的故事清楚起来了,美丽,幽雅,有趣,而且分明。青天上面,有无数美的人和美的事,我一一看见,一一知道。

我就要凝视他们……。

我正要凝视他们时,骤然一惊,睁开眼,云锦也已皱蹙,凌乱,仿佛有谁掷一块大石下河水中,水波陡然起立,将整篇的影子撕成片片了。我无意识地赶忙捏住几乎坠地的《初学记》,眼前还剩着几点虹霓色的碎影。

我真爱这一篇好的故事,趁碎影还在,我要追回他,完成他,留下他。我抛了书,欠身伸手去取笔,——何尝有一丝碎影,只见昏暗的灯光,我不在小船里了。

但我总记得见过这一篇好的故事,在昏沉的夜……。

一九二五年二月二十四日。[6]

---

① 本篇最初发表于1925年2月9日《语丝》周刊第13期。

② 《初学记》 类书名,唐代徐坚等辑,共三十卷。取材于群经、诸子、历代诗赋及唐初诸家作品。

③ 山阴道 指绍兴县城西南一带风景优美的地方。《世说新语·言语》说:"王子敬云:从山阴道上行,山川自相映发,使人应接不暇。"

④ 伽蓝 梵语"僧伽蓝摩"(Saṅghārāma)的略称,意思是僧众所住的园林,后泛指寺庙。

⑤ 一丈红 即蜀葵,茎高六七尺,六月开花,形大,有红、紫、白、黄等颜色。

⑥ 文末所注写作日期迟于发表日期,有误;鲁迅1925年1月28日日记载"作《野草》一篇",当指本文。

过 客①

时:
　或一日的黄昏。
地:
　或一处。
人:
　老翁——约七十岁,白须发,黑长袍。
　女孩——约十岁,紫发,乌眼珠,白地黑方格长衫。
　过客——约三四十岁,状态困顿倔强,眼光阴沉,黑须,乱发,
　　　　黑色短衣裤皆破碎,赤足著破鞋,胁下挂一个口袋,
　　　　支着等身②的竹杖。

东,是几株杂树和瓦砾;西,是荒凉破败的丛葬;其间有一条似路非路的痕迹。一间小土屋向这痕迹开着一扇门;门侧有一段枯树根。

(女孩正要将坐在树根上的老翁搀起。)
翁——孩子。喂,孩子!怎么不动了呢?
孩——(向东望着,)有谁走来了,看一看罢。

翁——不用看他。扶我进去罢。太阳要下去了。

孩——我,——看一看。

翁——唉,你这孩子!天天看见天,看见土,看见风,还不够好看么?什么也不比这些好看。你偏是要看谁。太阳下去时候出现的东西,不会给你什么好处的。……还是进去罢。

孩——可是,已经近来了。阿阿,是一个乞丐。

翁——乞丐?不见得罢。

(过客从东面的杂树间跄踉走出,暂时踌躇之后,慢慢地走近老翁去。)

客——老丈,你晚上好?

翁——阿,好!托福。你好?

客——老丈,我实在冒昧,我想在你那里讨一杯水喝。我走得渴极了。这地方又没有一个池塘,一个水洼。

翁——唔,可以可以。你请坐罢。(向女孩)孩子,你拿水来,杯子要洗干净。

(女孩默默地走进土屋去。)

翁——客官,你请坐。你是怎么称呼的?

客——称呼?——我不知道。从我还能记得的时候起,我就只一个人。我不知道我本来叫什么。我一路走,有时人们也随便称呼我,各式各样地,我也记不清楚了,况且相同的称呼也没有听到过第二回。

翁——阿阿。那么,你是从那里来的呢?

客——(略略迟疑,)我不知道。从我还能记得的时候起,我就在这么走。

翁——对了。那么,我可以问你到那里去么?

客——自然可以。——但是,我不知道。从我还能记得的时候起,我就在这么走,要走到一个地方去,这地方就在前面。我单记得走了许多路,现在来到这里了。我接着就要走向那边去,(西指,)前面!

(女孩小心地捧出一个木杯来,递去。)

客——(接杯,)多谢,姑娘。(将水两口喝尽,还杯,)多谢,姑娘。这真是少有的好意。我真不知道应该怎样感激!

翁——不要这么感激。这于你是没有好处的。

客——是的,这于我没有好处。可是我现在很恢复了些力气了。我就要前去。老丈,你大约是久住在这里的,你可知道前面是怎么一个所在么?

翁——前面?前面,是坟③。

客——(诧异地,)坟?

孩——不,不,不的。那里有许多许多野百合,野蔷薇,我常常去玩,去看他们的。

客——(西顾,仿佛微笑,)不错。那些地方有许多许多野百合,野蔷薇,我也常常去玩过,去看过的。但是,那是坟。(向老翁,)老丈,走完了那坟地之后呢?

翁——走完之后?那我可不知道。我没有走过。

客——不知道?!

孩——我也不知道。

翁——我单知道南边;北边;东边,你的来路。那是我最熟悉的地方,也许倒是于你们最好的地方。你莫怪我多嘴,据我看来,你已经这么劳顿了,还不如回转去,因为你前去也料不定可能走完。

客——料不定可能走完?……(沉思,忽然惊起,)那不行!我只得走。回到那里去,就没一处没有名目,没一处没有地主,没一处没有驱逐和牢笼,没一处没有皮面的笑容,没一处没有眶外的眼泪。我憎恶他们,我不回转去!

翁——那也不然。你也会遇见心底的眼泪,为你的悲哀。

客——不。我不愿看见他们心底的眼泪,不要他们为我的悲哀!

翁——那么,你,(摇头,)你只得走了。

客——是的,我只得走了。况且还有声音常在前面催促我,叫唤我,使我息不下。可恨的是我的脚早经走破了,有许多伤,流了许多血。(举起一足给老人看,)因此,我的血不够了;我要喝些血。但血在那里呢?可是我也不愿意喝无论谁的血。我只得喝些水,来补充我的血。一路上总有水,我倒也并不感到什么不足。只是我的力气太稀薄了,血里面太多了水的缘故罢。今天连一个小水洼也遇不到,也就是少走了路的缘故罢。

翁——那也未必。太阳下去了,我想,还不如休息一会的好罢,像我似的。

客——但是,那前面的声音叫我走。

翁——我知道。

客——你知道?你知道那声音么?

翁——是的。他似乎曾经也叫过我。

客——那也就是现在叫我的声音么?

翁——那我可不知道。他也就是叫过几声,我不理他,他也就不叫了,我也就记不清楚了。

客——唉唉,不理他……。(沉思,忽然吃惊,倾听着,)不行!我还是走的好。我息不下。可恨我的脚早经走破了。(准备走路。)

孩——给你!(递给一片布,)裹上你的伤去。

客——多谢,(接取,)姑娘。这真是……。这真是极少有的好意。这能使我可以走更多的路。(就断砖坐下,要将布缠在踝上,)但是,不行!(竭力站起,)姑娘,还了你罢,还是裹不下。况且这太多的好意,我没法感激。

翁——你不要这么感激,这于你没有好处。

客——是的,这于我没有什么好处。但在我,这布施是最上的东西了。你看,我全身上可有这样的。

翁——你不要当真就是。

客——是的。但是我不能。我怕我会这样:倘使我得到了谁的布施,我就要像兀鹰看见死尸一样,在四近徘徊,祝愿她的灭亡,给我亲自看见;或者咒诅她以外的一切全都灭亡,连我自己,因为我就应该得到咒诅。④但是我还没有这样的力量;即使有这力量,我也不愿意她有这样的境遇,因为她们大概总不愿意有这样的境遇。我想,这最稳当。(向女孩,)姑娘,你这布片太好,可是太小一点了,还了你罢。

孩——(惊惧,退后,)我不要了!你带走!

客——(似笑,)哦哦,……因为我拿过了?

孩——(点头,指口袋,)你装在那里,去玩玩。

客——(颓唐地退后,)但这背在身上,怎么走呢?……

翁——你息不下,也就背不动。——休息一会,就没有什么了。

客——对咧,休息……。(默想,但忽然惊醒,倾听。)不,我不能!我还是走好。

翁——你总不愿意休息么?

客——我愿意休息。

翁——那么,你就休息一会罢。

客——但是,我不能……。

翁——你总还是觉得走好么?

客——是的。还是走好。

翁——那么,你也还是走好罢。

客——(将腰一伸,)好,我告别了。我很感谢你们。(向着女孩,)姑娘,这还你,请你收回去。

(女孩惊惧,敛手,要躲进土屋里去。)

翁——你带去罢。要是太重了,可以随时抛在坟地里面的。

孩——(走向前,)阿阿,那不行!

客——阿阿,那不行的。

翁——那么,你挂在野百合野蔷薇上就是了。

孩——(拍手,)哈哈!好!

客——哦哦……。

(极暂时中,沉默。)

翁——那么,再见了。祝你平安。(站起,向女孩,)孩子,扶我进去罢。你看,太阳早已下去了。(转身向门。)

客——多谢你们。祝你们平安。(徘徊,沉思,忽然吃惊,)然而我不能!我只得走。我还是走好罢……。(即刻昂了头,奋然向西走去。)

(女孩扶老人走进土屋,随即阖了门。过客向野地里跄踉地闯进去,夜色跟在他后面。)

一九二五年三月二日。

----

① 本篇最初发表于1925年3月9日《语丝》周刊第17期。

② 等身 和身体一样高。

③ 坟 作者在《写在〈坟〉后面》中说:"我只很确切地知道一个终点,就是:坟。然而这是大家都知道的,无须谁指引。问题是在从此到那的道路。那当然不只一条,我可正不知那一条好,虽然至今有时也还在寻求。"

④ 作者在写本篇后不久给许广平的信中说:"同我有关的活着,我倒不放心,死了,我就安心,这意思也在《过客》中说过"。(《两地书·二四》)

死　火①

我梦见自己在冰山间奔驰。

这是高大的冰山,上接冰天,天上冻云弥漫,片片如鱼鳞模样。山麓有冰树林,枝叶都如松杉。一切冰冷,一切青白。

但我忽然坠在冰谷中。

上下四旁无不冰冷,青白。而一切青白冰上,却有红影无数,纠结如珊瑚网。我俯看脚下,有火焰在。

这是死火。有炎炎的形,但毫不摇动,全体冰结,像珊瑚枝;尖端还有凝固的黑烟,疑这才从火宅②中出,所以枯焦。这样,映在冰的四壁,而且互相反映,化为无量数影,使这冰谷,成红珊瑚色。

哈哈!

当我幼小的时候,本就爱看快舰激起的浪花,洪炉喷出的烈焰。不但爱看,还想看清。可惜他们都息息变幻,永无定形。虽然凝视又凝视,总不留下怎样一定的迹象。

死的火焰,现在先得到了你了!

我拾起死火,正要细看,那冷气已使我的指头焦灼;但是,我还熬着,将他塞入衣袋中间。冰谷四面,登时完全青白。我一面思索着走出冰谷的法子。

我的身上喷出一缕黑烟,上升如铁线蛇③。冰谷四面,又登时满有红焰流动,如大火聚④,将我包围。我低头一看,死火已经燃烧,烧穿了我的衣裳,流在冰地上了。

"唉,朋友!你用了你的温热,将我惊醒了。"他说。

我连忙和他招呼,问他名姓。

"我原先被人遗弃在冰谷中,"他答非所问地说,"遗弃我的早已灭亡,消尽了。我也被冰冻冻得要死。倘使你不给我温热,使我重行烧起,我不久就须灭亡。"

"你的醒来,使我欢喜。我正在想着走出冰谷的方法;我愿意携带你去,使你永不冰结,永得燃烧。"

"唉唉!那么,我将烧完!"

"你的烧完,使我惋惜。我便将你留下,仍在这里罢。"

"唉唉!那么,我将冻灭了!"

"那么,怎么办呢?"

"但你自己,又怎么办呢?"他反而问。

"我说过了:我要出这冰谷……。"

"那我就不如烧完!"

他忽而跃起,如红彗星,并我都出冰谷口外。有大石车突然驰来,我终于碾死在车轮底下,但我还来得及看见那车就坠入冰谷中。

"哈哈!你们是再也遇不着死火了!"我得意地笑着说,仿佛就愿意这样似的。

一九二五年四月二十三日。

---

① 本篇最初发表于 1925 年 5 月 4 日《语丝》周刊第 25 期。

② 火宅　佛家语,《法华经·譬喻品》中说:"三界(按,这里指欲界、色界、无色界,泛指世界)无安,犹如火宅,众苦充满,甚可怖畏,常有生老病死忧患,如是等火,炽然不息。"

③ 铁线蛇　又名盲蛇,无毒,状如蚯蚓,是我国最小的一种蛇。分布于浙江、福建等地。

④ 火聚　佛家语,猛火聚集的地方。

狗的驳诘①

我梦见自己在隘巷中行走,衣履破碎,像乞食者。

一条狗在背后叫起来了。

我傲慢地回顾,叱咤说:

"呔!住口!你这势利的狗!"

"嘻嘻!"他笑了,还接着说,"不敢,愧不如人呢。"

"什么!?"我气愤了,觉得这是一个极端的侮辱。

"我惭愧:我终于还不知道分别铜和银②;还不知道分别布和绸;还不知道分别官和民;还不知道分别主和奴;还不知道……"

我逃走了。

"且慢!我们再谈谈……"他在后面大声挽留。

我一径逃走,尽力地走,直到逃出梦境,躺在自己的床上。

一九二五年四月二十三日。

---

① 本篇最初发表于1925年5月4日《语丝》周刊第25期。

② 铜和银　这里指钱币。我国旧时曾通用铜币和银币。

失掉的好地狱[①]

我梦见自己躺在床上,在荒寒的野外,地狱的旁边。一切鬼魂们的叫唤无不低微,然有秩序,与火焰的怒吼,油的沸腾,钢叉的震颤相和鸣,造成醉心的大乐[②],布告三界[③]:地下太平。

有一伟大的男子站在我面前,美丽,慈悲,遍身有大光辉,然而我知道他是魔鬼。

"一切都已完结,一切都已完结!可怜的鬼魂们将那好的地狱失掉了!"他悲愤地说,于是坐下,讲给我一个他所知道的故事——

"天地作蜂蜜色的时候,就是魔鬼战胜天神,掌握了主宰一切的大威权的时候。他收得天国,收得人间,也收得地狱。他于是亲临地狱,坐在中央,遍身发大光辉,照见一切鬼众。

"地狱原已废弛得很久了:剑树[④]消却光芒;沸油的边际早不腾涌;大火聚有时不过冒些青烟,远处还萌生曼陀罗花[⑤],花极细小,惨白可怜。——那是不足为奇的,因为地上曾经大被焚烧,自然失了他的肥沃。

"鬼魂们在冷油温火里醒来,从魔鬼的光辉中看见地狱小花,惨白可怜,被大蛊惑,倏忽间记起人世,默想至不知几多年,遂同时向着人间,发一声反狱的绝叫。

"人类便应声而起,仗义执言,与魔鬼战斗。战声遍满三界,远过雷霆。终于运大谋略,布大网罗,使魔鬼并且不得不从地狱出走。最后的胜利,是地狱门上也竖了人类的旌旗!

"当鬼魂们一齐欢呼时,人类的整饬地狱使者已临地狱,坐在中央,用了人类的威严,叱咤一切鬼众。

"当鬼魂们又发一声反狱的绝叫时,即已成为人类的叛徒,得到永劫沉沦的罚,迁入剑树林的中央。

"人类于是完全掌握了主宰地狱的大威权,那威棱且在魔鬼以上。人类于是整顿废弛,先给牛首阿旁⑥以最高的棒喝;而且,添薪加火,磨砺刀山,使地狱全体改观,一洗先前颓废的气象。

"曼陀罗花立即焦枯了。油一样沸;刀一样铦;火一样热;鬼众一样呻吟,一样宛转,至于都不暇记起失掉的好地狱。

"这是人类的成功,是鬼魂的不幸……。

"朋友,你在猜疑我了。是的,你是人!我且去寻野兽和恶鬼……。"

一九二五年六月十六日。

---

① 本篇最初发表于1925年6月22日《语丝》周刊第32期。

作者在《〈野草〉英文译本序》中说:"但这地狱也必须失掉。这是由几个有雄辩和辣手,而那时还未得志的英雄们的脸色和语气所告诉我的。我于是作《失掉的好地狱》。"写作本篇一个多月前,作者在《杂语》(《集外集》)中概括辛亥革命后军阀混战给民众带来的深重灾难时曾说:"称为神的和称为魔的战斗了,并非争夺天国,而在要得地狱的统治权。所以无论谁胜,地狱至今也还是照样的地狱。"

② 醉心的大乐　使人沉醉的音乐。这里的"大"和下文的"大威权""大火聚"等词语中的"大",都是模仿古代汉译佛经的语气。

③ 三界　这里指天国、人间、地狱。源自原始宗教萨满教的基本概念。

④ 剑树　佛教所说的地狱酷刑。《太平广记》卷三八二引《冥报拾遗》:"至第三

重门,入见镬汤及刀山剑树。"

⑤ 曼陀罗花　曼陀罗,亦称"风茄儿",茄科,一年生有毒草本。佛经说,曼陀罗花白色而有妙香,花大,见之者能适意,故也译作适意花。

⑥ 牛首阿旁　佛教传说中地狱里牛头人身的鬼卒。东晋昙无兰译《五苦章句经》中说:"狱卒名阿傍,牛头人手,两脚牛蹄,力壮排山,持钢铁叉。"

墓　碣　文①

我梦见自己正和墓碣②对立，读着上面的刻辞。那墓碣似是沙石所制，剥落很多，又有苔藓丛生，仅存有限的文句——

……于浩歌狂热之际中寒；于天上看见深渊。于一切眼中看见无所有；于无所希望中得救。……

……有一游魂，化为长蛇，口有毒牙。不以啮人，自啮其身，终以殒颠③。……

……离开！……

我绕到碣后，才见孤坟，上无草木，且已颓坏。即从大阙口中，窥见死尸，胸腹俱破，中无心肝。而脸上却绝不显哀乐之状，但蒙蒙如烟然。

我在疑惧中不及回身，然而已看见墓碣阴面的残存的文句——

……抉心自食，欲知本味。创痛酷烈，本味何能知？……

……痛定之后，徐徐食之。然其心已陈旧，本味又何由知？……

……答我。否则，离开！……

我就要离开。而死尸已在坟中坐起,口唇不动,然而说——
"待我成尘时,你将见我的微笑!"
我疾走,不敢反顾,生怕看见他的追随。

一九二五年六月十七日。

① 本篇最初发表于1925年6月22日《语丝》周刊第32期。
② 墓碣　圆顶的墓碑。
③ 殒颠　死亡。

颓败线的颤动①

我梦见自己在做梦。自身不知所在,眼前却有一间在深夜中紧闭的小屋的内部,但也看见屋上瓦松②的茂密的森林。

板桌上的灯罩是新拭的,照得屋子里分外明亮。在光明中,在破榻上,在初不相识的披毛的强悍的肉块底下,有瘦弱渺小的身躯,为饥饿,苦痛,惊异,羞辱,欢欣而颤动。弛缓,然而尚且丰腴的皮肤光润了;青白的两颊泛出轻红,如铅上涂了胭脂水。

灯火也因惊惧而缩小了,东方已经发白。

然而空中还弥漫地摇动着饥饿,苦痛,惊异,羞辱,欢欣的波涛……。

"妈!"约略两岁的女孩被门的开阖声惊醒,在草席围着的屋角的地上叫起来了。

"还早哩,再睡一会罢!"她惊惶地说。

"妈!我饿,肚子痛。我们今天能有什么吃的?"

"我们今天有吃的了。等一会有卖烧饼的来,妈就买给你。"她欣慰地更加紧捏着掌中的小银片,低微的声音悲凉地发抖,走近屋角去一看她的女儿,移开草席,抱起来放在破榻上。

"还早哩,再睡一会罢。"她说着,同时抬起眼睛,无可告诉地一看破旧的屋顶以上的天空。

空中突然另起了一个很大的波涛,和先前的相撞击,回旋而成旋涡,将一切并我尽行淹没,口鼻都不能呼吸。

我呻吟着醒来,窗外满是如银的月色,离天明还很辽远似的。

我自身不知所在,眼前却有一间在深夜中紧闭的小屋的内部,我自己知道是在续着残梦。可是梦的年代隔了许多年了。屋的内外已经这样整齐;里面是青年的夫妻,一群小孩子,都怨恨鄙夷地对着一个垂老的女人。

"我们没有脸见人,就只因为你,"男人气忿地说,"你还以为养大了她,其实正是害苦了她,倒不如小时候饿死的好!"

"使我委屈一世的就是你!"女的说。

"还要带累了我!"男的说。

"还要带累他们哩!"女的说,指着孩子们。

最小的一个正玩着一片干芦叶,这时便向空中一挥,仿佛一柄钢刀,大声说道:

"杀!"

那垂老的女人口角正在痉挛,登时一怔,接着便都平静,不多时候,她冷静地,骨立的石像似的站起来了。她开开板门,迈步在深夜中走出,遗弃了背后一切的冷骂和毒笑。

她在深夜中尽走,一直走到无边的荒野;四面都是荒野,头上只有高天,并无一个虫鸟飞过。她赤身露体地,石像似的站在荒野的中央,于一刹那间照见过往的一切:饥饿,苦痛,惊异,羞辱,欢欣,于是发抖;害苦,委屈,带累,于是痉挛;杀,于是平静。……又于一刹那间将一切并合:眷念与决绝,爱抚与复仇,养育与歼除,祝福与咒诅……。她于是举两手尽量向天,口唇间漏出人与兽的,非人间所有,所以无词的言语。

当她说出无词的言语时,她那伟大如石像,然而已经荒废的,颓败的身躯的全面都颤动了。这颤动点点如鱼鳞,每一鳞都起伏如沸水在烈火上;空中也即刻一同振颤,仿佛暴风雨中的荒海的波涛。

她于是抬起眼睛向着天空,并无词的言语也沉默尽绝,惟有颤动,辐射若太阳光,使空中的波涛立刻回旋,如遭飓风,汹涌奔腾于无边的荒野。

我梦魇了,自己却知道是因为将手搁在胸脯上了的缘故;我梦中还用尽平生之力,要将这十分沉重的手移开。

一九二五年六月二十九日。

---

① 本篇最初发表于1925年7月13日《语丝》周刊第35期。

② 瓦松　又名"向天草"或"昨叶荷草"。丛生在瓦缝中,叶针状,初生时密集短茎上,远望如松树,故名。

立　论[①]

我梦见自己正在小学校的讲堂上预备作文,向老师请教立论的方法。

"难!"老师从眼镜圈外斜射出眼光来,看着我,说。"我告诉你一件事——

"一家人家生了一个男孩,合家高兴透顶了。满月的时候,抱出来给客人看,——大概自然是想得一点好兆头。

"一个说:'这孩子将来要发财的。'他于是得到一番感谢。

"一个说:'这孩子将来要做官的。'他于是收回几句恭维。

"一个说:'这孩子将来是要死的。'他于是得到一顿大家合力的痛打。

"说要死的必然,说富贵的许谎。但说谎的得好报,说必然的遭打。你……"

"我愿意既不谎人,也不遭打。那么,老师,我得怎么说呢?"

"那么,你得说:'啊呀!这孩子呵!您瞧!多么……。阿唷!哈哈!Hehe! he, hehehehe!'[②]"

一九二五年七月八日。

---

① 本篇最初发表于1925年7月13日《语丝》周刊第35期。

② Hehe! he, hehehehe! 象声词,即嘿嘿!嘿,嘿嘿嘿嘿!

死　后[①]

我梦见自己死在道路上。

这是那里,我怎么到这里来,怎么死的,这些事我全不明白。总之,待到我自己知道已经死掉的时候,就已经死在那里了。

听到几声喜鹊叫,接着是一阵乌老鸦。空气很清爽,——虽然也带些土气息,——大约正当黎明时候罢。我想睁开眼睛来,他却丝毫也不动,简直不像是我的眼睛;于是想抬手,也一样。

恐怖的利镞忽然穿透我的心了。在我生存时,曾经玩笑地设想:假使一个人的死亡,只是运动神经的废灭,而知觉还在,那就比全死了更可怕。谁知道我的预想竟的中[②]了,我自己就在证实这预想。

听到脚步声,走路的罢。一辆独轮车从我的头边推过,大约是重载的,轧轧地叫得人心烦,还有些牙齿酸。很觉得满眼绯红,一定是太阳上来了。那么,我的脸是朝东的。但那都没有什么关系。切切嚓嚓的人声,看热闹的。他们踹起黄土来,飞进我的鼻孔,使我想打喷嚏了,但终于没有打,仅有想打的心。

陆陆续续地又是脚步声,都到近旁就停下,还有更多的低语声:看的人多起来了。我忽然很想听听他们的议论。但同时想,我生存时说的什么批评不值一笑的话,大概是违心之论罢:才死,就露了破绽了。然而还是听;然而毕竟得不到结论,归纳起来不过是这样——

"死了?……"

"嗡。——这……"

"哼!……"

"啧。……唉!……"

我十分高兴,因为始终没有听到一个熟识的声音。否则,或者害得他们伤心;或则要使他们快意;或则要使他们加添些饭后闲谈的材料,多破费宝贵的工夫;这都会使我很抱歉。现在谁也看不见,就是谁也不受影响。好了,总算对得起人了!

但是,大约是一个马蚁,在我的脊梁上爬着,痒痒的。我一点也不能动,已经没有除去他的能力了;倘在平时,只将身子一扭,就能使他退避。而且,大腿上又爬着一个哩!你们是做什么的?虫豸!?

事情可更坏了:嗡的一声,就有一个青蝇停在我的颧骨上,走了几步,又一飞,开口便舐我的鼻尖。我懊恼地想:足下,我不是什么伟人,你无须到我身上来寻做论的材料……。但是不能说出来。他却从鼻尖跑下,又用冷舌头来舐我的嘴唇了,不知道可是表示亲爱。还有几个则聚在眉毛上,跨一步,我的毛根就一摇。实在使我烦厌得不堪,——不堪之至。

忽然,一阵风,一片东西从上面盖下来,他们就一同飞开了,临走时还说——

"惜哉!……"

我愤怒得几乎昏厥过去。

木材摔在地上的钝重的声音同着地面的震动,使我忽然清醒,前额上感着芦席的条纹。但那芦席就被掀去了,又立刻感到了日光的灼热。还听得有人说——

"怎么要死在这里?……"

这声音离我很近,他正弯着腰罢。但人应该死在那里呢?我先前以为人在地上虽没有任意生存的权利,却总有任意死掉的权利的。现在才知道并不然,也很难适合人们的公意。可惜我久没了纸笔;即有也不能写,而且即使写了也没有地方发表了。只好就这样地抛开。

有人来抬我,也不知道是谁。听到刀鞘声,还有巡警在这里罢,在我所不应该"死在这里"的这里。我被翻了几个转身,便觉得向上一举,又往下一沉;又听得盖了盖,钉着钉。但是,奇怪,只钉了两个。难道这里的棺材钉,是只钉两个的么?

我想:这回是六面碰壁,外加钉子。真是完全失败,呜呼哀哉了!……

"气闷!……"我又想。

然而我其实却比先前已经宁静得多,虽然知不清埋了没有。在手背上触到草席的条纹,觉得这尸衾倒也不恶。只不知道是谁给我化钱的,可惜!但是,可恶,收敛的小子们!我背后的小衫的一角皱起来了,他们并不给我拉平,现在抵得我很难受。你们以为死人无知,做事就这样地草率么?哈哈!

我的身体似乎比活的时候要重得多,所以压着衣皱便格外的不舒服。但我想,不久就可以习惯的;或者就要腐烂,不至于再有什么大麻烦。此刻还不如静静地静着想。

"您好?您死了么?"

是一个颇为耳熟的声音。睁眼看时,却是勃古斋旧书铺的跑外的小伙计。不见约有二十多年了,倒还是那一副老样子。我又看看六面的壁,委实太毛糙,简直毫没有加过一点修刮,锯绒还是毛毿毿的。

"那不碍事,那不要紧。"他说,一面打开暗蓝色布的包裹来。"这是明板《公羊传》③,嘉靖黑口本④,给您送来了。您留下他罢。这是……。"

"你!"我诧异地看定他的眼睛,说,"你莫非真正胡涂了?你看我这模样,还要看什么明板?……"

"那可以看,那不碍事。"

我即刻闭上眼睛,因为对他很烦厌。停了一会,没有声息,他大约走了。但是似乎一个马蚁又在脖子上爬起来,终于爬到脸上,只绕着眼眶转圈子。

万不料人的思想,是死掉之后也还会变化的。忽而,有一种力将我的心的平安冲破;同时,许多梦也都做在眼前了。几个朋友祝我安乐,几个仇敌祝我灭亡。我却总是既不安乐,也不灭亡地不上不下地生活下来,都不能副任何一面的期望。现在又影一般死掉了,连仇敌也不使知道,不肯赠给他们一点惠而不费的欢欣。……

我觉得在快意中要哭出来。这大概是我死后第一次的哭。

然而终于也没有眼泪流下;只看见眼前仿佛有火花一闪,我于是坐了起来。

一九二五年七月十二日。

---

① 本篇最初发表于1925年7月20日《语丝》周刊第36期。

② 的中　射中靶子。

③ 明板《公羊传》 即《春秋公羊传》(又作《公羊春秋》)的明代刻本。《公羊传》是一部阐释《春秋》的书,相传为周末齐国人公羊高所作。

④ 嘉靖黑口本 我国线装书籍,书页中间折叠的直缝叫做"口"。"口"有"黑口""白口"的分别:折缝上下端有黑线的叫做"黑口",没有黑线的叫做"白口"。嘉靖(1522—1566),明世宗的年号。

这样的战士①

要有这样的一种战士——

已不是蒙昧如非洲土人而背着雪亮的毛瑟枪的;也并不疲惫如中国绿营兵而却佩着盒子炮②。他毫无乞灵于牛皮和废铁的甲胄;他只有自己,但拿着蛮人所用的,脱手一掷的投枪。

他走进无物之阵,所遇见的都对他一式点头。他知道这点头就是敌人的武器,是杀人不见血的武器,许多战士都在此灭亡,正如炮弹一般,使猛士无所用其力。

那些头上有各种旗帜,绣出各样好名称:慈善家,学者,文士,长者,青年,雅人,君子……。头下有各样外套,绣出各式好花样:学问,道德,国粹,民意,逻辑,公义,东方文明……。

但他举起了投枪。

他们都同声立了誓来讲说,他们的心都在胸膛的中央,和别的偏心的人类两样。他们都在胸前放着护心镜③,就为自己也深信心在胸膛中央的事作证。

但他举起了投枪。

他微笑,偏侧一掷,却正中了他们的心窝。

一切都颓然倒地;——然而只有一件外套,其中无物。无物之物已经脱走,得了胜利,因为他这时成了戕害慈善家等类的罪人。

但他举起了投枪。

他在无物之阵中大踏步走,再见一式的点头,各种的旗帜,各样的外套……。

但他举起了投枪。

他终于在无物之阵中老衰,寿终。他终于不是战士,但无物之物则是胜者。

在这样的境地里,谁也不闻战叫:太平。

太平……。

但他举起了投枪!

一九二五年十二月十四日。

---

① 本篇最初发表于1925年12月21日《语丝》周刊第58期。

作者在《〈野草〉英文译本序》里说:"《这样的战士》,是有感于文人学士们帮助军阀而作。"

② 毛瑟枪　指德国机械师毛瑟(Mauser)弟兄在19世纪70年代设计制造的一种单发步枪,是当时比较先进的武器。绿营兵,一作绿旗兵。清朝兵制:除正黄、正白、正红、正蓝、镶黄、镶白、镶红、镶蓝等"八旗兵"(以满族人为主)外,又另募汉人编成军队,旗帜采用绿色,叫做绿旗兵。清代中叶以后,绿营兵渐趋衰败,终被裁废。盒子炮,即驳壳枪,连发手枪的一种,枪体大,外有特制的木盒,故名。

③ 护心镜　古代战衣胸前部位镶嵌的金属圆片,用以保护胸膛。

聪明人和傻子和奴才①

奴才总不过是寻人诉苦。只要这样,也只能这样。有一日,他遇到一个聪明人。

"先生!"他悲哀地说,眼泪联成一线,就从眼角上直流下来。"你知道的。我所过的简直不是人的生活。吃的是一天未必有一餐,这一餐又不过是高粱皮,连猪狗都不要吃的,尚且只有一小碗……。"

"这实在令人同情。"聪明人也惨然说。

"可不是么!"他高兴了。"可是做工是昼夜无休息的:清早担水晚烧饭,上午跑街夜磨面,晴洗衣裳雨张伞,冬烧汽炉夏打扇。半夜要煨银耳,侍候主人耍钱;头钱②从来没分,有时还挨皮鞭……。"

"唉唉……。"聪明人叹息着,眼圈有些发红,似乎要下泪。

"先生!我这样是敷衍不下去的。我总得另外想法子。可是什么法子呢?……"

"我想,你总会好起来……。"

"是么?但愿如此。可是我对先生诉了冤苦,又得你的同情和慰安,已经舒坦得不少了。可见天理没有灭绝……。"

但是,不几日,他又不平起来了,仍然寻人去诉苦。

"先生!"他流着眼泪说,"你知道的。我住的简直比猪窠还不如。主人并不将我当人;他对他的叭儿狗还要好到几万倍……。"

"混帐!"那人大叫起来,使他吃惊了。那人是一个傻子。

"先生,我住的只是一间破小屋,又湿,又阴,满是臭虫,睡下去就咬得真可以。秽气冲着鼻子,四面又没有一个窗……。"

"你不会要你的主人开一个窗的么?"

"这怎么行?……"

"那么,你带我去看去!"

傻子跟奴才到他屋外,动手就砸那泥墙。

"先生!你干什么?"他大惊地说。

"我给你打开一个窗洞来。"

"这不行!主人要骂的!"

"管他呢!"他仍然砸。

"人来呀!强盗在毁咱们的屋子了!快来呀!迟一点可要打出窟窿来了!……"他哭嚷着,在地上团团地打滚。

一群奴才都出来了,将傻子赶走。

听到了喊声,慢慢地最后出来的是主人。

"有强盗要来毁咱们的屋子,我首先叫喊起来,大家一同把他赶走了。"他恭敬而得胜地说。

"你不错。"主人这样夸奖他。

这一天就来了许多慰问的人,聪明人也在内。

"先生。这回因为我有功,主人夸奖了我了。你先前说我总会好起来,实在是有先见之明……。"他大有希望似的高兴地说。

"可不是么……。"聪明人也代为高兴似的回答他。

一九二五年十二月二十六日。

① 本篇最初发表于1926年1月4日《语丝》周刊第60期。

② 头钱　旧时提供赌博场所的人向参与赌博者抽取一定数额的钱,叫做头钱,也称"抽头"。侍候赌博的人,有时也可从中分得若干。

腊　叶①

　　灯下看《雁门集》②，忽然翻出一片压干的枫叶来。

　　这使我记起去年的深秋。繁霜夜降，木叶多半凋零，庭前的一株小小的枫树也变成红色了。我曾绕树徘徊，细看叶片的颜色，当他青葱的时候是从没有这么注意的。他也并非全树通红，最多的是浅绛，有几片则在绯红地上，还带着几团浓绿。一片独有一点蛀孔，镶着乌黑的花边，在红，黄和绿的斑驳中，明眸似的向人凝视。我自念：这是病叶呵！便将他摘了下来，夹在刚才买到的《雁门集》里。大概是愿使这将坠的被蚀而斑斓的颜色，暂得保存，不即与群叶一同飘散罢。

　　但今夜他却黄蜡似的躺在我的眼前，那眸子也不复似去年一般灼灼。假使再过几年，旧时的颜色在我记忆中消去，怕连我也不知道他何以夹在书里面的原因了。将坠的病叶的斑斓，似乎也只能在极短时中相对，更何况是葱郁的呢。看看窗外，很能耐寒的树木也早经秃尽了；枫树更何消说得。当深秋时，想来也许有和这去年的模样相似的病叶的罢，但可惜我今年竟没有赏玩秋树的余闲。

一九二五年十二月二十六日。

① 本篇最初发表于1926年1月4日《语丝》周刊第60期。

作者在《〈野草〉英文译本序》中说:"《腊叶》,是为爱我者的想要保存我而作的。"又,许广平在《因校对〈三十年集〉而引起的话旧》中说,"在《野草》中的那篇《腊叶》,那假设被摘下来夹在《雁门集》里的斑驳的枫叶,就是自况的"。

② 《雁门集》 诗词集,元代萨都剌(1272—1340)著。萨氏为回族人,世居山西雁门,故以名书。

淡淡的血痕中[①]
——记念几个死者和生者和未生者

目前的造物主,还是一个怯弱者。

他暗暗地使天变地异,却不敢毁灭一个这地球;暗暗地使生物衰亡,却不敢长存一切尸体;暗暗地使人类流血,却不敢使血色永远鲜秾;暗暗地使人类受苦,却不敢使人类永远记得。

他专为他的同类——人类中的怯弱者——设想,用废墟荒坟来衬托华屋,用时光来冲淡苦痛和血痕;日日斟出一杯微甘的苦酒,不太少,不太多,以能微醉为度,递给人间,使饮者可以哭,可以歌,也如醒,也如醉,若有知,若无知,也欲死,也欲生。他必须使一切也欲生;他还没有灭尽人类的勇气。

几片废墟和几个荒坟散在地上,映以淡淡的血痕,人们都在其间咀嚼着人我的渺茫的悲苦。但是不肯吐弃,以为究竟胜于空虚,各各自称为"天之僇民"[②],以作咀嚼着人我的渺茫的悲苦的辩解,而且悚息着静待新的悲苦的到来。新的,这就使他们恐惧,而又渴欲相遇。

这都是造物主的良民。他就需要这样。

叛逆的猛士出于人间;他屹立着,洞见一切已改和现有的废墟和荒坟,记得一切深广和久远的苦痛,正视一切重叠淤积的凝血,深知一切已死,方生,将生和未生。他看透了造化的把戏;他将要起来使人类苏生,或者使人类灭尽,这些造物主的良民们。

造物主,怯弱者,羞惭了,于是伏藏。天地在猛士的眼中于是变色。

一九二六年四月八日。

---

① 本篇最初发表于1926年4月19日《语丝》周刊第75期。

作者在《〈野草〉英文译本序》中说:"段祺瑞政府枪击徒手民众后,作《淡淡的血痕中》。"

② "天之僇民" 语出《庄子·大宗师》。僇,原作戮。僇民,受刑戮的人。原语是孔子的自称,意为受人间世俗束缚的人。

一 觉①

飞机负了掷下炸弹的使命,像学校的上课似的,每日上午在北京城上飞行。②每听得机件搏击空气的声音,我常觉到一种轻微的紧张,宛然目睹了"死"的袭来,但同时也深切地感着"生"的存在。

隐约听到一二爆发声以后,飞机嗡嗡地叫着,冉冉地飞去了。也许有人死伤了罢,然而天下却似乎更显得太平。窗外的白杨的嫩叶,在日光下发乌金光;榆叶梅也比昨日开得更烂漫。收拾了散乱满床的日报,拂去昨夜聚在书桌上的苍白的微尘,我的四方的小书斋,今日也依然是所谓"窗明几净"。

因为或一种原因,我开手编校那历来积压在我这里的青年作者的文稿了;我要全都给一个清理。我照作品的年月看下去,这些不肯涂脂抹粉的青年们的魂灵便依次屹立在我眼前。他们是绰约的,是纯真的,——阿,然而他们苦恼了,呻吟了,愤怒,而且终于粗暴了,我的可爱的青年们!

魂灵被风沙打击得粗暴,因为这是人的魂灵,我爱这样的魂灵;我愿意在无形无色的鲜血淋漓的粗暴上接吻。漂渺的名园中,奇花盛开着,红颜的静女正在超然无事地逍遥,鹤唳一声,白云郁然而起……。这自然使人神往的罢,然而我总记得我活在人间。

我忽然记起一件事:两三年前,我在北京大学的教员预备室里,看见进来了一个并不熟识的青年③,默默地给我一包书,便出去了,打开看时,是一本《浅草》④。就在这默默中,使我懂得了许多话。阿,这赠品是多么丰饶呵!可惜那《浅草》不再出版了,似乎只成了《沉钟》⑤的前身。那《沉钟》就在这风沙澒洞中,深深地在人海的底里寂寞地鸣动。

野蓟经了几乎致命的摧折,还要开一朵小花,我记得托尔斯泰⑥曾受了很大的感动,因此写出一篇小说来。但是,草木在旱干的沙漠间,拼命伸长他的根,吸取深地中的水泉,来造成碧绿的林莽,自然是为了自己的"生"的,然而使疲劳枯渴的旅人,一见就怡然觉得遇到了暂时息肩之所,这是如何的可以感激,而且可以悲哀的事!?

《沉钟》的《无题》⑦——代启事——说:"有人说:我们的社会是一片沙漠。——如果当真是一片沙漠,这虽然荒漠一点也还静肃;虽然寂寞一点也还会使你感觉苍茫。何至于像这样的混沌,这样的阴沉,而且这样的离奇变幻!"

是的,青年的魂灵屹立在我眼前,他们已经粗暴了,或者将要粗暴了,然而我爱这些流血和隐痛的魂灵,因为他使我觉得是在人间,是在人间活着。

在编校中夕阳居然西下,灯火给我接续的光。各样的青春在眼前一一驰去了,身外但有昏黄环绕。我疲劳着,捏着纸烟,在无名的思想中静静地合了眼睛,看见很长的梦。忽而惊觉,身外也还是环绕着昏黄;烟篆⑧在不动的空气中上升,如几片小小夏云,徐徐幻出难以指名的形象。

一九二六年四月十日。

① 本篇最初发表于1926年4月19日《语丝》周刊第75期。

作者在《〈野草〉英文译本序》中说:"奉天派和直隶派军阀战争的时候,作《一觉》。"

② 1926年4月,冯玉祥的国民军和奉系军阀张作霖、李景林所部作战期间,国民军驻守北京,奉军飞机曾多次飞临轰炸。

③ 当指冯至(1905—1993),河北涿县人,诗人。时为北京大学国文系学生。鲁迅1925年4月3日日记载:"午后往北大讲。浅草社员赠《浅草》一卷之四期一本。"

④ 《浅草》 文艺季刊,浅草社编。1923年3月创刊,在上海印刷出版。共出四期,1925年2月停刊。主要作者有林如稷、冯至、陈炜谟、陈翔鹤等。

⑤ 《沉钟》 文艺刊物,沉钟社编。1925年10月10日在北京创刊。初为周刊,出十期。1926年8月改为半月刊,次年1月出至第十二期休刊;1932年10月复刊,1934年2月出至第三十四期停刊。主要作者除浅草社同人外尚有杨晦等。

⑥ 托尔斯泰(Л.Н.Толстой,1828—1910) 俄国作家。著有长篇小说《战争与和平》《安娜·卡列尼娜》《复活》等。这里说的"一篇小说",指中篇小说《哈泽·穆拉特》。野蓟,即牛蒡花,菊科,草本植物。在《哈泽·穆拉特》序曲开始处,作者描写有着顽强生命力的牛蒡花,以象征小说主人公哈泽·穆拉特。

⑦ 《无题》 载于《沉钟》周刊第十期(1925年12月)。

⑧ 烟篆 燃着的纸烟的烟缕,弯曲上升,好似笔画圆曲的篆字(我国古代的一种字体)。

卷三 其他

昔者阿谁读书皆已束之高阁以有同是经念共不俱忘者
时手歌一拍不知是谁作慎勿错听之也且用不着

（阿英翁锦笑之一锦应） 伯訏先生雅属

鲁迅

鲁迅旧体诗与《集外集》及其拾遗

关于自己的旧体诗,鲁迅曾有这样的说法:"我平常并不做诗,只在有人要我写字时,胡诌几句塞责,并不存稿。"①

这是确实的。鲁迅一向不注意把诗稿单独地留存起来,更没有编辑旧体诗集的意思,就那么随作随写以应索字的友人,也有主动写以赠人的。其底稿偶尔有随手记在日记里的,但远不完全,与赠人之手迹的文字有时略有不同——盖写诗必有所推敲改订也。特地拿出去发表的则如凤毛麟角,大约只有听说丁玲遇害时写的《悼丁君》(《《涛声》周刊第2卷第38期,1933年9月30日)等少数两三首,另外有几首是写进文章里随文发表的,典型的如"惯于长夜过春时"的那首七律,是写在《为了忘却的记念》一文中的。

随手记在日记里的诗,如自题其小说集的两首,《鲁迅日记》1933年3月2日载:

> 山县氏索小说并题诗,于夜写二册赠之。《呐喊》云:"弄文罹文网,抗世违世情。积毁可销骨,空留纸上声。"《彷徨》云:"寂寞新文苑,平安旧战场。两间余一卒,荷戟尚彷徨。"

这两首诗,后来分别被称为《题〈呐喊〉》《题〈彷徨〉》。后者比较早地被收入了《集外集》(上海群众图书公司1935年5月版),前者要到晚些时候才编入《集外集拾遗》(许广平编定,列入1938年本《鲁迅全集》)。

造成这种奇怪情形的原因即在于鲁迅不大重视自己的旧体诗。1934年顷杨霁云(1910—1996)编《集外集》时,到处搜集鲁迅的集外文章和旧体诗,又请鲁迅回忆自己的旧作,前者他从上海《文艺新闻》周刊第22号(1931年8月10日)之《鲁迅氏之悲愤——以旧诗寄怀》的短讯中看到三首:

《送S.M.君》(或题为《湘灵歌》)
《送M.K.女士》(或题为《无题》"大野多钩棘")
《E.O.君携兰归国》(后由鲁迅本人更正为《送O.E.君携兰归国》)

他又从《人间世》半月刊第8期(1934年7月20日)所载高疆《今人诗话》一文中看到六首:

《湘灵歌》(即《送S.M.君》)
《阻郁达夫移家杭州》
《无题("大野多钩棘")》(即《送M.K.女士》)
《赠日本歌人》
《题〈彷徨〉》

《悼丁君》
又《小说》半月刊(1934年8月1日)曾发表鲁迅手书的一首

七绝——

《赠人》("明眸越女")

三者相加去其重复,共得八首。而鲁迅自己回忆起来抄寄给杨霁云以便编入《集外集》的凡六首,它们是——

《无题》("洞庭木落")
《赠人》("秦女端容",原在"明眸越女"一首之后)
《二十三年元旦》
《自嘲》——以上见于1934年12月9日的信
《哭范爱农》("把酒论天下")——见于1934年12月13日的信
《题三义塔》——见于1934年12月29日的信

这样统加在一起,是十三题十四首。这时鲁迅竟然没有把那首与《题〈彷徨〉》一道写成的《题〈呐喊〉》补充进来。鲁迅不大重视自己的旧体诗;当时他身体不佳,对《集外集》的审稿也不算很周到。

《集外集》所收旧体诗只有这十三题十四首;未入集的尚多,后来大抵编进了《集外集拾遗》;仍有遗漏,更往后编进了《集外集拾遗补编》(人民文学出版社编,列入1981年和2005年本《鲁迅全集》)。

杨霁云搜集整理编辑而成的《集外集》书稿在送审时被删去《编者引言》和正文九篇:《来信(致孙伏园)》《启事》《老调子已经唱完》《上海所感》《今春的两种感想》《帮忙文学与帮闲文学》《〈不走正路的

安得伦〉小引》《〈英译本短篇小说〉自序》《译本高尔基〈一月九日〉小引》。鲁迅对国民政府审查官的大砍大杀非常愤慨,1935年2月4日致信杨霁云说:"文字请此辈去检查,本是犯不上的事情,但商店为营业起见,也不能深责,只好一面听其检查,不如意,则自行重印耳。"②他又在写给曹聚仁的信(1935年1月29日)中说:"《集外集》之被捣乱,原是意中事。那十篇原非妙文,可有可无,但一经被删,却大有偏要发表之意了。我当于今年印出来给他们看。"③后来许广平编《集外集拾遗》时,把《来信(致孙伏园)》等九篇鲁迅的集外文章都补到这里来。

《集外集》编成之后,鲁迅想到自己还有些旧文未尝编入文集,于是打算再编一本《集外集外集》,后定名为《集外集拾遗》,见于他手定的著作目录;此本未及编完,他就病了;后来到1938年出版20卷本《鲁迅全集》之时,才由许广平编定收入。

许广平在《集外集拾遗》的《编后说明》中写道:当年鲁迅"因为《集外集》所载的尚觉有未备之处,似乎还可以补足一下","所以特地托老友宋紫佩先生,把平寓所存的《晨报副刊》《京报副刊》《莽原周刊》等寄来,之后,费了不少心血,自己亲自抄录,随时给写下'补记',如《编完写起》等是。有在本文之后添列别人文件作备考的,如《咬嚼之余》《咬嚼未始乏味》《田园思想》等是……很不幸的,先生编辑未完而病作了。"

许编本《集外集拾遗》包括小说、杂文五十二篇、1903年至1935年间旧体诗二十三题,附录1926年至1936年间广告六则。这个本子也编入了各版《鲁迅全集》,内容和顺序略有调整,显得更加合理、规范。

鲁迅的旧体诗在《集外集》和《集外集拾遗》之外尚有遗珠,后来编入了《集外集拾遗补编》,这里有1930年题赠冯蕙熹的四言诗、1934年题《芥子园画集三集》赠许广平的诗以及早年的一些篇什。

鲁迅去世已经八十多年,一向有大批专家在鲁迅研究领域辛勤耕耘,时至今日,集外恐怕难以再有重大的新发现了。

---

① 1934年10月13日致杨霁云的信,《鲁迅全集》第12卷。
②③ 《鲁迅全集》第13卷。

鲁迅的十首新诗

一

诗人鲁迅最重要的创作成果是他的二十几首散文诗,后来集印为一册《野草》;其次是他的一批旧体诗,其中的名句如"我以我血荐轩辕""城头变幻大王旗""横眉冷对千夫指,俯首甘为孺子牛"等等,脍炙人口,传播尤广;他早先也曾写过几首新诗,知名度不高,现在读者也很少,简直几乎要被忘却了。

其五四时代的新诗篇目如下——

《梦》(《新青年》第4卷第5号,1918年5月)

《爱之神》(同上)

《桃花》(同上)

《他们的花园》(《新青年》第5卷第1号,1918年7月)

《人与时》(同上)

《他》(《新青年》第6卷第4号,1919年4月)

一共六首,都在《新青年》上,皆署名唐俟,是分三回发表的:第一回三首,第二回二首,第三回就《他》这一首。按这样的形势画一个统计图,直线下降,趋向于零。果然,鲁迅后来便不再写新诗;而于1919

年8、9月间在《国民公报》发表了七段散文诗,总题为《自言自语》,看样子还要再写下去,但不知道为什么,却戛然而止了,几年以后才重新开始。鲁迅有时会潜伏一段时间,酝酿进行新的工作。这种潜伏也可能细化到某一更小的领域。

鲁迅停止新诗写作之日,也正是他开始动手来创作散文诗之时。这样一个"行到水穷处,坐看云起时"的转换,似乎表明他已经敏锐地意识到,新诗这种文学样式不适合他自己,甚至也可以推测,他认为新诗不适合中国。

后来到30年代,杨霁云首先把鲁迅的新诗搜集起来,编入《集外集》(五首,缺最后一首);为此鲁迅在该集的序言中回顾自己当年的情形道:

> ……也做了几首新诗。我其实是不喜欢做新诗的——但也不喜欢做古诗——只因为那时诗坛寂寞,所以打打边鼓,凑些热闹;待到称为诗人的一出现,就洗手不作了。

到鲁迅晚年,他在会见美国友人埃德加·斯诺时,据说曾说过这样几句很极端的话:

> 研究中国现代诗人,纯系浪费时间。不管怎么说,他们实在是无关紧要,除了他们自己外,没有人把他们真当一回事。"唯提笔不能成文者,便作了诗人。"①

这份谈话记录未经鲁迅本人审阅,而且有迹象表明,其中渗透了斯诺本人的某些见解;但斯诺也不大可能完全无中生有——鲁迅在闲谈时用极而言之的调子批评中国新诗,是完全可能的。

在1925年发表的《诗歌之敌》一文中鲁迅为年轻人的爱情诗辩护,意在抨击坚守旧道德的保守派,但他又写道:"说文学革命之后而文学已有转机,我至今还未明白这话是否真实。但戏曲尚未萌芽,诗歌却已奄奄一息了。即有几个人偶然呻吟,也如冬花在严风中颤抖。"②可见他对新诗的现状及其前途很不乐观。

鲁迅的新诗大抵是为五四新文化运动助威的,他完全摆脱了旧体诗的腔调,用非常散文化的文句,表达对新思想新生活的追求。第一首《梦》,说中国人有许多梦想,往往后梦赶走前梦,诗人呼唤"你来你来!明白的梦"。这里有着极其丰富的历史内容。《他们的花园》一首则大谈应当大力向外国学习及其困难:从"他们的花园"摘来一朵白得像雪的百合花,却很快就有苍蝇来拉些矢在上面,令人气得无话可说,可是——

说不出话,想起邻家,
他们大花园里,有许多好花。

还是要学外国,要请来"德先生"和"赛先生"。诗歌这样写,很近于比兴体的杂文,乃是时代精神的号筒,路径与小说《狂人日记》殊途同归。

这一批新诗中水平最高的大约是最后一首《他》:

一

"知了"不要叫了,
他在房中睡着;

"知了"叫了,刻刻心头记着。

太阳去了,"知了"住了,——还没有见他,

待打门叫他,——锈铁链子系着。

二

秋风起了,

快吹开那家窗幕。

开了窗幕,会望见他的双靥。

窗幕开了,——一望全是粉墙,

白吹下许多枯叶。

三

大雪下了,扫出路寻他;

　这路连到山上,山上都是松柏,

　他是花一般,这里如何住得!

不如回去寻他,——阿!回来还是我家。

　　这诗的写法很像是魏晋之际大诗人阮籍的《咏怀》。"出门望佳人,佳人岂在兹?……忽忽朝日隤,行行将何之?不见季秋草,摧折在今时。"(《咏怀》其八十)鲁迅诗里的"他",无非就是阮籍笔下的"佳人",代表一种难以追寻的理想。鲁迅甚至说,追着追着,竟发现她已经死去,埋在山上(古代的墓上多种松柏)。这就比阮籍更要痛苦了。五四群众运动高潮到来之前,鲁迅有一种深沉的悲观,这一点他在《呐喊·自序》里也曾明确地说起过。

　　思想过于超前,形式也大为超前,这样的新诗就写不下去了。

鲁迅虽然不再写新诗,但仍然很热心帮胡适选他本人的诗作,又替周作人修改《小河》;鲁迅的诗人气质仍然在发挥作用,但他已经决心"洗手不作",而一心运用那些更适合于他的文学样式,继续呐喊奋斗。

二

除了五四前夜在《新青年》上发表的六首,后来到30年代初叶又有歌谣体的新诗四首——可是这四首一向被视为他的旧体诗,还有进而论定为"古风"的。否认歌谣体诗是新诗,是一个意味深长的错误,其意若曰:只有无节调不押韵的才是新诗——这个观念相当顽固而且可怕。

这四首歌谣体新诗是1931年底发表的《好东西歌》《公民科歌》《南京民谣》以及1932年初的《"言辞争执"歌》,因为都带有强烈的政治讽刺色彩,只能刊登于当年的地下报刊。《好东西歌》唱道:

> 南边整天开大会,北边忽地起风烟。
> 北人逃难南人嚷,请愿打电闹连天。
> 还有你骂我来我骂你,说得自己蜜样甜。
> 文的笑道岳飞假,武的却云秦桧奸。
> 相骂声中失土地,相骂声中捐铜钱。
> 失了土地捐过钱,喊声骂声也寂然。
> 文的牙齿痛,武的上温泉,
> 后来知道谁也不是岳飞或秦桧,
> 声明误解释前嫌,

大家都是好东西,终于聚首一堂来吸雪茄烟。

讽刺国民党党国要人的内讧和勾结,令人想起眼前的事实,"牙齿痛""上温泉"二句尤有比较明确的所指。这样骂上门去的歌谣是无从公开发表的。

这几首诗,内容具有尖锐的政治针对性,艺术上则充满了改进新诗写法的探索性。五四前后兴起的中国新诗数量不少,脱离群众,读者无多,影响远远不如白话文的小说和散文。大家比较熟悉而且能够记住的,还是旧体诗特别是唐诗。

新文学在诗歌领域里的革命迄未成功,同志仍须努力。鲁迅一向认为,新诗"须有形式,要易记,易懂,易唱,动听,但格式不要太严。要有韵,但不必依旧诗韵,只要顺口就好。"③

鲁迅特别强调新诗应该能唱。1934年11月11日他在答复窦隐夫的信中写道:"诗歌虽有眼看的和嘴唱的两种,也究以后一种为好;可惜中国的新诗大概是前一种。没有节调,没有韵,它唱不来;唱不来,就记不住,记不住,就不能在人们的脑子里将旧诗挤出,占了它的地位。"④新诗的改革就是要在这些地方作出努力。鲁迅继续写道:"我以为内容且不说,新诗先要有节调,押大致相近的韵,给大家容易记,又顺口,可以唱得出来。但白话要押韵而又自然,是颇不容易的,我自己实在不会做,只好发议论。"

"实在不会做"是鲁迅的谦辞,他分明做过有节调而且押韵的新诗,《好东西歌》等四首就是例证;只可惜他不过偶一为之,没有做出持续的努力。

即使是伟人也只能做属于他的那一份事业,可以只手包打天下的只有神仙。

① 《鲁迅同斯诺谈话整理稿》,安危译,《新文学史料》1987年第3期。
② 《集外集拾遗·诗歌之敌》,《鲁迅全集》第7卷。
③ 鲁迅1935年9月20日致蔡斐君的信,《鲁迅全集》第3卷。
④ 鲁迅1934年11月1日答窦隐夫的信,前引书。

附　鲁迅新诗(文中完整引录的二首,不赘录)

梦

很多的梦,趁黄昏起哄,
前梦才挤却大前梦,后梦又赶走了前梦。
　去的前梦黑如墨,在的后梦墨一般黑;
　去的在的仿佛都说,"看我真好颜色。"
颜色许好,暗里不知;
而且不知道:说话的是谁?

暗里不知,身热头痛。
你来你来,明白的梦!

爱 之 神

一个小娃子,展开翅子在空中,
一手搭箭,一手张弓,
不知怎么一下,一箭射着前胸。
　　"小娃子先生,谢你胡乱栽培!
　　但得告诉我:我应该爱谁?"
娃子着慌,摇头说,"唉!
你是还有心胸的人,竟也说这宗话。
　　你应该爱谁,我怎么知道。
　　总之我的箭是放过了!
　　你要是爱谁,便没的去爱他;
　　你要是谁也不爱,也可以没命的去自己死掉。"

桃　花

春雨过了,太阳又很好,随便走到园中。
桃花开在园西,李花开在园东。
　　我说,"好极了！桃花红,李花白。"
　　　（没说,桃花不及李花白。）
桃花可是生了气,满面涨作"杨妃红"。
　　好小子！真了得！竟能气红了面孔。
　　我的话可并没得罪你,你怎的便涨红了面孔？
　　唉！花有花道理,我不懂。

他们的花园

小娃子,卷螺发,
银黄的面庞上还有微红,——看他意思是正要活。
　　走出破大门,望见邻家;
　　他们大花园里,有许多好花。
用尽小心机,得了一朵百合;
又白又光明,像才下的雪。
好生拿了回家,映着面庞,分外映出血色;
　　苍蝇绕花飞鸣,乱在一屋子里——
　　"偏爱这不干净花,是胡涂孩子!"
　　忙看百合花,却已有几点蝇矢。
看不得;舍不得。
瞪眼望着天空,他更无话可说。
　　说不出话,想起邻家:
　　他们大花园里,有许多好花。

人 与 时

一人说,将来胜过现在。
一人说,现在远不及从前。
一人说,什么?
时道,你们都侮辱我的现在。
　从前好的,自己回去。
　将来好的,跟我前去。
　这说什么的,
　我不和你说什么。

公民科歌

何键将军捏刀管教育,说道学校里边应该添什么。首先叫作"公民科",不知这科教的是什么。但愿诸公勿性急,让我来编教科书,做个公民实在弗容易,大家切莫耶耶乎。第一着,要能受,蛮如猪猡力如牛,杀了能吃活就做,瘟死还好熬熬油。第二着,先要磕头,先拜何大人,后拜孔阿丘,拜得不好就砍头,砍头之际莫讨命,要命便是反革命,大人有刀你有头,这点天职应该尽。第三着,莫讲爱,自由结构放洋屁,最好是做第十第廿姨太太,如果爹娘要钱化,几百几千可以卖,正了风化又赚钱,这样好事还有吗?第四着,要听话,大人怎说你怎做。公民义务多得很,只有大人自己心里懂,但愿诸公切勿死守我的教科书,免得大人一不高兴便说阿拉是反动。

南京民谣

大家去谒灵,强盗装正经。
静默十分钟,各自想拳经。

"言词争执"歌

一中全会好忙碌,忽而讨论谁卖国,粤方委员叽哩咕,要将责任归当局。吴老头子老益壮,放屁放屁来相嚷,说道卖的另有人,不近不远在场上。有的叫道对对对,有的吹了嗤嗤嗤,嗤嗤一通不打紧,对对恼了皇太子,一声不响出"新京",会场旗色昏如死。许多要人夹屁追,恭迎圣驾请重回,大家快要一同"赴国难",又拆台基何苦来?香槟走气大菜冷,莫使同志久相等,老头自动不出席,再没狐狸来作梗。况且名利不双全,那能推苦只尝甜?卖就大家都卖不都不,否则一方面子太难堪。现在我们再去痛快淋漓唱几巡,酒酣耳热都开心,什么事情就好说,这才能慰在天灵。理论和实际,全都括括叫,点点小龙头,又上火车道。只差大柱石,似乎还在想火并,展堂同志血压高,精卫先生糖尿病,国难一时赴不成,虽然老吴已经受告警。这样下去怎么好,中华民国老是没头脑,想受党治也不能,小民恐怕要苦了。但愿治病统一都容易,只要将那"言词争执"扔在茅厕里,放屁放屁放狗屁,真真岂有之此理。

鲁迅译诗述略

诗人鲁迅的劳动成果表现在下列四个方面：《野草》及其前后所作的散文诗，新诗，旧体诗，译诗。现将他译诗的情况和成果略述如下，以供参考，并请指正。

一

鲁迅曾经说过，在他决心从事文学之初，看重的不是创作，而是翻译，当时他译过若干小说，也翻译过诗。

现存最早的鲁迅译诗是他为二弟周作人作的。1907年2月周作人译成英国哈葛德与安特路朗（安德鲁·兰）合著之长篇小说《红星佚史》（原名《世界的欲望》），同年10月由上海商务印书馆出版，列为《说部丛书》之一，署"会稽周逴译"。其中的十六节诗乃周作人口译，由鲁迅以骚体笔述而成。这部书可以说是他们兄弟二人早年的一个合作成果。

周作人后来在《鲁迅的故家·园的内外·笔述的诗文》中曾提到《红星佚史》中的诗篇出于鲁迅之手；到晚年，更在回忆录中比较详细地写道："我译《红星佚史》，因为一个著者是哈葛德，而其他一个又是安特路朗的缘故……安特路朗本非小说家，乃是一名多才的散文作家,特别以他的神话学说和希腊文学著述著名,我便取他的这一点,因为《红星佚史》里所讲的正是古希腊的故事。这书原名为《世界欲》(The Word's Desire),因为海伦佩有滴血的星石,所以易名为《红星佚史》;说老实话,这里面的故事虽然显得有点'神怪',可是并不怎么见得有趣味,至多也就是同那《金字塔剖尸记》仿佛罢了。不过不知道为了什么缘故,总觉得这里有一部分是安特路朗的东西,便独断的认定这是书里所有诗歌,多少有这可能,却没有的确的证据。这在哈葛德别的作品确实是没有这许多诗,大概总该有十八九首吧。在翻译的时候很花了气力,由我口译,却是鲁迅笔述下来,只有第三编第七章中勒尸多列庚的战歌因为原意粗俗,所以是我用了近似白话的古文译成,不去改写成古雅的诗体了。"①

可知周作人更看重的乃是这部小说中的诗歌,这一部分他觉得还是由大哥来动手才好。而鲁迅采用的乃是古色古香的骚体,如主人公阿迭修斯之神弓发出的歌声道——

> 雄矢浩唱兮声幽伫,玄弧寄语兮弦以音。
> 鸣骹嗽兮胡不续,胡不续兮餍人肉……
> 噫吁嘻,鬼魂泣血兮矢著人,镞饫热露兮相欢欣。
> 苍骹浩唱兮声幽伫,玄弧寄语兮弦以音。(第一章《寂寞之屿》)②

一派古老苍凉的肃杀之声,用骚体来翻译应当说很合适。鲁迅熟于《楚辞》,有着深厚的研究,他自己的诗歌创作也很有点屈原的遗意,而这里又运用骚体于外国诗歌的译述,这是很值得玩味的。

那时新文化运动还没有起来,文学领域无论是创作还是翻译都还是用文言文,诗歌的翻译自然也是如此,而以古译洋,困难实在太大,所以鲁迅后来不大动手,偶一为之,也存于箧中,并不发表。他翻译的两首德国大诗人海涅(1797—1856)的诗,是因为周作人在他的文章《艺文杂话》(《中华小说界》第2期,1914年2月)中引用了出来,这两首译诗是——

> 余泪泛澜兮繁花,余声悱亹兮莺歌。
> 少女子兮,使君心其爱余,余将捧繁花而献之。
> 流莺鸣其嘤嘤兮,傍吾欢之罘罳。

> 眸子青地丁,辅颊红蔷薇,百合皎洁兮君荄黄。
> 吁嗟芳馨兮故如昨,奈君心兮早摇落。

海涅的诗作甚多,早年鲁迅特别译出这样两段爱情诗,大约同他自己争取爱情而不可得的生活状态有关吧。

留学日本时鲁迅特别重视匈牙利大诗人裴多菲(Petofi Sandor,旧译裴象飞、彼得斐,1823—1849?)和他不朽的诗篇,曾在著名论文《摩罗诗力说》(原载《河南》月刊第2、3号,1908年2、3月)中介绍其人其作道:

> 裴象飞幼时,尝治裴伦(按今译拜伦)暨修黎(按今译雪莱)之诗,所作率纵言自由,诞放激烈,性情亦仿佛如二人。曾自言曰,吾心如反响之森林,受一呼声,应以百响者也。又善体物色,著之诗歌,妙绝人世,自称为无边自然之野花。所著长诗有《英雄约诺斯》(János Vitéz)一篇,取材于古传,述其人悲欢畸迹。又

小说一卷曰《缢吏之缳》(A Hohér Kötele)，记以眷爱起争，肇生孽障……至于诗人一生，亦至殊异，浪游变易，殆无宁时。虽少逸豫者一时，而其静亦非真静，殆犹大海潋滟中心之静点而已。③

言内言外都洋溢着仰慕之情。鲁迅曾经打算翻译裴多菲的诗，但语言方面困难太大，只得废然而止，却在周作人帮助下从英语翻译了奥地利学者籁息·艾米尔的一篇《裴彖飞诗论》，其上半发表于《河南》月刊第7期(1908年8月)，译文前有一段说明道：

往作《摩罗诗力说》，曾略及匈加利裴彖飞事，独恨文字差绝。欲迻异国诗曲，翻为夏言，其业滋艰，非今兹能至。顷见其国人籁息(Recsi E)所著《匈加利文学史》，中有《裴彖飞诗论》一章，则译诸此。冀以考见其国之风土景物，诗人情性，与夫著作旨趣之一斑云。④

该文的下半因《河南》停刊未能刊出，译稿亦不知所终。但翻译裴多菲诗一事长期潜伏于他的内心，很多年后也译过几首，后来觉得自己已经不可能再回到这个题目上来了，便把早年购藏的两本《裴多菲集》送给青年诗人白莽(另一笔名殷夫，原名徐白，1909—1931)。鲁迅后来在1933年写的一篇纪念左联五烈士的文章中写道：

那两本书，原是极平常的，一本散文，一本诗集，据德文译者说，这是他搜集起来的，虽在匈牙利本国，也还没有这么完全的本子，然而印在《莱克朗氏万有文库》(Reclam's Univrsal-Bibliothek)中，倘在德国，就随处可得，也值不到一元钱。不过在我是一种宝贝,因为这是三十年前,正当我热爱彼得斐的时候,特地托丸善书店从德国去买来的,那时还恐怕因为书极便宜,店员不肯经手,开口时非常惴惴。后来大抵带在身边,只是情随事迁,已没有翻译的意思了,这回便决计送给这也如我的那时一样,热爱彼得斐的诗的青年,算是给它寻得了一个好着落。⑤

青年诗人白莽从德文翻译了一篇奥地利文学史家德涅尔斯(Alfre Tenirs)的《彼得斐·山陀尔行状》,投寄给《奔流》杂志,作为主编的鲁迅去信索取原文以便检核,而"原文是载在诗集前面的,邮寄不便,他就亲自送来了"。

鲁迅刚刚接到白莽的《彼得斐·山陀尔行状》译稿之初,他就打算将自己珍藏多年的两本《裴多菲集》送给这位文学青年,稍后他写信给白莽,说——

> 来信收到。那篇译文略略校对了一下,决计要登在《奔流》上,但须在第五六期了,因为以前的稿子已有。又,只一篇传,觉得太冷静,先生可否再译十来篇诗,一同发表。又,作者的姓名,现在这样是德国人改的。发表的时候,我想仍照匈牙利人的样子改正(他们也是先姓后名)——Petöfi Sándor。
> ……
> 先回说过的两本书,已经带来了,今附上,我希望先生索性介绍他一本诗到中国来。关于P的事,我在《坟》中讲过,又《语丝》上登过他几首诗,后来《沉钟》和《朝华》上说过,但都很简单。⑥

信和两本书都托柔石送去。于是白莽译出了裴多菲的诗八首，取《黑面包及其他》为总题，同那篇《行状》一道发表于《奔流》第二卷第五期，也就是最后一期上。鲁迅在该期的编辑后记中写道——

  收到第一篇《彼得斐行状》时，很引起我青年时的回忆，因为他是我那时所敬仰的诗人。在满洲政府之下的人，共鸣于反抗俄皇的英雄，也是自然的事。但他其实是一个爱国诗人，译者大约因为爱他，便不免有些掩护，将"nation"译作"民众"，我以为那是不必的。他生于那时，当然没有现代的见解，取长弃短，只要那"斗志"能鼓动青年战士的心，就尽够了。⑦

不能因为自己的思想见解而故意强原作以就我，这应当是从事翻译的一条规矩。翻译就是翻译，必须忠实于原文，至于译者对这原文中的提法与思想等等有什么看法，可以另行发表，一定不能改动原文。

《为了忘却的记念》第四部分提到，在白莽留在鲁迅那里的《彼得斐诗集》上，有四行译文道——

  生命诚宝贵，
    爱情价更高；
  若为自由故，
    二者皆可抛。

这四句译文像是一首中国传统五言绝句，脍炙人口，流传甚广。

这样看来,用中国古老的诗歌形式翻译外国的新诗也未尝不可,在这一方面,鲁迅用骚体翻译《红星佚史》中诗与海涅的诗篇,至今也还仍然具有某种参考价值。

二

鲁迅说《语丝》上登过裴多菲的几首诗,都是他本人翻译的,一共是五首:

《语丝》第9期(1925年1月12日)二首:《我的父亲和我的手艺》《愿我是树,倘使你……》

《语丝》第11期(1925年1月26日)三首:《太阳酷热地照临……》《坟墓里休息着……》《我的爱——并不是……》

这五首的译文都是白话文。鲁迅在五四时代写过六首白话诗,给周作人改过诗,帮胡适选过诗,早已是行家,译诗自然举重若轻。试举其中一首来看,《愿我是树,倘使你……》:

> 愿我是树,倘使你是树的花朵;
> 你是露,我就愿意成花;
> 愿我是露罢,倘使你是太阳的一线光线;
> 我们的存在这就打成一家。
> 而且,倘使你,姑娘,是高天
> 我就愿意是,其中闪烁的一颗星;
> 然而,倘使你,姑娘,是地狱,
> 为要和你一处,我宁可永不超生。⑧

这诗很容易让人想起中国中古大诗人陶渊明在《闲情赋》里那一组热情如火的句子:"愿在衣而为领,承华首之余芳;悲罗襟之宵离,怨秋夜之未央。愿在裳而为带,束窈窕之纤身;嗟温凉之异气,或脱故而服新……"陶渊明一口气提出了十种愿望,但始终求之不得,落得丧魂失魄,走投无路,耿耿不寐,众念徘徊;最后只好用风雅的诗教方式否定了自己先前的种种胡思乱想⑨。

裴多菲幸福多了,他未尝经受过古代中国那种沉重的礼教压力,再加上他思想解放,"诞放激烈",其抒情诗自能畅所欲言,比喻也愈见错落有致,有不断深入之妙。古今中外总是有同有异。

鲁迅后来在《七论"文人相轻"》(收入《且介亭杂文二集》)中曾经引用《我的爱——并不是……》的后二节,以强调作家应当爱憎分明。

鲁迅不仅在1925年初比较密集地发表了裴多菲五首诗的译文,还译过他另外一些诗,却用较为间接的方式发表出来。其中有一首《希望之歌》被作为引文安排在自己的散文诗《希望》(本篇作为《野草》的第七篇发表于《语丝》第10期,1925年1月19日)之中:

> 我放下了希望之盾,我听到Petöfi Sándor(1823-49)的"希望"之歌:

> 希望是甚么?是娼妓:
> 她对谁都蛊惑,将一切都献给;
> 待你牺牲了极多的宝贝——
> 你的青春——她就弃掉你。

> 这伟大的抒情诗人,匈牙利的爱国者,为了祖国而死在可萨克兵的矛尖上,已经七十五年了。悲哉死也,然而更可悲的是他的诗至今没有死。⑩

这首诗翻译得很准确,与后来从匈牙利原文译出者完全一致,仅有字句的小异。⑪裴多菲此诗甚短,罕譬而喻,惊心动魄。

鲁迅在散文诗《希望》中还引用了裴多菲的警句:"绝望之为虚妄,正与希望相同。"他后来在《〈自选集〉自序》中又曾再一次加以引用。但人们曾经长期弄不清楚这两句出于他的哪一首诗,后来才终于查明乃是他一封书信中的话:"绝望是那样的骗人,正如希望一样"⑫。诗人的散文也往往写得大有诗意。而鲁迅更将它译成似乎是诗句的样子,更加脍炙人口,常常被引用。

鲁迅翻译的裴多菲的另一首《题 B.SZ 夫人照像诗》则被安排在《诗歌之敌》一文中。文章写道——

> 豢养文士仿佛是赞助文艺似的,而其实也是敌。宋玉司马相如之流,就受着这样的待遇,和后来的权门的"清客"略同,都是位在声色犬马之间的玩物。查理九世的言动,更将这事十分透彻地证明了的。他是爱好诗歌的,常给诗人一点酬报,使他们肯做一些好诗,而且时常说:"诗人就像赛跑的马,所以应该给吃一点好东西。但不可使他们太肥;太肥,他们就不中用了。"这虽然对于胖子而想兼做诗人的,不算一个好消息,但也确有几分真实在内。匈牙利最大的抒情诗人彼象飞(A Petöfi)有题 B.Sz 夫人照像的诗,大旨说"听说你使你的丈夫很幸福,我希望不至于此,因为他是苦恼的夜莺,而今沉默在幸福里了。苛待他罢,使他因

此常常唱出甜美的歌来。"也正是一样的意思。⑬

鲁迅文中所谓"B.SZ夫人"指匈牙利女作家乔包·马丽亚,她十五岁就嫁给了瓦豪特·山陀尔,裴多菲这首诗题在她的纪念册上;原诗凡六行,似乎颇有调侃之意。⑭

《诗歌之敌》和《野草·希望》都作于1925年元旦,当月他又在《语丝》连续发表裴多菲的译文。这个月份可谓鲁迅的裴多菲月。

杰出的诗人裴多菲是鲁迅的最爱,凡有翻译裴多菲的人,他都全力支持,对通过德文翻译裴多菲的传记与诗歌的白莽是如此,对通过世界语翻译《勇敢的约翰》(即鲁迅早年提到过的《英雄约诺斯》)的孙用(原名卜成中,1902—1983)也是如此⑮。

此外他还译过几位外国诗人的作品,就都比较零散了。这里有日本伊东干夫的《我独自行走》,法国G.亚波里耐尔的《跳蚤》,奥地利翰斯·迈伊尔的《中国起了火》等诗,都各只一首,译出的机缘也带有一定的偶然性,例如颓废派诗人G.亚波里耐尔(1880—1918)本来并不重要,鲁迅也不懂法文,鲁迅是从日译本《动物诗集》里转译的,他大约是看中了诗中的讽刺——

> 跳蚤,朋友,爱人,
> 无论谁,凡爱我们者是残酷的!
> 我们的血都给他们吸取去,
> 阿呀,被爱者是遭殃的。⑯

痛恨有害的动物令人想起《诗经·卫风》里那首《硕鼠》。鲁迅译出这首寓言体小诗发表在《奔流》杂志(第1卷第6期),大约有补白的意思,该诗在法文限定版⑰中有一幅很好的木刻插图,是鲁迅喜欢的,也一道印在杂志里。后来鲁迅又曾托黄源邀请有留法经历的黎烈文翻译亚氏的动物寓言诗,交《译文》杂志发表,他说其诗集"有图有说,必为读者所乐观"⑱。

日本蕗谷虹儿(1898—1979)主要是一位画家,也是诗人,鲁迅编《奔流》追求图文并茂,于是便选中了他,在最早译出的他的诗《坦波林之歌》(《奔流》第1卷第6期,1928年11月)之前有两段介绍文字道——

> 作者原是一个少年少女杂志的插画的画家,但只是少年少女的读者,却又非他所满足,曾说:"我是爱画美的事物的画家,描写成人的男女,到现在为止,并不很喜欢。因此我在少女杂志上,画了许多画。那是因为心里想,读者的纯真以及对于画,对于美的理解力都较别的杂志的读者锐敏的缘故。"但到一九二五年,他为想脱离那时为止的境界往欧洲游学去了。印行的作品有《虹儿画谱》五辑,《我的画选》二本,《我的诗画集》一本,《梦迹》一本,这一篇,即出于画谱第二辑《悲凉的微笑》中。
>
> 坦波林(Tambourine)是轮上蒙革,周围加上铃铛似的东西,可打可摇的乐器,在西班牙和南法,用于跳舞的节奏的。⑲

后来鲁迅又陆续译出了他的几首诗和散文诗,发表在朝花社编印的《蕗谷虹儿画选》(《艺苑朝华》第1期第二辑,1929年1月)一书中,他还为该书撰写了引言。鲁迅对于插图本的书一向具有浓厚的兴趣⑳。

三

除了翻译外国诗歌之外,鲁迅也曾经做过古诗今译,不过只是偶一为之,夹在一篇杂文之中,有点玩笑的意思。顺便一谈,以为余兴。

鲁迅所译的是五代词人张泌的一首《浣溪沙》(《花间集》卷四,是十首中的第九首):

> 晚逐香车入凤城,东风斜揭绣帘轻,慢回娇眼笑盈盈。　消息未通何计是?便须伴醉且随行,依希闻道太狂生!

这首词写的是那时城市青年一种谈恋爱的古怪方式,在封建礼俗高压的青年男女没有社交自由,很难大大方方地交往,某些胆子大脸皮厚的小伙子,就假装喝醉了酒,随车追逐女子,争取搭讪,以通"消息";而车上的姑娘对此种无赖式的追求半推半就,忽而"慢回娇眼",忽而低声骂人。画面生动,有声有色。这样有趣的风俗画,在唐五代词中并不多见。

鲁迅曾在《唐朝的钉梢》一文中将该词译为白话诗——

> 夜赶洋车路上飞,
> 东风吹起印度绸衫子,显出腿儿肥,
> 乱丢俏眼笑迷迷。
> 难以扳谈有什么法子呢?
> 只能带着油腔滑调且钉梢,
> 好像听得骂道"杀千刀!"[21]

这份译文中出人意表地使用了"洋车""印度绸""杀千刀"等等现代色彩很强烈的词语,这就好像他在《故事新编》中也夹入许多现代的东西甚至外文一样,很富于所谓"间离效果"。经他这么似乎很不正经的一译,原词境界毕出;而且实在译得准确,特别是那个"杀千刀",用今之口语译古代口语("太狂生"),颇能妙得神韵。第二行的"腿儿肥",原词中并无此物,但小伙子对此大约相当注意,绣帘斜揭,可以看到者大约也只能是这一角,添上去并非毫无根据。唐人以富态为美,而这"肥"字又正有助于押韵,最是妙文,令人忍俊不禁。

鲁迅研究古代社会、古代文化毫无学院派气息,善于遗貌取神,打通古今,别出心裁,益人神智。这份译文堪称绝妙好译。

---

① 《七七·翻译小说上》,《知堂回想录》,香港三育图书文具公司1980年版,第208页。

② 周作人译《红星佚史》,新星出版社2006年版,第7页。又收入《鲁迅译文全集》第8卷,福建教育出版社年2008年版,第7页。

③ 《坟·摩罗诗力说》,《鲁迅全集》第1卷。

④ 《裴彖飞诗论》,《鲁迅译文全集》第8卷,福建教育出版社年2008年版,第15页。

⑤ 《南腔北调集·为了忘却的记念》,《鲁迅全集》第4卷。

⑥ 鲁迅1926年6月25日致白莽,《鲁迅全集》第11卷。

⑦ 《集外集·奔流编校后记(十二)》,《鲁迅全集》第7卷。

⑧ 《鲁迅译文全集》第8卷,福建教育出版社2008年版,第131—132页。

⑨ 参见顾农《"闲情"不闲——重读陶渊明〈闲情赋〉》,《文艺报》2016年10月26日第3版。

⑩ 《野草·希望》,《鲁迅全集》第2卷。

⑪　详见兴万生译《希望》,《裴多菲文集》第2卷,上海译文出版社1996年版,第306页。参见兴万生《裴多菲评传》,上海文艺出版社1981年版,第90页。

⑫　详见本书《希望》。

⑬　《集外集拾遗·诗歌之敌》,《鲁迅全集》第7卷。后来鲁迅在《中国新文学大系·小说二集》的序言里再次引用了这首诗的"大旨"。

⑭　见兴万生译《题瓦·山夫人的纪念册》,《裴多菲文集》第1卷,第365页。

⑮　详见《集外集拾遗补编·〈勇敢的约翰〉校后记》,《鲁迅全集》第8卷;又孙用《感情的负债》(载《鲁迅诞辰百年纪念集》,湖南人民出版社1981年版)等多篇回忆鲁迅的文章;参见傅惟慈《往事——回忆孙用》,《中华读书报》2010年4月14日第14版《文化周刊》。

⑯　《鲁迅译文全集》第8卷,第218页。

⑰　据鲁迅1931年手书之《"限定版"书目》,G.亚波里耐尔的《禽虫吟》(巴黎"人头鸟女妖"出版社1918年版)中有杜飞(R.Dufy)的木刻插图多幅。

⑱　鲁迅1935年5月28日致黄源,《鲁迅全集》第13卷。

⑲　《鲁迅译文全集》第8卷,第220页。

⑳　鲁迅因为爱插图而翻译外国作品,还有一个著名的例子:他晚年翻译契诃夫早年"小笑话"时期的作品陆续发表于《译文》杂志,也是因为他采用的底本中有木刻名家玛修丁的插画。鲁迅在该书中译本前记中明确地说:"我的翻译,也以绍介木刻的意思为多,并不著重于小说。"(《鲁迅译文全集》第7卷,福建教育出版社2008年版,第315页)这些小说和插画后来集印为《坏孩子和别的奇闻》一书(文学和美术的小丛书《文艺连丛》之一,上海联华书局1936年版)。

㉑　《二心集·唐朝的钉梢》,《鲁迅全集》第4卷。

鲁迅手书之古人诗词

一、鲁迅手书欧阳炯词

在传世的鲁迅手迹中,有一幅写的是五代词,其文如下——

> 洞口谁家,木兰船系木兰花。红袖女儿相引去,游南浦,笑倚春风相对语。
> 　　录欧阳炯《南乡子》词,奉应
> 内山松藻女史雅属
>
> 　　　　　　　　　　　　　　鲁迅(印)

原件为宣纸本,80.7cm×32.9cm,今所常见者为影印件(载《鲁迅诗稿》,文物出版社1976年版,第73页)无标点,这里是我拟加的。

内山松藻原姓片山,是鲁迅的日本友人内山完造(1885—1959)的养女,常住上海;后来在1931年嫁给内山完造的弟弟内山嘉吉(1900—1984),遂改姓内山。1931年夏天内山嘉吉到上海来度假迎娶,其间鲁迅曾请他为美术青年讲授木刻的基本知识。稍后松藻就跟在新婚丈夫之后回日本去了。

先前片山松藻因为替内山完造办事跑腿的关系,多次到鲁迅家来过,彼此比较熟悉;1931年5月鲁迅曾应内山完造之请,为她手写自己的近作一首(五律"大野多钩棘")。鲁迅参加过松藻与嘉吉的婚礼(详见《鲁迅日记》1931年8月22日),稍后她要回日本之时,又为之写了这首欧阳炯的词。《鲁迅日记》1931年9月7日载:"松藻小姐将于明日归国,午后为书欧阳炯《南乡子》词一幅。下午来别。"此后他们就没有再见过面,但鲁迅与嘉吉、松藻夫妇有些书信来往,互寄过若干礼物。鲁迅手书本欧阳炯词原件,在1961年许广平访问日本时由内山嘉吉夫妇捐赠,后转赠给上海鲁迅纪念馆收藏。

鲁迅特意手书"洞口谁家"这首词,显然是因为当时松藻女士新婚,而这首《南乡子》的内容正是写"红袖女儿"之感情生活的。鲁迅人情味很浓。

欧阳炯(896—971)是五代时重要的作家,其人多才多艺,精音律,通绘画,有理论,所以当卫尉赵崇祚编选曲子词总集《花间集》(收词家十八人之词作五百首)时,特别请他写序,又录入他的词作十七首,其中单是《南乡子》就有八首之多,都是写南国儿女的。鲁迅手录的一首列于第四,兹将其前后各一首转录如下以备比较参阅——

  岸远沙平,日斜归路晚霞明。孔雀自怜金翠尾,临水,认得行人惊不起。

  二八花钿,胸前如雪脸如莲。耳坠金环穿瑟瑟,霞衣窄,笑倚江头招远客。

几首都是写南方少数民族姑娘的;鲁迅选了其中的第四首,显然最为合适。那时曲子词还在兴起的阶段,格式尚未完全凝定,字句偶有多少不等,只须用同样的调子来唱就是了。

鲁迅其时正在读《花间集》,曾在《唐朝的钉梢》一文中用白话文穿越式地翻译了一首花间词(张泌《浣溪沙》十首其九)。鲁迅本人一向只写诗,不填词。

二、鲁迅手书所南翁诗

《鲁迅日记》1935年3月22日:"为今村铁研、增田涉、冯剑丞作字各一幅,徐訏二幅,皆录《锦钱余笑》。"为冯剑丞所作字未见,其余四幅中实只有三幅录自《锦钱余笑》,赠徐氏二幅中另有一幅是李贺《绿章封事》中的诗句。手迹影印件均见《鲁迅诗稿》(文物出版社1976年版,第76—79页)。

鲁迅手书所南翁郑思肖《锦钱余笑》诗三首分别是——

顽绝绝顽绝,以笑为生业。刚道黑如炭,谁知白胜雪。
笑煞婆娑儿,尽逐光影灭。若无八角眼,岂识四方月。(为今村铁研书)

生来好苦吟,与天争意气。自谓李杜生,当趋下风避。
而今吾老矣,无力收鼻涕。非惟不成文,抑且错写字。(为增田涉书)

昔者所读书,皆已束高阁。只有自是经,今亦俱忘却。
时乎歌一拍,不知是谁作。慎勿错听之,也且用不着。(为徐

讦书）

大约都是思肖晚年所作，多为发泄胸中块垒，诗也有些打油的意思。鲁迅一口气写了他好几首，固然表明了对其人其诗的欣赏，大约也有一点借以发泄自家胸中块垒的意思。1935年顷，上海左翼文坛问题多多，鲁迅的情绪颇为郁闷。

《锦钱余笑》一卷，南宋遗民郑思肖作。思肖（1241—1318），福建连江人，原名不详，宋亡后改此名，寓思宋之意；字忆翁，号所南，也都寓有眷怀故国之意。生平事迹见于《苏州府志·郑所南小传》，略谓"公太学舍，应博学鸿词科，侍父来吴，寓条坊巷。元兵南下，扣阍上太皇太后幼主书，辞直切，忤当路，不报……素不娶，孑然一身，念念不忘君，形于诗文中……遇岁时伏腊，辄野哭向南拜，人莫测识焉。"又说他"精墨兰，自更祚后为兰不画土根，无所凭藉，或问其故，则云'地为番人夺去，汝犹不知耶！'不欲与，虽迫以权势，不可得也"。他的著作多半已经亡佚，现在能看到的除《锦钱余笑》（一卷，有知不足斋本）外，只有《文集》《自叙一百二十图诗》各一卷，有《四部丛刊》本；此外他还著有《心史》七卷，其中诗二百五十首、文四十篇、序五篇，以铁函固封沉于苏州承天寺井底，至明崇祯十一年（1638）才为后人发现，得以流传（今有书目文献出版社1990年影印崇祯刻本）。《心史》一度被疑为明朝末年人伪托，此说至今仍未完全退出，但从各方面情况看去应当不伪，《心史》确为吴井之藏。《郑思肖集》（陈福康点校，上海古籍出版社1991年版）是现在最好的本子。

所南的诗文充满忠君爱国之情，措辞少有顾忌，他高唱"不知今日月，但梦宋山川"（《过徐子方书塾》），"朝朝向南拜，愿睹汉旌旗"，"此地暂胡马，终身只汉民"（《德佑二年岁旦》）。直抒胸臆，情见乎

词。亦有以比兴出之、诗味较多者,如:

> 花开不并百花丛,独立疏篱趣未穷。
> 宁可枝头抱香死,何曾吹落北风中!
>
> ——《寒菊》

> 不信夜不晓,哀哀锁暗颦。铁城蹲败土,锦国涨腥尘。
> 草泣荒宫雨,花羞哨地春。少焉开霁色,四望一时新。
>
> ——《写愤》

他的文章多有奇崛不易体会者,如《所南文集》中《送吴山人远游观地理书》《答吴山人远游观地理书》,大讲"地理"(堪舆,即风水)之学;又有讲神仙与佛理的《十方道院云堂记》(一名《神仙金丹大旨》)、《十方禅刹僧堂记》(一名《佛法正论》),都表现了他的杂学,所以不是好懂的文字。当然其中也有比较平易、足以与《锦钱余笑》相印可的作品,如《三教记序》说:"我自幼岁世其儒,近中年闯于仙,入晚境游于禅,今老而死至,悉委之";《辞吴泮请儒师书》云"数十年来,欲弓不箕,欲治不裘,颠嗒固滞,唤钟作瓮,十字九错,百事千谬,丛万拙于一身,宜乎化为凡民,并与早年所读所见之书一翻,翻却,甘于老而贫而病而死而已矣",都可以与鲁迅手书过的"昔者所读书,皆已束高阁"那一首互相发明。

三、鲁迅手书项圣谟题画诗

1935年12月5日,鲁迅先生应他的朋友、《集外集》编者杨霁云之

请,为书一条幅,文字是:

> 风号大树中天立
> 日薄沧溟四海孤
> 杖策且随时旦暮
> 不堪回首望菰蒲
> 　　此题画诗忘其为何人作
> 　　亥年之冬录应
> 霁云先生教
>
> 　　　　　　　　　　　鲁迅

手迹初次影印于《逸经》第十九期(1936年12月5日),为杨霁云悼念鲁迅的文章《琐忆鲁迅》所附之图版之一;后来《鲁迅风》第九期(1939年3月15日)再次影印发表,同时有杨霁云的短跋云:"此余倩周先生手书屏幅,跋云'此题画诗,忘其为何人作。'余考此乃明项孔彰题其自绘大树诗。孔彰名圣谟,元汴文孙,家贫志洁,鬻画自给。画兼宋元气韵,诗亦孤高芳洁。惟原诗'杖策'作'短策',盖书时笔误也。迩时本拟告豫才先生,因循未果,转瞬而书者墓草苍苍矣。今日重展,曷胜黄垆腹痛之感。廿六年春日,霁云跋尾。"鲁迅这幅手迹曾收入《鲁迅诗稿》(文物出版社1976年8月版),但不尽忠实于原件,《鲁迅研究资料》第五辑(天津人民出版社1980年5月版)中的影印件是足以凭信的。

原诗作者项圣谟(1597—1658),字孔彰,号易安,秀水(今浙江嘉兴)人,明清之际最杰出的画家之一。项氏为嘉兴望族,其祖父项元汴是著名的书画家、鉴赏家、收藏家,书画文物收藏之富,一时甲于海内;其伯父项德新是著名的山水画家。圣谟秉承家学,自幼习画,他中年时回忆说,"余髫龄便喜弄柔翰,先君子责以举子业,日无暇刻,夜半篝灯,着意摹写,昆虫草木,翎毛花竹,无物不备,必至肖形而止。"(《松涛散仙图卷》题跋)项圣谟既在写生方面下过切实的功夫,同时又着意追求笔墨气韵,兼取宋元两代画风之长,形成了自己独特的风格。当时的艺坛领袖董其昌给予他很高的评价,说是"树石屋宇,皆与宋人血战,就中山水,又兼元人气韵。虽其天骨自合,要亦工力至深。所谓士气、作家俱备。项子京有此文孙,不负好古鉴赏百年食报之胜事矣"(《式古堂书画汇考》卷五)。董其昌原是专门提倡文人写意画的,极讲究所谓"士气",他认为"士人作画,当以草隶奇字之法为之,树如屈铁,山如画沙,绝去甜俗蹊径,乃为士气"(《画旨》);因此他不重视写生,不讲究形似,以为那不过是"作家"(画匠)的低级玩意。在董其昌看来,画家可以随意挥洒,只要笔墨有情趣气韵便佳。因此"逸笔草草"的元人写意山水极得其欣赏,而画风谨严、用笔周密的宋人之作便不大看得上眼。项圣谟的画不尽符合董老先生的审美口味,于是便得到一个"士气、作家俱备"的考语。董其昌对他画的树石屋宇评价不甚高,其实项圣谟的强项正在于画树。还有一位评论家王炳南批评项圣谟"自以为穷造化,而不知与宋元大家浑厚淋漓之气相去千里"(《山水诗画册》题跋),这种议论无非是死守元人山水画的轨范,而无视项圣谟外师造化,重视写生,"取法宋人,迥非时手所及"(陈崟《山水诗画册》题跋)的独到之处。

当然,项圣谟也并不是刻板地写生,他也讲寄托,讲笔墨情趣,事实上他曾经师事过吴门画派,摹拟过元人山水,只是不肯自限于此,他超出晚明画坛流俗之处即在于他同时又重视学习宋人周密工细的作风,追求形神兼备的艺术境界。项圣谟曾自称"作画必凝神定志,一笔不苟",有位朋友讥笑他这样作画未免太劳苦,他严肃地回答说:"我辈笔墨,欲流传百世,岂可草草乎?"(转引自吴山涛题项圣谟《秋声图轴》)项圣谟画树以写生为基础,周密而不刻板,秀逸而不空虚,与元、明画家笔下"愈简愈佳"的树大不相同,所以能够高出流俗,自成一家。

大树图作于入清之后,绝对年代无考,估计是他暮年之作。这是一幅极负盛名的作品,原件现藏北京故宫博物院。项圣谟在明末虽郁郁不得志,但尚可优游林下;入清后则一变而为相当困苦,清兵下江南时,圣谟携家逃难,"孑身负母并妻子远窜","所藏祖君之遗法书名画……半为践踏,半为灰烬"(《三招隐图》题跋),他成了遗民,从此作画不复记年号,惟书甲子,以示决不与新朝合作;这时他作的画多半是抒发国破家亡后的愤怒与悲哀,这里也流露出同样的感情。这幅大树图是典型的释愤抒怀之作,画面当中占了近三分之二的是一株参天独立的大树,苍劲古拙的树干规整挺拔,虬枝蟠曲繁密,却一片树叶也没有,树下有一老者拄杖背向而立,遥对一抹远山作沉吟状,姿态僵硬,有如雕像;近处略有陂陀及杂草荆榛。题诗在左上方,诗云"风号大树中天立,日薄西山四海孤。短策且随时旦莫(暮),不堪回首望菰蒲。"鲁迅为杨霁云写字时,因为只凭记忆,有两处小小的出入。

"日薄西山"(鲁迅写作"日薄沧溟")大约是表示对明王朝的哀悼,那时南明反清的斗争虽然尚未结束,但失败是已成定局了;大树则是项圣谟本人精神世界的写照。第三四两句写自己的悲愤:前途渺茫,反清无望,自己老无所归。菰和蒲都是浅水中植物,菰蒲丛生之处可以藏身,可以徐图大计,古代的逃亡者、造反者每每在这类地方藏身,暂避官方的迫害,寄托自己的希望。《太平御览》卷九九九引《晋中兴书》云:"毛璩为谯王司马时,海陵县地多菰蒲,处所幽邃,亡户保之。"圣谟题画诗的末句似即用此意。项圣谟同反清的武装斗争大约是有某些联系的,顺治十一年(1654)秋至十二年(1655)春圣谟入福建,至福州、莆田一带,这里乃是郑成功反清部队活动的地盘,可惜他们其时已处于劣势,圣谟此时而游此地,恐怕只得猜测为他与郑成功的事业有着某种秘密的联系。"不堪回首望菰蒲"一句想必是概括地表达了他对当下反清斗争形势的估计,慷慨悲壮,不同凡响。读着这样的诗句,人们对那株卓然独立的大树更加肃然起敬。

鲁迅大约是从《神州大观》第一集第一册(上海神州国光社民国元年十二月版)上看到项圣谟这幅画的珂罗版复印件的,鲁迅购阅过这本画册(见《鲁迅日记》1913年2月12日)。过了二十多年以后鲁迅还能记起画上的题诗并写给杨霁云,固然表明他的记忆力非常惊人,而更应注意者还在以下两点:

其一,鲁迅特别记住了项圣谟这幅画,与鲁迅的美术史观、美学观有着深刻的联系。鲁迅是一位执着的现实主义者,在美术方面始终强调写实,强调外师造化,他虽然并不反对写意画,但曾一再深刻地指出,如果一味写意而不讲写实,那就很容易流为"两点是眼,不知是长是圆,一画是鸟,不知是鹰是燕,竟尚高简,变成空虚"[1]。故弄玄虚,脱离实际,不下功夫,那只能是空头美术家。鲁迅对元人山水评价不高,曾明确指出"元人的水墨山水,或者可以说是国粹,但这是不必复兴,而且即使复兴起来,也不会发展的"[2]。鲁迅欣赏的汉代石刻画像和明清书籍插画,都是写实而不是写意的。鲁迅还说过,"宋的院画,萎靡柔媚之处当舍,周密不苟之处是可取的"[3]。项圣谟讲究写实,他生活在文人写意画风靡天下之日而能取法乎宋,在构图和形象处理上都讲究写实,用笔周密,因此能得到鲁迅的重视,留下深刻的印象。

其二,以鲁迅当时的心情,很容易同项圣谟这首题画诗发生共鸣。1934年以后,鲁迅的情绪不是太好。健康状况不佳、老境催人是一大因素;而左联内部那些纷争、隔阂、摩擦和不愉快,更往往使鲁迅产生所谓"'独战'的悲哀"④。由于王明推行极"左"路线,白区革命力量损失极大,鲁迅住在上海,对此深有所感;革命根据地的红军遭到很大挫折,终于被迫长征,鲁迅从多种渠道听到这令人痛心的消息。这些因素加起来很自然地使鲁迅产生郁闷压抑的情绪;这种情绪在他那些主要用于对敌斗争的杂文当中没有也不能有什么表现,而在他释愤抒情的旧体诗中则有较多的流露。1933年底鲁迅有一首无题的五绝写道:"烟水寻常事,荒村一钓徒。深宵沉醉起,无处觅菰蒲",沉郁顿挫,最后一句尤为沉痛。1934年4月10日,鲁迅应广西博物馆馆长廖葛民以博物馆名义索书,写的就是项圣谟这首题自绘大树诗(手迹影印件亦见《鲁迅研究资料》第五辑),而到1935年12月5日又再一次给杨霁云写了这首诗,这些都与上述心理背景有着内在的联系。也就在1935年12月5日,鲁迅又作了一首七律《亥年残秋偶作》题赠老友许寿裳,其中更有"老归大泽菰蒲尽,梦坠空云齿发寒"之句。鲁迅担心红军被国民党完全吞没,面对极恶劣的形势,他四顾茫然,预感自己老无所归。这是何等深刻沉痛的忧虑!在这种心绪背景之前,项圣谟的诗自然涌上他的心头,引起他的共鸣。《亥年残秋偶作》在遣词上受到项诗的影响,亦极为分明。

然而鲁迅并没有被空前浓重的黑暗所吓倒,所以《亥年残秋偶作》最后又写道:"竦听荒鸡偏阒寂,起看星斗正阑干",虽然一时还听不到令人振奋的鸡鸣,但天总是要亮的。正如许寿裳所说,这两句"于悲凉孤寂中,寓熹微之希望焉"⑤。鲁迅的伟大之处在于,即使当革命处于低潮以至最困苦的时候,在他自己心情最为低沉郁闷的时候,他也不改初衷,始终坚忍地同强大的反动势力做斗争,始终坚信中国会有光明的未来。

早先鲁迅曾在一篇散文诗中歌颂过两株枣树,说它们简直落尽了叶子,并且遍体皮伤,"却仍然默默的铁似的直刺奇怪而高的天空,一意要制他的死命"(《野草·秋夜》)。这一形象正是鲁迅本人人格精神的写照。鲁迅历尽风霜而毫不衰颓退缩,他伫立旷野,坚定不移,老而弥坚——他特别欣赏项圣谟的大树图及其题诗,或者可以在这里找到更深刻的原因。

四、鲁迅手书刘长卿诗

《鲁迅诗稿》有鲁迅手书古人五绝一首(文物出版社1976年版,第81页):

> 泠泠七弦上,静听松风寒。
> 古调虽自爱,今人多不弹。
> 　　增井先生雅属
> 　　　　　　　　　　　　　鲁迅(印)

据该书目录中的说明,此诗是唐人刘长卿的作品《听弹琴》;鲁迅手书的时间是1935年12月。

查《鲁迅日记》,1935年12月14日正有"为增井君作字一幅",应当就是这一幅了。

鲁迅极熟于唐诗,所以他应人之请写字时,多有录唐诗者,例如在为日本学者增井经夫作这一幅字之前,有1931年2月为日本友人长尾景和写钱起《归雁》,后来又多次将此诗写给其他日本友人(但皆误记为李商隐诗),1931年3月为日本友人松元三郎写李白《越中览古》,1932年3月为中华书局编辑周颂棣写李贺《南园》(十三首其七),1935年3月为作家徐訏写李贺《绿章封事》二句;此后又有1935年12月为新闻工作者仲足(冯宾符)写钱起《湘灵鼓瑟》,1936年1月为日本作家浅野写杜牧《江南春》,如此等等。

鲁迅说:"我以为一切好诗,到唐已被做完,此后倘非能翻出如来掌心的齐天太圣,大可不必动手。"(1934年12月20日致杨霁云的信)所以他为人写字,多写唐诗,而且多选短短的名篇名句。这不过是普通友人间的应酬,在一般情况下其中未必含有多少深意。

鲁迅手书刘长卿《听弹琴》的原件现存上海鲁迅纪念馆,是2008年鲁迅诞辰127周年时由增井经夫的女儿古西旸子捐赠的。据新华社当时播发的消息介绍,增井经夫是日本大学者田中庆太郎的女婿,田中早年曾在中国学习,后来成为中国古籍版本方面的著名学者,他经营的"文求堂"书店以出售中国古籍、出版学术著作著称,1932年"文求堂"出版了《鲁迅创作选集》,田中庆太郎并与鲁迅建立了友谊。1935年增井经夫在上海拜见鲁迅,转达了田中庆太郎请鲁迅到日本去住一段时间的邀请。鲁迅婉言谢绝了。

增井君是研究历史的,所以鲁迅就写了这么一首说"古调"之好处的诗送他。刘长卿这首诗很有名,进入过《唐诗三百首》等多种选本。其因缘大抵如此。或以为其中深藏着多少玄机,恐怕乃是所谓过度诠释,而过度诠释在鲁迅研究中历来是一种多发症。

五、鲁迅手书夏穗卿诗

在鲁迅传世的手迹中有一幅写的是夏曾佑(字穗卿,1865—

1924)的两句诗,曾影印收入《鲁迅诗稿》(文物出版社1976年版,第89页)——

帝杀黑龙才士隐
书飞赤鸟太平迟
　　此夏穗卿先生诗也故用僻典令人难解可恶之至
　　　　　　　　　　　　　　　　　　　　鲁迅(印)

　　夏老先生是浙江杭州人,著名的维新派学者,入民国后任教育部社会教育司司长,是鲁迅的顶头上司。他们私交不错,来往甚多,鲁迅对他撰写的《中国历史教科书》(上古至隋。商务印书馆1904、1906年分两册出版;1933年商务重印时改称《中国古代史》,列入"大学丛书";今有河北教育出版社2003年新版,列入"二十世纪中国史学名著"丛书)评价甚高,说是"我们不必看他另外的论文,只要看他所编的两本《中国历史教科书》,就知道他看中国人有怎地清楚"[⑥]。后来他曾不止一次地向青年朋友推荐此书。

　　夏穗卿又是很有特色的诗人,晚清"诗界革命"的倡导者之一,梁启超对他评价很高。当时这一派的风气是喜欢用新名词和冷僻的典故——一种是洋典故;一种虽出于中国古代典籍,而很少有人用过——他这"帝杀黑龙才士隐,书飞赤鸟太平迟"两句诗中所用的典故即颇不常见。

　　"帝杀黑龙"典出《墨子·贵义》:"子墨子北之齐,遇日者。日者曰:'帝以今日杀黑龙于北方,而先生之色黑,不可以北。'子墨子不听,遂北。至淄水,不遂而返焉。日者曰:'我谓先生不可以北。'子墨子曰:'南之人不得北,北之人不得南,其色有黑者,有白者,何故皆不遂也。且帝以甲乙杀青龙于东方,以丙丁杀赤龙于南方,以庚辛杀白龙于西方,以壬癸杀黑龙于北方,若子之言,则是禁天下之行者也。是违心而虚天下也。子之言不可用也。'"墨子是讲兼爱的,只要有利于天下,既不怕吃苦,也不躲避危险,大有明知山有虎偏向虎山行的干劲。大部分士人一看形势不对就不再行动隐居求安;唯真正的勇士敢于冒险前进,虽失败亦在所不惜。夏穗卿本人是不大肯冒险的,但他内心深处对此并不以为然。

"书飞赤鸟",典出哀公十四年《公羊传》何休解诂:"得麟之后,天下血书鲁端门,曰:'趋作法,孔圣没,周姬亡,彗东出,秦政起,胡破术,书记散,孔不绝。'子夏明日往视之,血书飞为赤鸟,化为白书,署曰演孔图。中有作图制法之状。孔子仰推天命,俯察时变,却观未来,豫解无穷,知汉当继大乱之后,故作拨乱之法以授之。"这是解释《春秋》鲁哀公十四年(前481)关于"春,西狩获麟"这一条记载的,《公羊传》说孔子因获麟而感叹"吾道穷矣",他的《春秋》一书就此结束,不再写下去;关于未来之事,他只能"制《春秋》之义以俟后圣",而不久就匆匆去世了。

公羊家把《春秋》当成一部充满玄机与预言的圣书来看待,董仲舒发挥公羊《春秋》的精义道:"《春秋》之道,举往以明来。是故天下有物,视《春秋》所举与同比者,精微眇以存其意,通伦类以贯其理。天地之变,国家之事,粲然皆见,亡所疑矣。"(《汉书·五行传》)获麟以后出现血书,又飞为赤鸟,化为白书,预言了天下将有大乱,然后再拨乱反正,总之将大大折腾一番——现在离天下太平尚很遥远。

这两个典故过去都不大有人用。夏诗用此二典之意,大约是说现在朝廷对士人的打压非常厉害,充满危险,要想安全只有逃离现实去隐居;中国离开太平盛世尚远。夏穗卿看国情很清楚,但未必有奋斗的勇气。这样的知识分子一向是很多的。

"帝杀黑龙才士隐,书飞赤鸟太平迟"是夏穗卿《赠任公二首(丙申夏)》之一的后两句,其前半云:"滔滔孟夏逝如斯,亹亹文王鉴在兹。"任公就是梁启超,夏穗卿劝他要小心一点,绝不要以为维新运动很快就能成功。丙申是光绪二十二年(1896),维新运动正在积极进行之中,梁启超等新派人物对未来充满了希望,很有些盲目的乐观。

夏穗卿《赠任公二首(丙申夏)》之二云:"民皇备矣三重信,人鬼同谋百姓知。天且不违何况物,望先万物出于机。"也很不容易理解,一并录下,以供研讨参考。

鲁迅手书"帝杀"一联,大约乃是痛感现实的黑暗,深感中国的革新任务艰巨,路途漫长;他绝没有退避的意思,但也不指望很快就能大功告成——所以他一向主张韧性战斗。

---

① 《且介亭杂文末编·记苏联版画展览会》,《鲁迅全集》第6卷。
② 1935年2月4日致李桦的信,《鲁迅全集》第13卷。
③ 《且介亭杂文·论"旧形式的采用"》,《鲁迅全集》第6卷。
④ 1934年12月6日致萧军、萧红的信,《鲁迅全集》第12卷。
⑤ 《〈鲁迅旧体诗集〉跋》,《我所认识的鲁迅》,人民文学出版社1978年版,第58页。
⑥ 《而已集·谈所谓"大内档案"》,《鲁迅全集》第3卷。